HARLAN COBEN

Wer einmal lügt

GOLDMANN
Lesen erleben

Buch

Megan Pierce lebt den Traum jeder Vorstadthausfrau: ein großes, vornehmes Haus, ein teures Auto, zwei wohlgeratene Kinder, ein gutverdienender, liebevoller Ehemann. Doch was niemand ahnt: In Megans Vergangenheit verbirgt sich ein dunkles Geheimnis, das auch ihr scheinbar perfektes Leben in der Gegenwart bedroht. Schließlich weiß nicht einmal ihr Ehemann, dass seine brave Ehefrau einst ihr Geld als Stripperin in einer zwielichtigen Bar in Atlantic City verdiente. Bis in einer schicksalshaften Nacht ein schreckliches Verbrechen geschah, dessen Folgen Megan damals, vor siebzehn Jahren, die Flucht in ein anderes Leben ergreifen ließen. Sie nahm einen anderen Namen an und wähnte sich sicher – doch ein Mensch weiß alles über ihre neue Identität, und als nun in Atlantic City erneut ein Verbrechen geschieht und ein hartnäckiger Detective Verbindungen zu einem lange zurückliegenden Fall herstellt, wird Megans heile Welt zutiefst erschüttert. Denn jemand hat noch eine Rechnung mit ihr offen …

Weitere Informationen zu Harlan Coben
sowie zu lieferbaren Titeln des Autors
finden Sie am Ende des Buches.

Harlan Coben

Wer einmal lügt

Thriller

Deutsch von
Gunnar Kwisinski

GOLDMANN

Die Originalausgabe erschien 2012
unter dem Titel »Stay Close« bei Dutton,
a member of Penguin Group USA (Inc.), New York.

Dieses Buch ist auch als E-Book erhältlich.

MIX
Papier aus verantwortungsvollen Quellen
FSC® C014496

Verlagsgruppe Random House FSC® N001967
Das FSC®-zertifizierte Papier *Pamo House* für dieses Buch
liefert Arctic Paper Mochenwangen GmbH.

2. Auflage
Taschenbuchausgabe August 2014
Wilhelm Goldmann Verlag, München,
in der Verlagsgruppe Random House GmbH

Umschlaggestaltung: UNO Werbeagentur, München
Umschlagmotiv: © Winfried Wisniewski/Corbis
und FinePic®, München
Redaktion: Vera Thielenhaus
Th · Herstellung: Str.
Druck und Bindung: GGP Media GmbH, Pößneck
Printed in Germany
ISBN 978-3-442-48084-5
www.goldmann-verlag.de

Besuchen Sie den Goldmann Verlag im Netz

Dieses Buch ist für
Tante Diane und Onkel Norman Reiter
sowie für
Tante Ilene und Onkel Marty Kronberg.
In Liebe und Dankbarkeit.

Well now everything dies, baby that's a fact.
But maybe everything that dies, someday comes back.

Bruce Springsteen, *Atlantic City*

EINS

In diesem Sekundenbruchteil, wenn er auf den Auslöser drückte und die Welt im grellen Blitzlicht verschwand, sah Ray Levine manchmal das Blut. Er wusste natürlich, dass er es nur vor seinem inneren Auge sah, aber gelegentlich – wie jetzt gerade – war die Vorstellung so real, dass er die Kamera senken und eine Weile auf den Boden starren musste. Dieser fürchterliche Moment – der Moment, in dem sich Rays Leben für immer verändert hatte, in dem er sich von einem Mann mit klaren Zielen und einer äußerst vielversprechenden Zukunft in den totalen Loser verwandelt hatte, der er jetzt war – überkam ihn nie in seinen Träumen oder wenn er allein in der Dunkelheit lag. Diese erschütternden Visionen warteten auf Situationen, in denen er hellwach, unter Menschen und mit etwas beschäftigt war, was manche Leute etwas sarkastisch vielleicht als Arbeit bezeichnet hätten.

Gnädigerweise verblasste das Bild, als Ray fortfuhr, den Bar-Mizwa-Jungen zu fotografieren.

»Guck mal hierher, Ira«, rief Ray hinter dem Objektiv. »Mit wem hast du was? Ist es wahr, dass Jen und Angelina immer noch deinetwegen im Clinch liegen?«

Ray bekam einen Tritt gegen's Schienbein. Jemand stieß ihn zur Seite. Ray schoss dennoch weiter Fotos von Ira.

»Wo ist nachher die Party, Ira? Welches glückliche Mädchen bekommt den ersten Tanz?«

Ira Edelstein runzelte die Stirn und versuchte sein Gesicht vor der Kamera abzuschirmen. Unerschrocken sprang Ray weiter vor und schoss aus jedem Winkel Fotos. »Aus dem Weg!«, rief jemand. Wieder wurde Ray zur Seite gestoßen. Er versuchte, sich auf den Beinen zu halten.

Klick, klick, klick.

»Verdammte Paparazzi!«, rief Ira. »Kann man denn nie seine Ruhe haben?«

Ray rollte die Augen. Er wich nicht zurück. Wieder erschien das Blut vor seinem inneren Auge. Er versuchte, es wegzublinzeln, was aber nicht funktionierte. Ray ließ den Finger auf dem Auslöser. Ira, der Bar-Mizwa-Junge, flackerte jetzt in zeitlupenhaften, stroboskopartigen Bewegungen.

»Ihr Parasiten«, schrie Ira.

Ray fragte sich, ob man noch tiefer sinken konnte.

Ein weiterer Tritt gegen's Schienbein beantwortete die Frage: Nein.

Iras »Leibwächter« – ein riesiger Kerl mit kahlrasiertem Schädel namens Fester – wischte Ray mit seinem baumdicken Unterarm zur Seite. Er tat das mit etwas zu großer Begeisterung, so dass Ray fast gestürzt wäre. Ray sah Fester mit einem »Was soll der Scheiß?«-Blick an. Fester entschuldigte sich lautlos.

Fester war Rays Chef und Freund und der Besitzer von *Celeb Experience: Paparazzi for Hire* – und die Firma tat genau das, was der Name besagte. Ray legte sich nicht etwa wie ein echter Paparazzo auf die Lauer, um kompromittierende Fotos von Prominenten zu machen und sie an die Boulevardpresse zu verkaufen. Nein, Ray stand noch weit darunter – wie *Beatlemania* zu den Beatles –, indem er Möchtegern-Prominenten anbot, sich ein paar Stunden lang wie echte Prominente zu fühlen. Gegen Bezahlung. Seine – häufig extrem selbstgefälligen und vermutlich von Erektionsschwierigkeiten geplagten – Kunden bestellten sich ein paar Loser, die ihnen folgten und Fotos schossen, um ihnen damit, wie es in der Broschüre hieß, »das ultimative Prominenten-Erlebnis mit ihren eigenen, exklusiven Paparazzi« zu ermöglichen.

Natürlich wusste Ray, dass er durchaus noch tiefer hätte sinken können. Er ging jedoch davon aus, dass es dazu eines Akts höherer Gewalt bedurft hätte.

Die Edelsteins hatten das Megapaket von der A-Liste bestellt – zwei Stunden mit drei Paparazzi, einem Leibwächter, einem Journalisten und einem Typen mit Mikrofonangel, die dem »Prominenten« die ganze Zeit folgten und Fotos schossen, als wäre er Charlie Sheen, der sich heimlich in ein Kloster schleicht. Zum Megapaket der A-Liste gehörte außerdem eine Gratis-DVD mit den Fotos und eines dieser kitschigen gefälschten Klatschmagazine mit dem eigenen Gesicht auf dem Titel und einer passenden Schlagzeile.

Der Preis für das Megapaket von der A-Liste?

Vier Riesen.

Um die unvermeidliche Frage zu beantworten: Ja, Ray hasste sich dafür.

Ira schob sich an ihm vorbei und verschwand im Tanzsaal. Ray ließ die Kamera sinken und sah seine beiden Paparazzi-Kollegen an. Keiner von beiden hatte das Loser-L auf die Stirn tätowiert, weil das, ehrlich gesagt, schlicht unnötig gewesen wäre.

Ray sah auf die Uhr. »Mist«, sagte er.

»Was ist?«

»Wir haben noch eine Viertelstunde.«

Seine Kollegen – kaum klug genug, ihre Namen mit dem Finger in den Dreck zu schreiben – grunzten. Noch eine Viertelstunde. Das bedeutete, dass sie reingehen und auch während der Aufnahmeprozedur weiterarbeiten mussten. Ray hasste das.

Die Bar-Mizwa fand im Wingfield Manor statt, einem absurd protzigen Bankettsaal, den man, wenn man ihn etwas zurückgebaut hätte, für einen von Saddam Husseins Palästen hätte halten können. Er war voller Kronleuchter, Spiegel, falschem Elfenbein, Holzschnitzereien und viel glänzender Goldfarbe.

Wieder hatte er das Blut vor Augen. Er blinzelte es weg.

Bei der Feier herrschte Smokingpflicht. Die Männer waren reich und abgespannt, die Frauen gut gepflegt und chirurgisch optimiert. Ray drängte sich in Jeans, einem verknitterten grauen Blazer und schwarzen Chuck-Taylor-Basketballschuhen durch die Menge. Ein paar Gäste sahen ihn an, als hätte er sich auf ihre Salatgabel erleichtert.

Auf der Bühne befanden sich eine achtzehnköpfige Band und ein Animateur, dessen Aufgabe es war, die Gäste in einen Zustand fröhlicher Ausgelassenheit zu versetzen. Er hatte frappierende Ähnlichkeit mit einem schlechten Gameshow-Moderator – oder auch mit dem guten Robert aus der Sesamstraße. Dieser Animateur griff nun zum Mikrofon und sagte im Tonfall eines Boxkampf-Ansagers: »Ladys and Gentlemen, hier ist er, heißen Sie ihn willkommen. Zum ersten Mal, seit er aus der Tora gelesen hat und damit zu einem Mann geworden ist, begrüßen Sie ihn mit einem großen Applaus, den einmaligen und einzigen … Ira Edelstein!«

Ira erschien mit zwei … Ray wusste nicht, wie man sie angemessen bezeichnete, am ehesten aber wohl als *Edelstripperinnen*. Als die beiden heißen Bräute ihn in den Raum geleiteten, befand sich der Kopf des Jungen auf Höhe ihrer Dekolletés. Ray machte die Kamera bereit und drängte sich kopfschüttelnd weiter vor. Der Typ war dreizehn. Wenn ihm in dem Alter solche Frauen so nahe gekommen wären, wäre er eine ganze Woche mit einem Ständer rumgelaufen.

Ach, die Jugendzeit …

Stürmischer Beifall brandete auf. Ira begrüßte die Menge mit einem majestätischen Winken.

»Ira!«, rief Ray. »Sind das deine neuen Angebeteten? Stimmt es, dass du noch eine dritte zu deinem Harem hinzufügen könntest?«

»Bitte«, sagte Ira mit routinierter Weinerlichkeit. »Auch ich habe ein Recht auf meine Privatsphäre.«

Es gelang Ray, sich nicht zu übergeben. »Aber das interessiert die Leute.«

Fester, der Leibwächter mit der Sonnenbrille, legte Ray eine große Hand auf die Schulter, so dass Ira an ihm vorbeigehen konnte. Ray drückte den Auslöser und achtete darauf, dass das Blitzlicht seinen Zauber entfachte. Die Band donnerte los – wann hatte das angefangen, dass bei Hochzeiten und Bar-Mizwas die Musik unbedingt in Stadionlautstärke gespielt werden musste? Es war die neue Feier-Hymne,*Club Can't Handle Me*. Ira führte mit seinen zwei bezahlten Helferinnen einen anzüglichen Tanz auf. Dann stürmten seine dreizehnjährigen Freunde die Tanzfläche und sprangen einfach senkrecht in die Luft wie beim Pogo. Ray »kämpfte« sich an Fester vorbei, machte noch ein paar Fotos und sah auf die Uhr.

Noch eine Minute.

»Paparazzi-Schwein!«

Wieder ein Tritt gegen's Schienbein von einem der kleinen Kretins.

»Au, Scheiße, das tat weh!«

Der Kretin huschte davon. Notieren, dachte Ray: Schienbeinschützer besorgen. Er sah Fester mit einem Blick an, der um Gnade flehte. Fester ließ ihn los und forderte ihn mit einem kurzen Kopfnicken auf, ihm in die Ecke des Saales zu folgen. Weil es dort zu laut war, gingen sie nach draußen.

Fester deutete mit seinem riesigen Daumen auf den Ballsaal. »Er hat seine Haftara-Abschnitte wirklich toll gelesen, findest du nicht auch?«

Ray starrte ihn wortlos an.

»Ich hab morgen einen Job für dich«, wechselte Fester das Thema.

»Groovy. Was denn?«

Fester wandte den Blick ab.

Das gefiel Ray nicht. »Uh-oh?«

»George Queller.«

»Du meine Güte.«

»Ja. Das Übliche.«

Ray seufzte. George Queller versuchte seine Partnerinnen bei der ersten Verabredung zu beeindrucken, indem er sie komplett überwältigte – und damit in Angst und Schrecken versetzte. Er bestellte *Celeb Experience*, um ihn und sein Date zu umschwärmen, während er mit ihr in ein kleines, romantisches Bistro ging. Vor einem Monat war eine Frau namens Nancy an der Reihe gewesen. Kaum saß sie, wurde ihr – unglaublich, aber wahr – eine eigene Speisekarte überreicht, auf der »Georges und Nancys erstes von vielen, vielen Dates« stand. Darunter waren die Adresse, der Tag, der Monat und das Jahr angegeben. Beim Verlassen des Restaurants wurden sie von den Miet-Paparazzi erwartet, die anfingen, Fotos zu machen, und erzählten, wie George das Wochenende auf den Turks- und Caicosinseln für die liebreizende und zu diesem Zeitpunkt bereits zu Tode erschrockene Nancy abgesagt hatte.

George hielt solche »romantischen« Tricks für das Vorspiel zu einem glücklichen und zufriedenen gemeinsamen Leben. Nancy und ihresgleichen hielten diese »romantischen« Tricks für ein Vorspiel zu Ballknebeln und Fesseln in einem abgelegenen Lagerraum.

George war noch nie weiter als bis zum ersten Date gekommen.

Fester nahm die Sonnenbrille ab. »Du sollst bei dem Job die Führung übernehmen.«

»Erster Paparazzo«, sagte Ray. »Ich muss meine Mutter anrufen, damit sie in ihrer Mah-Jongg-Gruppe damit angeben kann.«

Fester gluckste. »Ich liebe dich, das weißt du doch?«

»Sind wir hier fertig?«

»Ja.«

Ray nahm das Objektiv vom Kameragehäuse, packte beides sorgfältig ein und hängte sich die Tasche über die Schulter. Er hinkte zur Tür, nicht wegen der Tritte, sondern aufgrund des Schrapnellsplitters in seiner Hüfte – der Splitter war der Anfang seines Abstiegs gewesen. Aber nein, das war zu einfach. Der Schrapnellsplitter war nur eine Ausrede. Es hatte schließlich einmal eine Zeit in seinem jämmerlichen Leben gegeben, in dem Ray fast unerschöpfliches Potenzial besaß. Er hatte seinen Abschluss an der Columbia University School of Journalism gemacht, wo ihm ein Professor ein »fast übernatürliches Talent« im Bereich Fotojournalismus bescheinigt hatte – das jetzt brachlag. Aber im Endeffekt hatte dieses Leben für ihn nicht funktioniert. Manche Menschen wurden vom Ärger geradezu angezogen. Manche Menschen, ganz egal, wie einfach und gut erkennbar der Weg ist, den sie im Leben beschreiten sollten, fanden immer eine Möglichkeit, alles zu vermasseln.

Ray Levine war einer dieser Menschen.

Es war dunkel draußen. Ray überlegte, ob er einfach nach Hause fahren und sich ins Bett legen oder noch in eine Bar gehen sollte, die so schmierig war, dass sie *Tetanus* hieß. Schwierige Entscheidung, wenn einem so viele Möglichkeiten offenstanden.

Wieder dachte er an die Leiche.

Die Visionen ereilten ihn jetzt immer häufiger und unvermittelter. Das war wohl nur zu verständlich. Heute war immerhin das Jubiläum des Tages, an dem das alles zu Ende ging, des Tages, an dem jede Hoffnung auf ein glückliches Weiterleben dahinstarb wie … Na ja, eine logische Metapher würde jetzt auf die Visionen in seinem Kopf Bezug nehmen, oder?

Er runzelte die Stirn. Hey, Ray, ist das nicht alles ein bisschen übertrieben melodramatisch?

Er hatte gehofft, dass der alberne heutige Job ihn davon ablenken würde. Das hatte aber nicht funktioniert. Stattdessen musste er nun an seine eigene Bar-Mizwa denken, an den Moment auf der Kanzel, als sein Vater sich zu ihm heruntergebeugt und ihm etwas ins Ohr geflüstert hatte. Er erinnerte sich noch, dass sein Vater nach Old Spice roch, als er seine Hand ganz sanft um Rays Ohr legte und mit Tränen in den Augen sagte: »Ich liebe dich so sehr.«

Ray schob den Gedanken beiseite. Es tat weniger weh, wenn er an die Leiche dachte.

Da der Parkservice bei der Ankunft Geld von ihm verlangt hatte – so etwas wie professionelles Entgegenkommen gab es da wohl nicht –, war Ray wieder gefahren und hatte in einer Seitenstraße drei Blocks entfernt einen Parkplatz gefunden. Als er um die Ecke bog, sah er seinen beschissenen, zwölf Jahre alten Honda Civic, bei dem eine Stoßstange fehlte und ein Seitenfenster mit Klebeband befestigt war. Ray rieb sich das Kinn. Unrasiert. Unrasiert, vierzig Jahre alt, Scheißwagen, Kellerwohnung, die, wenn sie ordentlich renoviert werden würde, gerade noch als Drecksloch durchgehen könnte, keine Zukunft, Trinker. Er wäre vor Selbstmitleid vergangen, wenn es ihm nicht so gleichgültig gewesen wäre.

Ray wollte gerade den Autoschlüssel aus der Tasche ziehen, als er einen kräftigen Schlag auf den Hinterkopf bekam.

Was zum …?

Er sank auf ein Knie. Die Welt wurde dunkel. Ein Kribbeln lief über seine Kopfhaut. Er drohte die Orientierung zu verlieren und versuchte, den Kopf zu schütteln, um ihn wieder klar zu bekommen.

Ein weiterer Schlag landete neben seiner Schläfe.

Etwas in seinem Kopf explodierte in weißem Licht. Rays Körper sackte lang ausgestreckt auf die Straße. Vielleicht verlor er kurz das Bewusstsein – er war sich nicht sicher, spürte nur, wie plötzlich etwas an seiner rechten Schulter zog. Einen Moment lang blieb er einfach bewegungslos liegen, konnte oder wollte sich nicht wehren. In seinem Kopf drehte sich alles vor Schmerz. Der primitive Teil seines Gehirns, in dem die Ur-Instinkte beheimatet waren, hatte in den Überlebensmodus geschaltet. Meide weitere Schmerzen, sagte er. Roll dich einfach zusammen und schütze die lebenswichtigen Organe.

Durch ein weiteres, kräftiges Ziehen wäre ihm fast der Arm ausgekugelt worden. Dann ließ es nach und wanderte die Schulter und seinen Arm hinab. Bei der folgenden Erkenntnis riss Ray die Augen auf.

Da klaute jemand seine Kamera.

Die Kamera war eine klassische Leica mit einem kürzlich nachgerüsteten digitalen Übertragungs-Feature. Er spürte, wie sein Arm angehoben und der Riemen hinuntergezogen wurde. In höchstens einer Sekunde wäre die Kamera weg.

Ray besaß nicht viel. Die Kamera war das Einzige, was ihm wirklich etwas bedeutete. Natürlich war sie zum einen das Werkzeug, das er zu seinem Broterwerb brauchte – außerdem aber war sie die einzige Verbindung zum alten Ray, zu dem

Leben, das er vor dem Blut geführt hatte. Er war nicht bereit, das kampflos aufzugeben.

Zu spät.

Der Riemen war nicht mehr an seinem Arm. Er überlegte, ob er noch eine Gelegenheit bekäme, sich zur Wehr zu setzen, ob der Räuber versuchen würde, an die vierzehn Dollar in seinem Portemonnaie heranzukommen, und Ray so eine zweite Chance geben würde. Er brannte darauf, das herauszufinden.

Mit benebeltem Kopf und weichen Knien schrie Ray: »Nein!«, versuchte aufzuspringen und sich auf den Angreifer zu stürzen. Er erwischte etwas, wahrscheinlich die Beine, umschlang sie mit den Armen, und obwohl er sie nicht richtig in den Griff bekam, reichte der Aufprall.

Der Angreifer stürzte. Auch Ray landete wieder auf dem Bauch. Er hörte einen lauten Knall und hoffte inständig, dass er nicht gerade seine eigene Kamera zertrümmert hatte. Er versuchte, die Augen zu öffnen, hatte es nach kurzem Blinzeln auch bis zu zwei schmalen Schlitzen geschafft, durch die er die Kamera etwa ein oder zwei Meter vor sich sah. Er fing an darauf zuzukrabbeln, sah dann aber zwei Dinge, die ihm das Blut in den Adern gefrieren ließen.

Das erste war ein Baseballschläger auf dem Asphalt.

Das zweite – und wichtigere – war die behandschuhte Hand, die danach griff.

Rays Versuch, nach oben zu blicken, scheiterte. Die Erinnerung an ein Sommerlager blitzte auf. Sein Vater hatte es geleitet, als Ray noch klein war. Dad – die Jugendlichen hatten ihn Uncle Barry genannt – hatte gerne Staffelläufe veranstaltet, bei denen man sich einen Basketball direkt über den Kopf hielt, ihn ansah und sich so schnell wie möglich drehte. Dann musste man den Ball über das ganze Feld dribbeln und auf der anderen Seite in den Korb werfen. Das Problem bestand darin, dass einem vom Drehen so schwindlig war, dass man in eine Richtung fiel, der Ball aber in die andere rollte. So fühlte Ray sich jetzt – als ob er nach links stürzte, während der Rest der Welt nach rechts schwankte.

Der Kameradieb nahm den Baseballschläger und kam auf ihn zu.

»Hilfe!«, schrie Ray.

Es kam niemand.

Panik ergriff ihn – gefolgt von einer instinktiven Überlebensreaktion. Flucht. Er versuchte aufzustehen, schaffte es aber noch nicht. Ray war schon so ein schwer mitgenommenes Häufchen Elend. Noch *ein* Schlag, *ein* harter Treffer mit dem Baseballschläger …

»Hilfe!«

Der Angreifer kam zwei weitere Schritte auf ihn zu. Ray hatte keine Wahl. Auf allen vieren krabbelte er davon wie ein verwundeter Krebs. Prima, so war er bestimmt schnell genug, um dem verdammten Schläger zu entkommen. Der Arsch mit dem Baseballschläger war praktisch über ihm. Er hatte keine Chance.

Ray stieß mit der Schulter gegen etwas. Sein Wagen.

Er sah, wie der Schläger über seinem Kopf angehoben wurde. Noch ein, vielleicht zwei Sekunden, dann würde man ihm den Schädel einschlagen. Er hatte nur eine Chance – also nutzte er sie.

Ray drehte den Kopf zur Seite, legte die Wange auf den Asphalt, machte sich so flach wie möglich und glitt unter den Wagen. »Hilfe!«, rief er wieder. Dann, zum Angreifer: »Behalten Sie die Kamera und hauen Sie ab!«

Und genau das tat der. Ray hörte, wie sich die Schritte auf der Straße entfernten. Er versuchte, unter dem Auto hervorzukriechen. Sein Kopf rebellierte, aber er schaffte es. Dann setzte er sich auf den Gehweg und lehnte sich mit dem Rücken gegen die Beifahrertür. So blieb er eine Weile sitzen. Wie lange, konnte er nicht sagen. Vielleicht war er zwischendurch sogar wieder kurz bewusstlos.

Als es ihm wieder etwas besser ging, verfluchte Ray die Welt, stand auf, stieg in den Wagen und ließ ihn an.

Eigenartig, dachte er. Das Jubiläum des vielen Bluts – und fast wäre genau da auch der Großteil seines eigenen vergossen worden. Ein Zufall, der ihm beinahe ein Lächeln entlockt hätte. Doch als er losfuhr, verschwand jeder Anflug eines Lächelns aus seinem Gesicht.

Zufall? Ja, es war nur Zufall. Und nicht einmal ein besonders großer, wenn er es recht bedachte. Die blutige Nacht war vor siebzehn Jahren gewesen – es war kein runder Geburtstag oder so etwas. Außerdem war Ray schon öfter ausgeraubt worden. Erst letztes Jahr hatte man ihn ausgenommen, nachdem er um zwei Uhr morgens betrunken aus einem Striptease-Club gekommen war. Die Idioten hatten sein Portemonnaie geklaut und auf diese Weise ganze sieben Dollar und eine Kundenkarte vom CVS-Drogeriemarkt ergattert.

Trotzdem.

Er fand einen Parkplatz auf der Straße vor dem Reihenhaus, das Ray sein Zuhause nannte. Er lebte in der Mietwohnung im Keller. Das Haus selbst gehörte Amir Baloch, einem pakistanischen Immigranten, der mit seiner Frau und vier ziemlich lauten Kindern oben wohnte.

Jetzt nimm doch mal eine Sekunde an – oder auch nur einen Sekundenbruchteil –, dass es kein Zufall war.

Ray stieg aus. Ihm dröhnte immer noch der Kopf. Morgen würde es noch schlimmer sein. Er ging an den Mülltonnen vorbei, die Treppe hinunter zur Kellertür und steckte den Schlüssel ins Schloss. Er zermarterte sein schmerzendes

Hirn und versuchte, eine Verbindung herzustellen – eine noch so obskure, vage oder gar abwegige Verbindung – zwischen der tragischen Nacht vor siebzehn Jahren und dem heutigen Überfall.

Nichts.

Das heute war einfach ein ganz banaler Raubüberfall. Man zog einem Typen einen Baseballschläger über den Schädel, schnappte sich seine Kamera und verschwand. Außer, na ja, – würde man ihm nicht auch noch das Portemonnaie klauen? Es sei denn, es war derselbe Täter, der Ray damals vor dem Striplokal ausgenommen hatte und der wusste, dass da nur sieben Dollar drin waren? Scheiße, vielleicht war ja auch das der große Zufall. Vergiss das Timing und das Jubiläum: Es handelte sich einfach um denselben Täter, der Ray vor einem Jahr ausgenommen hatte.

Oje, was für ein Unsinn. Wo zum Teufel waren die Schmerztabletten?

Er schaltete den Fernseher ein und ging ins Bad. Als er den Medizinschrank öffnete, fielen zig Fläschchen und Packungen ins Waschbecken. Er wühlte in dem Haufen herum, bis er die Flasche mit dem Vicodin fand. Er hoffte zumindest, dass es Vicodin war. Er hatte die Tabletten auf dem Schwarzmarkt von jemandem gekauft, der behauptet hatte, sie aus Kanada in die USA geschmuggelt zu haben. Nicht auszuschließen, dass es Vitamintabletten für Kinder waren.

In den Lokalnachrichten wurde ein brennendes Haus aus der Gegend gezeigt, dann befragte man einige Anwohner, was sie über das Feuer dachten, weil das ja immer so wunderbare neue Erkenntnisse brachte. Rays Handy klingelte. Er sah Festers Nummer im Display.

»Was gibt's?«, fragte Ray und setzte sich auf die Couch.

»Du klingst ja schrecklich.«

»Ich bin auf dem Weg von Iras Bar-Mizwa zum Wagen überfallen worden.«

»Ehrlich?«

»Yep. Hab einen Baseballschläger über den Kopf gekriegt.«

»Haben sie was geklaut?«

»Meine Kamera.«

»Was? Dann sind die Fotos von heute weg?«

»Nein, nein, keine Sorge«, sagte Ray. »Eigentlich ist alles okay.«

»Du weißt schon, innerlich sterbe ich fast vor Sorge. Ich frag nur nach den Fotos, um von meiner Besorgnis abzulenken.«

»Die Fotos hab ich«, sagte Ray.

»Wieso?«

Sein Kopf schmerzte zu sehr, um das zu erklären, außerdem schickte ihn das Vicodin langsam ins Traumland. »Mach dir wegen der Fotos keine Sorgen. Die sind in Sicherheit.«

Vor ein paar Jahren, als Ray sich kurzfristig als »echter« Paparazzo versucht hatte, waren ihm ein paar wunderbar kompromittierende Bilder eines prominenten schwulen Schauspielers bei einem Seitensprung mit – huch! – einer Frau gelungen. Der Leibwächter des Schauspielers hatte Ray daraufhin gewaltsam die Kamera abgenommen und die Speicherkarte zerstört. Kurz darauf hatte Ray einen Wireless-Transmitter in die Kamera einbauen lassen – er funktionierte ganz ähnlich wie das, was die meisten Leute in ihren Foto-Handys hatten –,der neue Fotos von seiner SD-Speicherkarte alle zehn Minuten automatisch per E-Mail verschickte.

»Deshalb ruf ich an«, sagte Fester. »Ich brauch die Fotos sofort. Such fünf aus und schick sie mir noch heute Nacht. Iras Dad will unseren neuen Bar-Mizwa-Briefbeschwererwürfel schon morgen haben.«

In den Fernsehnachrichten schwenkte die Kamera langsam über die »Meteorologin«, eine üppig gebaute, junge Frau in einem engen roten Pullover. Ein echter Quotenköder. Als die heiße Braut mit der Erläuterung des Satellitenfotos fertig war und wieder an den zu gut frisierten Sprecher übergab, fielen Ray die Augen zu.

»Ray?«

»Fünf Fotos für einen Briefbeschwererwürfel.«

»Genau.«

»Ein Würfel hat sechs Seiten«, sagte Ray.

»Hey, nicht übel, bist ja ein echtes Mathe-Genie. Auf die sechste Seite kommen der Name, das Datum und ein Davidsstern.«

»Okay.«

»Ich brauch es sofort.«

»Geht klar.«

»Dann ist ja alles bestens«, sagte Fester. »Außer, na ja, du kannst morgen nicht ohne Kamera zu George Queller. Aber keine Sorge, ich find schon was für dich.«

»Also kann ich jetzt in Ruhe schlafen?«

»Du bist schon ein komischer Kerl, Ray. Schick mir die Fotos. Und dann hau dich hin.«

»Ich bin echt gerührt, wie herzlich du dich um mich kümmerst, Fester.«

Sie legten auf. Ray sank wieder auf die Couch. Die Tablette wirkte wunderbar. Beinah hätte er gelächelt. Im Fernsehen verkündete der Nachrichtensprecher mit Grabesstimme: »Der ortsansässige Carlton Flynn wird vermisst. Sein Auto wurde verlassen mit geöffneter Tür in der Nähe des Piers …«

Ray öffnete ein Auge und spähte auf den Fernseher. Dort erschien das Foto eines gerade erwachsen gewordenen Jugendlichen mit einem Kreolen-Ohrring und hochgegelten kurzen Haaren mit blonden Strähnen, der die Lippen zu einem Kussmund gespitzt hatte und direkt in die Kamera sah. Unter dem Bild stand »Vermisst«, wobei »Schwachkopf« es vermutlich besser getroffen hätte. Ray runzelte die Stirn, weil ein vages Gefühl in seinem Hinterkopf nagte, das er aber nicht zuordnen konnte. Sein ganzer Körper sehnte sich nach Schlaf, aber wenn er die fünf Fotos nicht schickte, würde Fester noch einmal anrufen, und das konnte er jetzt wirklich nicht gebrauchen. Unter größter Anstrengung rappelte Ray sich auf, taumelte zum Küchentisch, fuhr den Laptop hoch und sah nach, ob die Fotos wirklich auf seinem Computer angekommen waren.

Das waren sie.

Das beunruhigende Gefühl nagte immer noch in seinem Hinterkopf, aber Ray wusste nicht, was es bedeutete. Vielleicht störte ihn nur irgendeine Kleinigkeit. Vielleicht erinnerte er sich aber auch an etwas wirklich Wichtiges. Oder vielleicht waren durch den Schlag mit dem Baseballschläger auch nur ein paar Fragmente vom Knochen abgesplittert, die jetzt in seinem Gehirn herumscheuerten.

Die Bar-Mizwa-Fotos erschienen in umgekehrter Reihenfolge – das zuletzt gemachte zuerst. Ray sah schnell die Thumbnails durch und entschied sich für ein Tanzfoto, ein Familienfoto, eins mit der Tora, eins mit dem Rabbi und eins, auf dem Ira einen Wangenkuss von seiner Großmutter bekam.

Das waren fünf. Er schickte eine ansonsten leere E-Mail mit diesen Fotos im Anhang, gab Festers Adresse ein und klickte auf Senden. Erledigt.

Ray war so müde, dass er nicht wusste, ob er vom Stuhl hochkommen und es bis ins Bett schaffen würde. Er überlegte, ob er den Kopf einfach auf den Küchentisch legen und in der Haltung schlafen sollte, als ihm die anderen Fotos auf der

Speicherkarte einfielen. Die Fotos, die er vor der Bar-Mizwa gemacht hatte.

Überwältigende Trauer breitete sich in seiner Brust aus.

Ray war wieder einmal in dem verdammten Park gewesen und hatte Fotos gemacht. Idiotisch, aber er machte es jedes Jahr. Warum, konnte er nicht sagen. Oder vielleicht hätte er es doch sagen können, aber das würde es nur noch schlimmer machen. Der Blick durch das Kameraobjektiv schaffte etwas Distanz, setzte alles in Perspektive und gab ihm so eine relative Sicherheit. Vielleicht war es das? Vielleicht half es ihm, diesen furchtbaren Ort aus einem eigenartig beruhigenden Blickwinkel zu sehen – vielleicht änderte sich dadurch etwas, das natürlich eigentlich nicht zu ändern war.

Als Ray sich auf dem Laptop die Fotos ansah, die er vor der Bar-Mizwa gemacht hatte, fiel ihm noch etwas anderes ein.

Ein Mann mit Kreolen-Ohrring und blondierten Strähnen.

Nach zwei Minuten fand er das Gesuchte. Ein eiskalter Schauer lief ihm den Rücken hinunter, als ihm etwas bewusst wurde.

Der Angreifer hatte es nicht auf die Kamera abgesehen. Er hatte es auf ein Foto abgesehen.

Auf dieses Foto.

ZWEI

Megan Pierce lebte den ultimativen Vorstadt-Mutter-Traum – und sie hasste es.

Sie schloss den Sub-Zero-Designerkühlschrank und betrachtete ihre beiden Kinder durch die Erkerfenster der Frühstücksnische. Die Fenster ließen, wie der Architekt es formuliert hatte, »das unentbehrliche Morgenlicht herein«. Die frisch renovierte Küche war zudem mit einem Viking-Herd, Miele-Geräten und einer Marmor-Kücheninsel ausgestattet, außerdem konnte man von hier durch eine breite Passage ins zum Kinosaal umgestaltete Wohnzimmer gehen, das dank Großbildfernseher, Fernsehsesseln mit Getränkehaltern und genug Lautsprechern auch für ein *The-Who*-Konzert keine Wünsche offen ließ.

Hinten im Garten ärgerte Kaylie, ihre fünfzehnjährige Tochter, ihren jüngeren Bruder Jordan. Megan seufzte und öffnete das Fenster. »Lass das, Kaylie.«

»Ich mach doch gar nichts.«

»Ich habe hier direkt am Fenster gestanden und euch beobachtet.«

Kaylie stemmte die Hände in die Hüften. Fünfzehn Jahre – dieser quälende Wendepunkt zwischen der Kindheit und dem Erwachsensein, bei dem Körper und Hormone so richtig in Wallung gerieten. Megan erinnerte sich noch gut daran. »Und was hast du da gesehen?«, fragte Kaylie trotzig.

»Ich habe gesehen, wie du deinen Bruder geärgert hast.«

»Du bist da drinnen. Du hast doch gar nichts gehört. Woher willst du denn wissen, ob ich nicht gesagt habe ›Ich hab dich so lieb, Jordan‹.«

»Hat sie nicht!«, rief Jordan.

»Ich weiß«, sagte Megan.

»Sie hat mich einen Loser genannt und behauptet, dass ich keine Freunde habe!«

Megan seufzte: »Kaylie ...«

»Hab ich nicht!«

Megan sah sie nur mit gerunzelter Stirn an.

»Jetzt steht sein Wort gegen meins«, protestierte Kaylie. »Warum bist du immer auf seiner Seite?«

Jedes Kind, dachte Megan, ist ein gekränkter Anwalt, der nach Schlupflöchern sucht, Beweise nicht so einfach unbesehen gelten lässt und selbst die unbedeutendsten Details noch in Frage stellt.

»Du hast heute Abend noch Training«, sagte Megan zu Kaylie.

Kaylies Kopf sank herab, und ihr ganzer Körper erschlaffte. »Muss ich da hin?«

»Mit dem Beitritt in diese Mannschaft bist du eine Verpflichtung eingegangen, junge Dame.«

Noch während Megan das sagte – und obwohl sie ähnliche Sätze schon millionenfach gesagt hatte –, fand sie es unglaublich, dass so etwas aus ihrem Mund kam.

»Aber ich will da nicht hin«, quengelte Kaylie. »Ich bin voll müde. Außerdem will ich doch hinterher noch mit Ginger weggehen, weißt du, weil wir ...«

Wahrscheinlich redete Kaylie noch weiter, doch Megan wandte sich ab. Sie hatte das Interesse verloren. Ihr Mann Dave lag im grauen Sweatshirt im Fernsehzimmer. Er sah sich ein geschmackloses Interview mit einem erst kürzlich in Ungnade gefallenen Filmschauspieler an, der prahlte, mit wie vielen Frauen er im Bett gewesen wäre und dass er sich jahrelang in Striptease-Clubs herumgetrieben habe. Der Schauspieler sprach hektisch und hatte stark geweitete Pupillen, was darauf hindeutete, dass er irgendwas geschluckt hatte, für das man einen Arzt mit sehr locker sitzendem Verschreibungsblock brauchte.

Auf der Couch schüttelte Dave angewidert den Kopf. »In was für einer Welt leben wir bloß?«, sagte er und deutete auf den Bildschirm. »Der Idiot ist einfach unglaublich. Was für eine Pfeife!«

Megan nickte und verkniff sich ein Lächeln. Vor Jahren hatte sie diese Pfeife ziemlich gut gekannt. Ihn sogar im biblischen Sinne erkannt. Diese Pfeife war eigentlich ein ziemlich netter Kerl, der gutes Trinkgeld gab, Spaß an flotten Dreiern hatte und wie ein Baby weinte, wenn er zu viel getrunken hatte.

Das war lange her.

Dave drehte sich um und lächelte ihr breit zu. »Hey, Babe.«

»Hey.«

Dave machte das immer noch: Er lächelte ihr zu, als sähe er sie zum ersten Mal, und sie wusste wieder, dass sie doch eigentlich Glück hatte, dass sie dankbar sein sollte. Das war jetzt Megans Leben. Das alte Leben – das niemand in diesem glücklichen Vorstadt-Wunderland aus Wohnstraßen, guten Schulen und übergroßen Ziegelhäusern kannte – hatte sie um die Ecke gebracht und in einem flachen Graben verscharrt.

»Soll ich Kaylie zum Fußball fahren?«, fragte Dave.

»Ich mach das schon.«

»Bist du sicher?«

Megan nickte. Nicht einmal Dave kannte die Wahrheit über die Frau, mit der er seit sechzehn Jahren das Bett teilte.

Dave wusste nicht einmal, dass Megans richtiger Name eigenartigerweise Maygin lautete. Man sprach ihn genauso aus, aber Computer und Ausweise kannten nur Schreibweisen. Sie hätte ihre Mutter gefragt, wieso sie den Namen so seltsam geschrieben hatte, aber ihre Mutter war gestorben, bevor Megan sprechen konnte. Ihren Vater hatte sie nie kennengelernt, sie wusste nicht einmal, wer er war. Sie war jung Waise geworden, hatte eine harte Kindheit durchlebt und war dann als Stripperin zuerst in Las Vegas und dann in Atlantic City gelandet – dann war sie noch einen Schritt weitergegangen und hatte dieses Leben geliebt. Ja, sie hatte es wirklich geliebt. Es war aufregend, unterhaltsam und faszinierend gewesen, weil immer etwas passierte. Stets hatten Gefahr, Leidenschaft und unerschöpfliche Möglichkeiten in der Luft gelegen.

»Mom?«

Es war Jordan. »Ja, Schatz?«

»Mrs Freedman sagt, dass du die Genehmigung für den Klassenausflug nicht unterschrieben hast.«

»Ich schicke ihr eine E-Mail.«

»Sie sagt, sie hätte am Freitag da sein müssen.«

»Mach dir darüber keine Sorgen, Schatz, okay?«

Jordan brauchte noch einen Moment, beruhigte sich dann jedoch wieder.

Megan wusste, dass sie wirklich dankbar sein sollte. In ihrem alten Leben starben die Frauen jung. In jener Welt waren jede Gefühlsregung, jede Sekunde fast schon zu intensiv – das Leben hoch zehn –, und das stand einer langen Lebenserwartung definitiv im Wege. Man brannte aus. So ein Leben hatte etwas Berauschendes, aber es war auch gefährlich. Und als es plötzlich außer Kontrolle geriet und Megans Leben bedroht war, hatte sie nicht nur einen Ausweg gefunden, es war ihr sogar gelungen, einen kompletten Neuanfang hinzulegen – sie war praktisch wiedergeboren worden, und das an der Seite eines liebenden Ehemanns mit wunderbaren Kindern, einem Haus mit vier Schlafzimmern und einem Swimmingpool im Garten.

Fast zufällig war Megan Pierce irgendwie aus den Tiefen von etwas, das viele Leute als einen Sündenpfuhl bezeichneten, in den ultimativen amerikanischen Traum hineingestolpert. Um sich selbst zu retten, hatte sie sich kopfüber in ihr neues Leben gestürzt und sich beinahe schon selbst überzeugt, dass es sich dabei um die beste aller möglichen Welten handelte. Und warum auch nicht? Ihr ganzes Leben lang war Megan, genau wie wir alle, in Filmen und im Fernsehen unablässig mit Bildern bombardiert worden, die behaupteten, ihr altes Leben wäre falsch, unmoralisch und würde nicht lange währen – wohingegen das typische Familienleben mit Haus und Palisadenzaun gut und erstrebenswert wäre und fast schon heilige Züge hätte.

Die Wahrheit sah anders aus: Megan vermisste ihr altes Leben. Das sollte sie eigentlich nicht. Sie hätte dankbar und begeistert sein müssen, dass sie als Einzige von all ihren damaligen Bekannten, die denselben zerstörerischen Weg wie sie eingeschlagen hatten, bekommen hatte, wovon alle kleinen Mädchen träumten. Die Wahrheit jedoch – eine Wahrheit, die sie sich selbst erst nach vielen Jahren eingestanden hatte – war, dass sie sich immer noch nach den dunklen Clubs sehnte, nach den wollüstigen, hungrigen Blicken von Fremden, der hämmernden, pulsierenden Musik, der aufreizenden Beleuchtung, den Adrenalinschüben.

Und was sollte sie jetzt machen?

Dave zappte die Kanäle durch. »Dann stört es dich nicht, wenn du sie fährst? Weil die Jets nämlich gleich spielen.«

Kaylie wühlte in ihrer Sporttasche herum: »Mom, wo ist

mein Trikot? Hast du es gewaschen, wie ich dich gebeten hatte?«

Jordan öffnete den Kühlschrank: »Machst du mir im Sandwichmaker ein Käse-Sandwich? Aber nicht mit Vollkorntoast.«

Sie liebte sie. Wirklich. Aber an manchen Tagen, so wie heute, wurde ihr klar, dass sie sich jetzt, nachdem sie in der Jugend auf dünnem Eis herumgeschlittert war, auf das typisch häusliche Gleis unendlicher Eintönigkeit begeben hatte, wo sie Tag für Tag die gleichen Nummern mit den gleichen Partnern abziehen musste wie am Vortag – außer dass diese Partner jeweils einen Tag älter waren. Megan fragte sich, warum das so sein musste, warum man gezwungen war, sich für *ein* Leben zu entscheiden. Warum bestanden wir darauf, dass es nur ein »ich« geben durfte, das unsere Identität bestimmte? Und warum mussten wir ein Leben zerstören, um ein anderes zu schaffen? Angeblich sehnen wir uns doch nach dem »vollkommenen Glück« und danach, unsere vielfältigen Talente zur Geltung zu bringen – die tatsächlichen Veränderungen waren jedoch nur reine Kosmetik. In Wirklichkeit versuchen wir mit allen Mitteln, uns anzupassen, uns nur als *eine*, als die wünschenswerte Person zu definieren.

Dave schaltete zurück auf den in Ungnade geratenen Filmstar. »Was für eine Type«, sagte Dave kopfschüttelnd. Doch allein der Klang der berühmten, manischen Stimme brachte die Vergangenheit zurück – als er seine Hand um ihren Stringtanga geschlungen hatte und sein unrasiertes, tränennasses Gesicht auf ihren Rücken gepresst hatte.

»Du bist die Einzige, die mich versteht, Cassie …«

Ja, sie vermisste dieses Leben. War das wirklich so verwerflich?

Nein, das fand sie nicht, und das Thema ließ sie nicht los.

Hatte sie einen Fehler gemacht? Die Erinnerungen an Cassies Leben – in jener Welt benutzt niemand seinen richtigen Namen – hatte sie all die Jahre lang in einem kleinen, gut verriegelten Hinterstübchen in ihrem Kopf aufbewahrt. Und dann, vor ein paar Tagen, hatte sie die Tür entriegelt und einen winzigen Spaltbreit geöffnet. Sie hatte sie schnell wieder zugeknallt und den Riegel wieder vorgeschoben. Aber dieser Spalt, der es Cassie ermöglicht hatte, einen kurzen Blick auf ihr neues Leben zu werfen – warum war sie so überzeugt, dass das noch Auswirkungen haben würde?

Dave rollte sich von der Couch und ging mit der Zeitung unterm Arm ins Bad. Megan wärmte den Sandwichmaker vor und suchte das Weißbrot. Als sie die Schublade öffnete, fing das Telefon an zu zirpen. Kaylie stand direkt daneben, beachtete es aber nicht, sondern tippte weiter eine SMS in ihr Handy.

»Könntest du da mal eben rangehen?«, fragte Megan.

»Das ist nicht für mich.«

Ihr eigenes Handy konnte Kaylie in einem Tempo aus der Tasche ziehen, einschalten und sich melden, dass Wyatt Earp angst und bange geworden wäre, aber wenn das Festnetztelefon klingelte und eine der Teenager-Community unbekannte Nummer angezeigt wurde, interessierte sie sich absolut nicht dafür.

»Geh bitte ran.«

»Was soll das bringen? Ich muss es dann ja doch nur dir geben.«

Jordan, der im zarten Alter von elf Jahren noch auf Frieden erpicht war, griff danach. »Hallo?«

Er hörte einen Moment lang zu und sagte dann: »Sie müssen sich verwählt haben.« Und bei seinen nächsten Worten gefror Megan fast das Blut in den Adern: »Hier wohnt keine Cassie.«

Mit der kurzen Ausrede, dass die Lieferdienste immer ihren Namen missverstanden – und in dem Wissen, dass ihre Kinder so wunderbar egozentrisch waren, dass es sie sowieso nicht interessierte –, nahm Megan ihrem Sohn das Telefon ab und verschwand damit im Nebenraum.

Sie hielt es ans Ohr, sagte »Hallo«, und eine Stimme, die sie seit siebzehn Jahren nicht mehr gehört hatte, sagte: »Tut mir leid, dass ich dich anrufen muss, aber ich denke, wir sollten uns treffen.«

Megan setzte Kaylie beim Fußballtraining ab.

Dafür, dass der Anruf wie eine Bombe eingeschlagen hatte, war sie ziemlich ruhig und gelassen. Sie stellte den Automatikhebel in die Parkposition und sah ihre Tochter mit feuchten Augen an.

Kaylie sagte: »Was ist?«

»Nichts. Bis wann geht das Training?«

»Weiß ich nicht. Ich geh hinterher vielleicht noch mit Gabi und Chuckie weg.«

Vielleicht hieß hier *auf jeden Fall.* »Wohin?«

Achselzucken. »In die Stadt.«

Eine perfekte, vage Teenager-Antwort. »Wohin in der Stadt?«

»Ich weiß nicht, Mom«, sagte sie mit einem Anflug von Verärgerung. Kaylie wollte das möglichst schnell hinter sich bringen, allerdings ohne ihre Mutter zu verärgern und sich womöglich ein Verbot einzuhandeln. »Wir wollen nur ein bisschen abhängen, okay?«

»Hast du deine Hausaufgaben fertig?«

In dem Moment, als sie die Frage stellte, hasste Megan sich. Es war so mütterlich. Sie hob die Hand und sagte zu ihrer Tochter: »Vergiss das. Geht einfach. Viel Spaß.«

Kaylie sah ihre Mutter an, als wäre ihr gerade ein Horn aus der Stirn gewachsen. Dann zuckte sie die Achseln, stieg aus und lief los. Megan sah ihr nach. Wie immer. Es spielte keine Rolle, dass sie alt genug war, um allein aufs Feld zu gehen. Megan musste warten und zusehen, bis klar war, dass ihre Tochter in Sicherheit war.

Zehn Minuten später hielt Megan auf dem Parkplatz hinter dem Starbucks. Sie sah auf die Uhr. Eine Viertelstunde noch.

Sie holte sich einen Caffè Latte und setzte sich hinten an einen Tisch. Zu ihrer Linken plapperte eine Gruppe junger Mütter – unausgeschlafen, fleckige Kleidung, wahnsinnig glücklich, alle mit einem Baby im Schlepptau. Sie unterhielten sich über die besten neuen Kinderwagen, diskutierten, welches Kinderreisebett sich am einfachsten zusammenfalten ließ und wie lange man dem Baby die Brust geben sollte. Sie sprachen über Holz-Klettergerüste auf Spielplätzen und Reifenmulch, in welchem Alter man mit dem Schnuller und den sichereren Kindersitzen aufhören sollte, über die Vor- und Nachteile der verschiedenen Schlingentechniken und Positionen vor und neben dem Körper mit einem Babytragetuch. Eine prahlte, ihr Sohn Toddy sei »so unglaublich sensibel für die Bedürfnisse anderer Kinder, obwohl er doch erst achtzehn Monate alt ist«.

Megan lächelte und wünschte sich, wieder eine von ihnen sein zu können. Sie hatte die Zeit als junge Mutter geliebt, aber wie bei so vielen anderen Lebensphasen fragte man sich rückblickend, wann der Hirnschaden wieder behoben worden war. Sie wusste, was bei diesen Müttern als Nächstes anstand: die Auswahl der richtigen Vorschule – eine Entscheidung, die so bedeutsam erschien, als ginge es um Leben und Tod –, das Warten in der Autoschlange beim Abholen der Kinder von der Schule, wo auch die Kontakte für die Verabredungen ihrer

Kinder geknüpft wurden. Kinderturnen, Karate-Kurse, Lacrosse-Training, zweisprachiger Schulunterricht und die ewigen Fahrgemeinschaften. Das Glück verwandelte sich in Hetze, und die Hetze wurde zur Routine. Der einst verständnisvolle Ehemann wurde langsam mürrisch, weil man immer noch nicht wieder so viel Sex wollte wie vor dem Baby. Ihr als Paar, ihr, die ihr euch so oft wie nur möglich weggeschlichen habt, um es an jedem nur möglichen Ort zu treiben, seht euch kaum noch an, wenn ihr nackt voreinander steht. Du denkst zwar, das macht nichts aus – es war natürlich und unvermeidbar –, aber ihr entfernt euch immer weiter voneinander. Auf eine gewisse Art liebt ihr euch mehr denn je, aber die Distanz wird größer, und entweder kämpft ihr nicht dagegen an oder ihr merkt es gar nicht richtig. Ihr werdet zu Kinderbetreuern, eure Welt schrumpft auf die Grenzen der Lebenswelten eures Nachwuchses, und alles ist so unglaublich höflich, eng verbunden und herzlich – und dabei betäubt und erstickt es alles andere und treibt einen allmählich in den Wahnsinn.

»Na, sieh mal einer an.«

Als sie die wohlbekannte Stimme hörte, fing Megan unwillkürlich an zu lächeln. Das etwas rauchige Knarzen von Whiskey, Zigaretten und langen Nächten war noch deutlich zu hören und verlieh jeder Äußerung einen ironischen oder leicht zweideutigen Ton.

»Hi, Lorraine.«

Lorraine sah sie mit ihrem schiefen Lächeln an. Ihre Haare waren schlecht blondiert und zu hoch toupiert. Lorraine war groß, korpulent und üppig gebaut und wollte, dass man diese Kurven auch sah. Ihre Kleidung schien immer zwei Nummern zu klein zu sein, was ihr allerdings gut stand. Auch nach all den Jahren war Lorraine eine eindrucksvolle Erscheinung. Selbst die Mamis unterbrachen ihr Gespräch, um sie mit angemessenem Abscheu anzustarren. Lorraine warf ihnen einen vielsagenden Blick zu, der ihnen verriet, dass sie ihre Gedanken kannte und wohin sie sie sich stecken konnten. Die Mamis wandten sich ab.

»Du siehst gut aus, Mädchen«, sagte Lorraine.

Sie nahm Platz, was eine komplexe Choreographie erforderte. Es war tatsächlich siebzehn Jahre her, dass Megan sie zum letzten Mal gesehen hatte. Lorraine war damals Hostess/Managerin/Cocktail-Kellnerin/Barkeeperin gewesen. Sie hatte dieses Leben in vollen Zügen und ohne irgendwelche Rechtfertigungen gelebt.

»Ich hab dich vermisst«, sagte Megan.

»Ja, das dachte ich mir schon – wegen der vielen Postkarten und so.«

»Es tut mir leid.«

Lorraine wischte die Entschuldigung mit einer kurzen Geste beiseite, als ärgerte sie sich über die Sentimentalität. Sie wühlte in ihrer Handtasche herum und zog eine Zigarette heraus. Die Mamis, die zwei Tische entfernt saßen, schnappten nach Luft, als hätte sie eine Pistole gezogen. »Mann, ich hätte nicht übel Lust, die anzustecken, um zu sehen, wie sie fliehen.«

Megan beugte sich vor. »Ich hoffe, du hast nichts dagegen, dass ich das frage, aber wie hast du mich gefunden?«

Das schräge Lächeln breitete sich wieder in Lorraines Gesicht aus. »Ach, komm schon, Schatz. Ich hab die ganze Zeit gewusst, wo du warst. Ich habe meine Augen überall, das weißt du doch.«

Megan wollte nachhaken, aber etwas in Lorraines Tonfall sagte ihr, dass sie sich das besser verkneifen sollte.

»Jetzt guck dich doch nur mal an«, sagte Lorraine. »Verheiratet, Kinder, großes Haus. Da stehen jede Menge weiße

Cadillac Escalades auf dem Parkplatz. Gehört einer davon dir?«

»Nein. Meiner ist der schwarze GMC Acadia.«

Lorraine nickte, als läge in der Antwort tiefere Bedeutung. »Ich freu mich, dass du hier was gefunden hast, aber wenn ich ehrlich bin, muss ich zugeben, dass ich immer dachte, du würdest lebenslänglich dabeibleiben, so wie ich.« Sie gluckste kurz und schüttelte den Kopf.

»Ich weiß«, sagte Megan. »Ich war von mir selbst auch ziemlich überrascht.«

»Allerdings sind auch nicht alle, die wieder auf den Pfad der Tugend geraten sind, aus freiem Willen dort gelandet.« Lorraine sah zur Seite, als ob das nur eine beiläufige Bemerkung wäre. Aber beide Frauen wussten, dass das nicht stimmte. »Wir hatten doch viel Spaß zusammen, stimmt's?«

»Auf jeden Fall.«

»Ich hab das immer noch«, sagte Lorraine. »Das da …«, sie blickte kurz zu den Mamis, »… also, ich bewundere das. Ehrlich. Aber ich weiß nicht. Das wäre nichts für mich.« Sie zuckte die Achseln. »Vielleicht bin ich zu selbstsüchtig. Manchmal komm ich mir vor, als ob ich ADHS hätte oder so was. Ich brauche immer irgendwas, das mich stimuliert.«

»Kinder können einen schon stimulieren, das kannst du mir glauben.«

»Ja?«, sagte sie, offensichtlich ohne es zu glauben. »Na ja, freut mich, das zu hören.«

Megan wusste nicht, wie sie das Gespräch fortsetzen sollte. »Dann arbeitest du immer noch im *La Crème*?«

»Yep. Vor allem hinter der Bar.«

»Und warum der plötzliche Anruf?«

Lorraine fuchtelte mit der unangezündeten Zigarette herum. Die Mamis plapperten wieder geistlos, wenn auch deutlich weniger enthusiastisch. Immer wieder musterten sie Lorraine mit verstohlenen Blicken, als wäre sie ein Virus, der irgendwie die Barrieren ihrer Vorort-Lebensform durchbrochen hatte und sie vernichten wollte.

»Ich hab ja, wie gesagt, immer gewusst, wo du bist. Aber ich hätte natürlich nie was verraten. Ist doch klar, oder?«

»Natürlich.«

»Und eigentlich wollte ich dir jetzt auch nicht zur Last fallen. Du hast es geschafft, da rauszukommen. Da will ich dich doch auf keinen Fall wieder hineinziehen.«

»Aber?«

Lorraine sah sie an. »Jemand hat dich gesehen. Also eigentlich Cassie gesehen, um genau zu sein.«

Megan rutschte auf dem Stuhl nach vorn.

»Du bist im *La Crème* gewesen, stimmt's?«

Megan sagte nichts.

»Hey, ich hab vollstes Verständnis dafür. Glaub mir. Wenn ich den ganzen Tag mit diesen Sonnenscheinchen herumhängen müsste ...«, Lorraine deutete mit dem Daumen auf das mütterliche Plappern, »... würde ich Tiere opfern, um gelegentlich mal für eine Nacht da rauszukommen.«

Megan sah auf ihren Kaffee hinab, als läge darin die richtige Antwort. Sie war tatsächlich im *La Crème* gewesen – allerdings nur ein einziges Mal. Vor zwei Wochen, kurz vor dem Jahrestag ihrer Flucht, war sie zu einem langweiligen Fortbildungsseminar im Zuge einer Fachmesse nach Atlantic City gefahren. Da die Kinder langsam älter wurden, hatte sie sich bei einem Maklerbüro für Wohnimmobilien beworben. In den letzten Jahren war sie immer auf der Suche nach etwas Neuem gewesen – von persönlichen Fitnesstrainern über Yoga-Kurse und Töpfern bis zu einer Biografie-Schreibgruppe, bei der Megan natürlich reine Fiktion dichtete. All diesen Aktivitäten lag der verzweifelte Versuch zugrunde, jene schwer fassbare »Erfüllung« zu finden, nach der die Menschen, die sonst alles haben, sich so sehr sehnen. Ein Problem dabei war, dass sie immer nach oben blickten – obwohl viele auf der Suche nach ihrer aufgeklärten Spiritualität wohl besser nach unten hätten sehen sollen. Denn Megan ahnte, dass sich die Antwort viel eher dort, in den niederen und primitiveren Gefilden, versteckt hielt.

Auf Nachfrage hätte Megan behauptet, dass sie den Besuch im *La Crème* nicht geplant hatte. Es sei eine spontane Idee gewesen, keine große Sache, aber am zweiten Abend im *Tropicana* in Atlantic City, gerade mal zwei Blocks vom *La Crème* entfernt, hatte sie sich in ihre engsten Klamotten gezwängt und war in den Club gegangen.

»Hast du mich gesehen?«, fragte Megan.

»Nein. Und du bist schließlich auch nicht auf mich zugekommen.«

Lorraine klang verletzt. Megan hatte ihre alte Freundin hinter der Theke gesehen und Abstand gehalten. Der Club war groß und dunkel. Die meisten Menschen wollten darin nicht gesehen werden. Also waren die Clubs so eingerichtet, dass man darin abtauchen konnte.

»Ich wollte nicht…« Megan brach ab. »Wer dann?«

»Ich weiß es nicht. Aber ist das wahr?«

»Nur ein einziges Mal«, sagte Megan.

Lorraine schwieg.

»Ich versteh das nicht. Wo liegt das Problem?«

»Warum bist du zurückgekommen?«

»Ist das wichtig?«

»Für mich nicht«, sagte Lorraine. »Aber dieser Bulle hat es erfahren. Der, der dich schon seit Jahren sucht. Er ist immer noch am Ball.«

»Und du denkst, dass er mich jetzt findet?«

»Gut möglich«, sagte Lorraine. »Ja, ich glaube, er hat eine ziemlich gute Chance, dich zu finden.«

»Also ist dieser Besuch eine Warnung?«

»So etwas in der Art.«

»Was denn noch?«

»Ich weiß nicht, was damals in der Nacht passiert ist«, sagte Lorraine. »Ich will's auch gar nicht wissen. Ich bin glücklich. Mir gefällt mein Leben. Ich tu, was mir gefällt und mit wem es mir gefällt. Ich misch mich nicht in die Angelegenheiten anderer Leute ein, wenn du weißt, was ich meine.«

»Ja.«

»Und vielleicht liege ich auch falsch. Also, du kennst den Club ja, es ist ziemlich dunkel darin. Und es ist auch schon verdammt lange her – siebzehn Jahre, oder? Ich kann mich also auch geirrt haben, schließlich war es nur eine Sekunde, aber ich glaube, das war an dem Abend, an dem du auch da warst. Aber wo du plötzlich wieder da warst und jetzt noch jemand anders vermisst wird …«

»Wovon sprichst du, Lorraine? Was hast du gesehen?«

Lorraine blickte auf und schluckte. »Stewart«, sagte sie und fummelte an der unangesteckten Zigarette herum. »Ich glaube, ich habe Stewart Green gesehen.«

DREI

Mit einem tiefen Seufzer ging Detective Broome auf das unglückselige Haus zu und klingelte. Sarah öffnete die Tür, sah ihn kaum an und sagte: »Komm rein.« Broome trat sich verlegen die Füße ab. Er zog den alten Trenchcoat aus und legte ihn über den Arm. Im Haus hatte sich in all den Jahren nichts verändert. Die altmodischen, eingelassenen Lampen, das weiße Ledersofa, der alte Fernsehsessel in der Ecke – es war alles noch wie damals. Nicht einmal die Fotos auf dem Kaminsims hatte Sarah ausgetauscht. Lange Zeit – mindestens fünf Jahre – hatten noch die Hausschuhe ihres Manns neben dem alten Fernsehsessel gestanden. Die Hausschuhe waren jetzt weg, aber der Sessel stand immer noch da. Broome fragte sich, ob ihn je irgendjemand benutzte.

Es war, als weigerte sich sogar das Haus selbst voranzuschreiten in der Zeit, als würden Wände, Böden und Decken nach wie vor trauern und warten. Aber vielleicht war das auch nur eine Projektion. Menschen brauchten Antworten. Sie brauchten einen Abschluss. Die Hoffnung konnte, wie Broome wusste, etwas Wunderbares sein. Andererseits konnte sie auch eine ewige Last sein, die die Menschen zu zerdrücken drohte. Sie konnte das Grausamste sein, was einem Menschen in seinem Leben begegnete.

»Du hast das Jubiläum verpasst«, sagte Sarah.

Broome nickte. Er war noch nicht bereit, ihr zu sagen, woran das lag. »Wie geht's den Kindern?«

»Gut.«

Sarahs Kinder waren im Prinzip erwachsen. Susie besuchte das vorletzte Jahr des College, und Brandon stand kurz vor dem Highschool-Abschluss. Sie waren fast noch Babys gewesen, als ihr Vater verschwand – plötzlich aus diesem wohlgeordneten Leben gerissen wurde, woraufhin ihn keiner seiner Lieben je wiedergesehen hatte. Broome war es nicht gelungen, den Fall zu lösen. Es war ihm jedoch auch nicht gelungen, ihn loszulassen. Er wusste, dass man sich nicht persönlich in Fälle hineinziehen lassen durfte. Trotzdem hatte er es nicht vermeiden können. Er hatte die Tanzvorführungen der kleinen Susie besucht. Er hatte Brandon gezeigt, wie man einen Baseball warf. Und vor zwölf Jahren hatte er, wie er zu seiner Schande zugeben musste, sogar einmal mit Sarah zusammen zu viel getrunken und, tja, war dann über Nacht geblieben.

»Wie ist der neue Job?«, fragte Broome.

»Gut.«

»Kommt deine Schwester bald zu Besuch?«

Sarah seufzte. »Yep.«

Sarah war immer noch eine attraktive Frau. Sie hatte Krähenfüße um die Augen, und auch die Falten um den Mund herum waren im Lauf der Jahre tiefer geworden. Doch manchen Frauen steht das Älterwerden, und Sarah war eine von ihnen.

Außerdem hatte sie eine Krebserkrankung überlebt. Vor über zwanzig Jahren. Das hatte sie Broome schon bei ihrer ersten Begegnung erzählt. Beide hatten sie in diesem Zimmer gesessen, als er hergekommen war, um der Vermisstenanzeige nachzugehen. Die Krankheit sei diagnostiziert worden, als sie mit Susie schwanger war, hatte Sarah ihm erzählt. Wenn ihr Mann nicht gewesen wäre, erklärte sie, hätte sie niemals überlebt. Das hatte sie Broome sehr deutlich erklärt. Als sie eine schlechte Prognose bekam, als Sarah sich während der Chemotherapie unablässig übergeben musste, als ihr die Haare ausfielen und ihr gutes Aussehen dahinschwand, als ihr Körper zu verfallen begann, als niemand sonst, Sarah eingeschlossen, auch nur noch einen Funken Hoffnung hatte – wieder dieses Wort –,da war er und er allein an ihrer Seite geblieben.

Was wieder einmal zeigte, dass die menschliche Natur in all ihrer Komplexität und Scheinheiligkeit einfach nicht zu erklären war.

Nächtelang hatte er an ihrem Bett gewacht, ihr immer wieder die schweißnasse Stirn abgewischt. Er hatte ihre Medikamente geholt, ihre Wange geküsst, ihren fröstelnden Körper umarmt und ihr so den Eindruck gegeben, geliebt zu werden.

Sie hatte Broome in die Augen gesehen und ihm all das erzählt, weil sie wollte, dass er in dem Fall weiterermittelte und ihren Mann nicht einfach als Aussteiger abtat, sondern sich persönlich darum kümmerte, dass die Liebe ihres Lebens gefunden wurde, weil sie ohne ihn einfach nicht weitermachen konnte.

Siebzehn Jahre später kam Broome immer noch hierher, obwohl er auf viele bittere Wahrheiten gestoßen war. Der Aufenthaltsort von Sarahs Ehemann und der Liebe ihres Lebens war jedoch immer noch ein Geheimnis.

Broome sah sie an. »Das ist gut«, hörte er sich plappern. »Ich meine, dass deine Schwester zu Besuch kommt. Darauf freust du dich doch immer so.«

»Ja, wunderbar«, sagte Sarah absolut ausdruckslos. »Broome?«

»Ja.«

»Du betreibst Smalltalk.«

»Da könnte was dran sein.«

»Was bedeutet das?«

Trotz der hübschen Dekoration – hellgelbe Farbe, frische Blumen – sah Broome im Haus nur Verfall. Die jahrelange Ungewissheit hatte die Familie zerstört. Die Kinder hatten harte Jahre durchlebt. Susie hatte zwei Mal wegen Alkohol am Steuer vor Gericht gestanden. Brandon war wegen Drogenbesitzes festgenommen worden. Broome hatte beiden bei der Bewältigung ihrer Probleme geholfen. Aber das Haus sah immer noch so aus, als wäre ihr Vater erst gestern verschwunden – als wäre die Zeit seit damals stehen geblieben.

Sarahs Augen weiteten sich etwas, als wäre ihr gerade etwas Schmerzliches bewusst geworden. »Habt ihr …?«

»Nein.«

»Was dann?«

»Wahrscheinlich hat es gar nichts zu bedeuten«, sagte Broome.

»Aber?«

Broome setzte sich, stützte die Ellbogen auf die Knie und den Kopf in die Hände. Er atmete tief durch und sah Sarah in die gepeinigten Augen. »Es ist wieder jemand verschwunden. Vielleicht hast du es in den Nachrichten gesehen. Er heißt Carlton Flynn.«

Sarah sah ihn verwirrt an. »Was heißt ›verschwunden‹?«

»Es war genauso wie bei …« Er brach ab. »Carlton Flynn stand mitten im Leben, und plötzlich war er von einem Moment auf den anderen weg. Verschwunden und nicht wieder auffindbar.«

Sarah versuchte zu verstehen, was er ihr gesagt hatte. »Aber … du hast mir doch vom ersten Tag an immer wieder erklärt, dass Menschen manchmal einfach verschwinden, oder?«

Broome nickte.

»Zum Teil aus eigenem Entschluss«, fuhr Sarah fort. »In

anderen Fällen eben nicht. Aber so etwas passiert immer wieder.«

»Richtig.«

»Und jetzt ist siebzehn Jahre nach meinem Ehemann dieser Carlton Flynn verschwunden. Ich sehe da keine Verbindung.«

»Gut möglich, dass es keine gibt«, stimmte Broome zu.

Sie beugte sich vor. »Aber?«

»Aber genau deshalb bin ich am Jubiläum nicht hier gewesen.«

»Was soll das heißen?«

Broome wusste nicht, wie viel er ihr verraten sollte. Er konnte nicht einmal sagen, wie viel er selbst wirklich wusste. Er war dabei, eine Theorie zu entwickeln. Eine Theorie, die ihm auf den Magen schlug und nachts vom Schlafen abhielt – aber bisher war es immer noch nicht mehr als eine Theorie.

»Der Tag, an dem Carlton Flynn verschwunden ist«, sagte er.

»Was ist damit?«

»Deshalb war ich nicht hier. Er ist am Jubiläum verschwunden. Am achtzehnten Februar – auf den Tag genau siebzehn Jahre, nachdem auch dein Mann verschwunden ist.«

Sarah wirkte einen Moment lang perplex. »Auf den Tag genau siebzehn Jahre?«

»Ja.«

»Was hat das zu bedeuten? Siebzehn Jahre? Könnte doch einfach Zufall sein. Wenn es fünf oder zehn Jahre wären … Aber siebzehn?«

Er sagte nichts, ließ sie selbst einen Moment lang darüber nachdenken.

Sarah sagte: »Dann nehme ich mal an, dass du nach anderen vermissten Personen gesucht hast? Um festzustellen, ob es da ein Muster gibt?«

»Das hab ich.«

»Und?«

»Das sind die einzigen beiden, von denen wir sicher wissen, dass sie am achtzehnten Februar verschwunden sind – dein Mann und Carlton Flynn.«

»Von denen wir sicher wissen?«, wiederholte sie.

Broome atmete tief durch. »Am vierzehnten März letzten Jahres wurde Stephen Clarkson, auch ein Mann aus der Gegend, vermisst gemeldet. Am einundzwanzigsten Februar drei Jahre davor wurde schon einmal ein Mann vermisst gemeldet.«

»Und von denen ist keiner gefunden worden?«

»So ist es.«

Sarah schluckte. »Dann ist der genaue Tag vielleicht gar nicht so wichtig. Eventuell verschwinden sie einfach in der Zeit zwischen Ende Februar und Mitte März?«

»Das glaube ich nicht – oder ich habe es bisher zumindest nicht geglaubt, weil die anderen beiden Männer – Peter Berman und Gregg Wagman – deutlich früher verschwunden sein könnten. Berman war ein Herumtreiber, Wagman war LKW-Fahrer. Beide waren Singles und hatten keine nahen Familienangehörigen. Da merkt doch keiner, wenn so ein Mann mal ein paar Tage nicht nach Hause kommt. Bei dir und deinem Mann war das natürlich was anderes. Aber bei einem Single, einem geschiedenen Mann oder einfach jemandem, der dauernd auf Achse ist …«

»Kann es ein paar Tage dauern, bevor er vermisst gemeldet wird«, beendete Sarah den Satz für ihn.

»Oder sogar noch länger.«

»Also könnten die beiden Männer auch am achtzehnten Februar verschwunden sein.«

»So einfach ist das nicht.«

»Wieso nicht?«

»Weil das Muster immer komplexer wird, je länger ich es mir ansehe. Wagman war zum Beispiel aus Buffalo – nicht von hier. Keiner weiß, wann oder wo er verschwunden ist, es ist mir aber gelungen, seine Wege so weit zurückzuverfolgen, dass ich annehme, dass er irgendwann im Februar durch Atlantic City gekommen sein müsste.«

Sarah dachte darüber nach. »Einschließlich Stewart hast du jetzt fünf Männer aus den letzten siebzehn Jahren erwähnt. Gab es noch mehr?«

»Ja und nein. Bisher hab ich fünf Männer gefunden, die irgendwie in dieses Muster hineinpassen könnten. In ein paar Fällen muss man die Grenzen aber schon ziemlich weit ausdehnen.«

»Zum Beispiel?«

»Vor zwei Jahren wurde ein Clyde Horner, der bei seiner Mutter lebte, am siebzehnten Februar vermisst gemeldet.«

»Also geht es nicht um den achtzehnten Februar.«

»Wahrscheinlich nicht.«

»Vielleicht einfach um den Monat Februar?«

»Möglich. Das ist das Problem mit Theorien und Mustern. Man braucht Zeit, um sie zu begreifen. Ich bin noch in dem Stadium, wo ich Beweise sammle.«

Tränen traten ihr in die Augen. Sie blinzelte. »Ich versteh das nicht. Wie kann man denn übersehen, dass so viele Leute verschwinden?«

»Was denn übersehen?«, sagte Broome. »Verdammt, ich hab immer noch keine Ahnung, was da passiert ist. Irgendwo verschwinden andauernd irgendwelche Männer. Die meisten verlassen Frau und Familie. Viele sind pleite, haben nichts mehr zu verlieren oder gar Gläubiger am Hals – also tauchen sie ab und versuchen, ein neues Leben anzufangen. Oft am anderen Ende des Landes. Manche ändern ihren Namen, andere nicht. Viele von diesen Männern … Na ja, eigentlich sucht sie niemand. Es hätte ja keiner wirklich etwas davon, wenn man sie findet. Eine Frau, mit der ich gesprochen habe, hat mich angefleht, ihren Mann bloß nicht wieder aufzuspüren. Sie hatte drei Kinder mit dem Kerl. Sie glaubte, dass er mit einer – wie sie es formulierte – ›beschissenen Hure‹ abgehauen sei, und das wäre das Beste, was ihr und ihren Kindern je passiert sei.«

Sie schwiegen einen Moment lang.

»Und was war vorher?«, fragte Sarah.

Broome wusste, was sie meinte, fragte aber trotzdem: »Vorher?«

»Vor Stewart. Ist vor meinem Mann auch jemand verschwunden?«

Er fuhr sich mit der Hand durch die Haare und hob den Kopf. Sie sahen sich in die Augen. »Ich konnte keinen entdecken«, sagte Broome. »Wenn das ein Muster ist, hat es mit Stewart angefangen.«

VIER

Das Klopfen weckte Ray.

Mühsam öffnete er ein Auge und bereute es sofort. Das Licht stach wie ein Dolch in sein Gehirn. Er presste die Hände von beiden Seiten gegen den Kopf, weil er fürchtete, sein Schädel könnte in zwei Teile zerspringen.

»Mach schon auf, Ray.«

Es war Fester.

»Ray?«

Er hörte einfach nicht auf. Jedes Klopfen traf Rays Schläfen wie ein Schlag mit einem Holzbalken. Er schwang die Beine aus dem Bett, und obwohl sich in seinem Kopf alles drehte, gelang es ihm, sich hinzusetzen. Neben seinem rechten Fuß stand eine leere Flasche Jack Daniels. Bah. Er war auf der Couch bewusstlos geworden – nein, nur bewusstlos traf es nicht, er hatte leider wieder mal einen seiner Blackouts gehabt –, ohne das Bett darunter auszuziehen. Keine Decke. Kein Kissen. Wahrscheinlich taten ihm auch der verspannte Hals und Nacken weh, aber das ließ sich durch den pulsierenden Kopfschmerz nicht feststellen.

»Ray?«

»Hm«, krächzte er; mehr bekam er einfach noch nicht heraus.

Es kam ihm wie ein Kater hoch zehn vor. Ein oder zwei Sekunden lang erinnerte Ray sich nicht, was am Vorabend passiert war und dieses massive Unwohlsein verursacht hatte.

Stattdessen dachte er an das letzte Mal, als er sich so gefühlt hatte, damals, bevor für ihn alles vorbei gewesen war. Er war Fotojournalist für AP gewesen und hatte während des ersten Golfkriegs die 24th Infantry durch den Irak begleitet, als die Landmine explodierte. Dunkelheit – dann Schmerzen. Eine Zeitlang hatte es ausgesehen, als würde er sein Bein verlieren.

»Ray?«

Die Pillen standen neben dem Bett. Pillen und Schnaps – der perfekte spätnächtliche Cocktail. Er fragte sich, wie viele davon er wann genommen hatte, dann dachte er, Scheiß drauf. Er schluckte noch zwei, zwang sich aufzustehen und stolperte zur Tür.

Als er sie geöffnet hatte, sagte Fester: »Wow.«

»Was ist?«

»Du siehst aus, als ob mehrere große Orang-Utans dich zu ihrem Liebessklaven gemacht hätten.«

Ach, Fester. »Wie spät ist es?«

»Drei.«

»Was? Nachmittags?«

»Ja, Ray. Es ist drei Uhr nachmittags. Siehst du das Licht draußen?« Fester deutete hinter sich. Er sprach mit der Stimme eines Erziehers im Kindergarten. »Um drei Uhr nachmittags ist es hell draußen. Um drei Uhr nachts ist es dunkel. Ich könnte dir ein Diagramm zeichnen, wenn dir das weiterhilft.«

Sarkasmus war genau das, was ihm noch gefehlt hatte. Seltsam. Er schlief nie länger als bis acht, und jetzt war es drei. Es musste wirklich ein übler Blackout gewesen sein. Ray trat etwas zur Seite und ließ Fester ins Haus. »Gibt es einen Grund für deinen Besuch?«

Der riesige Fester duckte sich, als er das Zimmer betrat.

Er sah sich um, nickte und sagte: »Wow, was für ein Dreckloch.«

»Yep«, sagte Ray. »Dachtest du, von dem, was du mir bezahlst, könnte ich mir ein Apartment in einer dieser edlen Wohnanlagen leisten?«

»Ha!« Fester zeigte mit dem Finger auf ihn. »Da hast du mich kalt erwischt.«

»Willst du was Bestimmtes?«

»Hier.« Fester griff in seine Tasche, zog eine Kamera heraus und reichte sie Ray. »Die kannst du nehmen, bis du dir eine neue gekauft hast.«

»Ich bin gerührt«, sagte Ray.

»Na ja, du machst gute Arbeit. Außerdem bist du mein einziger Angestellter, der nicht auf harten Drogen ist, sondern einfach nur säuft. Damit bist du mein bester Mitarbeiter.«

»Das ist wirklich ein romantischer Moment zwischen uns beiden, stimmt's, Fester?«

»Sowieso«, sagte Fester und nickte. »Außerdem habe ich keinen anderen gefunden, der heute Abend den George-Queller-Job machen kann. Holla, was haben wir denn hier?« Fester deutete auf die Pillen. »So viel dazu, dass du keine Drogen nimmst.«

»Das sind Schmerztabletten. Ich bin gestern Nacht überfallen worden, erinnerst du dich?«

»Klar. Trotzdem.«

»Heißt das, ich bin die Auszeichnung als Mitarbeiter des Monats wieder los?«

»Nein, wenigstens nicht, bis ich hier eine Spritze finde.«

»Ich kann heute nicht arbeiten, Fester.«

»Wieso? Willst du den ganzen Tag im Bett bleiben?«

»Das hatte ich geplant, ja.«

»Ändere deinen Plan. Ich brauch dich. Und ich zahl das Anderthalbfache.« Er ließ den Blick durch die Wohnung schweifen und runzelte die Stirn. »Obwohl du das Geld ja offensichtlich gar nicht nötig hast, was?«

Dann ging Fester wieder. Ray setzte Wasser auf. Löslicher Kaffee. Von oben hörte er laute Stimmen auf Urdu. Offenbar waren die Kinder von der Schule nach Hause gekommen. Ray kämpfte sich bis zur Dusche und blieb so lange darunter stehen, bis das warme Wasser alle war.

Bei *Milo's Diner* an der Ecke gab es sehr gute Sandwiches. Ray verschlang eins, als fürchtete er, es könnte im letzten Augenblick die Flucht ergreifen. Er versuchte, sich auf die bevorstehende Aufgabe zu konzentrieren, ohne an die Zukunft zu denken – fragte Milo beim Bezahlen, wie sich sein Rücken machte, und lächelte einem anderen Kunden zu, während er die Lokalzeitung kaufte. Versuchte, sich ganz auf das Hier und Jetzt zu konzentrieren und keine Pläne zu machen, weil er nicht an das Blut denken wollte.

Er sah in die Zeitung. Der Artikel mit der Überschrift EINWOHNER VERMISST enthielt das gleiche Foto, das er gestern schon in den Fernsehnachrichten gesehen hatte. Carlton Flynn mit Kussmund. Echter Spacko. Er hatte hochgegelte, dunkle Haare mit blonden Strähnen, tätowierte Fitnessstudio-Muskeln, glatte Babyhaut, und sah aus, als würde er in einer dieser abscheulichen Reality-Shows aus Jersey mitspielen, in denen zurückgebliebene, egozentrische Dumpfbacken die Mädchen als »Granaten« bezeichneten.

Carlton Flynn war vorbestraft – drei tätliche Angriffe. Er war sechsundzwanzig, geschieden und arbeitete für den »bekannten Hotellieferdienst seines Vaters«.

Ray faltete die Zeitung zusammen und klemmte sie sich unter den Arm. Er wollte nicht daran denken. Er wollte nicht an das Foto von Carlton Flynn auf seinem Computer denken und auch nicht daran, warum ihn jemand überfallen hatte, um es zu bekommen. Er wollte das Ganze hinter sich lassen, einfach in den Tag hinein leben, einen Augenblick nach dem anderen.

Verdrängen, überleben – so wie er es schon die letzten siebzehn Jahre gemacht hatte.

Hat super funktioniert bisher, Ray, oder?

Er schloss die Augen und gestattete sich eine kurze Erinnerung an Cassie. Er war wieder im Club, vom Alkohol benebelt sah er zu, wie sie einen Kunden mit einem Lapdance beglückte. Er war hundertprozentig zufrieden mit sich selbst – und nicht im Geringsten eifersüchtig. Cassie sah ihn über die Schulter des Mannes an – mit einem Blick, bei dem einem die Zähne zerschmolzen –, und er erwiderte das Lächeln, wartete darauf, dass sie allein war, weil er wusste, dass sie letztendlich bei ihm landen würde.

Wenn Cassie in der Nähe war, hatte immer ein Knistern in der Luft gelegen. Sie war lustig, wild und spontan gewesen, ohne dass ihre ganz besondere Herzlichkeit, Freundlichkeit und ihre Intelligenz zu kurz gekommen wären. Man hatte ihr die Kleider vom Leib reißen und sie aufs nächste Bett werfen wollen – und gleichzeitig ein Liebessonett an sie dichten. Plötzliches Aufblitzen, Glühen, loderndes Feuer, Herzwärme – Cassie konnte all dies auf einmal hervorrufen.

Bei einer solchen Frau, tja – irgendetwas musste da ja schiefgehen, oder?

Er dachte an das Foto bei diesen verdammten Ruinen im Park. Hatte der Räuber es vielleicht darauf abgesehen? Er hielt es für ziemlich unwahrscheinlich. Dann ging er die verschiedenen Szenarien und Möglichkeiten im Kopf durch und traf eine Entscheidung.

Er hatte sich lange genug versteckt. Nach seiner Zeit als berühmter Fotojournalist war er über die schreckliche Entzugsklinik und die schönen Tage hier in Atlantic City schließlich ganz unten angekommen. Darauf war er nach Los Angeles gezogen, wo er sich als echter Paparazzo versucht und wieder in die Scheiße geritten hatte, bevor er dann wieder hierher zurückgekommen war. Wieso? Wieso war er an den Ort zurückgekommen, an dem er alles verloren hatte, wenn ihn nicht … wenn ihn nicht irgendetwas wieder hergezogen hätte? Wenn nicht irgendjemand von ihm verlangt hätte, dass er zurückkam und die Wahrheit aufdeckte?

Cassie.

Er blinzelte so lange, bis ihr Bild vor seinem inneren Auge verschwunden war, ging zu seinem Wagen und fuhr wieder ins Naturschutzgebiet. Der Eingang, den er damals fast täglich benutzt hatte, war immer noch geöffnet. Ray hätte nicht sagen können, was er hier wollte. So viel hatte sich in seinem Leben verändert, eins aber nicht – das Bedürfnis nach einer Kamera. Natürlich gab es diverse Dinge, die einen Fotografen ausmachten, in seinem Fall ging es jedoch nicht um bloßes Talent oder den Wunsch, schöne Bilder zu machen – er *brauchte* das Fotografieren einfach. Er sah und verarbeitete Ereignisse nicht richtig, wenn er sie nicht fotografieren konnte. Er nahm die Welt erst durch das Objektiv richtig wahr. Für die meisten Menschen existierten Dinge nicht, solange sie sie nicht sehen, hören, riechen oder schmecken konnten. Für ihn war es fast umgekehrt – nichts war real, bis er es mit seiner Kamera festgehalten hatte.

Der rechte Weg führte auf eine Klippe, von der man einen tollen Blick auf die Skyline von Atlantic City hatte. Nachts flimmerte das Meer dahinter wie ein glänzender, dunkler Vorhang. Wenn man den Weg durch das Gestrüpp nicht scheute, wurde man mit einer atemberaubenden Aussicht belohnt.

Ray schoss Fotos, während er den abgelegenen Pfad entlangging. Er hatte die ganze Zeit die Kamera vor Augen, als könnte sie ihn schützen. Die Ruinen der alten Eisenerzmine befanden sich am Rand der Pine Barrens, einem Naturschutzgebiet und New Jerseys größtem Waldgebiet. Vor vielen Jahren hatte Ray den Pfad einmal verlassen und war tief in den Wald gegangen. Er hatte eine längst verlassene Zementfabrik entdeckt, die mit Graffiti übersät war – einige schienen satanistische Themen aufzugreifen. In den Pine Barrens gab es noch jede Menge Ruinen von Geisterstädten. Es gingen Gerüchte um, dass in den Tiefen der Wälder üble Verbrechen begangen wurden. Wenn man sich irgendein beliebiges Portrait der amerikanischen Mafia im Kino ansah, dann gab es darin garantiert auch eine Szene, in der Auftragskiller eine Leiche in den Pine Barrens vergraben. Ray dachte viel zu oft daran. Er bildete sich ein, dass jemand eines Tages ein Gerät erfinden würde, das einem verriet, was in der Erde unter einem vergraben war, das Knochen, Stöcke, Wurzeln und Felsen unterscheiden konnte – wer weiß, was man dann alles finden würde?

Ray schluckte und schob den Gedanken beiseite. Als er den alten Schmelzofen der Eisenerzmine erreichte, zog er sein Foto von Carlton Flynn heraus und studierte es. Flynn stand drüben auf der linken Seite und ging auf den Pfad zu – denselben Pfad, den Ray vor siebzehn Jahren gegangen war. Warum? Was wollte Carlton Flynn hier? Natürlich könnte er einfach spazieren gegangen sein, oder er wollte sich die alte Mine ansehen. Aber warum war er gerade jetzt, genau siebzehn Jahre, nachdem Ray hier gewesen war, genau an diesem Ort aufgetaucht und dann verschwunden? Und wohin war er von hier aus gegangen?

Keine Ahnung.

Rays Hinken war normalerweise kaum noch zu sehen. Nur

wenn man ganz genau hinguckte, erkannte man es noch, aber Ray hatte gelernt, es zu verbergen. Als er jetzt jedoch den Pfad den Berg hinaufging, um sich genau an die Stelle zu begeben, von der er das Foto von Carlton Flynn gemacht hatte, machte sich das Zwicken der alten Verletzung deutlicher bemerkbar. Auch der Rest seines Körpers schmerzte noch vom nächtlichen Überfall – doch all das interessierte Ray in diesem Moment nicht.

Ihm fiel etwas ins Auge.

Er blieb stehen und sah sich den Weg genau an. Die Sonne strahlte vom Himmel. Vielleicht lag es daran – oder am seltsamen Winkel auf der kleinen Anhöhe. Vom Pfad aus hätte man es wohl nicht gesehen, aber dort, am Waldrand, am großen Fels, reflektierte etwas das Sonnenlicht. Ray runzelte die Stirn und ging darauf zu.

Was zum …?

Als er dort war, beugte er sich hinunter, um es sich genauer anzusehen. Er streckte die Hand aus, zuckte aber zurück, bevor er es berührt hatte. Dann nahm er ganz automatisch die Kamera und fing an, Fotos zu machen.

Auf dem Boden fast hinter dem großen Felsen war eine Spur aus getrocknetem Blut.

FÜNF

Megan saß im Bett und las eine Zeitschrift. Dave lag mit der Fernbedienung in der Hand neben ihr und sah fern. Für Männer war die Fernbedienung so etwas wie ein Schnuller oder eine Schmusedecke. Sie konnten einfach nicht fernsehen, ohne sie immer parat zu haben.

Es war kurz nach zehn. Jordan schlief schon. Kaylie natürlich noch nicht.

Dave sagte: »Möchtest du das Vergnügen haben oder soll ich?«

Megan seufzte. »Du bist schon gestern und vorgestern gegangen.«

Dave lächelte, ohne den Blick vom Fernseher abzuwenden. »Am Abend davor auch. Aber wir wollen ja jetzt nicht anfangen und das kleinlich gegeneinander aufrechnen.«

Sie legte die Zeitschrift zur Seite. Kaylie musste jeden Abend um Punkt zehn im Bett sein, ging aber nie von selbst, sondern wartete darauf, dass ihre Eltern sie dazu aufforderten. Megan stand auf und ging den Flur entlang. Sie hätte auch »Geh jetzt SOFORT ins Bett!« rüberrufen können, aber das wäre ebenso anstrengend gewesen, und womöglich wäre Jordan davon noch aufgewacht.

Also steckte Megan den Kopf ins Zimmer ihrer Tochter. »Schlafenszeit.«

Kaylie wandte nicht einmal den Blick vom Computermonitor ab. »Nur noch eine Viertelstunde, okay?«

»Nein. Um zehn ist Schlafenszeit. Es *ist* schon fast Viertel nach.«

»Jen braucht Hilfe bei den Hausaufgaben.«

Megan runzelte die Stirn. »Auf Facebook?«

»Eine Viertelstunde, Mom. Mehr nicht.«

Aber es war nie nur eine Viertelstunde, denn in einer Viertelstunde würde das Licht immer noch brennen und Kaylie würde am Computer sitzen, so dass Megan noch einmal aufstehen und ihr sagen müsste, dass sie endlich ins Bett gehen sollte.

»Nein. Sofort.«

»Aber …«

»Soll ich dir Hausarrest geben?«

»Herrgott, was hast du für ein Problem? Eine Viertelstunde!«

»SOFORT!«

»Warum schreist du denn so? Immer musst du mich anschreien.«

So lief das. Immer. Megan dachte an Lorraine, an ihren Besuch und den Satz, dass Kinder nichts für sie seien, als sie die Mamis im Starbucks gesehen hatten. Sie dachte daran, dass einen die Vergangenheit nie ganz losließ – weder das Gute noch das Schlechte –, auch wenn man sie in Kartons packte, in einen Schrank stellte und davon ausging, dass es wie mit den echten Dingen war, die man im Haus in Kartons aufbewahrte: Man behielt sie ohne die Absicht, die Karton je wieder zu öffnen – doch dann, wenn das richtige Leben einem auf die Pelle rückte, holte man sie aus dem Schrank und sah hinein.

Als Megan wieder ins Schlafzimmer kam, war Dave bei laufendem Fernseher mit der Fernbedienung in der Hand eingeschlafen. Er lag auf dem Rücken. Er hatte kein Hemd an. Seine Brust hob und senkte sich, während er leise dazu schnarchte. Megan blieb einen Moment lang stehen und betrachtete ihn. Er war dick geworden, noch ganz gut in Form, aber im Lauf der Jahre hatten sich immer weitere Schichten übereinandergelagert. Sein Haar wurde dünner, seine Wangen wurden etwas fülliger. Auch seine Haltung war nicht mehr dieselbe wie früher.

Er arbeitete zu hart. Wochentags stand er immer um halb sieben auf, zog Anzug und Krawatte an und fuhr in sein Eckbüro in der fünften Etage in Jersey City. Er arbeitete als Anwalt und war mehr auf Reisen, als es ihm guttat. Die Arbeit gefiel ihm, er lebte aber für die Zeiten, wenn er nach Hause kommen und bei der Familie sein konnte. Dave trainierte gern mit seinen Kindern und ging mit zu den Spielen. Dabei legte er zu großen Wert darauf, dass sie Erfolg hatten. Er plauderte gerne mit den anderen Eltern am Spielfeldrand, trank das eine oder andere Bier mit den Veteranen der American Legion, spielte in der Altherrenmannschaft Fußball und ging frühmorgens eine Runde Golf spielen.

Bist du glücklich?

Sie hatte ihn das nie gefragt. Er sie auch nicht. Aber was würde sie ihm auch darauf antworten? Sie verspürte gerade eine gewisse Unruhe. Ging ihm das genauso? Sie verheimlichte es ihm. Vielleicht machte er das auch? Die letzten sechzehn Jahre hatte sie mit diesem Mann das Bett geteilt – und nur mit diesem Mann. Und sie hatte ihn vom ersten Tag an belogen. Wäre das jetzt wichtig für ihn? Würde die Wahrheit etwas verändern? Er wusste nichts über ihre Vergangenheit – und trotzdem kannte er sie besser als jeder andere.

Megan trat näher ans Bett, nahm ihm behutsam die Fernbedienung aus der Hand und schaltete den Fernseher aus. Dave drehte sich auf die Seite. Er rollte sich zum Schlafen meist zusammen. Sie legte sich hinter ihn, so dass sie seinen ganzen Körper berührte. Er war warm. Sie legte die Nase an seinen Rücken. Sie liebte seinen Geruch.

Wenn Megan an ihre Zukunft dachte, wenn sie ihr altes Ich in Florida, in einer Rentnersiedlung oder wo auch immer sah, war es immer mit diesem Mann zusammen. Etwas anderes konnte sie sich nicht vorstellen. Sie liebte Dave. Sie hatte sich mit ihm ein Leben aufgebaut und liebte ihn – musste sie sich schlecht fühlen, weil sie gelegentlich etwas mehr oder etwas anderes wollte?

Es war falsch. Aber die eigentliche Frage war wohl, warum es falsch war.

Sie legte ihm die Hand auf die Hüfte. Sie wusste genau, wie er reagieren würde, wenn sie die Finger unter das Gummiband schob – das leise Stöhnen im Schlaf. Sie lächelte, als sie daran dachte, entschied sich dann aber aus irgendeinem Grund dagegen. Ihre Gedanken wanderten wieder zurück zu ihrem Besuch im *La Crème*. Es war so wunderbar gewesen, einfach dort zu sein, wieder einmal so viel zu *fühlen*.

Warum hatte sie diese Tür geöffnet?

Und die weniger abstrakte und philosophische Frage: War Stewart Green wirklich wieder zurück?

Nein. Sie konnte es sich zumindest nicht vorstellen. Oder vielleicht doch: Wenn sie innehielt und darüber nachdachte, erklärte seine Rückkehr womöglich alles. Ihre Begeisterung verwandelte sich urplötzlich in Angst. Sie hatte damals viele gute Zeiten erlebt, pulsierend und aufregend – aber auch sehr, sehr furchterregende Zeiten.

Doch wenn man darüber nachdachte, gehörte das nicht zusammen? War das nicht der Kern dieser ganzen Sache?

Stewart Green. Für sie war er nur noch ein Geist gewesen, der eigentlich längst begraben war. Aber am Ende konnte man einen Geist gar nicht begraben, oder?

Sie erschauerte, legte den Arm um Daves Hüfte und drückte sich näher an ihn. Zu ihrer Überraschung nahm er ihre Hand und sagte: »Ist alles okay, Schatz?«

»Mir geht's gut.«

Schweigen. Dann sagte er: »Ich liebe dich.«

»Ich liebe dich auch.«

Megan fürchtete, nicht einschlafen zu können, tat es dann aber doch. Sie stürzte in den Schlaf, als wäre sie von einer Klippe gefallen. Als ihr Handy um drei Uhr morgens klingelte, lag sie immer noch direkt hinter ihrem Mann und hatte den Arm über seine Hüfte gelegt. Dennoch griff ihre Hand ohne jedes Zögern nach dem Telefon. Megan überprüfte die Nummer auf dem Display, was allerdings vollkommen überflüssig war.

Im Halbschlaf fluchte Dave kurz und sagte: »Geh nicht ran.«

Doch das konnte Megan nicht. Sie rollte sich schon aus dem Bett und suchte mit den Füßen nach den Hausschuhen. Dann hielt sie sich das Handy ans Ohr. »Agnes?«

»Er ist bei mir im Zimmer«, flüsterte die alte Frau.

»Das ist in Ordnung, Agnes. Ich mache mich sofort auf den Weg.«

»Bitte beeil dich.« Die Angst in der Stimme der alten Frau war so unüberhörbar, als würde daneben ein rotes Neonschild blinken. »Ich glaube, er will mich umbringen.«

Broome zeigte die Polizeimarke gar nicht erst, als er ins *La Crème* marschierte, das sich selbst als »Gentlemen's Lounge« bezeichnete – ein Begriff, der in so vieler Hinsicht eine Beschönigung war – und das rein geographisch gerade einmal zwei kleine Blocks von Atlantic Citys Boardwalk entfernt lag (in vielen anderen Beziehungen jedoch zwei sehr große

Blocks). Der Türsteher, ein alter Hase namens Larry, kannte ihn sowieso.

»Yo, Broome.«

»Hey, Larry.«

»Arbeit oder Vergnügen?«, fragte Larry.

»Arbeit. Ist Rudy da?«

»Im Büro.«

Es war zehn Uhr morgens, trotzdem saßen ein paar mitleiderregende Kunden im Laden und sahen den noch mitleiderregenderen Tänzerinnen zu. Ein Angestellter baute das ach so beliebte All-you-can-eat-Büfett auf, wobei er wer-weiß-wie-alte Tabletts von wer-weiß-wo nebeneinander auf einen Tresen stellte. Es wäre abgedroschen zu behaupten, dass dieses Büfett nur darauf wartete, eine Salmonellen-Epidemie auszulösen, aber manchmal mussten Wahrheiten auch dann ausgesprochen werden, wenn sie abgedroschen waren.

Rudy saß hinter seinem Schreibtisch. Er hätte als Statist bei den *Sopranos* einsteigen können – der Casting-Direktor hätte ihn höchstens abgelehnt, weil er *zu* genau dem erforderlichen Typ entsprach. Er war kräftig gebaut und trug eine so dicke Goldkette, dass man daran den Anker eines Kreuzfahrtschiffs hätte hochziehen können, und einen Ring am kleinen Finger, der den meisten seiner Tänzerinnen als Armreif gereicht hätte.

»Hey, Broome.«

»Was geht ab, Rudy?«

»Kann ich irgendwas für Sie tun?«

»Wissen Sie, wer Carlton Flynn ist?«, fragte Broome.

»Klar. Ein kleiner, degenerierter Poser mit Show-Muskeln und Studio-Bräune.«

»Wissen Sie auch, dass er vermisst wird?«

»Yep, ich hab da was läuten hören.«

»Sie brauchen deshalb aber nicht gleich in Tränen ausbrechen.«

»Ich habe mich schon völlig ausgeheult«, sagte Rudy.

»Können Sie mir etwas über ihn erzählen?«

»Die Mädchen sagen, er hat einen kleinen Schwanz.« Rudy zündete sich eine Zigarre an und deutete damit auf Broome. »Anabolika, mein Freund. Lassen Sie die Finger davon. Ihre *Cojones* schrumpfen, bis sie nur noch so groß wie Rosinen sind.«

»Vielen Dank, sowohl für den Gesundheitstipp als auch für das anschauliche Bild. Sonst noch was?«

»Wahrscheinlich hat er diverse Clubs besucht«, sagte Rudy.

»Richtig.«

»Warum gehen Sie mir dann auf die Nerven?«

»Weil er vermisst wird. Wie Stewart Green.«

Rudys Augen weiteten sich. »Na und? Wie lange ist das jetzt her? Zwanzig Jahre?«

»Siebzehn.«

»Jedenfalls verflucht lange. An einem Ort wie Atlantic City ist seitdem ein ganzes Leben vergangen.«

Das traf zu. Die Menschen lebten hier wie in Hundejahren. Sie alterten viel schneller als normal.

Und ja, obwohl das nie jemand an die große Glocke gehängt hatte, war Stewart Green, liebender Vater von Brandon und der kleinen Susie und hingebungsvoller Ehemann der krebskranken Sarah, ein großer Anhänger des Flaschenservices im *La Crème* und der Gesellschaft von Stripperinnen gewesen. Er hatte sich dafür eigens eine Kreditkarte angeschafft und die Rechnungen an seine Büroadresse schicken lassen. Broome hatte es Sarah irgendwann so schonend wie möglich mitgeteilt – und ihre Reaktion hatte ihn überrascht.

»Viele verheiratete Männer gehen in solche Clubs«, hatte Sarah gesagt. »Da ist doch nichts dabei.«

»Hast du das gewusst?«

»Ja.«

Doch das war eine Lüge. Er hatte in ihren Augen gesehen, dass sie verletzt war.

»Das spielt aber auch keine Rolle«, behauptete sie.

In einem Punkt hatte sie allerdings recht. Die Tatsache, dass ein Mann Spaß daran hatte, unschuldig zu gaffen oder sogar gelegentlich aushäusig ein Rohr zu verlegen, änderte nichts daran, dass es wichtig war, ihn ausfindig zu machen. Andererseits ergab sich ein ziemlich gespenstisches und verstörendes Bild, als Broome anfing, die Angestellten und Stammgäste des *La Crème* zu vernehmen.

»Stewart Green«, sagte Rudy. »Den Namen habe ich schon sehr lange nicht mehr gehört. Was hat der denn mit Carlton Flynn zu tun?«

»Nicht viel, Rudy.« Broome wusste, dass Green und Flynn nur sehr wenig gemeinsam hatten. Stewart Green war verheiratet, Vater von zwei Kindern und ein hart arbeitender Mann. Carlton Flynn war Single, verhätschelt und lebte von Daddys Geld. »Aber erstens sind beide genau am gleichen Tag verschwunden, wenn auch siebzehn Jahre voneinander getrennt. Und zweitens …«, fuhr Broome mit einer weit ausholenden Geste fort, »… waren beide Gäste dieses exklusiven Etablissements.«

In Filmen arbeiteten Typen wie Rudy nie mit der Polizei zusammen. In der Realität jedoch hatten auch sie keine Lust auf Ärger oder frei rumlaufende Verbrecher. »Okay, und wie kann ich Ihnen jetzt helfen?«

»Hatte Flynn ein Lieblingsmädchen?«

»Sie meinen wie Stewart Cassie?«

Broome sagte nichts und ließ die dunkle Wolke vorüberziehen.

»Weil nämlich keins von meinen Mädchen verschwunden ist, falls das Ihre Frage war.«

Broome sagte immer noch nichts. Stewart Green hatte hier tatsächlich ein Lieblingsmädchen gehabt. Auch sie war in jener Nacht vor siebzehn Jahren verschwunden. Die Spitzenkräfte vom FBI hatten Broome und dem Atlantic City Police Department den Fall augenblicklich entzogen, als sie noch glaubten, es ginge um einen angesehenen, unbescholtenen Bürger – und hatten sofort eine plausibel klingende Theorie entwickelt, die dann auch allgemein akzeptiert wurde.

Stewart Green war mit einer Stripperin durchgebrannt.

Aber Sarah wollte nichts davon wissen, und Broome hatte es auch nie richtig geglaubt. Green mochte ein narzisstischer Widerling gewesen sein, der nebenbei gerne noch ein bisschen was laufen hatte – aber einfach Familie und Kinder zurückzulassen und aus der Stadt verschwinden? Das passte nicht. Keins von Stewart Greens Konten war je wieder angerührt worden. Weder Geld noch sonstige Vermögenswerte waren verschwunden. Er hatte keine Taschen gepackt, nichts verkauft, und auch auf der Arbeit gab es nicht das geringste Anzeichen dafür, dass er eine Flucht geplant hatte. Ganz im Gegenteil: Auf seinem sauberen, systematisch geordneten Schreibtisch lag ein so gut wie abgeschlossener Vertrag, der der größte Deal in Stewarts Karriere gewesen wäre. Stewart Green hatte ein geregeltes Einkommen, einen guten Job, liebevolle Eltern und Geschwister, und er war in der Gemeinde verwurzelt.

Falls er durchgebrannt war, deutete alles darauf hin, dass er einer spontanen Idee gefolgt war.

»Okay, ich hör mich mal um. Stell fest, ob Flynn ein Mädchen besonders gern mochte. Noch was?«

Bisher hatte Broome zehn Männer ausfindig machen können, die mehr oder weniger in das Vermissten-Muster passten. Seine Exfrau und Partnerin Erin Anderson hatte sogar Fotos dreier dieser Männer aufgetrieben. Es würde eine Weile dauern, bis sie weitere hatten. Er gab Rudy die Fotos. »Kennen Sie einen der Männer?«

»Sind das Verdächtige?«

Broome runzelte die Stirn. »Kennen Sie die Leute oder nicht?«

»Ach Gottchen nochmal. Schon gut, entschuldigen Sie, dass ich gefragt habe.« Rudy sah sich die Fotos an. »Ich weiß nicht. Der hier kommt mir irgendwie bekannt vor.«

Peter Berman. Arbeitslos. Die erste Vermisstenmeldung war am 4. März vor acht Jahren eingegangen.

»Und woher kennen Sie ihn?«

Achselzucken.

»Wie heißt er?«

»Ich habe nicht gesagt, dass ich ihn kenne. Ich habe gesagt, er kommt mir irgendwie bekannt vor. Ich weiß nicht, wo oder wann ich ihn gesehen habe. Kann schon Jahre her sein.«

»Acht Jahre vielleicht?«

»Keine Ahnung. Möglich. Warum?«

»Zeigen Sie das Bild herum. Hören Sie sich um, ob jemand die Leute erkennt. Aber sagen Sie ihnen nicht, worum es geht.«

»Scheiße nochmal, ich hab doch überhaupt keine Ahnung, worum es geht.«

Broome hatte auch die anderen Fälle überprüft. Bisher – aber er stand erst ganz am Anfang – war Stewart Green der Einzige, bei dem auch eine Frau verschwunden war. Sie hatte hier unter dem Namen Cassie gearbeitet. Ihren richtigen Namen kannte niemand. Das FBI und die meisten Polizisten zogen sich zurück, sobald eine Stripperin ins Spiel kam. Die Gerüchte verbreiteten sich bis ins Umfeld der Greens. Kinder konnten gemein sein. Susie und Brandon hatten in der Schule einen schweren Stand gehabt, weil ihr Daddy mit einer Erotiktänzerin durchgebrannt war.

Nur ein Polizist – höchstwahrscheinlich ein sehr dummer Polizist – hatte es nicht geglaubt.

»Sonst noch was?«, fragte Rudy.

Broome schüttelte den Kopf, stand auf und ging zur Tür. Beim Aufstehen fiel sein Blick auf etwas, das ihn innehalten ließ.

»Was gibt's?«, fragte Rudy.

Broome deutete nach oben. »Überwachungskameras?«

»Klar. Falls uns jemand verklagen will. Oder wie vor zwei Monaten, als jemand eine Rechnung über zwölf Riesen mit der Kreditkarte bezahlen wollte. Als seine Frau das sieht, behauptet er, jemand hätte ihm die Karte geklaut, ihn beschissen und solchen Scheiß. Sagt, er ist nie hier gewesen, und will sein Geld wiederhaben.«

Broome lächelte. »Und was dann?«

»Ich hab ihm ein Foto von einem doppelten Lapdance geschickt und dazugeschrieben, dass ich seiner Frau gern auch das komplette Video zukommen lassen kann. Dann hab ich vorgeschlagen, dass er noch ein ordentliches Trinkgeld drauflegt, weil die Mädels an dem Abend richtig hart gearbeitet haben.«

»Und nach welcher Zeit werden die alten Bänder wieder überspielt?«

»Überspielt? Leben wir im Jahr 2008? Das ist alles digital. Wir überspielen nichts mehr. Ich hab sämtliche Aufnahmen aus den letzten beiden Jahren hier auf der Festplatte.«

»Kann ich eine Kopie der Aufnahmen vom achtzehnten Februar kriegen? Von diesem und letztem Jahr?«

Ray fuhr zur FedEx-Filiale in Northfield. Er loggte sich in seinen Computer ein und druckte das Foto von Carlton Flynn in den Pine Barrens aus. Er wusste, dass man das Foto zu der Kamera zurückverfolgen konnte, mit der es gemacht worden war, wenn er einfach eine JPEG-Datei schickte. Also druckte er das Foto aus und machte eine Farbkopie von dem Ausdruck.

Er fasste alles nur am Rand an, um keine Fingerabdrücke darauf zu hinterlassen. Dann wischte er den Umschlag mit einem Schwamm ab, adressierte ihn mit einem einfachen blauen Bic-Kugelschreiber in Blockbuchstaben an das Atlantic City Police Department und fuhr zu einem Briefkasten in einer ruhigen Straße in Absecon.

Wieder hatte er das Blut vor Augen.

Er hatte überlegt, ob dieses Vorgehen zu riskant wäre, ob es tatsächlich auf ihn zurückfallen könnte. Aber er konnte es sich nicht vorstellen, und vielleicht war das jetzt, nach der langen Zeit, auch gar kein Problem mehr. Er hatte keine Wahl. Ganz egal, was da schließlich herauskam, welche Unannehmlichkeiten es ihm bereiten könnte – was hatte er schon zu verlieren?

Ray wollte nicht über die Antwort nachdenken. Er warf den Umschlag in den Briefkasten und fuhr weg.

SECHS

Megan bremste scharf, stellte den Motor aus und stieß die Fahrertür auf. Sie eilte durch die Lobby, vorbei am müden Nachtwächter, der sie mit einem Augenrollen begrüßte, und weiter in den zweiten Flur links.

Agnes' Zimmer war das dritte auf der rechten Seite. Als Megan die Tür öffnete, hörte sie ein leises Keuchen vom Bett. Das Zimmer war stockfinster. Verdammt, wo war das Nachtlicht? Sie schaltete das Licht an, drehte sich zum Bett um, und dann brach ihr fast das Herz.

»Agnes?«

Die ältere Frau saß aufrecht im Bett und hatte die Decke bis unter die tellergroßen Augen gezogen wie ein kleines Kind, das sich einen unheimlichen Film ansah.

»Ich bin's, Megan.«

»Megan?«

»Es ist alles in Ordnung. Ich bin bei dir.«

»Er war wieder hier im Zimmer«, flüsterte die alte Frau.

Megan ging zum Bett und zog ihre Schwiegermutter zu sich heran. Agnes Pierce hatte im Laufe des letzten Jahres so viel Gewicht verloren, dass es sich anfühlte, als würde sie in einen Sack voller Knochen greifen. Agnes war eiskalt und zitterte in ihrem zu großen Nachthemd. Megan hielt sie ein paar Minuten im Arm und beruhigte sie auf die gleiche Art, wie sie ihre Kinder beruhigt hatte, wenn sie mit Alpträumen aufgewacht waren.

»Entschuldige«, sagte Agnes schluchzend.

»Psst, es ist schon gut.«

»Ich hätte dich nicht anrufen sollen.«

»Ich will doch, dass du mich anrufst«, sagte Megan. »Du musst mich immer anrufen, wenn dir irgendetwas Angst macht, okay?«

Der Uringeruch war unverkennbar. Als Agnes sich beruhigt hatte, half Megan ihr, die Windel zu wechseln – Agnes weigerte sich, Megan das alleine machen zu lassen – und auch, sich wieder ins Bett zu legen.

Als sie so weit fertig waren und nebeneinander auf dem breiten Bett lagen, sagte Megan: »Willst du darüber sprechen?«

Agnes liefen Tränen über die Wangen. Megan sah ihr in die Augen, weil ihre Augen immer noch viel erzählten. Erste Anzeichen der Demenz waren vor drei Jahren in Form einer gesteigerten Vergesslichkeit aufgetreten. Sie hatte ihren Sohn Dave Frank genannt – nicht der Name ihres verstorbenen Ehemanns, sondern der ihres ehemaligen Verlobten, der sie vor fünfzig Jahren vor dem Altar sitzen gelassen hatte. Die einst liebevolle Großmutter konnte sich nicht mehr an die Namen ihrer Enkel erinnern – wusste manchmal nicht einmal, wer sie waren. Kaylie machte das Angst. Paranoia wurde zu Agnes' dauerndem Begleiter. Sie hielt Fernsehserien für real und hatte Angst, dass der Mörder aus *CSI: Miami* sich unter ihrem Bett versteckte.

»Er war wieder hier im Zimmer«, sagte Agnes noch einmal. »Er hat gesagt, er will mich umbringen.«

Das war eine neue Wahnvorstellung. Dave hatte versucht, damit umzugehen, hatte aber nicht die Geduld dafür. Während des letzten Super Bowls, kurz bevor Dave und Megan klar geworden war, dass Agnes nicht mehr alleine wohnen konnte, hatte sie darauf beharrt, dass das Footballspiel nicht live übertragen wurde, sondern dass sie es schon gesehen hätte und wüsste, wie es ausginge. Anfangs hatte Dave ganz jovial gefragt: »Oh, wer hat denn gewonnen, so einen kleinen Wettgewinn könnten wir gut gebrauchen«, worauf Agnes antwortete: »Ach, das wirst du schon sehen.« Aber Dave hatte nicht lockergelassen. »Ach ja, und was passiert jetzt?«, hatte er mehrmals gefragt und war dabei immer wütender geworden. »Guck doch«, hatte Agnes geantwortet, und sobald ein Spielzug zu Ende war, leuchtete ihr Gesicht auf und sie verkündete: »Seht ihr? Hab ich euch doch gesagt.«

»Was hast du uns gesagt?«

Megan: »Lass gut sein, Dave.«

Agnes sah ihren Sohn weiter nickend an. »Ich habe dieses Spiel schon einmal gesehen. Das habe ich euch doch gesagt.«

»Und wer hat gewonnen?«

»Ich will euch nicht den Spaß verderben.«

»Es ist live, Mom. Du kannst es nicht wissen.«

»Natürlich weiß ich es.«

»Und wer hat gewonnen? Sag mir einfach, wer gewonnen hat.«

»Ich soll euch den ganzen Spaß verderben?«

»Du verdirbst mir damit nicht den Spaß. Erzähl mir einfach nur, wer gewonnen hat.«

»Ihr werdet schon sehen.«

»Du hast das Spiel nicht gesehen, Mom. Das läuft jetzt gerade.«

»Natürlich hab ich es gesehen. Es ist gestern schon gelaufen.«

Und so ging es immer weiter, bis Daves Gesicht knallrot angelaufen war, Megan dazwischenging und ihn wieder einmal daran erinnerte, dass Agnes nichts dafür konnte. Es war schwer zu verstehen. Krebs oder einen Herzinfarkt verstehen wir, aber Geisteskrankheiten sind schon fast per Definition für uns nicht richtig fassbar.

Seit etwa einem Monat hatte Agnes eine neue Wahnvorstellung – ein Mann drang in ihr Zimmer ein und bedrohte sie. Dave wollte es wieder einmal ignorieren. »Lass das Telefon klingeln«, sagte er mit einem überdrüssigen Seufzer. »Wir müssen sie in einen besser überwachten Bereich im Heim schicken.«

Aber das brachte Megan nicht übers Herz. Wenigstens noch nicht.

Agnes' Krankheit würde sich verschlimmern, hatten die Ärzte sie gewarnt. Es wäre schon fast so weit, dass sie in die »zweite Etage« gehörte, in die die Patienten mit fortgeschrittener Demenz verlegt wurden. Bei Außenstehenden hinterließ das einen grausamen Eindruck, aber Dave hatte sich überzeugen lassen: Da es keine Hoffnung auf Heilung gab, taten die Pfleger in der zweiten Etage alles dafür, den Patienten das Leben so angenehm wie möglich zu machen, indem sie die »Validationstherapie« anwandten, was im Prinzip bedeutete, die Leute in ihrem Glauben zu bestätigen. Wenn also eine Patientin glaubte, sie wäre die zweiundzwanzigjährige Mutter eines Neugeborenen, ließen die Pfleger sie ein »Baby« – eine Puppe – hätscheln und säugen und bewunderten es wie Verwandte, die zu Besuch kamen. Eine andere Frau glaubte, sie wäre schwanger, also fragten die Schwestern sie immer wieder, wie lange es noch dauerte und ob sie lieber einen Jungen oder ein Mädchen hätte und so weiter.

Megan sah Agnes ins angsterfüllte Gesicht. Noch vor ein paar Jahren war Agnes so aufgeweckt gewesen – hatte komische, zum Teil auch beißende und wunderbar derbe Bemerkungen gemacht. Eines Abends, als die beiden Frauen einmal ziemlich viel getrunken hatten, hatte Megan ihr sogar ein paar

Wahrheiten aus ihrer Vergangenheit erzählt – aber natürlich bei weitem nicht alles. Es war nur ein kleiner Hinweis, dass es dort mehr gab, als auf den ersten Blick zu sehen war. Worauf Agnes gesagt hatte: »Ich weiß, Schätzchen. Wir haben alle unsere Geheimnisse.« Sie hatten nie wieder darüber gesprochen. Und als Megan es noch einmal versuchen wollte – tja, da war es zu spät gewesen.

»Mir geht's besser«, sagte Agnes. »Du kannst ruhig wieder gehen.«

»Ich hab noch etwas Zeit.«

»Du musst doch gleich die Kinder zur Schule schicken, oder?«

»Die sind alt genug und kriegen das allein hin.«

»Sind sie das?« Sie legte den Kopf auf die Seite. »Megan?«

»Ja?«

»Was soll ich machen, wenn er heute Nacht wiederkommt?«

Megan musterte das Nachtlicht. »Wer hat das ausgeschaltet?«

»Das war er.«

Megan überlegte. Validationstherapie. Wieso auch nicht? Vielleicht gab das einer verängstigten Frau ein bisschen Sicherheit? »Ich hab was mitgebracht, das vielleicht helfen könnte.« Sie stand auf, griff in ihre Handtasche und zog etwas heraus, das wie ein Wecker mit Digitalanzeige aussah.

Agnes sah sie verwirrt an.

»Das ist eine Überwachungskamera«, sagte Megan. Sie hatte sie in einem *Spy Store* im Internet gekauft. Natürlich hätte sie einfach *behaupten* können, dass es eine Überwachungskamera war – schließlich basierte die Validationstherapie nicht auf Ehrlichkeit –, aber warum sollte sie arglistig handeln, wenn es nicht nötig war? »Damit können wir den Bastard auf frischer Tat ertappen.«

»Danke«, sagte Agnes mit Tränen – der Erleichterung? – in den Augen. »Ich danke dir, Megan.«

»Schon gut.«

Megan richtete die Kamera aufs Bett aus. Sie enthielt eine Zeitschaltuhr und einen Bewegungsmelder. Agnes' Anrufe kamen immer gegen drei Uhr morgens. »Pass auf«, erklärte Megan, »ich stell die Zeitschaltuhr so ein, dass die Kamera von neun Uhr abends bis sechs Uhr morgens in Betrieb ist, okay?«

»Deine Hände«, sagte Agnes.

»Was ist?«

»Sie zittern.«

Megan sah hinunter. Agnes hatte recht. Sie traf kaum die Knöpfe.

»Wenn er hier ist«, flüsterte Agnes, »fangen meine Hände auch an zu zittern.«

Megan trat wieder ans Bett und nahm ihre Schwiegermutter noch einmal in den Arm.

»Geht es dir genauso, Megan?«

»Was geht mir genauso?«

»Hast du auch Angst? Zitterst du auch, weil du Angst vor ihm hast?«

Megan wusste nicht, was sie darauf sagen sollte.

»Du bist in Gefahr, stimmt's, Megan? Kommt er dich auch besuchen?«

Megan wollte die Frage verneinen, etwas Beruhigendes sagen und ihrer Schwiegermutter versichern, dass es ihr gut ginge. Doch dann brach sie ab. Sie wollte Agnes nicht belügen. Warum sollte Agnes glauben, dass sie die Einzige wäre, die jemals Angst hatte?

»Ich … ich weiß nicht«, sagte Megan.

»Aber du hast Angst, dass er zurückgekommen ist, um dich zu holen?«

Megan schluckte, weil sie an Stewart Green und das Ende denken musste. »Ja, das ist wohl so.«

»Das brauchst du nicht.«

»Nicht?«

»Nein.«

Megan versuchte zu nicken. »Okay. Ich mach dir einen Vorschlag. Ich hab keine Angst, wenn du keine hast.«

Aber Agnes runzelte die Stirn und wischte den herablassenden Vorschlag beiseite. »Das ist was anderes.«

»Wieso?«

»Du bist jung«, sagte Agnes. »Du bist stark. Du bist zäh. Du hast auch schwere Zeiten durchgemacht, oder?«

»Genau wie du.«

Agnes ignorierte die Bemerkung. »Du bist keine alte Frau. Du bist nicht ans Bett gefesselt und musst hilflos und zitternd im Dunkeln liegen und abwarten, dass er dich holen kommt.«

Megan sah sie nur an und dachte: Wow, wer wendet denn jetzt die Validationstherapie bei wem an?

»Du darfst nicht im Dunkeln liegen bleiben und warten«, flüsterte Agnes erregt. »Du darfst dich niemals hilflos fühlen. Bitte. Für mich. Ich möchte nicht, dass du das tust.«

»Okay, Agnes.«

»Versprochen?«

Megan nickte. »Ich versprech's dir.«

Und sie meinte es ernst. Validationstherapie hin oder her, Agnes hatte eine universelle Wahrheit ausgesprochen: Es war schlimm, Angst zu haben, aber es war noch viel schlimmer, sich hilflos zu fühlen. Spätestens seit Lorraine bei ihr gewesen war, hatte Megan mit dem Gedanken an einen Befreiungsschlag gespielt. Womöglich würde ihre Vergangenheit sie dabei einholen und ihr Probleme bereiten, aber – wie Agnes es gesagt hatte – das war immer noch besser, als hilflos im Dunkeln zu liegen und abzuwarten.

»Danke, Agnes.«

Die alte Frau blinzelte, als müsste sie ihre Tränen zurückhalten. »Gehst du?«

»Ja. Aber ich komm wieder.«

Agnes breitete die Arme aus. »Kannst du noch ein kleines bisschen bei mir bleiben? Nicht lange. Ich weiß, dass du los musst. Aber ein paar Minuten werden dir doch nichts ausmachen, oder?«

Megan schüttelte den Kopf. »Das macht mir überhaupt nichts aus.«

SIEBEN

Broome hatte gerade erst angefangen, sich die Überwachungsvideos anzugucken, und schon einige Idioten mit Drinks, Perlenketten und Mädchen herausstolpern sehen, als Rudy vom *La Crème* ihn anrief.

»Carlton Flynn hatte ein Lieblingsmädchen«, sagte Rudy.

»Wen?«

»Tawny Allure.«

Broome rollte mit den Augen. »Ist das ihr echter Name?«

»So echt wie alles andere an ihr auch, wenn Sie verstehen, was ich meine«, sagte Rudy.

»Ja, Sie sind ein echter Feingeist. Wann ist sie im Club?«

»Jetzt.«

»Ich bin schon unterwegs.«

Broome wollte gerade den Bildschirm ausschalten, als Goldberg, sein Vorgesetzter und ein Schwachkopf biblischen Ausmaßes, sagte: »Was zum Teufel ist das?«

Goldberg beugte sich über ihn. Er roch nach Bier, Schweiß und Thunfisch.

»Eine Videoaufnahme aus dem *La Crème* aus der Nacht, als Flynn verschwunden ist.«

»Was wollen Sie damit?«

Broome wollte eigentlich nicht näher darauf eingehen, aber Goldberg würde sich nicht ohne Weiteres abspeisen lassen. Er trug ein beigefarbenes Hemd mit Button-down-Kragen, das vermutlich einst strahlendweiß das Licht der Welt erblickt hatte. Er knurrte beim Sprechen und versuchte so, seine Begriffsstutzigkeit mit Aggressivität zu übertünchen. Bisher hatte er damit Erfolg gehabt.

Broome stand auf. »Ich will feststellen, ob es eine Verbindung zwischen Stewart Green und Carlton Flynn gibt. Beide Männer sind am gleichen Tag verschwunden.«

Goldberg nickte scheinbar gedankenversunken. »Und wo wollen Sie jetzt hin?«

»Zurück ins *La Crème*. Flynn hatte eine Lieblingsstripperin.«

»Hmm.« Goldberg rieb sich das Kinn. »Fast wie Stewart Green.«

»Mal gucken.«

Broome zog den USB-Speicherstick aus dem Computer. Vielleicht könnte er Erin bitten, sich die Videos anzusehen. Sie hatte einen guten Blick für solche Sachen. Er konnte ihn auf dem Weg zum *La Crème* bei ihr vorbeibringen. Dann schob er sich an Goldberg vorbei. Als er um die Ecke bog, sah er sich kurz um, weil er fürchtete, Goldberg könnte ihm noch auf den Fersen sein. Das war er jedoch nicht. Stattdessen saß er gebeugt am Telefon und schirmte die Sprechmuschel mit der Hand ab – als ob das irgendetwas nützen würde.

Zwanzig Minuten später, nachdem er den USB-Stick bei Erin abgegeben hatte, saß Broome in der ruhigsten Nische des *La Crème* Tawny Allure gegenüber. Rudy stand mit verschränkten Armen hinter ihr. Tawny bestand nur aus Feindseligkeit, Implantaten und Daddy-hat-mich-nicht-genug-geliebt-Selbstgefälligkeits-Dünkel. An einem Ort wie diesem war das ein beliebtes Klischee – wenn auch eines, das in den meisten Fällen zutraf. Tawny war jung und – mit chirurgischer Unterstützung – fantastisch gebaut, hatte aber ein etwas strenges Gesicht und Augen, die wohl schon zu oft gesehen hatten, wie Männer sich am helllichten Tage aus der Wohnung schlichen und sich anschließend eine neue Handynummer geben ließen.

»Erzählen Sie mir etwas über Carlton Flynn«, sagte Broome.

»Carlton?« Sie blinzelte mit ihren Wimpern, die so unecht aussahen, dass sie an unter sengender Sonne verendende Krebse erinnerten. »Oh, er war ein Schatz. Hat mich immer gut behandelt. Ein echter Gentleman.«

Tawny war keine gute Lügnerin. Ihr Blick schoss im Raum umher wie ein verängstigter Vogel.

»Können Sie mir sonst noch etwas über ihn sagen?«

»Eigentlich nicht.«

»Wie haben Sie sich kennengelernt?«

»Hier.«

»Wie?«

»Er hat einen Lapdance gekauft«, erklärte Tawny. »Die sind legal, wissen Sie?«

»Und was dann? Hat er Sie mit zu sich nach Hause genommen?«

»O nein. So was machen wir hier nicht. Der Club hier ist total legal. Das würde ich nie machen.«

Bei dem Satz rollte selbst Rudy die Augen.

Broome seufzte. »Tawny?«

»Ja?«

»Ich bin nicht von der Sitte. Mir ist es scheißegal, ob Sie für Donuts mit Affen bumsen …«

»Hä?«

»… und ich glaube auch nicht, dass Sie etwas mit Carltons Verschwinden zu tun haben. Aber wenn Sie mich weiter belügen …«

»Ich lüge nicht!«

Broome unterbrach sie, indem er eine Hand hob. »Wenn

Sie mich weiter belügen, Tawny, nehme ich Sie fest und stecke Sie in den Knast. Nur so aus Spaß. Ich werde Sie für sein Verschwinden verantwortlich machen und dafür sorgen, dass es so aussieht, als hätten Sie ihn ermordet, und zwar, ehrlich gesagt, nur deshalb, weil mich der Fall langweilt und ich ihn irgendwie zu Ende bringen muss. Also können Sie sich überlegen, ob Sie mir lieber die Wahrheit sagen oder in den Knast gehen.«

Das war natürlich eine leere Drohung. Beinahe hätte Broome sich schlecht dabei gefühlt, eine junge Frau zu bedrohen, die so dumm war, dass sie sich immer wieder selbst im Weg stand. Sie drehte sich um und sah Rudy an. Broome fragte sich, ob er Rudy wegschicken sollte, aber Rudy forderte sie mit einem Nicken auf weiterzureden.

Tawny sah zu Boden. Ihre Schultern sanken herab. »Er hat mir den Finger gebrochen.«

Sie hatte die rechte Hand die ganze Zeit unter dem Tisch gehabt. Außerdem trug sie einen roten Handschuh – die Farbe passte zu ihrem Bustier –, und als sie den Handschuh auszog, sah Broome, dass der Finger nicht ordentlich gerichtet worden war. Die Spitze zeigte zur Seite, und der Knochen stach beinahe durch die Haut.

Broome warf Rudy einen finsteren Blick zu. Der zuckte die Achseln. »Was ist? Denken Sie, die Angestellten hier hätten eine Krankenversicherung?«

Eine Träne lief Tawnys Wange hinunter. »Carlton ist gemein. Es macht ihm Spaß, mir wehzutun. Er hat gesagt, wenn ich das jemandem erzähle oder mich beschwere, bringt er Ralphie um.«

»Ist das Ihr Liebhaber?«

Sie sah Broome an, als hätte er zwei Köpfe. »Das ist mein Pudel.«

Broome sah Rudy an. »Haben Sie das gewusst?«

»Was? Glauben Sie, ich führe Buch über die Haustiere der Mädchen?«

»Nicht der Hund, Sie Idiot. Haben Sie gewusst, dass Carlton Flynn ein sadistisches Arschloch ist?«

»Hey, wenn jemand meinen Mädchen was tut, sag ich ihm, er soll sich verpissen. Aber wenn ich nichts davon weiß, was soll ich dann machen? Das ist wie die Sache mit dem Baum, der im Wald umfällt, oder so. Hinterlässt er eine Kuhle, wenn ihn keiner hört? Wenn ich nichts davon weiß, weiß ich nichts davon.«

Rudy, Philosoph der Gentlemen's Lounge.

»Hat er Ihnen noch mehr Verletzungen zugefügt?«, fragte Broome.

Tawny kniff die Augen zu und nickte.

»Können Sie mir sagen, wie?«

»Nein.«

»Also haben Sie ihn gehasst?«

»Ja.«

»Und jetzt wird er vermisst.«

Tawnys falsche Wimpern flogen auf. »Sie haben gesagt, Sie glauben nicht, dass ich was damit zu tun habe.«

»Sie vielleicht nicht«, sagte Broome. »Aber vielleicht jemand, dem Sie etwas bedeuten. Jemand, der Sie beschützen will.«

Wieder sah sie ihn verwirrt an.

»Ein Liebhaber, ein Elternteil oder ein enger Freund?«

»Das soll jetzt ein Witz sein.«

Traurigerweise war sie zu Recht verwirrt. Sie hatte niemanden außer einem Pudel namens Ralphie. Das war eine Sackgasse.

»Wann haben Sie Flynn zum letzten Mal gesehen?«, fragte Broome.

»Am Abend bevor er, äh, abgehauen ist oder was auch immer.«

»Wo waren Sie da mit ihm?«

»Zuerst hier. Er hat mir gern beim Tanzen zugeguckt. Er hat irgendwelchen Typen Lapdances bezahlt und zugeguckt, dann hat er mich mit zu sich nach Hause genommen und hat mich Schlampe genannt, weil ich für sie getanzt habe, und mir sehr wehgetan.«

Broome versuchte, sich nichts anmerken zu lassen. Wenn Leute hierherkamen, um ihren Spaß zu haben oder so, verurteilte er das nicht. Was den Leuten jedoch nicht erzählt wurde, war, dass das so gut wie nie reichte. Carlton Flynn hatte einmal als unbedeutender Gast angefangen, der eine Frau suchte. Doch nach einer Weile hatte er mehr gewollt. So lief das immer. Alles war eine Einstiegsdroge zur nächsthöheren Stufe. Broomes Opa hatte es perfekt auf den Punkt gebracht. »Wenn man jederzeit Sex haben kann, will man bald einen zweiten Schwanz.«

»Haben Sie sich zu einem weiteren Treffen verabredet?«

»Ja, wir wollten uns an dem Abend treffen, an dem er dann, äh, verschwunden ist.«

»Was ist passiert?«

»Er hat angerufen und gesagt, dass er später kommt. Aber er ist nicht gekommen.«

»Hat er irgendeinen Grund für die Verspätung genannt?«

»Nein.«

»Wissen Sie, wo er im Lauf des Tages war?«

Tawny schüttelte den Kopf. Der schale Geruch von Haarspray und Reue wehte ihm in die Nase.

»Können Sie mir sonst noch irgendetwas über den Tag sagen?«

Weiteres Kopfschütteln.

»Ich verstehe das nicht«, sagte Broome. »Dieser Kerl hat Ihnen immer wieder Verletzungen zugefügt, richtig?«

»Ja.«

»Dann ist es eskaliert.«

»Hä?«

Broome verkniff sich einen Seufzer. »Es wurde immer schlimmer.«

»Oh. Ja, genau.«

Broome breitete die Arme aus. »Wo hätte das Ihrer Ansicht nach enden sollen?«

Tawny blinzelte, wandte den Blick ab, dachte einen Moment lang über die Frage nach. »So wie immer. Irgendwann hätte er genug von mir gehabt. Dann hätte er sich die Nächste gesucht.« Sie zuckte die Achseln. »Oder er hätte mich umgebracht.«

ACHT

Die Worte »RECHTSANWALTSKANZLEI Harry Sutton« waren ins mattierte Glas geätzt. Alte Schule.

Als Megan vorsichtig an die Glasscheibe klopfte, antwortete Harry mit einem lauten: »Herein!«

Sie drehte den Knauf. Ein paar Stunden zuvor hatte sie zu Hause angerufen und Dave gesagt, dass sie erst spät nach Hause kommen würde. Er wollte wissen, warum. Sie hatte gesagt, er solle sich keine Sorgen machen, und aufgelegt. Jetzt war sie wieder zurück in Atlantic City, einem Ort, den sie viel zu gut kannte.

Megan öffnete die Tür und wusste, dass sich dadurch wieder einmal alles verändern würde. Die Kanzlei bestand immer noch aus einem einzigen, schäbigen Zimmer – ziemlich armselig –, aber Harry hatte es auch nie anders gewollt.

»Hey, Harry.«

Harry war kein hübscher Mann. Würde man all seine Tränensäcke mit Gepäck füllen, würde das für eine dreiwöchige Kreuzfahrt reichen. Seine Nase war die Karikatur einer Knollennase, seine Haare ein hoch aufragendes weißes Büschel, das man allenfalls unter Androhung von Schüssen dazu bewegen könnte, sich hinzulegen. Sein Lächeln, tja, das war einfach herzerwärmend. Als sie es sah, fühlte sie sich wie zu Hause.

»Es ist viel zu lange her, Cassie.«

Manche Leute bezeichneten Harry als einen Straßenanwalt, aber das stimmte eigentlich nicht. Vor vier Jahrzehnten hatte Harry seinen Abschluss an der Stanford Law School gemacht und war als Partner bei der renommierten Rechtsanwaltskanzlei Kronberg, Reiter & Roseman eingestiegen. Eines Abends hatte ein wohlmeinender Kollege den ruhigen, scheuen Anwalt nach Atlantic City mitgeschleppt, um ihm das Spiel, die Mädchen und sonstige Ausschweifungen näherzubringen. Der scheue Harry hatte sich kopfüber ins pralle Leben gestürzt – und war geblieben. Er hatte bei der großen Anwaltskanzlei gekündigt, seinen Namen in exakt diese Bürotür ätzen lassen und beschlossen, die Underdogs der Stadt zu vertreten, zu denen, auf unterschiedlichste Art und Weise, praktisch alle gehörten, die sich hier versuchten.

Nur sehr wenigen Menschen, denen man hier begegnete, schwebte ein Heiligenschein über dem Kopf. Sie waren weder schön noch engelsgleich und arbeiteten auch nicht für Wohltätigkeitsorganisationen – und Harry gab sich auch eindeutig lieber mit Sündern ab als mit Heiligen. Ihn selbst umgab jedoch eine Aura des Vertrauens und der Güte. Er war eine dieser Ausnahmen.

»Hallo, Cassie«, sagte Harry.

Seine Stimme klang steif. Er lehnte sich auf dem Stuhl nach hinten.

»Wie geht's dir, Harry?«

Seine klaren, blauen Augen musterten sie mit einem seltsamen Ausdruck. Das war eigentlich nicht seine Art, andererseits hatte sie ihn seit beinah zwanzig Jahren nicht mehr gesehen. Menschen veränderten sich. Sie fragte sich, ob es ein Fehler gewesen war hierherzukommen.

»Gut, danke.«

»Gut, danke?«

Harry nickte und biss sich auf die Unterlippe.

»Was ist los, Harry?«

Plötzlich hatte er Tränen in den Augen.

»Harry?«

»Scheiße«, sagte er.

»Was ist?«

»Ich habe versprochen, dass ich mich zusammenreiße. Manchmal bin ich einfach so ein Weichei.«

Sie sagte nichts und wartete.

»Es ist bloß … Ich dachte, du wärst tot.«

Sie lächelte erleichtert – ja, er war derselbe gefühlsduselige Mann, an den sie sich erinnerte. »Harry …«

Er winkte ab. »Die Cops waren hier, nachdem du mit diesem Kerl verschwunden bist.«

»Ich bin nicht mit dem Kerl verschwunden.«

»Dann bist du einfach allein verschwunden?«

»Gewissermaßen.«

»Na ja, die Cops wollten mit dir reden. Das wollen sie immer noch.«

»Ich weiß«, sagte Megan. »Deshalb bin ich zurückgekommen. Ich brauche deine Hilfe.«

Als Tawny Allure das lächelnde, junge Paar vor ihrer Haustür stehen sah, seufzte sie und schüttelte den Kopf.

Tawnys richtiger Name war Alice. Anfangs hatte sie ihn verwendet und war unter dem Künstlernamen »Alice im Wunderland« aufgetreten, aber ihr echter Vorname erleichterte es Leuten aus ihrem früheren Leben, sie wiederzuerkennen. Jetzt, nach der Arbeit, trug sie ein weites Sweatshirt, unter dem die Implantate nicht auffielen. Sie hatte ihre Stöckelschuhe gegen flache Tennisschuhe ausgetauscht, die spachteldicke Schminke abgeschrubbt und eine der riesigen Sonnenbrillen aufgesetzt, hinter denen sich normalerweise Prominente verbargen. Sie sah nicht aus, dachte sie, wie die Erotiktänzerin, die sie war.

Das lächelnde Paar wirkte, als käme es geradewegs aus einer Bibelstunde. Tawny runzelte die Stirn. Sie kannte den Typ. Weltverbesserer. Sie würden ihr Pamphlete geben und sie retten wollen. Dazu hatten sie dann ein paar kitschige Slogans parat wie: »Leg deinen Tanga ab und finde zu Jesus«, worauf sie antworten würde: »Gibt Jesus ordentlich Trinkgeld?«

Die lächelnde, blonde Frau war jung und auf gesunde Art hübsch. Sie hatte ihre Haare wie ein Cheerleader zu einem hüpfenden Pferdeschwanz zusammengebunden, trug einen Rollkragenpullover und einen Rock, den sie im Club gut für eine Schülerin-Fantasienummer hätten verwenden können, und dazu kurze Söckchen. Dass es so etwas im wahren Leben überhaupt gab.

Der niedliche Kerl neben ihr hatte wellige Haare wie ein Politiker auf einem Segelboot. Er trug Khakis, ein blaues Hemd mit Button-down-Kragen und hatte sich einen Pullover um die Schultern gehängt.

Tawny war nicht in Stimmung für so eine Unterhaltung. Ihr Finger schmerzte. Sie fühlte sich schwach, erschlagen und hilflos. Sie wollte in ihre Wohnung gehen und Ralphie füttern. Ihre Gedanken kreisten immer noch um den Besuch von diesem Bullen – Broome – und natürlich um den vermissten Carlton Flynn. Als sie Carlton kennenlernte, hatte der ein T-Shirt mit der Aufschrift: »Ich bin zwar kein Gynäkologe, aber ich kann trotzdem gern mal gucken« getragen. Also praktisch ein unübersehbares »Lass die Finger von mir«-Schild. Doch die alberne Tawny hatte angefangen zu kichern, als sie es las. Ziemlich erbärmlich, wenn sie jetzt darüber nachdachte. Tawny hatte ein paar ganz ordentliche Eigenschaften, doch wenn es um Männer ging, war ihr Arschloch-Detektor praktisch immer im Eimer.

Manchmal – meistens – hatte Tawny den Eindruck, dass das

Pech ihr ohnehin immer ganz dicht auf den Fersen war. Gelegentlich holte es sie dann ein und tippte ihr auf die Schulter, damit sie auch bloß nicht vergaß, dass es ihr nie von der Seite weichen würde.

Das war nicht immer so gewesen. Am Anfang hatte sie ihren Job im *La Crème* geliebt. Es war abwechslungsreich und aufregend gewesen, und sie hatte jeden Abend als eine Party angesehen. Und nein, Tawny war als Kind nicht missbraucht worden oder so etwas; stattdessen besaß sie eine andere Eigenschaft, die man oft bei Menschen fand, die in dieser Branche arbeiteten: Tawny war, wie sie sich selbst eingestehen konnte, von Natur aus faul, und sie langweilte sich sehr schnell.

Die Leute sprachen oft darüber, dass die Mädchen in ihrer Branche gestört waren oder dass es ihnen an Selbstachtung mangelte, und, ja, irgendwie war da sicher etwas dran. Aber das Entscheidende war, dass die meisten Mädchen einfach keine Lust auf einen echten Job hatten. Wer hatte das schon? Welche echten Alternativen gab es denn zu ihrem aktuellen Job? Tawnys Schwester zum Beispiel hatte vor sechs Jahren ihren Highschool-Abschluss gemacht. Seitdem arbeitete sie in der Datenerfassung bei der First Trenton Insurance. Sie saß in einem kleinen, stickigen Kabuff vor einem Computer-Monitor und tippte irgendwelche Daten ein. Stunde für Stunde, Tag für Tag, Jahr für Jahr steckte sie in diesem Kabuff, das kleiner war als eine Gefängniszelle, bis sie – ja, bis wann eigentlich?

Schauder.

Also echt, dachte Tawny, dann sollen sie mich lieber gleich umbringen.

Wenn man es auf den Punkt brachte, standen ihr folgende Möglichkeiten offen: Sie konnte in einem engen, stickigen Kabuff stumpf irgendwelche Versicherungsdaten eintippen …

oder sie konnte die ganze Nacht tanzen und bei einer Party Champagner trinken.

Echt schwierige Entscheidung, oder?

Aber ihr Job im *La Crème* entwickelte sich nicht so, wie sie es erwartet hatte. Sie hatte gehört, dass hier die Chancen deutlich besser waren, begehrenswerte Junggesellen kennenzulernen, als bei der Partneragentur Match.com, doch das Einzige, was entfernt einer Beziehung ähnelte, war diese Sache mit Carlton. Und was hatte der getan? Er hatte ihr den Finger gebrochen und Ralphie bedroht.

Manche Mädchen fanden tatsächlich einen reichen Mann, aber das waren meistens die hübschen, und wenn sie sich ganz genau im Spiegel ansah, wusste Tawny, dass sie nicht dazugehörte. Zu den Hübschen. Sie musste immer mehr Schminke aufspachteln. Die Ringe unter ihren Augen wurden immer dunkler. Auch ihre Brustoperation hatte sie korrigieren lassen müssen, und obwohl sie erst dreiundzwanzig war, hatte sie so viele Krampfadern, dass ihre Beine wie Reliefkarten aussahen.

Die kecke, junge Blondine im Rollkragenpulli winkte Tawny kurz zu. »Miss, haben Sie einen Moment Zeit für uns?«

Tawny war etwas eifersüchtig auf die kecke Blondine mit dem Zahnpasta-Reklame-Lächeln. Der niedliche Mann war vermutlich ihr Freund. Wahrscheinlich behandelte er sie gut, ging mit ihr ins Kino und spazierte Hand in Hand mit ihr durchs Einkaufszentrum. Glücklich. Natürlich waren sie christliche Fundamentalisten, aber sie sahen so glücklich und gesund aus, als wären sie in ihrem ganzen Leben noch nicht traurig gewesen. Tawny würde ihre mageren Lebensersparnisse darauf setzen, dass jeder Mensch, den die beiden je kennengelernt hatten, noch am Leben war. Ihre Eltern waren noch glücklich verheiratet und sahen genauso gesund aus wie die beiden, nur eben etwas älter, sie spielten Tennis und veranstalteten Grillabende und große Familiendinner, bei denen alle die Köpfe senkten und gemeinsam ein schönes Gebet sprachen.

Gleich würden sie ihr erzählen, dass sie die Antwort auf all ihre Probleme kannten, und, sorry, Tawny war einfach nicht in der richtigen Stimmung. Heute nicht. Ihr gebrochener Finger tat so verdammt weh. Ein Bulle hatte gerade gedroht, sie in den Knast zu stecken. Und ihr sadistischer, welpenhaft-psychotischer »Liebhaber« wurde vermisst und war vielleicht – so Gott wollte – tot.

Der niedliche, lächelnde Junge sagte: »Wir würden bloß gern kurz mit Ihnen reden.«

Tawny wollte sagen, dass sie sich verziehen sollten, aber irgendetwas bremste sie. Die beiden waren nicht die typischen jungen Christen, die sich gelegentlich vor dem Club einfanden und den Mädchen mit Bibelzitaten auf die Nerven gingen. Sie wirkten eher … na ja, vielleicht als kämen sie aus dem Mittelwesten. Extrem frisch gewaschen und helläugig. Vor ein paar Jahren war Tawnys Oma, sie ruhe in Frieden, auf einen betrügerischen Fernsehprediger von einem blöden Kabelsender abgefahren. Der hatte auch immer so eine Sendung namens *Die erbauliche Musikstunde* gehabt, in der Jugendliche mit Gitarren und Händeklatschen sanfte Lieder sangen. So sahen die beiden aus – als wären sie gerade dem Kirchenchor eines Kabelsenders entsprungen.

»Das dauert wirklich nicht lange«, versicherte ihr die kecke Blondine.

Da standen sie also, auf ihrer Türschwelle. Ausgerechnet heute. Nicht am Hinterausgang des Clubs. Sie krakeelten keine Slogans über die Sünde. Nach all der Gewalt, mit dem schmerzenden Finger und den müden Füßen, und wo sie so erschöpft war, dass sie kaum noch einen Schritt laufen konnte, waren die beiden Kids vielleicht nicht ohne Grund hier. Vielleicht waren sie tatsächlich in Tawnys dunkelster Stunde gesandt worden, um sie zu retten. Wie zwei himmlische Engel.

Wäre das möglich?

Eine einzelne Träne lief Tawnys Wange hinab. Das kecke, blonde Mädchen nickte, als verstünde sie ganz genau, was Tawny gerade durchmachte.

Vielleicht, dachte Tawny und zog ihren Schlüssel aus der Tasche, muss ich wirklich gerettet werden. Vielleicht waren diese beiden Kids, so unwahrscheinlich das auch klang, ihre Eintrittskarte in eine bessere Welt.

»Okay«, sagte Tawny und unterdrückte ein Schluchzen, »ihr könnt kurz reinkommen. Aber nur einen Augenblick, ja?«

Beide nickten.

Tawny schloss die Tür auf. Ralphie rannte durchs Zimmer auf sie zu, seine Krallen klickten auf dem Linoleum. Als sie das hörte, ging Tawny das Herz auf. Ralphie – das einzige gute, freundliche und liebende Wesen in ihrem Leben. Sie beugte sich herunter und ließ sich von Ralphie umrennen. Sie kicherte während des Schluchzens und kraulte Ralphie ein paar Sekunden an seiner Lieblingsstelle hinter den Ohren, dann stand sie wieder auf.

Tawny wandte sich an die kecke Blondine, die immer noch lächelte.

»Ein schöner Hund«, sagte die kecke Blondine.

»Danke.«

»Darf ich ihn streicheln?«

»Natürlich.«

Tawny drehte sich zu dem niedlichen Mann um. Er lächelte ihr auch zu. Aber das war jetzt ein seltsames Lächeln. Irgendwie schräg …

Der niedliche Mann lächelte noch immer, als er die Faust

ballte und ausholte. Er lächelte noch immer, als er die Hüfte und die Schultern herumzog und Tawny mit aller Kraft ins Gesicht schlug.

Während Tawny zu Boden stürzte, Blut aus ihrer Nase spritzte und sich ihre Augen verdrehten, hörte sie Ralphie noch kurz aufjaulen. Dann verlor sie das Bewusstsein.

NEUN

Broome legte den Hörer zurück auf die Gabel. Er versuchte immer noch, diese – um die Lokalzeitungen zu zitieren – »neuesten, schockierenden Entwicklungen« zu verarbeiten.

Goldberg fragte: »Wer war das?«

Broome hatte nicht gemerkt, dass Goldberg neben ihm stand. »Harry Sutton.«

»Der Winkeladvokat?«

»Winkeladvokat?« Broome runzelte die Stirn. »Sind wir im Jahr 1958? Kein Mensch nennt Anwälte heute noch Winkeladvokaten.«

»Benehmen Sie sich nicht wie ein Arsch, nur weil es gerade so einfach ist«, sagte Goldberg. »Hat das irgendwas mit Carlton Flynn zu tun?«

Broome stand auf. Sein Puls raste. »Schon möglich.«

»Und?«

Hatte es etwas mit Carlton Flynn zu tun? Möglich. Hatte es etwas mit Stewart Green zu tun? Definitiv.

Broome ging das Gespräch noch einmal im Kopf durch. Nach einer siebzehnjährigen Suche behauptete Harry Sutton, Cassie, die Stripperin, die zusammen mit Stewart Green verschwunden war, sei bei ihm im Büro. Sie habe einfach reingeschaut, einfach so, sei wie aus dem Nichts bei ihm aufgetaucht. Es war fast zu schön, um wahr zu sein.

Bei den meisten Anwälten wäre Broome davon ausgegangen, dass sie nur Mist erzählten. Aber Harry Sutton würde trotz der Exzesse in seinem Privatleben – und davon gab es wahrlich genug – so eine Nummer nicht abziehen. In dieser Angelegenheit konnte er durch eine Lüge nichts gewinnen.

»Ich erzähl es Ihnen nachher«, sagte Broome.

Goldberg stemmte die Hände in die Hüften und versuchte, unnachgiebig auszusehen. »Nein, Sie erzählen es mir jetzt.«

»Harry Sutton könnte eine Zeugin ausfindig gemacht haben.«

»Was für eine Zeugin?«

»Ich wurde zur Verschwiegenheit verpflichtet.«

»Was wurden Sie?«

Broome antwortete nicht. Er ging einfach weiter, nahm die Treppe, weil er wusste, dass Goldberg, ein Mann, der es schon mühsam fand, die Hand auszustrecken, wenn es nicht gerade nach einem Sandwich war, ihm nicht folgen würde. Als er in seinen Wagen stieg, klingelte sein Handy. Broome sah, dass es Erin war.

»Wo bist du?«, fragte sie.

»Auf dem Weg zu Harry Sutton.«

Erin war dreiundzwanzig Jahre lang seine Partnerin bei der Polizei gewesen, bis sie vor einem Jahr in Pension gegangen war. Außerdem war sie seine Exfrau. Er erzählte ihr von Cassies plötzlichem Erscheinen.

»Wow«, sagte Erin.

»Absolut.«

»Die mysteriöse Cassie«, sagte Erin. »Du hast lange nach ihr gesucht.«

»Siebzehn Jahre.«

»Dann kriegst du jetzt vielleicht endlich ein paar Antworten.«

»Das wollen wir hoffen. Rufst du aus irgendeinem bestimmten Grund an?«

»Das Überwachungsvideo aus dem *La Crème*.«

»Was ist damit?«

»Ich hab eventuell was gefunden.«

»Soll ich vorbeikommen, wenn ich bei Sutton fertig bin?«

»Ja, dann kann ich das noch etwas genauer festnageln. Und du kannst mir von dem Treffen mit der mysteriösen Cassie erzählen.«

Dann, weil er einfach nicht widerstehen konnte, sagte er: »Erin?«

»Was ist?«

»Du hast ›nageln‹ gesagt. Hehehe.«

»Ist das dein Ernst, Broome?«, stöhnte Erin. »Wie alt bist du?«

»Früher haben solche Sprüche bei dir funktioniert.«

»Bei mir hat alles Mögliche funktioniert«, sagte sie, vielleicht mit einem Anflug von Traurigkeit in der Stimme. »Das ist lange her.«

Wahre Worte. »Wir sehen uns später, Erin.«

Broome schob die Gedanken an seine Ex beiseite und trat aufs Gaspedal. Ein paar Minuten später klopfte er an die mattierte Scheibe. Im Büro sagte eine raue Stimme: »Herein!«

Er öffnete die Tür und trat in den Raum. Harry Sutton sah aus wie ein ehemals beliebter, alter College-Professor, der inzwischen völlig heruntergekommen war. Broome ließ den Blick durch den Raum schweifen. Außer Harry war niemand da.

»Schön, Sie zu sehen, Detective.«

»Wo ist Cassie?«

»Nehmen Sie Platz.«

Broome setzte sich. »Wo ist Cassie?«

»Sie ist im Moment nicht hier.«

»Ja, das ist mir auch schon aufgefallen.«

»Muss wohl daran liegen, dass Sie ausgebildeter Kriminalist sind.«

»Ich gebe mir große Mühe, nicht damit zu prahlen«, sagte Broome. »Was geht hier vor, Harry?«

»Sie ist in der Nähe. Und sie will mit Ihnen reden. Allerdings müssen wir vorher noch ein paar Grundregeln festlegen.«

Broome breitete die Arme aus. »Ich höre.«

»Erstens ist das alles inoffiziell.«

»Inoffiziell? Wofür halten Sie mich, Harry? Einen Journalisten?«

»Nein, ich halte Sie für einen guten und etwas verzweifelten Cop. Inoffiziell heißt einfach Folgendes: Sie machen sich keine Notizen. Sie schreiben es nicht in die Akte. Wenn man Sie fragt, haben Sie nie mit ihr gesprochen.«

Broome dachte darüber nach. »Und wenn ich ablehne?«

Harry Sutton stand auf und streckte ihm die Hand entgegen. »Schön, Sie wieder einmal gesehen zu haben, Detective. Einen angenehmen Tag wünsche ich noch.«

»Okay, schon gut. Kein Grund, so ein Theater zu machen.«

»Einen Grund dafür gibt es wirklich nicht«, sagte Harry mit einem freundlichen Lächeln, »aber warum soll ich es nicht ausnutzen, wenn sich die Gelegenheit ergibt.«

»Gut, es ist inoffiziell. Holen Sie sie her.«

»Es gibt noch ein paar Regeln.«

Broome wartete.

»Das Treffen heute ist ein einmaliger Termin. Cassie wird in meiner Kanzlei mit Ihnen reden. Ich werde dabei sein, während sie Ihre Fragen nach bestem Wissen und Gewissen beantwortet. Hinterher wird Cassie wieder verschwinden. Sie werden das zulassen. Sie werden nicht versuchen, ihre neue Identität in Erfahrung zu bringen – und, was noch wichtiger ist, Sie werden nach diesem Treffen nicht versuchen, sie ausfindig zu machen.«

»Und Sie werden meiner Zusage einfach vertrauen?«

»Ja.«

»Verstehe«, sagte Broome. Er beugte sich vor. »Nehmen wir an, ich würde sie eines Verbrechens für schuldig halten.«

»Das werden Sie nicht.«

»Aber nehmen wir's doch einfach mal an.«

»Pech. Wenn Cassie das Gespräch mit Ihnen beendet hat, geht sie nach Hause. Sie sehen sie nie wieder.«

»Und wenn ich bei weiteren Ermittlungen auf etwas Neues stoße, wonach ich sie fragen muss?«

»Gleiche Antwort: Pech.«

»Und zu Ihnen darf ich auch nicht kommen?«

»Doch, das dürfen Sie selbstverständlich. Und wenn ich Ihnen helfen kann, werde ich das tun. Ich verpflichte mich jedoch zu nichts.«

Broome hätte widersprechen können, hatte aber keine echte Handhabe. Außerdem war er ein Spatz-in-der-Hand- und einem-geschenkten-Gaul-schaut-man-nicht-ins-Maul-Typ. Gestern hatte er nicht die geringste Vorstellung davon gehabt, wo Cassie sein könnte. Jetzt konnte er mit ihr reden, falls er sie oder Harry nicht vor den Kopf stieß.

»Okay«, sagte Broome. »Ich stimme allen erwähnten Regeln zu.«

»Wunderbar.« Harry Sutton griff zu seinem Handy und sagte: »Cassie? Alles klar. Du kannst jetzt reinkommen.«

Deputy Chief Goldberg war einfach alles scheißegal.

Um mit voller Pension in den Ruhestand gehen zu können, musste er nur noch ein Jahr durchhalten – aber das reichte ihm nicht. Nicht einmal annähernd. Atlantic City mochte ein

Drecksloch sein, aber es war ein teures Drecksloch. Er steckte bis zum Arsch in Alimentezahlungen. Seine aktuelle Liebesbeziehung, Melinda, ein achtundzwanzigjähriger Porno-Star (Goldberg war aufgefallen, dass sie immer Porno-»Stars« waren, nie einfach nur Schauspielerinnen oder, wie Melinda, »das unbedeutendere Mädchen bei einem flotten Dreier«), saugte ihn aus (und das war durchaus doppeldeutig gemeint, hehe). Aber, Mann, sie war es wert.

Yep, man konnte es auf diverse Arten umschreiben, aber letztendlich war Goldberg einfach ein korrupter Bulle.

Normalerweise hatte er kein Problem, sich dafür zu rechtfertigen: Gangster sind wie diese mythologischen Monster, wo zwei neue Köpfe nachwachsen, sobald man einen abgeschlagen hat. Oder auch: Man sollte sich lieber mit dem Teufel abgeben, den man kannte – denjenigen, den man zumindest teilweise unter Kontrolle hatte und der nicht einfach irgendwelche anständigen Bürger umbrachte und einem auch noch ein bisschen Knete rüberschob –, als mit dem, den man nicht kannte. Oder: Den Dreck aus der Stadt zu treiben war so, als wollte man das Meer mit einem Teelöffel leeren. Und so weiter ... Goldberg hatte tausende solcher Weisheiten parat.

Aber unter diesen Umständen war die Rechtfertigung sogar noch einfacher: Der Typ, der ihm einen Hunderter zugeschoben hatte, schien, zumindest bei oberflächlicher Betrachtung, auf der Seite der Guten zu stehen.

Doch warum zögerte Goldberg dann?

Er wählte die Nummer. Nach dem dritten Klingeln nahm jemand ab.

»Schönen guten Tag, Mr Goldberg.«

Der erste Grund für das Zögern: Sobald er die Stimme des Kerls hörte, bekam er eine Gänsehaut. Der Mann – er klang sehr jung – war immer höflich und betonte jeden Satz, als stünde ein Ausrufezeichen am Ende, wie bei einem altmodischen Musical. Dennoch – bei diesem Klang lief es Goldberg eiskalt über den Rücken. Aber es steckte noch mehr dahinter.

Er hatte Gerüchte über diesen Kerl gehört. Geschichten über Bösartigkeit und Gewalt, die ihn und seine Partnerin betrafen. Geschichten, bei denen erwachsene Männer – große, kräftige, welterfahrene Männer, die, wie Goldberg, schon viel gesehen und erlebt hatten – die ganze Nacht kein Auge zu bekamen und die Decke ein ganz kleines bisschen höher zogen.

»Ja«, sagte Goldberg. »Hallo.«

Selbst wenn die Gerüchte übertrieben waren, selbst wenn nur ein Viertel des Getuschels der Wahrheit entsprach, war Goldberg in eine Sache hineingeraten, mit der er nichts zu tun haben wollte. Das beste Vorgehen wäre trotzdem, einfach das Geld zu nehmen und den Mund zu halten. Eigentlich hatte er ja auch keine andere Wahl. Denn wenn er jetzt ausstieg oder ankündigte, das Geld zurückzuzahlen, hätte er vielleicht die Stimme am anderen Ende der Leitung verärgert.

Die Stimme sagte: »Was kann ich für Sie tun, Mr Goldberg?«

Im Hintergrund hörte Goldberg ein Geräusch, bei dem ihm das Blut in den Adern gefror.

»Was zum Teufel ist das?«, fragte er.

»Oh, machen Sie sich darüber keine Gedanken, Mr Goldberg. Was wollten Sie mir sagen?«

»Ich könnte noch eine Spur haben.«

»Könnte?«

»Ich bin mir einfach nicht ganz sicher.«

»Mr Goldberg?«

»Ja.«

Was um alles in der Welt war das für ein Geräusch im Hintergrund?

»Bitte erzählen Sie mir, was Sie wissen.«

Er hatte ihnen schon alles, was er wusste, von Carlton Flynns Verschwinden erzählt. Wieso auch nicht? Er und seine Partnerin waren auch auf der Suche nach dem Vermissten – und sie zahlten wirklich verdammt gut.

Das Letzte, was Goldberg weitergegeben hatte, war das, was er von Broome erfahren hatte: Carlton Flynn hatte eine Freundin gehabt, die als Stripperin im *La Crème* arbeitete.

Er hörte ein Jaulen im Hintergrund.

»Haben Sie einen Hund?«, fragte Goldberg.

»Nein, Mr Goldberg. Habe ich nicht. Oh, aber als ich klein war, hatte ich einen wunderbaren Hund! Er hieß Ginger Snaps. Ein niedlicher Name, oder?«

Goldberg antwortete nicht.

»Sie wirken etwas verdrossen, Mr Goldberg.«

»Das heißt Deputy Chief Goldberg.«

»Möchten Sie, dass wir uns persönlich treffen, Deputy Chief Goldberg? Wir können dieses Thema auch bei Ihnen zu Hause besprechen, wenn Ihnen das lieber ist.«

Goldbergs Herz setzte kurz aus. »Nein, das ist schon okay so.«

»Also, was haben Sie mir mitzuteilen, Deputy Chief Goldberg?«

Der Hund jaulte immer noch. Aber jetzt glaubte Goldberg noch ein anderes Geräusch zu hören. Ein anderes Jaulen vielleicht, oder etwas Schlimmeres, als Begleitung zum ersten – ein schreckliches, schmerzerfülltes Geräusch, so unmenschlich, dass es paradoxerweise nur von einem Menschen stammen konnte.

»Deputy Chief Goldberg?«

Er schluckte und fing an: »Kennen Sie diesen Anwalt namens Harry Sutton …«

ZEHN

Die Tür zu Harry Suttons Büro wurde geöffnet, und Cassie kam herein.

Sie sah noch fast genauso aus wie früher.

Das war Broomes erster Gedanke. Damals hatte Broome sogar etwas Kontakt zu ihr gehabt, sich im Club mit ihr unterhalten, daher erkannte er sie. Im Lauf der Jahre hatte sie ihre Haarfarbe leicht verändert – wenn er sich richtig erinnerte, war sie eher platinblond gewesen –, aber das war auch schon fast alles.

Manche Leute mochten sich fragen, warum Broome sie in den letzten siebzehn Jahren nicht hatte finden können, wenn sie sich kaum verändert hatte. Aber in Wahrheit war es viel einfacher zu verschwinden, als die meisten Menschen glaubten. Selbst Rudy hatte damals nicht ihren richtigen Namen gekannt. Broome hatte ihn schließlich herausbekommen: Maygin Reilly. Doch weiter war er dann nicht mehr gekommen. Sie hatte sich eine neue Identität beschafft, und obwohl sie natürlich gesucht wurde, hatte es nicht zu einer landesweit ausgeschriebenen Fahndung oder einem Bericht in *Americas Most Wanted* oder einer ähnlichen Sendung gereicht.

Die andere Veränderung bestand darin, dass sie wohlhabender und deutlich – in Ermangelung eines anderen Begriffs – normaler als früher aussah. Im Prinzip konnte eine Stripperin auch in Straßenkleidung stecken, trotzdem erkannte man sie fast auf den ersten Blick als Stripperin. Bei Spielern war es genauso wie auch bei Trinkern und – tja – bei Bullen. Doch Cassie sah aus wie eine typische Vorstadt-Mom. Durchaus wie eine, die Spaß verstand, die immer alles gab, die flirtete, wenn sie in Stimmung war, oder die sich etwas zu nah herüberbeugte, wenn sie beim Straßenfest ein paar Drinks intus hatte. Aber trotz allem eine Vorstadt-Mom.

Sie setzte sich neben ihn, drehte sich um und sah ihm in die Augen.

»Schön, Sie mal wiederzusehen, Detective.«

»Geht mir genauso. Ich habe Sie gesucht, Cassie.«

»Das ist mir zu Ohren gekommen.«

»Siebzehn Jahre.«

»Fast so lange wie Valjean und Javert«, sagte sie.

»Aus *Les Miserables.*«

»Sie haben Victor Hugo gelesen?«

»Nee«, sagte Broome. »Meine Ex hat mich ins Musical geschleppt.«

»Ich weiß nicht, wo Stewart Green ist«, sagte sie.

Cool, dachte Broome. Sie übersprang das Vorgeplänkel. »Sie haben schon gehört, dass er am gleichen Tag wie Sie verschwunden ist?«

»Ja.«

»In dieser Zeit, als Sie beide verschwunden sind, hatten Sie eine Affäre miteinander, oder?«

»Nein.«

Broome breitete die Arme aus. »Das hat man mir so gesagt.«

Sie lächelte kurz, und Broome erkannte das heiße Mädchen von damals. »Wie lange leben Sie schon in Atlantic City, Detective?«

Er nickte, wusste, worauf sie hinauswollte. »Seit vierzig Jahren.«

»Dann wissen Sie, wie das läuft. Ich war keine Prostituierte. Ich habe in den Clubs gearbeitet und hatte Spaß daran. Und ja, eine Weile war Stewart Green ein Teil dieses Spaßes. Ein kleiner Teil. Aber am Ende hat er alles kaputt gemacht.«

»Den Spaß?«

»Alles«, sagte sie. Ihr Mund nahm einen harten Zug an. »Stewart Green war ein Psychopath. Er hat mich ununterbrochen belästigt. Er hat mich geschlagen und gedroht, mich umzubringen.«

»Warum?«

»Welchen Teil des Worts ›Psychopath‹ haben Sie jetzt nicht verstanden?«

»Dann sind Sie eine Psychiaterin geworden, Cassie?«

Wieder lächelte sie kurz. »Man braucht ebenso wenig Psychiater zu sein, um einen Psychopathen zu erkennen«, wandte sie ein, »wie man Bulle sein muss, um einen Mörder zu erkennen.«

»Touché«, sagte Broome. »Aber wenn Stewart Green so verrückt war, wie konnte er das dann verbergen?«

»Wir alle stellen für verschiedene Personen verschiedene Dinge dar.«

Broome runzelte die Stirn. »Da machen Sie es sich aber ein bisschen einfach, oder?«

»Finden Sie?« Sie dachte darüber nach. »Ich habe einmal gehört, wie ein Kerl einem Freund einen Rat bezüglich einer Frau gegeben hat, mit der jener sich verabreden wollte. Sie wirkte äußerlich ganz normal, war innerlich aber extrem angespannt. Wissen Sie, was ich meine?«

»Ja.«

»Der Kerl hat also zu seinem Freund gesagt: ›Die Alte ist völlig abgedreht. Lass lieber die Finger von ihr, wer weiß, in was für einen Strudel du sonst reingezogen wirst.‹«

Broome gefiel das Bild. »Aber genau das ist Ihnen mit Stewart passiert?«

»Zu Anfang hat er, wie schon gesagt, einen ziemlich coolen Eindruck gemacht. Aber mit der Zeit wurde er immer besessener. Bei manchen Menschen ist das wohl einfach so. Bis dahin war es mir immer gelungen, mich mit irgendwelchen Sprüchen aus solchen Situationen rauszureden. Bei ihm nicht. Na ja, ich hab ja nach seinem Verschwinden all die Artikel gelesen, in denen stand, was für ein wunderbarer Familienmensch er war, wie toll er sich um seine Frau gekümmert hat, als sie an Krebs erkrankt war, und wie sehr ihn seine kleinen Kinder vermissen. Ich hatte schon einiges erlebt bei meiner Arbeit da im Club, und ich habe die verheirateten Männer nicht verurteilt, die vorbeigekommen sind, um ein bisschen Dampf abzulassen oder einfach irgendwie … egal. Drei Viertel der Clubbesucher waren verheiratet. Ich glaub nicht mal, dass die meisten Heuchler oder Scheinheilige waren – ein Mann kann seine Frau lieben und trotzdem nebenbei noch ein bisschen was erleben wollen, oder?«

Broome zuckte die Achseln. »Ich denke schon.«

»Aber so war Stewart Green nicht. Er war gewalttätig. Er war verrückt. Ich hab damals allerdings nicht gewusst, wie verrückt er war.«

Broome schlug die Beine übereinander. Was Cassie ihm über die Schläge und die Gewalt erzählte, klang ganz ähnlich wie Tawnys Beschreibung von Carlton Flynn. Vielleicht war das eine weitere Verbindung?

»Und was genau ist dann passiert?«, fragte er.

Zum ersten Mal wirkte Cassie etwas unsicher. Sie sah Harry Sutton an. Der hatte sich zurückgelehnt und die Hände auf dem Bauch verschränkt. Er nickte ihr zu. Sie blickte nach unten.

»Kennen Sie die Ruine der alten Eisenerzmine bei Wharton?«

Broome kannte sie. Sie war etwa fünfzehn Kilometer von Atlantic City entfernt – am Anfang der Pine Barrens.

»Da bin ich gelegentlich gewesen. Nach der Arbeit oder wenn ich sonst irgendwie mal ein bisschen abschalten wollte.«

Abschalten, dachte Broome, ohne eine Miene zu verziehen. Eine Lüge. Ihre erste? Er war sich nicht sicher. Eigentlich wollte er die Frage stellen, die logisch daraus folgte: Warum waren Sie *wirklich* dort? Doch er ließ sie erst einmal weiterreden.

»Eines Abends – na ja, es war der letzte Abend, den ich in der Stadt verbracht habe – bin ich im Naturschutzgebiet bei der Ruine gewesen. Ich muss wohl ziemlich besorgt und geistesabwesend gewesen sein. Stewart wurde immer unkontrollierter, und ich wusste einfach nicht mehr, wie ich damit umgehen sollte. Ich hatte alles versucht, damit er mich zufrieden lässt.«

Broome stellte ihr die gleiche Frage, die er auch Tawny gestellt hatte: »Hatten Sie keinen Liebhaber oder so etwas?«

Ein Schatten senkte sich auf ihr Gesicht. »Nein.«

Noch eine Lüge?

»Gab es sonst irgendjemanden, den Sie um Hilfe bitten konnten? Was war mit Rudy oder einer Freundin aus dem Club?«

»Nee, so haben wir einfach nicht gearbeitet. Ich zumindest nicht. Ich hab mich selbst um meinen Kram gekümmert. Kann sein, dass sich jemand gedacht hat, mir würde die Geschichte über den Kopf wachsen, aber ich war ein großes Mädchen. Ich bin damit klargekommen.«

Sie sah nach unten auf ihre Hände.

»Was ist passiert, Cassie?«

»Das ist schon ziemlich seltsam, dass mich jemand so anspricht. Als Cassie, meine ich.«

»Würden Sie Maygin vorziehen?«

Sie lächelte. »Ah, das haben Sie also rausgekriegt. Nein, bleiben Sie lieber bei Cassie.«

»Okay. Sie lenken ab, Cassie.«

»Ich weiß«, sagte sie. Sie holte tief Luft und kam wieder zurück zum Thema. »Ich habe verzweifelt nach einer Möglichkeit gesucht, Stewart loszuwerden, daher hatte ich zwei Tage vorher die große Atombombe auf ihn abgeworfen oder, um genau zu sein, ihm das angedroht. Ich hätte das damals niemals durchgezogen. Aber ich hatte gedacht, dass die Drohung schon reichen würde.«

Broome hatte eine ziemlich klare Vorstellung davon, worauf sie hinauswollte, wartete jedoch ab.

»Na ja, jedenfalls habe ich Stewart gesagt, ich würde seiner Frau alles erzählen, wenn er mich nicht zufrieden lässt. Das hätte ich allerdings niemals getan. Man kriegt nämlich die ganze Strahlung auch selbst ab, wenn man die Bombe einmal gezündet hat. Aber normalerweise reicht die Drohung ja auch.«

»In diesem Fall allerdings nicht«, sagte Broome.

»Nein.« Wieder lächelte sie, wenn auch freudlos dieses Mal. »Um es mit den Worten des Mannes zu sagen, der seinen Freund damals gewarnt hatte: Ich hatte unterschätzt, wie stark der Strudel einen hineinzieht, wenn man es mit einem wirklich abgedrehten Typen zu tun hat.«

Broome sah Harry Sutton an. Der beugte sich mit besorgter Miene vor.

»Was ist passiert, als Sie die Drohung ausgesprochen hatten?«, fragte Broome.

Tränen schossen ihr in die Augen. Sie blinzelte. Schließlich antwortete sie mit leiser Stimme: »Es war übel.«

Schweigen.

»Sie hätten zu mir kommen können«, sagte Broome.

Sie schwieg weiter.

»Das hätten Sie. Bevor Sie ihm angedroht hatten, die Bombe zu zünden.«

»Und was genau hätten Sie dann getan, Detective?«

Er antwortete nicht.

»Ihr Bullen seid ja bekannt dafür, dass ihr uns Professionelle immer so gut gegen die anständigen Bürger verteidigt.«

»Das ist nicht fair, Cassie. Wenn er Ihnen Schmerzen zugefügt hat, hätten Sie zu mir kommen können.«

Sie schüttelte den Kopf. »Vielleicht, vielleicht aber auch nicht. Aber Sie verstehen es einfach nicht. Er war absolut durchgeknallt. Er sagte, wenn ich auch nur ein Wort erzähle, würde er mich mit einer Lötlampe quälen, bis ich ihm sage, wo meine Freunde leben, worauf er die dann auch umbringen würde. Und ich habe ihm das geglaubt. Wenn ich ihm in die Augen sah – und nach den Sachen, die er mir angetan hat –, habe ich ihm jedes Wort geglaubt.«

Broome ließ die Worte einen Moment lang sacken. Dann fragte er: »Und was haben Sie dann getan?«

»Ich bin zu dem Schluss gekommen, dass ich eine Zeitlang verschwinden muss. Sie wissen schon, einfach für ein bis zwei Monate abtauchen. Er würde die Lust an mir verlieren, sein Leben fortsetzen, zu seiner Frau zurückkehren oder sonst irgendwas. Aber selbst davor hatte ich Angst. Ich wusste nicht, wie er reagieren würde, wenn ich einfach ohne seine Erlaubnis verschwand.«

Sie brach ab. Broome wartete einen Moment. Dann gab er ihr das nächste Stichwort.

»Sie sagten, Sie wären im Naturschutzgebiet gewesen?«

Sie nickte.

»Wo da?«

Broome wartete. Als sie den Raum betreten hatte – ach, wenn Broome daran zurückdachte, wie sie damals ausgesehen hatte, früher –, hatte sie Ruhe und Selbstbewusstsein ausgestrahlt. Beides war inzwischen verschwunden. Sie sah auf ihre Hände, die sie nervös in ihrem Schoß knetete.

»Ich stand auf diesem Pfad«, sagte sie. »Es war dunkel. Ich war allein. Dann hab ich vor mir im Unterholz ein Geräusch gehört.«

Sie verstummte und senkte den Kopf. Broome versuchte, sie mit einer einfachen Frage zum Weiterreden zu bewegen: »Was haben Sie gehört? Was für ein Geräusch?«

»Ein Rascheln«, sagte sie. »Wie von einem Tier oder so. Aber es wurde immer lauter. Und dann hat jemand – ein Mensch – geschrien.«

Wieder verstummte sie und blickte zur Seite.

»Was haben Sie daraufhin getan?«, fragte Broome.

»Ich hatte ja keine Waffe. Ich war allein. Was hätte ich da schon tun können?« Sie sah ihn an, als erwartete sie eine Antwort. Als sie keine bekam, fuhr sie fort: »Zuerst habe ich rein instinktiv reagiert. Ich wollte abhauen, aber dann ist etwas passiert, worauf ich mich doch wieder umgedreht habe.«

»Was?«

»Auf einmal war es ganz ruhig. Als ob jemand einen Schalter umgelegt hätte. Totale Stille. Ich habe ein paar Sekunden gewartet. Es war aber nichts mehr zu hören. Nur mein eigenes Atmen. Ich hab mich ganz nah an einen großen Felsen gedrückt und bin ganz langsam drum herum geschlichen – in die Richtung, aus der das Rascheln gekommen war. Als ich dann weit genug herum war, hab ich ihn gesehen.«

»Stewart Green.«

Sie nickte.

Broome hatte einen trockenen Mund. »Wenn Sie sagen, Sie haben ihn gesehen …?«

»Er lag auf dem Rücken. Mit geschlossenen Augen. Ich hab mich zu ihm runtergebeugt und ihn berührt. Er war voller Blut.«

»Stewart?«

Sie nickte.

Broome verließ der Mut. »War er tot?«

»Das dachte ich zumindest.«

Mit einem Anflug von Ungeduld hakte er nach: »Und was soll ›das dachte ich zumindest‹ heißen?«

»Ich bin weder Psychiater noch Arzt«, fauchte sie. »Ich kann Ihnen nur erzählen, was ich damals gedacht habe. Ich habe gedacht, er wäre tot. Aber ich habe keinen Puls gefühlt oder so was. Ich war sowieso schon voll mit seinem Blut, außerdem hatte ich furchtbare Angst. Es war ganz merkwürdig. Einen Moment lang ist die Zeit ganz langsam gelaufen, und ich habe so etwas wie Glückseligkeit verspürt. Ich weiß, wie das klingt, aber ich habe ihn nun einmal gehasst. Sie können sich gar nicht vorstellen, wie sehr ich ihn gehasst habe. Und mein Problem, tja, das hatte sich auch erledigt. Stewart war tot. Dann folgte jedoch ganz schnell die Ernüchterung. Mir wurde klar, was passieren würde, und jetzt behaupten Sie bitte nicht, ich wäre unfair Ihnen gegenüber. Ich hatte ganz genau vor Augen, wie das Ganze ablaufen würde. Ich würde loslaufen und eine Telefonzelle suchen – ich hatte damals noch kein Handy, die waren auch noch nicht sehr verbreitet –, die Polizei anrufen und das melden. Ihr Cops wärt gekommen, hättet euch das angeguckt und herausbekommen, dass er mich schikaniert hat. Alle hätten erzählt, was für ein netter Familienmensch er ist und wie die Stripperin und Hure ihn sich hörig gemacht hatte und so weiter, na ja, Sie wissen schon, was ich meine. Also bin ich abgehauen. Ich bin abgehauen und habe es keine Sekunde lang bereut.«

»Wohin sind Sie gegangen?«

Harry Sutton hüstelte. »Das spielt hier keine Rolle, Detective. Für Sie ist die Geschichte an dieser Stelle beendet.«

Broome sah ihn an. »Das soll ein Witz sein, oder?«

»Wir haben eine Abmachung.«

Cassie sagte: »Es ist die Wahrheit, Detective.«

Er war drauf und dran, den Bluff aufzudecken – ihr zu sagen, dass es nur zum Teil die Wahrheit sei –, wollte sie jedoch nicht verschrecken. Also fragte er nach ein paar Details, hoffte so, mehr darüber zu erfahren, was damals passiert war. Vor allem wollte er wissen, wie schwer verletzt Stewart Green gewesen war, bekam jedoch nicht mehr aus ihr heraus – und war sich auch nicht sicher, ob sie in diesem Punkt noch mehr wusste.

Schließlich sagte Harry Sutton: »Ich denke, mehr werden Sie nicht erfahren, Detective.«

Stimmte das? Und hatte er wirklich etwas Neues erfahren? Er fühlte sich noch genauso verloren wie vorher – vielleicht sogar noch verlorener. Broome dachte an die anderen Männer, an das, was die Vermissten verband. Waren sie ermordet worden? Waren sie irgendwie verletzt worden und dann – was? Abgetaucht? Stewart Green war der Erste gewesen. Da war Broome sich ziemlich sicher. Hatte er sich von den Verletzungen erholt und …?

Und was?

Wo zum Teufel war er? Und welche Verbindung bestand zwischen ihm und den anderen?

Cassie stand auf. Broome sah ihr ins Gesicht. »Warum?«, fragte er.

»Warum was?«

»Sie hätten in Ihrem Versteck bleiben und Ihr Leben sicher

und ungestört fortsetzen können.« Er warf einen kurzen Blick auf Harry Sutton und sah dann wieder sie an. »Warum sind Sie zurückgekommen?«

»Sie sind Javert, erinnern Sie sich?«, sagte sie. »Sie hätten die Jagd nie aufgegeben. Irgendwann müssen Javert und Valjean sich wieder begegnen.«

»Also haben Sie sich entschieden, Ort und Zeit lieber selbst zu bestimmen.«

»Ist doch besser, als wenn Sie irgendwann bei mir vor der Haustür stehen, oder?«

Broome schüttelte den Kopf. »Das kaufe ich Ihnen nicht ab.«

Sie zuckte die Achseln. »Ich werde keine große Energie darauf verschwenden, es Ihnen glaubhaft zu machen.«

»Und das war's jetzt, Cassie? Für Sie ist damit alles erledigt?«

»Ich verstehe nicht, was Sie meinen.«

Aber sie verstand ihn ganz genau. Er sah es in ihren Augen.

»Verschwinden Sie jetzt einfach wieder und kehren in Ihr geregeltes Leben zurück?«, fragte Broome. »Fühlen Sie sich geläutert? Hat Ihnen dieses Treffen das gegeben, was Sie sich davon erhofft haben?«

»Ich glaube schon«, sagte sie. »Haben Sie etwas dagegen, wenn ich Ihnen auch eine Frage stelle?«

Sie versuchte, den Spieß umzudrehen, dachte Broome. Sich zu rechtfertigen. Aber warum? Mit einer kurzen Handbewegung forderte er sie auf fortzufahren.

»Was werden Sie mit diesen Informationen machen?«, fragte sie.

»Ich werde die anderen Hinweise, die ich habe, damit ergänzen, sie abwägen und eine Neubewertung der Situation vornehmen.«

»Haben Sie Stewart Greens Frau je die Wahrheit über ihn erzählt?«

»Kommt darauf an, über wessen Wahrheit wir reden.«

»Das ist jetzt Wortklauberei, Detective.«

»Sie haben recht. Bisher hatte ich nur Gerüchte über Stewart Green gehört. Ich wusste nichts wirklich Genaues.«

»Werden Sie das, was Sie jetzt wissen, seiner Frau erzählen?«

Broome überlegte eine Weile. »Wenn ich glaube, es hilft mir dabei, ihn zu finden, dann ja, dann werde ich es ihr erzählen. Aber ich bin kein Privatdetektiv, der dafür bezahlt wird, irgendwelchen Schmutz über den Mann auszugraben.«

»Vielleicht hilft es ihr, über sein Verschwinden hinwegzukommen.«

»Es könnte allerdings auch schaden«, sagte er. »Ich bin für die Aufklärung von Verbrechen zuständig. Punkt.«

»Klingt plausibel«, sagte sie, nickte und griff nach dem Türknauf. »Dann noch viel Glück mit dem Fall.«

»Äh, bevor Sie gehen …«

Sie blieb stehen.

»Mit den ganzen cleveren Verweisen auf Victor Hugo umschiffen wir beide die ganze Zeit eine entscheidende Frage.«

»Und die wäre?«

Broome lächelte. »Es geht um das Timing unseres kleinen Beisammenseins.«

»Was ist damit?«

»Warum jetzt? Warum haben Sie sich ausgerechnet nach siebzehn Jahren überlegt, hierher zurückzukehren?«

»Das wissen Sie ganz genau.«

Er schüttelte den Kopf. »Nein, das weiß ich nicht.«

Sie sah Harry fragend an. Der zuckte die Achseln. »Ich habe von dem anderen Verschwundenen gehört.«

»Verstehe. Wie haben Sie davon erfahren?«

»Ich habe es in den Nachrichten gesehen«, sagte sie.

Noch eine Lüge.

»Und Sie haben sofort eine Parallele zwischen Stewart Green und Carlton Flynn gesehen?«

»Abgesehen von der, die offensichtlich ist?«, fragte sie. »Nein, eigentlich nicht.«

»Dann haben die Berichte darüber also einfach die Erinnerungen an die Vergangenheit geweckt und sie irgendwie wieder zurückgebracht?«

»So einfach ist das nicht.« Wieder sah sie auf ihre Hände hinunter. Jetzt bemerkte es Broome. Sie hatte einen Ring getragen. Er sah die helle Linie am Ringfinger. Sie hatte ihn abgenommen – wahrscheinlich für dieses Treffen – und fühlte sich ohne ihn unwohl. Das erklärte auch das Händeringen. »Die Geschehnisse dieser Nacht … Sie haben mich nie ganz losgelassen. Ich bin geflüchtet. Ich habe meinen Namen geändert. Ich habe mir ein neues Leben aufgebaut. Doch diese Nacht hat mich die ganze Zeit verfolgt. Und sie tut das noch immer. Ich habe mir wohl gedacht, dass es Zeit ist, die Flucht zu beenden. Ich habe mir gedacht, dass es Zeit ist, mich der Sache zu stellen, damit ein für alle Mal Schluss ist.«

ELF

Alle nannten sie Ken und Barbie.

Um also auf der sicheren Seite zu sein – und weil falsche Identitäten total cool waren –, fingen sie an, sich auch gegenseitig so zu nennen.

Tawnys gebrochener Finger hatte ihre Aufgabe lächerlich einfach und damit uninteressant gemacht. Barbie war etwas enttäuscht gewesen. Sie war doch so gut darin, Menschen Informationen zu entlocken. Sehr kreativ. Sie hatte sich einen neuen Lötkolben mit besonders feiner Spitze besorgt, der mehr als tausend Grad heiß wurde und den sie eigentlich unbedingt ausprobieren wollte.

Aber kreativ sein hieß improvisieren. Ken hatte sofort gesehen, dass Tawny einen gebrochenen Finger hatte, der ihr sehr zu schaffen machte. Warum sollten sie diese Verletzung nicht einsetzen?

Nachdem Ken Tawny ins Gesicht geschlagen hatte, schloss Barbie die Tür ab. Tawny lag auf dem Boden und hielt sich die Nase. Ken stellte einen seiner Keds-Sneaker direkt zwischen ihre riesigen, falschen Brüste und drückte sie herunter. Er zog ihre rechte Hand nach oben. Tawny wand sich vor Schmerz.

»Das ist schon okay«, sagte er sanft.

Ken setzte den Fuß als Hebel ein, zog Tawnys Arm gerade und umklammerte ihn mit dem Ellbogen. Sie konnte sich nicht rühren. Die Hand mit dem gebrochenen Finger lag vollkommen frei. Er nickte Barbie zu.

Barbie lächelte und richtete ihren Pferdeschwanz. Ken sah gerne zu, wenn sie ihre Haare mit einer Hand umfasste und nach hinten zog, wobei ihr zierlicher Nacken gut zu sehen war. Barbie trat heran und musterte den Finger einen Moment lang.

Zuerst schnippte Barbie mit ihrem Mittelfinger gegen den gebrochenen Zeigefinger. Nicht sehr fest. Es war nur ein kleiner Test. Ihre Augen begannen zu leuchten, als Tawny vor Schmerz schrie. Langsam legte Barbie nun ihre Finger um den gebrochenen Zeigefinger und ballte sie zur Faust. Tawny ächzte. Barbie lächelte schwach und wartete einen Moment lang. Der Hund, Ralphie, der vielleicht spürte, was geschah, hüpfte wimmernd in der hintersten Zimmerecke herum. Barbie sah Ken an. Auch Ken lächelte. Sie nickte ihm zu.

»Bitte«, sagte Tawny mit tränenüberströmtem Gesicht. »Bitte sagen Sie, was Sie von mir wollen.«

Barbie blickte lächelnd zu ihr hinunter. Ohne jede Vorwarnung riss sie den gebrochenen Finger dann nach hinten, bis er Tawnys Handgelenk berührte. Ken war bereit. Er nahm den Fuß von Tawnys Brust, stellte ihn auf ihren Mund und erstickte so einen langen, unkontrollierten Schrei. Wieder ergriff Barbie den Finger. Sie fing an, ihn hin und her zu bewegen wie einen Joystick von einem dieser schrecklichen Spielkonsolen.

Schließlich stach der spitze Knochen durch die Haut und den Verband.

Dann – und erst dann – fragten sie Tawny, wo Carlton Flynn war.

Jetzt, eine Dreiviertelstunde später und nachdem sie sie zwei Mal aus der Bewusstlosigkeit geweckt hatten, konnten sie mit Sicherheit sagen, dass Tawny nichts wusste. Eigentlich hatten sie es schon eher sagen können, doch Ken und Barbie hätten es nicht so weit gebracht, wenn sie nicht äußerst gründlich arbeiten würden.

Ein paar potenziell nützliche Dinge hatten sie allerdings doch erfahren. Als Tawnys Schmerzen zu groß geworden waren – und ihre Zurechnungsfähigkeit für eine Weile abhandengekommen war –, hatte sie einfach in einem langen Redefluss fantasiert. Sie hatte über ihre Kindheit schwadroniert, von ihrer kleinen Schwester Beth erzählt und die Theorie aufgeworfen, dass Ken und Barbie Engel wären, die der Himmel geschickt hätte, um sie zu retten. Sie erwähnte einen Polizisten namens Broome, ihren Boss Rudy und diverse andere Leute aus dem Club. Sie erzählte auch von Carlton Flynn – unter anderem, dass er derjenige war, der ihr den Finger gebrochen hatte, und dass er an diesem letzten Abend einfach nicht aufgetaucht war.

Aber bedauerlicherweise wusste Tawny nichts über Carlton Flynns aktuellen Aufenthaltsort.

Tawny lag wie eine kaputte Lumpenpuppe auf dem Fußboden. Sie gab unzusammenhängende Worte und Laute von sich. Barbie streichelte Ralphie und versuchte den Pudel zu beruhigen. Sie lächelte Ken dabei an, dem dieser Blick das Herz erwärmte.

»Woran denkst du?«, fragte er.

»Die Playlist.«

Er war nicht überrascht. Barbie war so eine Perfektionistin. »Was ist damit?«

»Ich hoffe, du bist da aufgeschlossen.«

»Das bin ich.«

»Versprochen?«

»Versprochen.«

Barbie seufzte und richtete wieder ihren Pferdeschwanz.

»Ich finde, wir sollten die Show mit *Let the River Flow* eröffnen und dann mit *What Color Is God's Skin?* fortsetzen.«

Ken dachte darüber nach. »Und wann spielen wir *Freedom Isn't Free?*«

»Direkt vor dem Schlussstück.«

»Das ist extrem spät.«

»Ich glaube, es funktioniert.«

»Das geht aber nur«, sagte er, »wenn wir Jazz-Hände in die Choreographie einbauen.«

Barbie runzelte die Stirn. »Du weißt, was ich von Jazz-Händen halte.«

Ken und Barbie waren Gruppenleiter bei Camp SonLit. Das T am Ende hatte die Form eines Kreuzes. Dort hatten sie sich kennengelernt und erste Kontakte geknüpft. Allerdings nicht auf *diese* Art. Bei ihnen war alles äußerst anständig abgelaufen. Tatsächlich hatten beide ein Keuschheitsgelübde abgelegt, das, wie Ken glaubte, ihnen Disziplin gab und half, ihre Energie konzentriert einzusetzen.

Ken war im Lager eine Art Star gewesen, daher hatte Barbie Wert darauf gelegt, sich mit ihm zu treffen und sich mit ihm anzufreunden. Ein Jahr vorher war Ken einer der wichtigsten Sänger bei der ultra-exklusiven *Up with People*-Tour gewesen, die rund um die Welt für die berühmte »Leadership«-Organisation aufgetreten war. Es war keine Liebe auf den ersten Blick gewesen, aber von Anfang an hatten sie eine gegenseitige Anziehung empfunden. Beide hatten es gespürt. Was genau sie miteinander verband, fanden sie dann heraus, als ein anderer Gruppenleiter namens Doug Waites ihren Weg kreuzte.

Waites war der Chef der Gruppenleiter und für die Jungs im Alter von zehn bis zwölf Jahren verantwortlich. Eines Nachts, nachdem die Camper im Bett lagen und die Nachtgebete gesprochen waren, war Barbie zu Ken gekommen und hatte ihn um Hilfe gebeten. Waites ließ sie nicht zufrieden, hatte Barbie Ken erzählt. Er hätte sie mehrmals gebeten, mit ihm auszugehen. Außerdem sähe er ihr bei jeder sich bietenden Gelegenheit in den Ausschnitt. Er spräche auf unangemessene Weise mit ihr und behandle sie in vielerlei Beziehung auf eine Art, die sie als respektlos empfinde.

Als er das hörte, ballten sich Kens Hände zu Fäusten.

Nachdem Barbie ihren Bericht über Waites' Missetaten beendet hatte, machte Ken ihr einen Vorschlag. Er sagte, wenn Waites sie das nächste Mal auf die Art anspreche, solle sie ihn auffordern, sich mit ihr zu einem Zeitpunkt ihrer Wahl an einer abgelegenen Stelle im Wald zu treffen. Barbies Augen fingen auf diese spezielle Art an zu lodern, die er zu lieben lernen sollte.

Zwei Abende später, als die Camper wiederum nach den Nachtgebeten eingeschlafen waren, machte Doug Waites sich auf den Weg zu seinem vermeintlichen Rendezvous mit Barbie an der abgelegenen Stelle im Wald. Dann übernahm Ken. Barbie sah gebannt und fasziniert zu. Sie hatte sich schon immer zu Schmerzen hingezogen gefühlt. Sie erinnerte sich noch genau an die Deckenfresken im berühmten Dom von Florenz, wo sie auf einer Teenager-Gruppenreise gewesen war. Darauf waren die grausigsten Szenen aus der Hölle dargestellt. In einer heiligen Kirche, in die man in Shorts oder ärmellosen Kleidern nicht hineindurfte, waren nackte Menschen abgebildet – Sünder –, denen erhitzte Schürhaken ins Rektum und die Genitalien gesteckt wurden. Alles war ganz deutlich zu erkennen, jeder Tourist konnte sie betrachten. Die meisten Teenager hatten angewidert den Blick abgewandt, aber manche, wie Barbie, hatten hingucken müssen. Die Todesqualen in den Gesichtern der Sünder faszinierten sie, zogen sie in ihren Bann und machten sie ganz kribbelig.

Als Ken Doug Waites' Fesseln schließlich wieder löste, gab er ihm eine einfache Warnung mit auf den Weg. »Wenn du je davon erzählst, werde ich dich suchen, und es wird noch schlimmer.«

Die folgenden beiden Tage hatte Doug Waites kein Wort gesprochen. Am dritten war er abgeholt worden. Weder Barbie noch Ken hatten danach je wieder etwas von Waites gehört.

Sie hatten weiter als Gruppenleiter gearbeitet und gelegentlich andere diszipliniert, wenn sich die Notwendigkeit ergab. Wie zum Beispiel einen garstigen Jungen, der andere gnadenlos schikaniert hatte. Oder einen anderen Gruppenleiter, der Alkohol ins Camp geschmuggelt und den jungen Campern gegeben hatte. Beide hatten sie an dieselbe Stelle im Wald mitgenommen.

Irgendwann taten Ken und Barbie etwas, das viele für einen Fehler halten mochten. Sie folterten einen widerwärtigen jungen Mann – er hatte sich in einen Mädchenschlafraum geschlichen und einen BH besudelt –, übersahen dabei jedoch, dass der Vater des widerwärtigen jungen Mannes einer der bedeutendsten Mafia-Bosse in New York war. Als sein Vater erfuhr, was geschehen war – er hatte seinen Sohn so lange unter Druck gesetzt, bis der ihm schließlich alles erzählte –, schickte er seine beiden besten Männer, damit die sich um Ken und Barbie »kümmerten«. Doch Ken und Barbie waren keine unbedarften Amateure mehr. Als die beiden Mafiosi sie abholen wollten, waren Ken und Barbie auf den Besuch vorbereitet. Sie drehten den Spieß um. Einen tötete Ken mit bloßen Händen. Den anderen fingen sie und brachten ihn in den Wald. Barbie nahm sich viel Zeit für ihn. Sie machte ihren Job gründlicher denn je zuvor. Am Ende ließen sie den zweiten Söldner leben, wobei es in diesem Fall wahrscheinlich gütiger gewesen wäre, ihn umzubringen.

Als der Mafia-Vater, der den Auftrag erteilt hatte, das erfuhr, war er schwer beeindruckt – und womöglich auch etwas verängstigt. Statt weitere Männer zu schicken, bot er beiden einen Friedensschluss – und einen Job an. Ken und Barbie nahmen an. Ihnen war klar, dass es sich bei ihrem neuen Boss um einen bösen Menschen handelte, der anderen bösen Menschen Schmerzen bereitete. Für sie war das ein Wink des Schicksals. Als das Camp zu Ende war, verließen sie ihre Familien und erzählten ihren Lieben, dass sie als reisende Missionare tätig sein würden, was in gewisser Weise der Wahrheit entsprach.

Das Handy klingelte. Ken ging ran: »Schönen guten Tag, Mr Goldberg.«

Als er das Telefonat beendete, kam Barbie zu ihm. »Haben wir eine neue Spur?«

»Die haben wir.«

»Erzähl.«

»Ein Anwalt namens Harry Sutton. Er vertritt Huren.«

Barbie nickte.

Beide knieten sich neben Tawny. Tawny fing an zu weinen.

»Jetzt hast du wohl verstanden«, sagte Ken zu ihr, »wie falsch dieses Leben für dich ist.«

Tawny weinte weiter.

»Wir werden dir eine Chance geben«, sagte Barbie mit seligmachendem Lächeln. Sie griff in ihre Handtasche und zog etwas heraus. »Das ist ein Busfahrschein aus der Stadt heraus.«

»Wirst du ihn benutzen?«, fragte Ken.

Tawny nickte beflissen.

»Als du uns vor der Tür gesehen hast«, sagte Barbie, »hast du uns für Engel gehalten, die gekommen sind, um dich zu retten.«

»Vielleicht«, ergänzte Ken, »hast du recht gehabt.«

Eigentlich hatte Megan geplant, direkt nach Hause zu fahren.

Das wäre vernünftig gewesen. Sie hatte ihren Teil getan – oder zumindest so viel, wie sie konnte –, und jetzt war es Zeit, wieder in ihren sicheren Kokon zu schlüpfen.

Stattdessen fuhr sie ins *La Crème*.

Jetzt saß sie ganz hinten in der dunklen Ecke an der Theke. Ihre alte Freundin Lorraine arbeitete dahinter. Als sie hereingekommen war, hatte Lorraine gefragt: »Muss ich jetzt überrascht aussehen?«

»Nicht nötig.«

»Was kann ich dir anbieten?«

Megan deutete auf die Flasche hinter Lorraine. »Grey Goose on the Rocks mit vier Limettenschnitzen.«

Lorraine runzelte die Stirn. »Wie wäre es statt Grey Goose mit irgendeinem verwässerten No-Name-Wodka aus der Grey-Goose-Flasche?«

»Klingt sogar noch besser.«

Obwohl Megan, wie die meisten Erwachsenen, über E-Mails und SMS jammerte, kamen sie ihr in dieser Situation sehr gelegen. Sie simste Dave, dass sie heute Nacht erst spät nach Hause kommen würde, weil sie nur zu gut wusste, dass er bei einem Telefonat die Lüge in ihrer Stimme gehört und sie mit weiteren Fragen behelligt hätte.

Dann nahm sie den Drink in beide Hände und erzählte Lorraine von ihrem Treffen mit Broome.

»Erinnerst du dich noch an ihn?«, fragte Megan.

»Broome? Klar. Wir treffen uns noch gelegentlich. Guter Mann. Ich hab mal 'nen One-Night-Stand mit ihm gehabt, das muss, was weiß ich, neun oder zehn Jahre her sein.«

»Das ist doch nicht dein Ernst?«

»Man schätzt mich wegen meiner Großherzigkeit. Ich will doch immer die ganze Welt in die Arme schließen.« Lorraine polierte ein Glas mit einem alten Lappen und lächelte ihr zu. »Ehrlich gesagt mochte ich ihn.«

»Du magst jeden.«

»Sag ich doch, die Welt in die Arme schließen.«

»Besonders in Form männlicher Körper.«

Lorraine breitete die Arme aus und stellte sich in Pose. »Wäre doch auch schade, das einfach verkommen zu lassen.«

»Auch wieder wahr.«

»Aaalso«, sagte Lorraine gedehnt, »hast du Broome erzählt, dass ich Stewart Green eventuell gesehen habe?«

»Nein.«

»Warum nicht?«

»Ich wusste nicht, ob dir das recht ist.«

»Könnte bedeutsam sein«, sagte Lorraine.

»Könnte es.«

Lorraine polierte immer noch dasselbe Glas. Dann sagte sie: »Wahrscheinlich war's auch gar nicht Stewart.«

Megan sagte nichts.

»Na ja, wahrscheinlich sah er ihm nur ähnlich. Jetzt, wo ich mir deine Geschichte so anhöre. Du hast ihn doch tot gesehen, richtig?«

»Gut möglich.«

»Und wenn du ihn tot gesehen hast, kann ich ihn nicht lebendig gesehen haben.« Lorraine schüttelte den Kopf. »Mann, hab ich das jetzt gerade gesagt? Ich brauche unbedingt einen Drink. Na ja, da muss ich mich wohl geirrt haben.«

»Ist schon heftig, sich bei so etwas zu irren«, sagte Megan.

»Ja, schon.« Lorraine stellte das Glas beiseite. »Aber gehen wir doch einfach mal davon aus, dass ich wirklich Stewart Green gesehen habe.«

»Okay.«

»Wo ist er dann die letzten siebzehn Jahre gewesen? Was hat er die ganze Zeit gemacht?«

»Und«, fügte Megan hinzu, »warum ist er jetzt zurückgekommen?«

»Genau«, sagte Lorraine.

»Vielleicht sollten wir Broome das erzählen.«

Lorraine überlegte. »Vielleicht.«

»Ich meine, wenn er wirklich wieder zurückgekommen ist …«

»Ja, erzähl's ihm«, sagte Lorraine und schlug mit dem Lappen auf die Theke. »Aber verrat ihm nicht, von wem du das gehört hast, okay?«

»Ich werde dich aus der Sache raushalten.«

»Das find ich gut.«

»Trotz deiner Großherzigkeit.«

Lorraine polierte ein Glas zu gründlich. »Und was nun, Schätzchen?«

Megan zuckte die Achseln. »Jetzt fahr ich nach Hause.«

»Einfach so?«

»Wenn Stewart Green wirklich wieder aufgetaucht ist …« Sie erschauerte bei dem Gedanken.

»Dann wärst du in ernster Gefahr«, sagte Lorraine.

»Eben.«

Lorraine beugte sich über die Theke. Ihr Parfum roch nach Jasmin. »Hat Broome dich gefragt, warum du zurückgekommen bist?«

»Yep.«

»Und du hast ihm diesen ganzen Mist erzählt, dass du die Wahrheit wissen musst und so weiter?«

»Mist?«

»Ja, Mist«, sagte Lorraine. »Du warst siebzehn Jahre lang

verschwunden. Und urplötzlich musst du die Wahrheit wissen?«

»Brrr, was erzählst du denn da? *Du* bist zu *mir* gekommen, weißt du noch?«

»Das meine ich nicht«, sagte Lorraine. Sie sprach leiser. »Du bist doch vorher schon ein paar Mal hier gewesen, oder?«

Megan rutschte auf ihrem Hocker nach hinten. »Ein Mal.«

»Gut, dann eben nur ein Mal. Wieso?«

Ein Gast kam an die Theke und bestellte etwas. Lorraine servierte einen Drink und eine zweideutige Bemerkung. Der Gast lachte und ging mit seinem Drink zurück an den Tisch.

»Lorraine?«

»Was ist, Süße?«

»Was ist das Geheimnis des Glücks?«

»Die kleinen Dinge.«

»Zum Beispiel?«

»Kauf dir ein paar neue Gardinen. Du glaubst gar nicht, wie viel das bringt.«

Megan sah sie zweifelnd an.

»Ach, Schätzchen, ich bin ebenso verkorkst wie alle anderen. Ich habe gerade erst gelernt, mir nicht über alles und jeden Sorgen zu machen. Verstehst du? Die Menschen ziehen in den Krieg, um für die Freiheit zu kämpfen, ja, und was machen wir dann mit dieser Freiheit? Wir legen uns Fesseln an, indem wir Besitztümer anhäufen oder Schulden machen – oder indem wir uns mit anderen Menschen einlassen. Wenn ich einen glücklichen Eindruck mache, liegt es daran, dass ich das tu, was ich will und wann ich es will.«

Megan trank ihr Glas leer und forderte Lorraine mit einer Geste auf, ihr noch einen einzuschenken. »Ich bin glücklich«, sagte sie dann. »Ich hab nur manchmal Hummeln im Hintern.«

»Das ist doch ganz normal. Na ja, wer hat das nicht? Du hast gute Kinder, stimmt's?«

»Besser geht's nicht«, sagte Megan, der es trotz allem plötzlich leicht ums Herz wurde. »Ich liebe sie so sehr, dass es schon wehtut, an sie zu denken.«

»Siehst du? Das ist doch toll. Für mich wäre das aber nichts.«

Megan sah ihren Drink an und ließ dann einen wärmenden Schluck davon die Kehle hinunterlaufen. »Weißt du, was am Mutterdasein echt nervt?«

»Dreckige Windeln?«

»Schon, aber das ist vorbei. Ich meine jetzt, wo sie älter sind und man sie im Großen und Ganzen als Menschen bezeichnen kann.«

»Was?«

»Man lebt einzig und allein für ihr Lächeln.«

Lorraine wartete, dass sie weitersprach. Als sie das nicht tat, sagte sie: »Kannst du mir das erklären?«

»Wenn bei ihnen etwas gut läuft – sagen wir, Kaylie schießt beim Fußball ein Tor –, na ja, wenn dein Kind lächelt, geht die Sonne in dir auf. Du bist so verdammt glücklich. Dann wiederum, wenn sie es nicht tun …«

»Dann bist du unglücklich«, sagte Lorraine.

»Ein bisschen komplizierter ist es schon, aber im Prinzip ja. Ich kann das nicht ausstehen, dass mein Glück so absolut von ihrem Lächeln abhängt. Dabei gehöre ich nicht zu den Eltern, die vorwiegend aus zweiter Hand durch die Erfolge ihrer Kinder leben. Ich will einfach nur, dass sie glücklich sind. Früher war ich eine erfüllte und erwachsene Frau mit einer eigenen Gefühlswelt. Jetzt, als Mutter, scheint mein Glück ausschließlich von ihrem Lächeln abzuhängen. Und die beiden wissen das auch noch.«

»Interessant«, sagte Lorraine. »Weißt du, wonach das klingt?«

»Wonach?«

»Nach einer Beziehung, in der einer den anderen emotional ausnutzt. Wie früher mit meinem Ex. Man fängt an, dafür zu leben, dass man ihnen gefällt. Und dann manipulieren sie dich mit ihren Launen.«

»Das ist etwas übertrieben.«

»Ja, das stimmt vielleicht«, sagte Lorraine, die offensichtlich anderer Ansicht war, aber keinen Streit anfangen wollte. »Aber du hast mir immer noch nicht erzählt, warum du wieder hier warst. Ich meine, bevor ich dich besucht habe.«

Die banale Antwort: Megan hatte es vermisst. Sie war drauf und dran, es Lorraine zu erzählen, aber die starrte nach rechts zur Seite. Megan folgte ihrem Blick. Als sie erkannte, wohin Lorraine blickte, runzelte sie die Stirn.

»Rays Tisch«, sagte Megan.

»Yep.«

Der Tisch war leer, aber es war *sein* Tisch gewesen – die Ecke, in der Ray immer gesessen hatte. Ihn hatte sie verdrängt. Mannomann, und wie sie ihn verdrängt hatte! Jetzt erlaubte sie sich – nur für einen kurzen Augenblick –, an ihn zu denken. Im Lauf der Jahre hatte sie ihre Beziehung in Gedanken zu einer Art Affäre gemacht, einer intensiven, heftigen Sommer-Romanze, die den Belastungen des Alltagslebens niemals standgehalten hätte. Aber jetzt, für einen kurzen Moment, erinnerte sie sich an den eindringlichen Blick, mit dem Ray sie so oft angesehen hatte, dachte an seine elektrisierenden Küsse und die frühen Morgenstunden, in denen sie ihn völlig außer Atem so leidenschaftlich umklammert hatte, als hinge ihr Leben davon ab.

Lorraine lächelte.

»Sehr dezent«, sagte Megan.

»Ja.«

»Weißt du, was er macht und wie es ihm geht?«

Das Lächeln verschwand. »Willst du das wirklich wissen?«

»Du hast davon angefangen.«

»Nein, Schätzchen, das warst du. Ich will dir nur helfen, das alles zu beenden.«

Da war was dran. »Dann hilf mir. Geht's ihm gut?«

Lorraine fing wieder an, ein Glas zu polieren.

»Lorraine?«

»Eine Zeitlang – also damals, nachdem du abgehauen bist – ist er jeden Abend hier gewesen. Er hat sich an den Tisch gesetzt und getrunken. Tagsüber war er bei dir in der Wohnung. Das ging dann … ich weiß nicht … ein paar Monate lang. Vielleicht war es auch ein Jahr. Er hat einfach auf deine Rückkehr gewartet.«

Megan sagte nichts.

»Mit der Zeit wurde es immer schlimmer. Irgendwann ist er nicht mehr hergekommen. Hat Atlantic City verlassen. Ich glaube, er ist nach Kalifornien gezogen. Da hat er wohl noch mehr getrunken. Dann war er wieder da.« Sie zuckte die Achseln.

Megan ließ die Informationen sacken. Sie war ihm einiges schuldig geblieben. Sie war jung und wahrscheinlich dumm gewesen, andererseits, welche Wahl hätte sie gehabt? Lorraine sah sie an. Sie würde die Frage nicht stellen, doch Megan sah sie in ihren Augen: *Warum hast du ihn nicht wenigstens angerufen?* Sie wandte den Blick ab, damit ihre Augen die Antwort nicht verrieten: *Weil ich nicht wusste, ob er nicht vielleicht ein Mörder war.*

Doch das hatte sich jetzt natürlich alles verschoben. Womöglich war Stewart Green gar nicht tot. Und wenn Stewart Green nicht tot war …

Lorraine sah sie mit einem seltsamen Blick an.

»Was ist?«, fragte Megan.

»Nichts.«

»Und wo ist Ray jetzt?«, fragte Megan.

»Soweit ich weiß, irgendwo hier in der Gegend.«

»Soweit du weißt? Ach komm schon, Lorraine. Erzähl mir, was er macht. Arbeitet er noch als Fotograf?«

Lorraine verzog das Gesicht. »Gewissermaßen.«

»Was? Ach, Moment, er macht doch wohl keine Pornos, oder?«

»Nein, Schatz, Porno ist viel hochwertiger als das, was Ray macht.«

»Was soll das denn heißen? Was macht er?«

»Also gut«, sagte Lorraine. »Ich will wirklich niemanden verurteilen. Wenn du dir dein hübsches Vorstadtleben versauen willst… Nur zu, hier.« Sie öffnete eine Schublade und nahm eine lange Metallschachtel heraus. Megan hätte beinah gelächelt, als ihr Lorraines magische Visitenkarten-Box wieder einfiel.

»Die hast du immer noch?«, fragte Megan.

»Natürlich. Ich habe sie inzwischen sogar nach Vorlieben sortiert. Mal sehen… Ah, da ist sie.« Sie zog eine Karte heraus, drehte sie und kritzelte etwas auf die Rückseite. Megan nahm die Karte. Das Logo sah fast aus wie auf dem Walk of Fame in Hollywood mit einer Kamera in der Mitte. Darauf stand:

Celeb Experience: Paparazzi for Hire.

O Mann.

Sie drehte die Karte um. Lorraine hatte darauf geschrieben: *Weak Signal Bar and Grill.*

»Ist das Rays Stammkneipe?«, fragte Megan.

»Nein, aber Festers.«

»Wessen?«

»Der Kerl, für den Ray arbeitet. Fester. War früher Türsteher in diesem alten Club ein Stück die Straße runter. Erinnerst du dich nicht mehr an ihn?«

»Sollte ich?«

»Eigentlich nicht. Egal, ich kenne Fester seit Jahren. Hab ihn unter ›Mag Mollige‹ in meiner Datei abgelegt. Einer der Vorteile des Alters – ich bin jetzt für die verschiedensten Typen attraktiv. Ich bin alt genug für die, die auf Cougars und MILFs stehen. Biete einfach das komplette Programm.«

Megan starrte auf die Karte.

»Soll ich dir einen Tipp geben?«, fragte Lorraine.

»›Fahr nach Hause, besorg dir neue Gardinen und häng sie auf‹?«

»Ja, etwa darauf läuft es wohl hinaus.«

ZWÖLF

Broome bog in die Einfahrt eines Split-Level-Hauses mit Aluminium-Verkleidung. Er parkte vor der Doppelgarage unter dem Schlafzimmerfenster und ging die Betontreppe hinauf. Ein umgefallenes Dreirad blockierte den Weg zur Tür. Diese – ach so gewöhnliche – Behausung war der Ort, an dem die einzige Frau lebte, die Broome je lieben würde: Detective Erin Anderson vom Atlantic City Police Department … Und die lebte hier mit ihrem Mann, einem Buchhalter namens Sean.

Immer wenn Broome zu Besuch kam, konnte er sich nicht verkneifen zu denken: *Das hätte ich sein können.* Man hätte vielleicht erwartet, dass er daraufhin eine starke Sehnsucht entwickelt hätte, doch das war nicht der Fall. Seine unmittelbarste und stärkste Empfindung war Erleichterung – eine Art Dort-gewesen-doch-durch-Gottes-Gnade-gerade-noch-einmal-vorbeigeschrammt Rettung vor seinem eigenen Schicksal. Doch wenn er Erin dann ins Gesicht sah, trat das alles in den Hintergrund.

Vor Jahren hatten sie sich als Partner im Polizeiwagen kennengelernt, sich bald darauf ineinander verliebt und geheiratet. Das war das Ende der Einsatzpartnerschaft gewesen – ein Ehepaar durfte nicht gemeinsam in einem Einsatzfahrzeug sitzen – und der Anfang ihrer Probleme. Die Ehe war – trotz der Liebe – ein Desaster gewesen. So war das manchmal. In manchen Beziehungen schuf eine Hochzeit neue, stabilere Bindungen. In anderen zerstörte sie die bestehenden.

Er klopfte an die Tür. Erins vierjähriger Sohn Shamus öffnete mit einem Schnurrbart aus geschmolzenem Wassereis und rot gefärbten Zähnen. Der Junge sah genau wie sein Vater aus, und aus irgendeinem Grunde kotzte Broome das an. »Hey, Onkel Broome.«

Selbst Kinder nannten ihn Broome.

»Hey, Junge. Wo ist deine Mom?«

»Ich bin in der Küche«, rief Erin.

Als die Scheidungspapiere unterschrieben waren, hatten sie einen Antrag gestellt, wieder gemeinsam als Partner unterwegs sein zu dürfen. Die Bearbeitung hatte eine Weile gedauert, doch schließlich war es ihnen gestattet worden. Die ursprüngliche Balance war wiederhergestellt – zumindest das, was sie darunter verstanden. Sie konnten jedoch nicht voneinander lassen. Selbst als sie zaghaft begannen, mit anderen auszugehen, waren Broome und Erin noch gelegentlich miteinander ins Bett gegangen. Das war noch ziemlich lange so gelaufen. Zu lange. Sie hatten versucht aufzuhören, aber wenn man sich Tag für Tag so nahe war … tja, wie hieß es so schön: Der Geist ist willig, aber das Fleisch … Selbst in der Anfangsphase von Erins Beziehung mit Sean waren sie noch ein paar Mal in die Kiste gesprungen, auch als es langsam ernst wurde, bis sie schließlich, als das junge Paar sich das Jawort gab, ein für alle Mal damit aufgehört hatten.

Aber selbst jetzt, nach all den Jahren, waren die Gefühle unterschwellig noch vorhanden. Letztes Jahr war Erin, mit zwei Kindern im Schlepp und fünfundzwanzig Dienstjahren, vorzeitig in den Ruhestand gegangen. Oder genaugenommen in eine Art Altersteilzeit – einen Tag in der Woche kam sie ins Büro und erledigte Schreibkram. Aber auch darüber hinaus blieb Broome ein Teil ihres Lebens. Er besuchte sie und fragte um Rat. Er besuchte sie, wenn er Hilfe bei einem

Fall brauchte. Er besuchte sie, denn obwohl sie sich unübersehbar verändert hatte und in ihrer neuen Ehe glücklich war, während er seine Chance auf das wahre Glück verspielt hatte, liebte Broome sie noch immer.

Das Hintergrundbild auf ihrem Monitor war ein Familienfoto von Erin, Sean, den beiden Kindern und dem Hund vor einem Weihnachtsbaum. Broome versuchte, nicht die Augen zu rollen.

»Wie war das Treffen mit Cassie?«, fragte Erin.

»Eigenartig.«

»Erzähl.«

Das tat er. Erin trug ein hellgrünes Polohemd und einen rosafarbenen Rock, der viel Bein zeigte. Sie hatte schon immer tolle Beine gehabt. Sie sah ihn an wie immer, und er versuchte so zu tun, als würde ihn das kaltlassen. Erin war jetzt glücklich. Sie war Mutter und liebte Sean. Broome war in die Vergangenheit verbannt worden, war jemand, der ihr etwas bedeutete und den sie in gewisser Weise noch liebte, der ihr aber keine schlaflosen Nächte mehr bereitete.

Einerseits war er froh darüber. In erster Linie war er jedoch untröstlich.

Als er seinen Bericht beendet hatte, sagte Erin: »Und was schließt du daraus?«

»Keine Ahnung.«

»Überhaupt keine Idee?«

Broome überlegte. »Gelogen hat sie nicht, aber wohl auch nicht die ganze Wahrheit gesagt. Ich muss mir das noch genauer angucken.« Er deutete mit dem Kinn auf den Laptop und die Akten. »Was hast du rausgekriegt?«

Ihr Lächeln besagte, dass sie etwas Wichtiges gefunden hatte. »Die Überwachungsvideos vom *La Crème*.«

»Was ist damit?«

»Ich hab sie durchgesehen.«

Erin drückte eine Taste auf der Tastatur. Gott sei Dank verschwand endlich das Weihnachts-Familienfoto der Andersons, und dafür erschien ein Standbild vom Video der Überwachungskamera. Erin drückte eine andere Taste. Das Video lief an. Nach etwa zwei Sekunden trat eine Gruppe offensichtlich betrunkener Männer aus dem Club auf die Straße.

»Hast du Carlton Flynn in einem von den Videos entdeckt?«, fragte Broome.

»Nein.«

»Was dann?«

»Guck's dir einfach an«, sagte Erin mit einem schwachen Lächeln. »Was siehst du da auf dem Monitor?«

»Einen Haufen besoffener Idioten, die aus einer Striptease-Bar kommen.«

»Sieh genauer hin.«

Er seufzte und starrte auf den Bildschirm. Sie drückte eine andere Taste. Eine weitere Gruppe Betrunkener kam aus dem Club getorkelt. Wieder drückte sie die Taste. Noch so eine Gruppe. Der nächste Tastendruck. Dieses Mal kam ein Paar heraus, auch sie waren eindeutig betrunken. Die Frau blieb plötzlich stehen, drehte sich zum Mann um, packte die Perlenkette, die der Mann trug, zog ihn zu sich heran und küsste ihn.

Als er das sah, runzelte Broome die Stirn. Er wollte schon fragen, was daran denn so bedeutsam sein sollte, brach dann aber ab. In seinem Hirn klickte es.

»Moment. Geh nochmal zurück.«

Immer noch lächelnd drückte Erin die Zurück-Taste. Wieder sah Broome genau hin. Auch die betrunkenen Männer trugen Perlenketten. Sie klickte noch weiter zurück. Das Gleiche. Broome dachte an seine Sichtungen der Videos. So viele Betrunkene. So viele Feiern.

Und so viele Glasperlen.

»Mardi Gras«, sagte Broome leise. »Der Faschingsdienstag.«

»Bingo«, sagte Erin. »Jetzt rate mal, auf welches Datum Mardi Gras dieses Jahr gefallen ist?«

»Auf den achtzehnten Februar.«

»Und die Bonus-Punkte bekommst du, wenn du errätst, auf welchen Tag der Faschingsdienstag vor siebzehn Jahren fiel.«

»Auf den achtzehnten Februar.«

»Volltreffer. Mardi Gras ist jedes Jahr an einem anderen Tag – ein Tag vor Aschermittwoch und genau siebenundvierzig Tage vor Ostern. Als ich das raus hatte, habe ich die anderen Vermissten von deiner Liste überprüft. Gregg Wagman zum Beispiel, der am vierten März vor drei Jahren verschwand …?«

»Da lag Mardi Gras am vierten März?«

Erin nickte. »Es passt so ziemlich bei allen deinen Vermissten. Wobei ein paar von den Männern tatsächlich erst ein paar Tage später als vermisst gemeldet worden sind – einige sogar Wochen später –, aber soweit ich das erkennen kann, wurde keiner *vor* dem Faschingsdienstag vermisst gemeldet. Ich kann zwar nicht belegen, dass alle genau an dem Tag beziehungsweise in der darauffolgenden Nacht verschwunden sind, aber es würde sehr gut in deine hübsche kleine Theorie passen.«

»Dann geht es nicht um ein bestimmtes Datum oder um einen bestimmten Monat«, sagte Broome.

»Nein.«

»Was auch immer da passiert«, sagte Broome, »und wir wissen noch nicht, was das ist – die Männer könnten tatsächlich ermordet worden sein, sich aber auch nur abgesetzt haben oder was auch immer …«

Erin nickte. »Es geschieht an Mardi Gras.«

Broomes Handy klingelte. Ein Blick aufs Display verriet ihm, dass es das Revier war: »Hallo?«

»Detective Broome?«

»Ja?«

»Wir haben hier gerade mit der Post ein Foto bekommen. Ich glaube, das könnte Sie interessieren.«

Von Harry Suttons Anwaltskanzlei hatte man eine perfekte Aussicht auf Atlantic City. In der Ferne – die in diesem Fall nur drei Blocks entfernt war – sah man die alternden, wenn auch immer noch irgendwie prächtigen Hotels am Boardwalk. Doch zwischen diesen Hochhäusern und seinem schäbigen Bürogebäude lag eine Art unermessliche, verwahrloste Ödnis. Ganz egal, wie viel Wohlstand und Schönheit die Hotels auch in sich bargen, sie behielten all das für sich und beglückten ihre Umgebung nicht damit. Der Wohlstand sickerte nicht durch. Wenn man die Hotels als schöne Blumen ansah, so standen diese mitten im Unkraut.

Es war nicht nur so, dass Harry den Sex, das Spiel und die Lebendigkeit der Stadt mochte, obwohl all das zweifelsohne berauschend war. Vielmehr waren es diese Menschen, die ihn berührten – die Eingeborenen, wenn man so wollte – und die vollkommen machtlos waren. In seinen Zeiten als Topanwalt hatte Harry den Mächtigsten geholfen, denjenigen, die schon in der Wiege auf aberwitzige Art alles zu ihren Gunsten geordnet vorfanden und trotzdem das Bedürfnis hatten, sich auf unfaire Art noch weitere Vorteile zu verschaffen. Die Menschen hier waren das genaue Gegenteil. Es gab nichts, was für sie sprach. Das einzige Glück, das sie aus eigener Erfahrung kannten, war das Unglück. Und ein großer Durchbruch begegnete ihnen nur, wenn es um ihre Knochen ging.

Sie brauchten das Gefühl zu wissen, wie es war, jemanden

an ihrer Seite zu haben – das hatten sie verdient. Zumindest ein Mal im Leben respektiert zu werden. Ein einziges Mal. Mehr nicht. Unabhängig von irgendeiner Schuld oder Unschuld, von richtig oder falsch. Ganz egal, was in ihren sonst so jämmerlichen Leben noch geschah, Harry Sutton sorgte dafür, dass sie dieses Gefühl zumindest ein Mal im Leben kennenlernten.

Deshalb war Harry Sutton in Atlantic City geblieben.

Deshalb, und weil er den Sex, das Spiel und die Lebendigkeit mochte.

Das Telefon klingelte. Er nahm den Hörer ab und sagte: »Rechtsanwaltskanzlei Harry Sutton.«

»Ich muss noch einmal mit Ihrer Mandantin sprechen.«

Es war Broome.

»Könnten Sie langsam aufhören, um den heißen Brei herumzureden, und endlich auf den Punkt kommen?«, erwiderte Harry.

»Ich muss sie sofort sprechen.«

Die Panik in der Stimme des Polizisten gefiel Harry nicht. »Ich weiß nicht, ob das möglich ist.«

»Machen Sie es möglich.«

Ungeduld und Einschüchterungsversuche von Polizisten war Sutton gewohnt. Normalerweise ließ ihn das kalt, aber was hier lief, war irgendwie seltsam. »Was ist los?«

»Durch neue Erkenntnisse hat sich eine neue Situation ergeben.«

»Und die wäre?«

»Es könnte noch weitere Opfer geben.«

Schweigen.

»Ich wüsste nicht, inwiefern das meine Mandantin betreffen sollte.«

»Man hat mir ein Foto zugeschickt.«

»Wer?«

»Keine Ahnung. Anonym. Hören Sie, vertrauen Sie mir einfach. Ich muss wissen, ob sie etwas oder jemanden darauf erkennt.«

Sutton zögerte.

»Harry?«

»Was ist?«

»Wie Ihnen vielleicht auffällt, spreche ich keine Drohungen aus. So erzähle ich Ihnen beispielsweise nicht, dass ich sie wahrscheinlich ausfindig machen, zu ihrem Haus fahren und dann den Nachbarn alles erzählen könnte. Ich sage auch nicht, dass ich eine Phantomzeichnung von ihr in die Zeitungen setzen lasse oder sonst irgendetwas.«

»Na ja, ich bin schon beruhigt, dass Sie Ihr Wort halten.«

»Ich habe keine Zeit für Spielereien, Harry. Wir könnten es mit einem Serienmörder zu tun haben. Ich werde mein Bestes tun, Cassie da rauszuhalten. Sie ist zurückgekommen, weil sie das Richtige tun wollte. Geben Sie ihr die Möglichkeit, dies zu Ende zu bringen.«

»Ich kann sie anrufen und fragen«, sagte Harry.

»Hier geht's gerade drunter und drüber, daher muss ich in der Nähe des Reviers bleiben. Können Sie mit ihr herkommen?«

»Ins Revier? Das soll doch wohl ein Witz sein, oder?«

»Das geht schon in Ordnung.«

»Nein, geht es nicht. Wir treffen uns im Heritage Diner.« Das war nur einen Block vom Revier entfernt – zwar nicht perfekt, aber in Ordnung.

»Ich brauch sie da so schnell wie möglich.«

»Dann legen wir jetzt auf, damit ich sie anrufen kann«, sagte Harry. »Wenn Sie nichts mehr von mir hören, treffen wir uns in einer halben Stunde im Diner.«

Harry legte auf und wählte Cassies Handynummer. Nach dem dritten Klingeln nahm sie ab. »Hallo?«

Er hörte Geräusche im Hintergrund, die darauf hindeuteten, dass sie nicht auf der Heimfahrt war. »Wo bist du?«

»Im *La Crème*.«

Harry Sutton war nicht überrascht. Broome hatte es auch gemerkt. Es hatte noch andere Gründe für ihre Rückkehr gegeben, als einen Fehler zu korrigieren.

»Ich wollte dich gerade anrufen«, sagte sie.

»Aha?«

»Ich muss Broome noch etwas Wichtiges sagen.«

»Tja, dann passt das ja prima.«

»Wieso? Was gibt's?«

Harry Sutton erzählte ihr von Broomes Anruf und seinem Wunsch, sich mit ihr im *Heritage Diner* zu treffen. »Ist dir das recht?«, fragte er.

»Ich glaub schon«, sagte Cassie. Es entstand eine kurze Pause. »Hast du irgendeine Idee, was auf diesem Foto zu sehen ist?«

»Nein, aber Broome findet es offensichtlich wichtig. Er sagte etwas von einem Serienmörder.«

Im Hintergrund lachten ein paar Männer. Harry wartete am Telefon.

»Cassie?«

»Gut«, sagte sie. »Wir treffen uns in einer Viertelstunde im Diner.«

Harry Sutton legte auf. Er drehte den Stuhl um und warf einen kurzen Blick aus dem Fenster über die Stadt. Es klopfte an der Tür. Er sah auf die Uhr. Ziemlich spät. Für Mandanten hatte er heute Abend keine Zeit mehr, aber jemanden wegzuschicken war nicht seine Art.

»Herein!«, rief er mit der ihm eigenen Begeisterung.

Ein junges Paar, das absolut nicht hierher passte, öffnete die Tür und trat in sein Büro.

Das hübsche, blonde Mädchen sagte: »Guten Abend, Mr Sutton!«

Beide waren gut gebaut, ordentlich gekleidet und lächelten, und aus irgendeinem Grund – einem Grund, den Harry nicht benennen konnte und der, wie er bald erfahren sollte, auf primitiven Instinkten beruhte, die keineswegs trogen – verspürte Harry mehr Angst als je zuvor in seinem Leben.

DREIZEHN

Megan war immer noch im *La Crème* und spielte mit der *Celeb Experience: Paparazzi for Hire*-Visitenkarte herum. Sie drehte sie um und las wieder: *Weak Signal Bar and Grill*. Ihr Handy summte kurz, als eine neue SMS eintraf. Ein kurzer Blick verriet ihr, dass sie von Dave war:

WO BIST DU???

Sie überlegte, ob sie die SMS einfach ignorieren sollte, aber wenn sie das richtig bedachte, war das keine gute Idee. Auf die Dauer würde das nur noch mehr Probleme verursachen. Sie fragte sich, was sie machen sollte, was sie Dave jetzt schreiben könnte – und was sie Dave gezwungenermaßen irgendwann in den nächsten Tagen erzählen musste. Die Fassade, die sie vor langer Zeit errichtet hatte, um sich dahinter zu verstecken, war in den letzten Jahren mehr zu ihrem wahren Ich geworden als … ihr wahres Ich. Das bedeutete jedoch nicht, dass Dave dafür Verständnis haben musste.

Sie sah sich die einfache Frage noch einmal an. Wo bist du???

Fassade war, wie Megan wusste, nur ein politisch korrekter Begriff für eine Lüge. Bei ihrer ersten Begegnung in einer Hotel-Bar in Boston hatte sie Dave belogen. Das war nur ein paar Monate nach ihrer Flucht aus Atlantic City gewesen. Sie war alleine und verängstigt gewesen und hatte dringend Geld gebraucht. Sie hatte keine Perspektive gehabt, sich nicht einmal getraut, in den örtlichen Clubs zu arbeiten, und davon gelebt, Männer auszunehmen. Sie hatte sich im lässigen Jeans-Look einer College-Studentin gekleidet (»Ich bin im letzten Jahr auf dem Emerson«, hatte sie behauptet), in Hotel-Bars herumgehangen, Männer (am liebsten verheiratete) betrunken gemacht oder ihnen manchmal etwas in den Drink gemischt, war mit ihnen nach oben aufs Zimmer gegangen, hatte sie ausgeraubt und war im Dunkel der Nacht verschwunden.

An jenem Abend hatte sie es zum ersten Mal im *Loews Hotel* im Stadtzentrum probiert. Es waren kaum Verheiratete in der Bar gewesen. Nach einer Weile war eine Gruppe johlender und herumbrüllender Harvard-Studenten hereingekommen. Sie hatte versucht, die Schnösel trotz ihrer zarten Hände und der selbstgefälligen Mienen nicht zu hassen.

Sie war davon ausgegangen, dass das leicht verdientes Geld wäre (obwohl sie wusste, dass Studenten nur selten Bargeld bei sich hatten), als etwas Überraschendes geschah. Man konnte es Schicksal, Vorsehung oder sonst wie nennen, aber sie fing an, sich mit einem von ihnen zu unterhalten, einem schüchternen, netten Kerl namens Dave Pierce. Irgendetwas zog sie zu ihm hin. In seiner Gegenwart fühlte sie sich wohl und sicher. Es war ganz anders, als es bei Ray gewesen war. Es hatte nicht eingeschlagen wie ein Blitz. Das würde erst später kommen. Aber sie empfand etwas anderes, ein tiefes, starkes und sehr wahrhaftiges Gefühl.

Also musste sie ihn belügen. Sie hatte keine andere Wahl.

Sie hatten sich die ganze Nacht unterhalten, und es war einfach wunderbar gewesen. Er war dabei, seinen Abschluss in Harvard zu machen. Sie behauptete, gerade kurz vor dem Abschluss ihres Studiums am Emerson College zu stehen. Als sie sich eine Woche später zu ihrem ersten echten Date verabredeten, schlug sie ihm sogar die Bibliothek des Emerson College vor. Das war in der Zeit, wo man noch nicht beim Betreten jedes Gebäudes den Studentenausweis vorlegen musste. Sie hatte einfach ein paar Bücher vor sich auf den Tisch gelegt und auf ihn gewartet.

Und seitdem hatte sie immer weiter gelogen.

Sie kannte sich auf dem College-Campus gut aus und hatte ihm erzählt, dass sie in der Colonial Residence Hall wohnte, er aber nicht vorbeikommen könnte, weil sie eine schwierige Zimmergenossin hätte, die Besucher nicht ausstehen könnte. Nur was ihre Familie betraf, hatte sie ihm die Wahrheit erzählt – sie war ein Einzelkind, und ihre Eltern waren jung gestorben. Sie erfand eine falsche, langweilige Kindheit in Muncie, Indiana, und tat so, als würde es ihr schwerfallen, darüber zu reden, weil sie immer wieder an den Verlust ihrer Eltern denken musste. Dave gab sich verständnisvoll. Wenn sich Lücken in ihrer Geschichte auftaten – und das taten sie –, sah Dave sie sich nicht sehr genau an. Er war von Natur aus ein vertrauensseliger Mensch und außerdem verliebt. Wenn sie ihm etwas vorenthalten wollte, tja, dann machte das ihre Aura nur noch etwas geheimnisvoller, wodurch sie womöglich noch unwiderstehlicher wurde. In seiner naiven Welt konnte es sich bei diesen Geheimnissen um nichts wirklich Bedeutsames handeln. Ein paar kleinere Widersprüche in ihrer Lebensgeschichte konnten so wichtig nicht sein.

Außerdem war Maygin-Cassie-Megan eine verdammt gute Lügnerin.

Doch jetzt fing die Fassade – sprich: die Lügen – ernsthaft an zu bröckeln. Nach all den Jahren, nach all der harten Arbeit, hatte sie alles aufs Spiel gesetzt. Und wofür? Um die Vergangenheit zu korrigieren? Um wieder einmal etwas zu erleben? Oder wollte sie unbewusst erwischt werden? War die

Maske einfach zu schwer geworden, um sie für den Rest ihres Lebens zu tragen?

Wie würde Dave reagieren, wenn er die Wahrheit erfuhr?

Megan atmete tief durch und fing an zu tippen:

DIE PRESIERS SIND HEUTE MIT KAYLIES CARPOOL DRAN. JORDAN SCHREIBT EINE MATHEARBEIT. ACHTE DARAUF, DASS ER LERNT.

Nach einer kurzen Pause kam eine weitere SMS von Dave:

WO BIST DU?!?!

Megan starrte einen Moment lang auf das kleine Display. Dann tippte sie:

MUSS WAS ERLEDIGEN. WEISS NICHT, WANN ICH NACH HAUSE KOMME. ICH LIEBE DICH.

Wieder verging ein Moment. Das Handy klingelte nicht. Aber sie bekam eine weitere SMS von ihrem Mann.

DAS VERSTEH ICH NICHT.

Sie antwortete schnell.

ES IST OKAY. VERTRAU MIR.

Ha. Sie meinte es ernst, aber wenn man darüber nachdachte, war es doch eher ein schlechter Witz. Vertrau mir. Welche Ironie. Sie wartete nicht auf eine Antwort. Es war Zeit für das nächste Treffen mit Broome.

Sie klappte das Handy zu und erhob sich vom Barhocker. Der Club füllte sich langsam, und Lorraine war beschäftigt. Mit einem kurzen Nicken verabschiedete sie sich von ihrer alten Freundin, worauf Lorraine als Erwiderung eine Augenbraue hochzog. Megan ging zwischen Männern, die sie unverblümt anstarrten, zur Tür. Auch in einer normalen Umgebung hätten Männer sicher oft gerne so offen gestarrt, doch man zwang sie zur Heimlichtuerei. Hier im Club bezahlten sie mit den überhöhten Getränkepreisen dafür, sich nicht verstellen zu müssen.

Einen Moment lang überlegte sie, ob Dave je in einen solchen Club ging. In dem Fall hätte er ihr nichts davon erzählt, aber wie sie nur zu genau wusste, taten das die wenigsten Männer. Würde er es nur genießen, unverblümt glotzen zu können, oder würde er sich auch noch einen Lapdance bestellen? Und spielte das eine Rolle?

Eine Viertelstunde später betrat Megan das *Heritage Diner*. Es war ein wunderbar altmodisches Restaurant, dessen Nischen sogar mit diesen kleinen Jukeboxes ausgestattet waren. Obwohl Megan bezweifelte, dass die funktionierten. An der Kasse saß ein Mann mit dicken Blumenkohlohren, unter einer Glashaube alterten verschiedene Kuchen, und an den Wänden hingen signierte Fotos von Lokalnachrichtensprechern. Die Kellnerinnen trugen Uniform und waren pampig.

Als sie hereinkam, erhob Broome sich.

»Vielen Dank, dass Sie sich bereit erklärt haben, noch einmal mit mir zu reden.«

»Wo ist Harry?«

»Noch nicht hier.« Sie setzten sich in die Nische. »Wollen Sie etwas essen?«

»Nein danke.«

Broome zeigte auf seine Tasse. »Ich hab Kaffee. Kann ich Ihnen einen anbieten?«

Megan schüttelte den Kopf und drehte sich zur Tür um. »Harry müsste jeden Moment kommen.«

»Hätten Sie etwas dagegen, wenn wir schon anfangen?«, fragte Broome. »Ich habe im Moment sehr wenig Zeit.«

»Ohne meinen Anwalt?«

»Sie brauchen keinen Anwalt. Ich habe Sie nicht unter Verdacht, aber mir läuft wirklich die Zeit davon. Also, was meinen Sie?«

Als sie nicht antwortete, fuhr Broome einfach fort.

»Hat der Mardi Gras für Sie eine besondere Bedeutung?«, fragte er.

»Ich dachte, Sie wollten mir ein Foto zeigen?«

»Das mache ich gleich. Aber ich wollte erst nach dem Mardi Gras fragen.«

»Ob er mir etwas bedeutet?«

»Ja.«

»Ihnen ist doch klar, dass er das tut.«

»Wären Sie so freundlich, mir zu erzählen, was das ist?«

»Ich dachte, Sie sind in Eile?«

»Haben Sie bitte noch einen Moment Geduld, ja?«

Megan seufzte. »Die Nacht, von der ich Ihnen erzählt habe, bevor ich dann abgehauen bin, das war am Mardi Gras.«

Broome schien zufrieden zu sein. »Sonst noch was?«

»Zum Beispiel?«

»Ganz egal. Sie könnten sich zum Beispiel erinnern, dass etwas Eigenartiges an Mardi Gras passiert ist. Vielleicht wissen Sie noch, dass an Mardi Gras ein paar unheimliche Typen im Club gewesen sind? Irgendetwas.«

Sie überlegte. »Nein.«

Broome hatte eine Aktenmappe vor sich liegen. Er klopfte mit dem Zeigefinger darauf. Megan wartete, dass er sie öffnete. Die Kellnerin kam mit einer Kaffeekanne. »Soll ich den auffüllen, Schatz?«, fragte sie, im Mund einen Kaugummi von der Größe eines Spülschwamms. Broome schickte sie mit einer kurzen Geste weg.

Als sie gegangen war, hörte Broome auf zu klopfen und öffnete die Mappe. Er schob ihr das Foto über den Tisch zu. Megan, die davon ausging, nichts zu verbergen zu haben – das hatte sie sich zumindest eingeredet –, war nicht darauf vorbereitet gewesen, ihn täuschen zu müssen, eine Fassade aufrechterhalten zu müssen.

Und so, als ihr Blick auf das Foto fiel, durchzuckte es ihren ganzen Körper wie bei einem Stromstoß.

Sie konnte es nicht mehr verstecken. Er hatte es gesehen. Ohne jeden Zweifel. Langsam streckte Megan die Hand aus und zog das Foto zu sich heran.

»Kennen Sie das Foto?«, fragte er.

Du musst Zeit gewinnen, dachte sie. Deine Reaktionen unter Kontrolle bekommen. »Wenn Sie meinen, ob ich dieses Foto schon einmal gesehen habe, lautet die Antwort nein.«

»Aber Sie wissen doch, was es zeigt, oder?«

Megan nickte.

»Würden Sie mir erzählen, wieso?«

Sie schluckte. »Das ist in dem Naturschutzgebiet, von dem ich Ihnen vorhin erzählt habe. Mit den Ruinen der alten Mine.«

»Also die Stelle, an der Sie den blutüberströmten Stewart Green gefunden haben?«

»Ja.«

Schweigen.

»Erkennen Sie den Mann auf dem Foto?«

In der oberen linken Bildecke war ein Mann in einem engen T-Shirt mit blondierten Strähnchen zu sehen. Broome nahm vermutlich an, dass Megan den Mann erkannt hatte und deshalb so aufgeregt war. »Ich kann sein Gesicht nicht sehen«, antwortete sie.

»Keine Ahnung, wer das ist?«

»Nein, absolut nicht.«

»Aber das ist hundertprozentig der Ort, an dem Sie Stewart Green das letzte Mal gesehen haben?«

Sie tat so, als müsste sie noch einmal genau hinsehen, obwohl sie nicht den geringsten Zweifel hegte. »Ja.«

Broome legte beide Hände mit den Handflächen nach unten auf den Tisch. »Können Sie mir sonst noch etwas über dieses Foto erzählen?«

Die Tatsache, dass Broome ein Foto des Pfads in den Pine Barrens hatte, war zwar überraschend, aber keineswegs schockierend oder auch nur verblüffend. Dass sie so perplex war – so perplex, dass sie kaum sprechen oder reagieren konnte –, lag nicht am Ort oder dem Mann mit den blondierten Strähnchen.

Es lag am Foto selbst.

»Wo haben Sie das her?«, fragte sie.

»Wieso?«

Sie musste vorsichtig sein. Sie zuckte so beiläufig, wie sie nur konnte, die Achseln und log noch einmal. »Ich habe mich nur gefragt, wie Sie an ein Foto von genau der Stelle kommen, von der ich Ihnen erzählt habe.«

Er studierte ihr Gesicht. Sie versuchte, ihm in die Augen zu sehen.

»Es ist anonym per Post zum Revier geschickt worden. Offenbar hat sich jemand große Mühe gegeben, um sicherzugehen, dass ich den Absender nicht herausbekomme.«

Megan spürte, wie ihr ein kalter Schauer über den Rücken lief. »Warum?«

»Keine Ahnung. Haben Sie eine Idee?«

Die hatte sie. Als Megan sich damals in Ray Levine verliebte, hatte sie nichts über Fotografie gewusst. Doch er hatte es ihr beigebracht. Er hatte ihr vom Licht, der Perspektive, der Blende, der Komposition und der Brennweite erzählt. Er war mit ihr zu den Orten gefahren, an denen er am liebsten fotografierte. Er hatte unablässig Fotos von der Frau gemacht, die er angeblich liebte – von ihr.

Im Lauf der Jahre hatte Megan immer wieder im Netz nach Fotos von Ray gesucht. Sie hatte aber nur alte Bilder aus der Zeit, bevor sie sich kennengelernt hatten, gefunden, als er noch ein bedeutender Fotojournalist war. Trotzdem erinnerte sie sich sehr gut an seine Arbeit. Sie wusste, wie er mit Perspektive, Komposition, Licht, Blende und so weiter arbeitete – daher hatte sie, selbst nach all den Jahren, keine Sekunde gezweifelt: Dieses Foto war von Ray Levine.

»Nein«, sagte Megan zu Broome, »habe ich nicht.«

Sie hörte, wie Broome leise stöhnte: »Ach, Scheiße, das musste doch jetzt wirklich nicht sein.«

Als Megan sich umdrehte, rechnete sie damit, Harry Sutton zu sehen, aber das war nicht der Fall. Gerade hatten zwei Männer das Diner betreten. Dem einen stand Alternder Bulle nicht nur ins Gesicht geschrieben – graumelierte Haare, die Polizeimarke am Gürtel, die Daumen zum Hosehochziehen in den Gürtel geklemmt, als handele es sich dabei um eine bedeutsame und erhabene Aufgabe. Der andere Mann trug ein absurd grelles Hawaiihemd. Die drei oberen Knöpfe waren geöffnet, so dass in reichlich Brusthaare verwobene Goldketten und Medaillons zu sehen waren. Er war Mitte fünfzig oder ging vielleicht schon auf die sechzig zu und wirkte benommen und verwirrt. Alternder Bulle entschied sich für eine Nische und rutschte hinein. Hawaiihemd schlurfte hinter ihm her und fiel auf seine Sitzbank wie eine Marionette, bei der man die Bänder zerschnitten hatte.

Broome senkte den Kopf tief über seinen Kaffee, versuchte eindeutig, sich zu verstecken. Es klappte nicht. Die Augen von Alternder Bulle verengten sich. Er stand auf und sagte etwas zu Hawaiihemd. Hawaiihemd sah man nicht an, ob er ihn verstanden hatte. Er blieb einfach sitzen und starrte auf den Tisch, als wäre darauf ein tiefgründiges, dunkles Geheimnis zu entdecken.

Alternder Bulle kam auf sie zu. Broome steckte das Foto schnell in die Aktenmappe, damit sein nahender Kollege es nicht sah.

»Broome«, sagte Alternder Bulle mit einem knappen Nicken.

»Chef.«

Das Verhältnis war offensichtlich gespannt. Goldbergs Blick wanderte zu Megan und blieb dort. »Und wen haben wir hier?«

»Das ist Jane«, sagte Broome. »Eine alte Freundin.«

»So alt sieht sie gar nicht aus«, sagte Goldberg, beugte sich zu ihr herunter und musterte sie eingehend.

»Wie charmant«, sagte Megan vollkommen tonlos.

Das gefiel Goldberg nicht. »Sind Sie auch bei der Polizei?«, fragte er.

Oje, dachte Megan. Sie musste sich im Lauf der Jahre wirklich sehr verändert haben. »Nein, nur eine Freundin.«

»Eine Freundin, klar.« Goldberg grinste und wandte sich wieder Broome zu. »Was tun Sie hier?«

»Ich trinke nur einen Kaffee mit einer alten Freundin.«

»Haben Sie gesehen, mit wem ich hier bin?«

Broome nickte.

»Was soll ich ihm sagen?«

»Wir kommen langsam voran«, antwortete Broome.

»Haben Sie nichts Konkreteres?«

»Im Moment nicht.«

Goldberg runzelte die Stirn und wandte sich ab. Als er ging, sah Megan Broome fragend an. Er antwortete: »Der Mann bei ihm ist Del Flynn, Carltons Vater.«

Megan drehte sich um und sah ihn an. Die Goldketten glänzten auf der freigelegten Brust. Sein grässliches Hawaiihemd leuchtete so grell orange, als wollte es dem, was sein Träger gerade durchmachte, trotzen – noch eine Fassade, in diesem Fall jedoch eine sehr leicht durchschaubare. Selbst ein Blinder hätte sofort erkannt, welche Verwüstungen der Verlust in Del Flynn angerichtet hatte. Er zerfraß alles, was ihn umgab. Er war unrasiert, Gesichtszüge und Schultern hingen schlaff herab. Er wirkte benommen und starrte ins Nichts.

Was diesem Mann widerfahren war, war der Alptraum aller Eltern. Megan musste an ihre Kinder denken und an ihren dummen und anmaßenden Kommentar, dass sie es hasste, ausschließlich für ihr Lächeln zu leben. Dann sah sie Carlton Flynns Vater noch einmal an.

»Beängstigend, oder?«, fragte Broome.

Sie sagte nichts.

»Sehen Sie, was ich gerade versuche?«

Sie schwieg weiter.

»Auch Stewart Green hat Eltern gehabt«, fuhr er fort. »Außerdem eine Frau und Kinder. Jetzt sehen Sie sich den Mann da drüben an. Stellen Sie sich vor, wie er nachts schlaflos im Bett liegt. Wie er nach Antworten sucht. Stellen Sie sich vor, dass sich diese Höllenqualen über mehrere Tage hinziehen. Dann über Wochen. Über Monate und sogar Jahre. Stellen Sie sich diese Pein vor.«

»Ich hab's ja verstanden«, fauchte Megan. »Sie sind ein Meister der Subtilität, Broome.«

»Ich möchte mich nur verständlich machen.« Er winkte,

dass die Kellnerin die Rechnung bringen sollte. »Können Sie mir noch etwas über das Foto sagen?«

Ray, dachte sie, sah aber keine Möglichkeit, Broome das mitzuteilen. Sie schüttelte den Kopf. »Nein, nichts.«

»Vielleicht noch irgendwas über irgendwas anderes?«

Broome sah ihr in die Augen. Sie war hergekommen, um ihm etwas Wichtiges mitzuteilen. Jetzt war sie nicht mehr sicher, ob sie das wirklich tun sollte. In ihrem Kopf drehte sich alles. Sie brauchte Zeit und die Chance, in Ruhe nachzudenken.

Broome wartete.

»Eine Person, deren Name nichts zur Sache tut«, setzte Megan an, »hat vielleicht – und dieses vielleicht ist wichtig – vor kurzem Stewart Green gesehen.«

Jetzt war Broome perplex. »Ist das Ihr Ernst?«

»Nein, das habe ich mir gerade erst ausgedacht. Natürlich ist das mein Ernst. Aber mein Informant war sich nicht sicher. Es könnte auch nur ein Mann gewesen sein, der Stewart ähnlich sah. Es ist immerhin siebzehn Jahre her.«

»Und den Namen Ihres Informanten werden Sie mir nicht verraten?«

»Nein, das werde ich nicht.«

Broome verzog das Gesicht. »Soll ich Ihnen den besorgten Vater noch einmal zeigen?«

»Nur wenn Sie es darauf anlegen, dass ich sofort aufstehe und gehe.«

»Okay, schon gut.« Er hob die Hände, als würde er sich ergeben. »Wann hat Ihr Informant Stewart gesehen?«

»In den letzten Wochen.«

»Wo?«

»Hier in der Stadt.«

»Wo in der Stadt?«

»Im *La Crème*. Und da drin ist es meist ziemlich dunkel.« Megan öffnete den Mund und hätte fast *sie* gesagt, fing sich aber im letzten Moment. »Mein Informant sagt, es wäre nur ein kurzer Moment gewesen und dass er es womöglich auch gar nicht war.«

»Und dieser Informant, ist er oder sie zuverlässig?«, fragte er.

»Ja.«

»Glauben Sie, dass er oder sie Stewart Green gesehen hat?«

»Das weiß ich nicht.«

»Und jetzt frage ich noch einmal, können Sie mir noch etwas zu der ganzen Sache sagen?«

Megan schüttelte den Kopf. »Das ist alles.«

»In Ordnung, dann sind wir hier fertig.« Broome stand auf. »Ich muss zum Tatort.«

»Moment, warten Sie.«

Er sah zu ihr hinunter.

»Was für ein Tatort?«

»Die Eisenerzmine, wissen Sie noch?«

Sie runzelte die Stirn. »Glauben Sie wirklich, dass Sie nach so langer Zeit noch Blut, Fasern oder sonst irgendwas finden?«

»Blut oder Fasern?«, wiederholte er und schüttelte den Kopf. »Sie gucken zu viel *CSI*.«

»Was dann?«

»Manchmal wiederholt sich die Geschichte.«

»Wie meinen Sie das?«

»Der Mann auf dem Foto, das ich Ihnen gerade gezeigt habe.«

Sie wartete, ahnte aber schon, was kommen würde. Ihr Blick wanderte zur Ecknische.

»Das ist Carlton Flynn.«

VIERZEHN

Megan blieb noch einen Moment sitzen. Sie sah immer wieder zu Flynns Vater hinüber, ihre Gedanken kreisten jedoch um die Vergangenheit. Ray. Das Foto war ein unumstößlicher Beweis.

Ray war wieder da.

Aber was bedeutete das? Warum sollte Ray Broome dieses Foto geschickt haben – sofern er es selbst getan hatte? Und – was noch wichtiger war – warum hatte er es überhaupt gemacht?

Sie hatte noch so viele Fragen. Vor allem weil sie Lorraine glaubte. In einem so bedeutsamen Punkt irrte sie sich nicht. Die Frage lautete also, wie konnte Stewart Green zurück sein? Wo war er die letzten siebzehn Jahre gewesen? Was war in jener Nacht wirklich passiert? Welche Rolle hatte Ray dabei gespielt – und bestand wirklich eine Verbindung zu einem verschwundenen jungen Mann siebzehn Jahre später?

Sie hatte keinen Schimmer.

Unter anderem hatte Megan deshalb nie Kontakt zu Ray aufgenommen, weil sie ihn schützen wollte – genauso wie *er* versucht hatte, *sie* zu schützen. Aber jetzt, nach siebzehn Jahren, wo ein anderer Mann im gleichen, abgelegenen Teil des Naturschutzgebiets verschwunden war ... Die ganze Sache ergab einfach keinen Sinn.

Sie zog die Visitenkarte aus der Tasche. Fester im *Weak Signal*.

Megan konnte immer noch das tun, was vermutlich am vernünftigsten war. Sie hatte die Tür zwar geöffnet, bisher war aber noch nichts herausgefallen. Und nun, nachdem sie ihre Pflicht getan hatte, hätte sie sie einfach wieder schließen können. Hätte in ihren Wagen steigen können, nach Hause fahren, sich eine neue Geschichte ausdenken, unterwegs noch kurz anhalten, den neuen Weber-Grill kaufen und Dave erzählen, dass sie ihn damit überraschen wollte. Wenn sie das täte, wäre die ganze Sache erledigt.

Vor siebzehn Jahren hatte sie dieser Welt schließlich ein für alle Mal den Rücken gekehrt. Sie würde Harry Sutton anrufen, obwohl der bei diesem Treffen gar nicht erschienen war, und ihm sagen, dass sie raus aus der Sache war. Sie schuldete dieser Stadt nichts.

Und Ray?

Ein ehemaliger Liebhaber. Mehr nicht.

Hier allerdings wies ihre Argumentationskette eine deutliche Schwachstelle auf. Denn per Definition machte man mit einem Liebhaber Schluss. Das konnte man auf gute oder schlechte Art und Weise machen, aber zumindest bei einem oder beiden war in der Regel irgendwann die Liebe vergangen, und dann beendete man die Geschichte. Und genau das war in diesem Fall nicht passiert. Sie war verrückt nach ihm gewesen – und er verrückt nach ihr. Sie hatten nicht Schluss gemacht, sondern waren einfach auseinandergerissen worden. Sie hasste den Begriff, aber wie jedes andere Paar hätten sie wahrscheinlich irgendeinen Abschluss gebraucht.

Ray konnte in ernsthaften Schwierigkeiten stecken.

Ray konnte ihr ernsthafte Schwierigkeiten *machen*.

Noch einmal musterte sie verstohlen Carlton Flynns Vater in seinem Hawaiihemd. Er sah sie an. Ihre Blicke trafen sich. Nicht lange. Nur ein oder zwei Sekunden, trotzdem spürte sie seinen Kummer, seine Bestürzung, seinen Zorn. Konnte sie das einfach hinter sich lassen? Konnte sie auch Ray noch ein zweites Mal einfach hinter sich lassen?

Wenn sie ganz uneigennützig darüber nachdachte, merkte sie, dass sie gerade das nicht konnte oder zumindest nicht durfte. Doch auch ganz eigennützig betrachtet, wollte sie die Tür noch nicht schließen. Diese Tür zu schließen hieß, in ihr normales Leben zurückzukehren, wo ein Tag wie der andere war. Eigentlich hätte sie sich danach sehnen sollen, doch im Moment beängstigte sie der Gedanke, für immer zum Status quo zurückzukehren.

Im Prinzip hatte sie keine Wahl.

Sie musste Ray suchen. Sie musste ihn fragen, wieso er dieses Foto gemacht hatte. Und sie musste ihn fragen, was vor siebzehn Jahren wirklich mit Stewart Green geschehen war.

Megan wich dem Blick von Carlton Flynns Vater aus, stand auf und machte sich auf den Weg ins *Weak Signal*, um Fester zu suchen.

Der Durchbruch kam kurz nachdem Broome die Ruinen der alten Eisenerzmine erreichte.

»Blut«, sagte Samantha Bajraktari.

Der Ort war sehr abgelegen. Es gab weder Autos noch irgendwelche anderen Fahrzeuge. Ein *New Jersey Park Ranger* (ein Begriff, der in dem fast durchgängig besiedelten Staat eigentlich ein Widerspruch in sich selbst zu sein schien) hatte sie einen ziemlich schmalen Pfad entlanggeführt und dabei die Geschichte der Eisenerzmine aus dem achtzehnten Jahrhundert erläutert. Die kleine Gruppe bestand aus Broome, dem erfahrenen Cowens, zwei Streifenpolizisten, deren Namen Broome nicht kannte, und zwei Leuten von der Spurensicherung – zu denen auch besagte Samantha Bajraktari gehörte. Die Streifenpolizisten und die Spurensicherer gingen voran. Cowens, der schon seit einer Ewigkeit rauchte, schnaufte und keuchte und ließ sich dann zurückfallen.

Broome hockte sich neben Bajraktari. Sie war seit fünf Jahren Teamleiterin bei der Spurensicherung und zweifelsohne die beste, die Broome in diesem Bereich kannte. »Wie viel Blut ist das?«

»Kann ich noch nicht sagen.«

»So viel, dass es den Tod eines Menschen verursachen könnte?«

Bajraktari wiegte den Kopf. »Die Menge, die wir hier vor uns sehen, würde wohl nicht reichen. Das ist aber trotzdem schwer zu sagen. Wie's aussieht, ist da noch ein bisschen was verscharrt oder vergraben worden.«

»Mit einer Schaufel?«

»Vielleicht auch einfach mit dem Fuß. Ich weiß es nicht. Ist halt Erde drauf.«

»Können wir die Blutgruppe bestimmen oder die DNA mit der von Carlton Flynn vergleichen?«

Bajraktari runzelte die Stirn. »Wir sind gerade mal seit fünf Minuten hier, Broome. Also, husch, aus dem Weg mit Ihnen. Geben Sie mir etwas Zeit.«

Die beiden Streifenpolizisten sperrten das Gebiet mit gelbem Flatterband ab, was mitten im Wald ziemlich albern aussah. Die Nacht senkte sich herab. An diesem Abend konnten sie hier nicht mehr viel tun. Es war zu weit, um die großen Scheinwerfer herzuholen. Broome sah sich die Überreste des zweihundert Jahre alten Schmelzofens an. Er fing an, auf und ab zu gehen, bis ihm einfiel, dass er zu nah am Tatort sein könnte, worauf er wieder zurück auf den Pfad ging.

Schließlich kam auch Cowens mit einer Zigarre im Mund

an. Er stützte die Hände auf die Knie und schnappte nach Luft. »Leiche gefunden?«, stieß er dann hervor.

»Noch nicht.«

»Mann, das wär echt daneben, wenn wir den ganzen Weg für nichts und wieder nichts raufgelatscht wären.«

»Sie sind ein echter Spaßvogel, Cowens.«

»Und wenn wir hier eine Leiche finden, schicken die dann irgendein Gefährt her? Mir ist echt nicht nach zurücklaufen. Meine Füße bringen mich um.«

»Sie hätten nicht mitzukommen brauchen. Das hab ich Ihnen am Parkplatz doch schon gesagt.«

Cowens wischte die Bemerkung mit einer Handbewegung beiseite und richtete sich auf. Er zog seine Hose hoch und fuhr sich durch die Haare. Broome sagte nichts. Dann ging Cowens auf Bajraktari zu und riss dabei das gelbe Flatterband herunter.

»Hey, Samantha«, sagte Cowens breit lächelnd. »Sie sehen heute wieder echt klasse aus.«

Bajraktari sah ihn mit ausdruckslosem Blick an. »Sie kontaminieren meinen Tatort, Cowens.«

»Ich wollt das nur mal sagen. Selbst diese Spusi-Windjacke steht Ihnen richtig gut.« Cowens' Lächeln hielt sich noch einen Moment lang, dann verschwand es schlagartig. »Äh, ich will Sie nicht belästigen oder so. Ich mein ja bloß.«

Broome schüttelte den Kopf. Jetzt wusste er, warum Cowens mit hochgekommen war. Er hatte sich in Samantha Bajraktari verknallt. Unglaublich.

»Gehen Sie einfach zurück hinter das gelbe Band«, fauchte Bajraktari.

Doch plötzlich hörte Cowens ihr gar nicht mehr zu. Er drehte den Kopf langsam von links nach rechts. Ein seltsamer Ausdruck breitete sich auf seinem Gesicht aus.

»Was ist?«, fragt Bajraktari.

Cowens' Augen verengten sich. »Ich hab hier gerade ein Déjà-vu.«

»Sieht der Platz hinterm Busbahnhof, auf dem sich die Transen treffen, so ähnlich aus?«, fragte Bajraktari.

»Haha.«

Samantha Bajraktari machte sich wieder an die Arbeit. Der immer noch verwirrt aussehende Cowens ging wieder hinter das gelbe Band. Broome hatte unterdessen eine Idee. Mit dem Foto in der Hand ging er ein paar Kreise und versuchte herauszubekommen, von wo genau es gemacht worden war. Er ging den Hang hinauf, sah sich dabei alle paar Schritte um und versuchte, den Standort des Fotografen ausfindig zu machen. Dazu musste er den Pfad verlassen.

Er ging langsam weiter, sah dabei auf den Boden und dann … Bingo.

»Bajraktari«, rief Broome.

»Was ist?«

»Ich hab hier etwas, das wie ein Abdruck von einem Schuh aussieht. Können Sie davon einen Abguss machen? Am besten sucht ihr auch das ganze Gebiet ab. Vielleicht findet ihr ja noch mehr.«

»Kein Problem, wenn wir hier nicht alle wie eine Büffelherde rumtrampeln.«

Bajraktari sagte etwas zu dem anderen, sehr jugendlich aussehenden Spurensicherer. Der kam auf Broome zu. Broome zeigte ihm den Abdruck und ging vorsichtig zurück auf die Lichtung. Er stellte sich neben Cowens und überlegte.

Vor siebzehn Jahren war Stewart Green an Mardi Gras an diesen abgelegenen Ort gekommen und – was? – niedergestochen worden, bevor er für immer verschwand? Jetzt hatte Broome ein Foto, leider ohne Datumsangabe, das Carlton

Flynn zeigte, einen anderen Mann, der an Mardi Gras in derselben abgelegenen Gegend verschwunden war. Außerdem hatten sie Blutspuren gefunden, die eindeutig keine siebzehn Jahre alt waren. Und schließlich gab es siebzehn Jahre nach Stewart Greens Verschwinden zwei weitere eigenartige neue Entwicklungen. Erstens die unerwartete Rückkehr der abgetauchten Cassie – warum war sie zurückgekommen? Und sagte sie wirklich die Wahrheit? Und zweitens das mögliche plötzliche Erscheinen von Stewart Green.

Bestand eine Verbindung zwischen diesen beiden Ereignissen?

Wenn nicht, war es ein unglaublicher Zufall. Falls Stewart denn wirklich wieder da war. Hatte Cassie sich das vielleicht einfach nur ausgedacht? Oder hatte ihr »Informant« sich geirrt?

Was bedeutete es also, wenn man all diese neuen Hinweise zusammennahm? Broome hatte keine Ahnung.

Und genau in diesem Moment, als er grübelnd in den Pine Barrens stand, kam aus einer vollkommen unerwarteten Richtung der Durchbruch.

»Jetzt weiß ich's wieder«, sagte Cowens.

»Was?«

»Das Déjà-vu, von dem ich gesprochen habe. Ich weiß wieder, was es war.« Cowens nahm die Zigarre aus dem Mund. »Das ist damals dieser große Mordfall gewesen.«

Broomes Aufmerksamkeit war geweckt. »Was für ein großer Mordfall?«

»Daran müssen Sie sich noch erinnern. Wie hieß der Kerl noch? Gunner, Gunther oder so ähnlich?«

Broome kramte in seinem Gedächtnis und spürte, wie sein Puls hochging. »Er wurde erstochen, oder?«

»Genau. Ist von einer Gruppe Wanderer hier gefunden

worden. Das muss, na ja, vor rund zwanzig Jahren gewesen sein. Diverse Stichverletzungen.«

»Und Sie sind sicher, dass es hier war?«

»Ja, so gut wie sicher. Der alte Schornstein und der Fels da. Ja, das muss hier gewesen sein.«

»Wissen Sie noch, wann das war?«

»Wie schon gesagt, vor rund zwanzig Jahren.«

»Ich meine das Datum.«

»Das soll doch jetzt ein Witz sein, oder?«

»Wie wär's mit der Jahreszeit?«

Cowens überlegte. »Es war kalt.«

»So wie jetzt?«

»Keine Ahnung. Gut möglich.«

Sobald er wieder im Revier war, konnte Broome das nachsehen. »Haben Sie die Ermittlung geleitet?«

»Ne, ich war noch bei der Streife. Morris war das, glaube ich, aber bei der Festnahme bin ich dabei gewesen. Na ja, wenigstens war ich vor Ort. Ich war die Rückendeckung für die Rückendeckung. Hab eigentlich die ganze Zeit im Streifenwagen gesessen. Der Täter hat sich ja auch sofort ergeben.«

»Der Fall galt damals als abgeschlossen, oder?«

»Ja, das war eine todsichere Sache. So eine Art Dreiecksverhältnis. Ganz genau erinnere ich mich nicht mehr. Ich weiß noch, dass der Täter geheult und gesagt hat, dass er den Kerl überhaupt nicht kennt und sein Mädel ihn niemals betrügen würde. Das Übliche halt.«

»Hat er hinterher noch irgendwann gestanden?«

»Ne. Der Kerl hat Stein und Bein geschworen, dass er unschuldig ist. Ich glaub, das behauptet er immer noch. Hat aber trotzdem lebenslang gekriegt. Ich glaube, er sitzt in Rahway.«

FÜNFZEHN

Die Arterien verhärteten sich, und die Lunge wurde schwarz, sobald man die Tür zum *Weak Signal Bar and Grill* auch nur öffnete. Beim Anblick der heruntergekommenen Gäste kamen einem viele anschauliche Begriffe in den Sinn, zu denen jedoch weder »gesundheitsbewusst« noch »lange Lebenserwartung« gehörten. Im Fernseher hinter der Theke lief *SportsCenter*. Im Fenster stand eine Neonwerbung für *Michelob*-Bier. Die Tafel verkündete, dass an diesem Abend »Ladys Night« war und »*Chicks* ein Bier vom Fass für einen Dollar« bekämen, eine Marketing-Masche, die offenbar ihre Wirkung auf eine bestimmte weibliche Klientel nicht verfehlte. Als Beispiel konnte eine strohhaarige Frau gelten, die zu laut gackernd und Aufmerksamkeit heischend lachte und ein gelbes T-Shirt mit der Aufschrift »Luxus-Luder« trug, die zumindest zur Hälfte ins Schwarze zu treffen schien.

Megan hatte das Gefühl, mit der Hand Rauchschwaden beiseitewedeln zu müssen, obwohl niemand rauchte. Es war einfach so eine Kaschemme. Das Dekor bestand aus Dartscheiben, Kleeblättern und Fotos diverser Sportmannschaften mit Sponsorenwerbung. Sie wunderte sich, dass sie trotz ihres Vorstadt-Outfits – Kamelhaarmantel und Coach-Handtasche – nicht angestarrt wurde, obwohl das hier eindeutig nicht dem Standard entsprach. Aber viele Leute kamen wohl gerade deshalb in diese Bar, weil man sie hier *nicht* kannte. Wahrscheinlich war sie nicht die erste scheinbar ausgefüllte

Frau, die auf der Suche nach Anonymität aus dem Convention Center herübergekommen war.

Lorraine hatte Fester folgendermaßen beschrieben: »Kahl wie eine Billardkugel und etwas größer als ein Planet.« Seltsamerweise befanden sich mindestens drei Männer in der Bar, auf die diese Beschreibung passte. In der Hoffnung, dass Ray womöglich auch in der Bar war, sah sie sich kurz um. Das wäre schließlich das Einfachste. Den Mittelsmann ausschalten. Bei dem Gedanken machte ihr Herz einen kleinen Hüpfer.

War sie wirklich bereit, Ray zu treffen? Und wenn ja, was sollte sie ihm sagen?

Es spielte keine Rolle. Ray war nicht da. Einer der möglichen Fester sah sie an. Also ging sie zu ihm und fragte: »Sind Sie Fester?«

»Schätzchen, ich kann der sein, als den du mich gern hättest.«

»Wenn ich mehr Zeit hätte, würde ich sofort dahinschmelzen und dich anbetteln, mich gleich hier flachzulegen, aber ich bin in Eile. Wer von euch ist Fester?«

Der Mann verzog das Gesicht und deutete mit dem Daumen auf einen anderen Mann – den umfangreichsten der möglichen Fester. Megan bedankte sich und ging zu ihm.

»Sind Sie Fester?«

Der Mann hatte Unterarme wie die Marmorsäulen der Akropolis. In seiner riesigen Hand sah das Bierglas wie ein Kurzer aus. »Wer will das wissen?«

»Was denken Sie wohl? Ich natürlich.«

»Und Sie sind?«

»Mein Name tut nichts zur Sache.«

»Sind Sie Gerichtszustellerin?«

Megan runzelte die Stirn. »Seh ich aus wie eine Gerichtszustellerin?«

Er musterte sie von oben bis unten. »Irgendwie schon, ja.«

Mann, dachte Megan heute zum zweiten Mal, sie musste sich wirklich verändert haben.

»Ich suche einen Ihrer Angestellten.«

»Um ihm eine Vorladung zuzustellen?«

»Nein, ich bin keine Gerichtszustellerin.«

»Wen suchen Sie?«

»Ray Levine.«

Wenn Fester den Namen kannte, ließ er es sich nicht anmerken. Er hob sein Bier und nahm einen kräftigen Schluck. »Warum würden Sie diesen Ray sehen wollen?«

Gute Frage. Sie überlegte kurz, was sie darauf antworten sollte, und entschied sich dann für die Wahrheit. »Er ist ein alter Freund.«

Fester musterte sie noch einen Moment lang. »Und was wollen Sie von ihm?«

»Nichts für ungut, aber sind Sie sein Arbeitgeber oder seine Mutter?«

Er lächelte. »Ich gebe Ihnen einen aus.«

»Sie belieben zu scherzen?«

»Ist schon in Ordnung. Ich bin harmlos. Was nehmen Sie?«

Megan seufzte und atmete tief durch. Ihr Handy summte. Sie griff in ihre Handtasche und stellte es stumm. Mach langsam, dachte sie. Lass dir Zeit, vielleicht kriegst du dann, was du willst. »Okay. Dann nehme ich das Gleiche wie Sie.«

Er bestellte ihr eine Art Light-Bier mit Obst drin. Sie konnte Light-Bier nicht ausstehen, schon gar nicht mit Obst, aber es war zu spät. Sie trank einen Schluck.

»Wie heißen Sie«, fragte Fester.

»Cassie.«

Fester nickte bedächtig. »Dann sind Sie diejenige welche, stimmt's?«

»Ich bin wer?«

»Diejenige, die Ray das Herz gebrochen hat. Die seine Seele zerquetscht und das Wrack zurückgelassen hat, das er jetzt ist.«

Megans Brust zog sich zusammen. »Hat er Ihnen das erzählt?«

»Nein, aber es ist unübersehbar. Woher wissen Sie, dass er Sie sehen will?«

»Das weiß ich nicht.«

»Er arbeitet sowieso gerade«, sagte Fester, und seine Augen verengten sich. »Moment, kenne ich Sie nicht? Sie haben hier unten gearbeitet, stimmt's?«

Das war nicht gut.

»Ich war Türsteher«, sagte Fester. »Damals. Wie hießen Sie noch? Ich hab Ihr Gesicht schon mal gesehen.«

»Ich will nur mit Ray sprechen«, sagte sie.

Fester studierte ihr Gesicht weiter. Das gefiel ihr nicht. Sie wollte gerade gehen, als Fester ohne jede Vorwarnung sein Handy zückte und ein Foto von ihr machte.

»Was zum Teufel soll das denn jetzt?«

»Für meine Pornosammlung.« Festers riesige Finger bearbeiteten die Tastatur. »Aber eigentlich sende ich Ray gerade das Foto. Wenn er Sie sehen will, meldet er sich bei mir und ich sag Ihnen Bescheid. Geben Sie mir Ihre Handynummer?«

»Nein.«

»Wie wär's dann mit einem weiteren Drink?«

Ken und Barbie fingen an sauber zu machen.

Liebevoll verpackte Barbie ihr neues Lieblingswerkzeug – den Lötkolben mit der spitzen Nadel. Er roch noch nach verbranntem Fleisch. Die empfindlichsten Stellen hatte sie durch Ausprobieren erkundet – die Nervenenden, die schon bei der leichtesten Berührung, vom Traktieren mit sengender Hitze gar nicht zu reden, die schlimmsten Schmerzen ausstrahlten – und das Erlernte sofort bei dem Anwalt namens Harry Sutton angewandt.

Barbie zog ihren Krankenhauskittel und die Latexhandschuhe aus, nahm die Chirurgenhaube ab und packte alles ein. Ken würde es in ein paar Minuten ebenso machen. Er wusste jedoch, dass man, ganz egal, wie vorsichtig man auch war, immer etwas DNA zurückließ. Es ließ sich einfach nicht ganz verhindern. Dazu kam, dass die Labors heutzutage unglaubliche Sachen damit machen konnten. Also war die beste Art, damit umzugehen, das anzuerkennen und zu respektieren.

Was konnte man also tun?

Ken hatte sich für Vernebelung und Verwirrung entschieden. Er sammelte immer wieder DNA-Proben von zufällig ausgewählten Personen – Haare, Gewebereste, Speichel, egal was – in Tupperware-Behältern. Manchmal besorgte er sich die Proben aus öffentlichen Toiletten, so widerlich das auch klingen mochte. Ein sehr guter Ort dafür war auch das Sommercamp. Viele Gruppenleiter benutzten Einwegrasierer, die man unauffällig mitgehen lassen konnte. In Urinalen fand man Schamhaare. In Duschen mehr als das.

Ken hatte seine Handschuhe noch an, als er die Behälter öffnete und mit einer Pinzette ein paar Haare und Gewebereste herausnahm und sie neben – und sogar auf Harry Sutton – platzierte. Das reichte schon. Er schloss den Tupperware-Behälter und steckte ihn wieder in die Tasche. Als er so weit war, dass er auch den Kittel hineinstecken konnte, klingelte Harry Suttons Handy.

Barbie sah aufs Display. »Es ist Cassie.«

Cassie. Harry Sutton hatte sich als viel stärker herausgestellt, als man sich vorstellen konnte, und unglaublich viel ertragen – vielleicht hatte er die Wahrheit über Cassie aber auch gar nicht gekannt. Nach einer langen Überredungsphase unter Zuhilfenahme des Lötkolbens und seiner Harnröhre hatte er ihnen erzählt, dass es sich bei dem Zeugen, von dem Deputy Chief Goldberg Ken erzählt hatte, um eine Erotiktänzerin namens Cassie handelte. Mehr hatte Harry Sutton ihnen nicht über sie verraten, allerdings hatten sie ihre Handynummer in der Telefonliste seines Handys gefunden.

Barbie nahm den Anruf an und meldete sich mit ihrer freundlichsten Stimme: »Harry Suttons Büro?«

»Hi, ist Harry da?«

»Darf ich erfahren, wer am Apparat ist?«

»Cassie.«

»Oh, es tut mir leid, aber Mr Sutton ist im Moment nicht zu sprechen.« Barbie sah Ken an. Er streckte beide Daumen nach oben. »Wenn Sie mir Ihren Namen und Ihre Adresse geben, kann ich ihn informieren?«

»Moment mal, ist das nicht Harrys Handy?«

»Mr Suttons Anrufe werden automatisch zu mir weitergeleitet, wenn er indisponiert ist. Entschuldigen Sie, Cassie, aber ich habe Ihren Nachnamen nicht verstanden.«

Das Gespräch wurde unterbrochen.

»Sie hat aufgelegt«, sagte Barbie und zog einen Flunsch.

Ken ging zu ihr und nahm sie in den Arm. »Mach dir darüber keine Gedanken.«

»Ich hab wirklich gedacht, dass ich wie eine Sekretärin klinge.«

»Das hast du.«

»Aber sie hat mir nicht vertraut.«

»Und was sagt uns das?«, fragte Ken.

»Was?«

»Sie ist sehr vorsichtig.«

Barbie fühlte sich etwas besser. Sie begann zu nicken. »Was bedeutet, dass sie für unseren Auftrag sehr wichtig ist.«

»Absolut.«

»Und was jetzt?«

»Wir haben ihre Handynummer«, sagte Ken. »Es sollte kein Problem sein herauszubekommen, wo sie wohnt.«

SECHZEHN

Wie gelähmt stand die Frau im Stroboskopgeflacker von Rays Blitzlicht.

»Wer ist die Glückliche, George?«, rief Ray laut.

George Queller, wahrscheinlich der Klient, der Fester die meisten Aufträge gab, legte schützend den Arm um die Frau, mit der er ein Date hatte. »Das ist Alexandra Saperstein.«

Blitz, klick, blitz, klick. »Wie habt ihr beiden euch kennengelernt?«

»Auf JDate.com. Das ist eine Internetseite für jüdische Singles.«

»Klingt wie Vorsehung.«

Ray wies nicht auf den offensichtlichen Widerspruch hin – George war kein Jude. Für ihn war das nur ein Job. Seine Gedanken hätten kaum weiter entfernt sein können, aber wer wollte bei so einem Job auch schon voll bei der Sache sein.

Alexandra Saperstein schien unter der Aufmerksamkeit zu schrumpfen. Sie war auf eine etwas unscheinbare Art ziemlich hübsch, duckte sich aber weg und blinzelte auf eine verschreckte Art, die nach Rays Erfahrung oft auf frühere Misshandlungen zurückzuführen war. Das Blitzlichtgewitter machte es nicht besser. Ray schaltete es aus und trat einen Schritt zurück, um der erschrockenen jungen Dame Raum zu geben, knipste aber weiter. George merkte das und warf ihm einen seltsamen Blick zu.

Als sie das Restaurant erreichten, kam Maurice, der Küchenchef mit dem starken französischen Akzent – eigentlich hieß er Manny Schwartz und hätte wahrscheinlich eher den richtigen Hintergrund für eine Anzeige auf JDate.com gehabt –, zur Bistrotür, breitete die Arme aus und rief: »Willkommen, Monsieur George! Isch 'abe Ihren Lieblingstisch für Sie vorbereitet!«

George sah Ray an, wartete darauf, dass er seinen Spruch brachte. Nur gut, dass Ray das Gesicht hinter der Kamera verstecken konnte, weil er damit auch seine Scham verbarg, als er rief: »Werden Sie die Presse über die Speisenfolge informieren?«

Etwas in Ray starb.

»Wir werden sehen«, sagte George hochnäsig.

Das frisch gebackene Paar ging ins Bistro. Ray tat so, als wollte er ihnen folgen, und Maurice tat so, als würde er ihn hinausstoßen. Eine Kellnerin trat auf Alexandra zu und überreichte ihr einen Strauß rote Rosen. Ray fotografierte durchs Fenster. George rückte Alexandra den Stuhl zurecht. Als sie sich setzte, beruhigte sie sich etwas.

Diese Ruhe sollte nicht lange vorhalten.

Ray richtete die Kamera auf ihr Gesicht. Er konnte nichts dagegen tun. Er wusste, dass er eigentlich den Blick abwenden sollte – es war ähnlich, wie wenn man langsamer an einer Unfallstelle vorbeifuhr, um zu sehen, was passiert war –, doch der Künstler in ihm musste den Moment aufkeimenden Schreckens dokumentieren. Als Alexandra auf die Speisekarte sah, spürte Ray, dass sein Handy vibrierte. Er achtete nicht darauf, korrigierte die Brennweite und wartete. Zuerst machte sich Verwirrung in Alexandra Sapersteins Gesicht breit. Sie blinzelte, um sicherzugehen, dass sie ihre Augen nicht trogen. Ray wusste, dass George den Einsatz an Irrsinn noch erhöht hatte – die Einleitung auf der Speisekarte lautete jetzt:

Degustationsmenü

Lass uns die Karte aufbewahren und unseren Enkeln zeigen!

Langsam dämmerte Alexandra, was dort stand. Ihre Augen weiteten sich noch mehr, während ihr Gesicht erschlaffte. Sie legte die Hände auf ihre Wangen. Ray fotografierte weiter. Das hier war seine Chance auf eine Version von Edvard Munchs *Der Schrei*.

Die Kellnerin schenkte Champagner ein. Das neue Drehbuch verlangte von Ray, dass er hineinstürzte und am Tisch ein Foto machte, während George den Trinkspruch ausbrachte. Er ging zur Tür. Wieder vibrierte sein Handy. Als Ray kurz aufs Display sah, erkannte er, dass Fester ihm ein Foto geschickt hatte. Absurd. Warum, um alles in der Welt, sollte Fester ihm ein Foto schicken?

Im Bistro auf dem Weg zum Tisch scrollte Ray die SMS herunter und tippte auf den Anhang. Als George das Glas anhob, setzte Ray die Kamera an. Alexandra sah Ray hilfesuchend an. Ray warf einen schnellen Blick auf das ankommende Foto und spürte, wie sein Herz stockte.

Die Kamera sank herab und blieb am Riemen hängen.

George sagte: »Ray?«

Ray starrte auf sein Handy. Tränen schossen ihm in die Augen. Er schüttelte den Kopf. Unmöglich. Die vielen Gefühle drohten, ihn zu überwältigen.

Cassie.

Es war ein Psychospiel – da sah ihr jemand ähnlich –, aber nein, er war sich absolut sicher. Sie hatte sich in den letzten siebzehn Jahren verändert, aber er erinnerte sich an jede Einzelheit ihres Gesichts.

Warum? Wie? Nach all den Jahren, was war da …

Er streckte die Hand aus und streichelte sanft mit dem Finger über ihr Gesicht.

»Ray?«

Ray sah weiter auf das Foto. »Alexandra?«

Er hörte, wie der Stuhl nach hinten geschoben wurde.

»Schon gut, Sie können gehen.«

Das ließ sie sich nicht zwei Mal sagen. Sie sprang auf und verschwand durch die Tür. George stand auf und folgte ihr. Ray stellte sich ihm in den Weg. »Nicht.«

»Ich versteh das nicht, Ray.«

Alexandra floh. George sank wieder auf seinen Stuhl. Ray starrte das Foto an. Warum hatte Fester es gemacht? Er versuchte, sich so weit zu beruhigen, dass er ein paar Einzelheiten verarbeiten konnte. Das Foto zeigte eine Bar. Wahrscheinlich das *Weak Signal*. Von allen Kaschemmen in der ganzen Welt muss sie ausgerechnet in die kommen, fiel ihm ein. Aber natürlich war sie nicht einfach zufällig da reinspaziert. Sie war in Festers Spelunke spaziert. Und das konnte unmöglich Zufall sein.

»Warum, Ray?«

»Moment noch«, sagte er zu George.

Er drückte Festers Kurzwahl – armseligerweise, dachte Ray, war Fester, sein Boss, die einzige Person, die er im Kurzwahlspeicher hatte – und hörte das Klingeln in der Leitung.

»Ich begreif das nicht, Ray«, sagte George. »Dieses Mädchen, Alexandra? Sie hat mir in der Mail geschrieben, dass ihr letzter Freund sie ignoriert oder sogar wie ein Stück Scheiße behandelt hat und auch nie mit ihr ausgegangen ist. Da häng ich mich hier voll rein, und sie dreht vollkommen durch. Wieso?«

Mit erhobenem Zeigefinger forderte Ray ihn auf, noch einen Moment zu warten. Festers Mailbox sprang an. Die Ansage lautete: »Fester. Piep.«

Ray sagte: »Was zum Teufel soll die Sache mit dem Foto? Ruf mich sofort an.«

Er legte auf und machte sich auf den Weg nach draußen.

»Ray?«

Wieder George.

»Ich versteh das echt nicht. Ich versuch doch nur, einen ganz besonderen Abend für sie zu inszenieren. Merken die das nicht? Im Internet haben sie alle geschrieben, dass sie auf Romantik stehen.«

»Erstens«, sagte Ray, »ist es nur ein schmaler Grat zwischen Romantik und einer einstweiligen Verfügung. Verstehst du das?«

George nickte langsam. »Ich denke schon. Aber sie schreiben alle …«

»Zweitens: Was Frauen sagen, ist immer Blödsinn. Sie behaupten, sie wollen Romantik und wie eine Prinzessin behandelt werden, sämtliche Erfahrungen sprechen aber dagegen. Am Ende entscheiden sie sich immer für den Kerl, der sie wie Dreck behandelt.«

»Und was soll ich jetzt machen?«, fragte George unverkennbar verwirrt. »Soll ich sie auch wie Dreck behandeln?«

Ray überlegte. Er war drauf und dran, einen langen Sermon mit Ratschlägen und Tipps abzusondern, sah George dann aber ins Gesicht und sagte: »Nein, mach genauso weiter.«

»Was?«

»Ich könnte es nicht ausstehen, in einer Welt ohne Typen wie dich zu leben. Also bleib, wie du bist. Du bist ein Romantiker und kein Arschloch.«

»Meinst du wirklich?«

»Na ja, nicht, wenn du wirklich eine ins Bett kriegen willst. Wenn du eine ins Bett kriegen willst, kannst du das vergessen.«

George lächelte kurz. »Ich will sie nicht nur ins Bett kriegen. Ich suche eine echte Partnerin.«

»Gute Antwort. Dann bleib, wie du bist. Bleib dir treu.« Ray machte einen Schritt zur Tür, hielt an und drehte sich um. »Na ja, vielleicht solltest du es etwas behutsamer angehen lassen. Die Speisekarten mit den Namen sind wirklich ein bisschen übertrieben.«

»Ehrlich? Findest du? Liegt's nicht vielleicht doch nur am Font?«

Rays Handy klingelte. Es war Fester. Das ging aber schnell.

»Fester?«

»Dann darf ich wohl vermuten, dass du die Frau auf dem Foto kennst«, sagte Fester.

»Ja. Was will sie?«

»Was soll sie schon wollen? Sie will mit dir reden.«

Ray spürte seinen Herzschlag. »Ist sie noch im *Weak Signal*? Ich bin unterwegs.«

»Sie ist gerade gegangen.«

»Mist.«

»Aber sie hat eine Nachricht für dich hinterlassen.«

»Und?«

»Sie meinte, ihr könntet euch um elf bei Lucy treffen.«

SIEBZEHN

Broome rief seine Exfrau Erin vom Tatort an und erzählte ihr von dem Blut und Cowens' Erinnerung.

»Ich fahr ins Revier rüber und guck mir das schon mal an«, sagte sie.

Als Broome ankam, saß Erin an seinem Schreibtisch statt gegenüber an ihrem früheren. An dem Schreibtisch, den sie über zehn Jahre benutzt hatte, saß jetzt ein hübscher Bursche mit gegelten Haaren, der Armani-Anzüge trug. Broome vergaß immer wieder seinen Namen und war in einem Anfall überschäumender Originalität dazu übergegangen, ihn »Armani« zu nennen. Da Armani nicht da war, setzte Broome sich auf seinen Stuhl. Der Schreibtisch war extrem gut aufgeräumt und roch nach Rasierwasser.

»Einfach unglaublich, dass ich das übersehen habe«, sagte Erin.

»Wir haben nach Vermissten gesucht, nicht nach Toten. Und was hast du?«

»Das Opfer heißt Ross Gunther. Er war achtundzwanzig Jahre alt.«

Erin reichte ihm ein Foto von einer auf dem Rücken liegenden Leiche. Das Blut hatte eine dicke Kruste um seinen Hals gebildet, so dass es aussah wie ein dunkelroter Schal.

»Gunther wurde in Camden geboren, ist dort auch aufgewachsen, bis er die Highschool abgebrochen hat und nach Atlantic City gezogen ist«, sagte Erin. »Er war ein echter Niemand, der dann auch nichts aus seinem Leben gemacht hat. Er war Single und hatte diverse Vorstrafen wegen Kleinkriminellen-Scheiß – Raub, Körperverletzung, Sachbeschädigung. Außerdem hat er als Geldeintreiber für einen Kredithai gearbeitet.«

»Wie wurde er umgebracht?«

»Man hat ihm die Kehle durchgeschnitten – und zwar vehement.«

»Vehement?« Broome sah sich das Foto noch einmal an. »Sieht aus, als hätte man ihn fast enthauptet.«

»Ergo die Verwendung des Begriffs vehement. Dass Morris damals die Ermittlung geleitet hat, weißt du ja schon. Er lebt inzwischen unten in Florida, falls du mit ihm reden willst.«

»Wie alt ist der jetzt?«

»Morris?« Sie zuckte die Achseln. »Muss so achtzig, fünfundachtzig sein.«

»Der war doch schon senil, als ich hier angefangen habe.«

»Ich glaub sowieso nicht, dass du mit ihm reden musst.«

»Weil er seinen Täter erwischt hat und der Fall für ihn abgeschlossen ist?«

Erin nickte. »Gunther hatte kurz vorher angefangen, regelmäßig mit einem Mädchen namens Stacy Paris auszugehen. Das Problem dabei war, dass Paris mit einem Hitzkopf namens Ricky Mannion verlobt war. Beide Männer waren sehr besitzergreifend, wenn du weißt, was ich meine.«

Broome wusste nur zu gut, was sie meinte. Er war im Laufe seiner Karriere viel zu vielen besitzergreifenden Männern begegnet – Männern, die übermäßig eifersüchtig waren, Kontrolle mit Liebe verwechselten, die in der Öffentlichkeit immer die Hand ihrer Frau hielten, um sie wie ein Hund sein Territorium zu markieren, und denen die Unsicherheit, die sie unter der Hülle des Macho zu verstecken versuchten, aus allen Poren troff. So etwas nahm nie ein gutes Ende.

»Morris hat sich also einen Durchsuchungsbeschluss für Mannions Haus besorgt«, sagte Erin. »Und da haben sie genug Beweise gefunden, um ihn in den Knast zu stecken.«

»Was waren das für Beweise?«

»Allen voran die Mordwaffe.« Sie zeigte ihm das Foto eines langen Sägemessers. »Mannion hatte es zwar abgewischt, es waren aber noch Blutreste dran. Sie konnten eindeutig dem Opfer zugeordnet werden. Wir reden über die Anfänge der DNA-Tests. Außerdem wurde Gunthers Blut in Mannions Auto und an einem Hemd gefunden, das neben der Waschmaschine lag.«

»Holla«, sagte Broome.

»Ja, ein echter Einstein, dieser Mannion. Du errätst nie, wie er sich da rausreden wollte.«

»Moment, mal überlegen. Hmm. Vielleicht – nicht verraten –, dass man ihm die Sache angehängt hat?«

»Wow, du bist echt gut.«

»Lass dich nicht verunsichern. Ich bin ausgebildeter Kriminalist.«

»Dann kannst du dir sicher auch denken, wie das Ganze ausgegangen ist. Der Prozess hatte kaum angefangen, da war er auch schon wieder beendet. Mannion hat fünfundzwanzig Jahre bis lebenslang in Rahway bekommen.«

»Was ist denn mit diesem Mädchen passiert? Dieser Stacy Paris?«

»Hey, es ist gerade erst eine Stunde her, dass du die Leiche entdeckt hast. Daran arbeite ich noch.«

»Und jetzt die große Preisfrage«, sagte Broome.

Erin lächelte. »Du willst wissen, wann dieser Mord passiert ist?«

»Gerade dachte ich noch, *ich* wäre hier der ausgebildete Kriminalist.«

»Am elften März vor achtzehn Jahren. Ja, es war Mardi Gras. Oder genau genommen der Morgen danach. Der Faschingsdienstag fiel in dem Jahr eigentlich auf den zehnten März, aber Gunthers Leiche wurde nach Mitternacht gefunden.«

»Genau genommen war es also nicht an Mardi Gras.«

»Richtig. Dasselbe gilt aber auch für ein paar von unseren Vermissten. Das macht es schwerer, das Muster zu erkennen.«

»Also müssen wir nach Ermordeten und Vermissten an oder um Mardi Gras herum suchen – und wir müssen im Naturschutzgebiet und der Umgebung nach Ermordeten und Vermissten suchen. Das ist ziemlich abgelegen. Eine Leiche könnte da tagelang, wenn nicht sogar wochenlang unbemerkt herumliegen.«

»Ich bin schon dabei«, sagte Erin.

Broome fing an, auf einem Niednagel zu kauen.

»Das ist eklig«, sagte Erin.

Er machte weiter. »Dieser Mannion?«

»Was ist mit dem?«

»Wenn wir mit diesem Muster richtig liegen, dass es einen – was weiß ich – Mardi-Gras-Killer oder so was gibt…«, Broome stockte, »… dann sitzt Mannion seit achtzehn Jahren für ein Verbrechen im Gefängnis, das er nicht begangen hat.«

»Jetzt lass uns aber keine übereilten Schlüsse ziehen, Broome.«

»Detective?«

Beim Klang der Stimme zuckte Broome zusammen. Als er sich umdrehte, sah er Del Flynn in seinem grellen Hawaiihemd. Der Mann hatte mindestens zehn Goldketten um den Hals. Broome erkannte eine goldene Heiliger-Antonius-Medaille, einen goldenen Anker und die goldene, schmutzfängerartige Silhouette einer gut gebauten Frau. Eine sehr uneinheitliche Mischung.

»Mr Flynn?«

Goldberg stand gut einen Meter hinter ihm. Del Flynn besaß, worauf Broome schon des Öfteren hingewiesen worden war, einen oder gar mehrere ziemlich große Haufen Kohle. Der Bürgermeister und diverse andere hohe Tiere hatten ihn angerufen, als ob das Atlantic City Police Department eine VIP-Hotline für Vermisste hätte. Andererseits – vielleicht gab es die tatsächlich? Broome konnte es dem Mann nicht verübeln. Wenn ein Kind verschwand, nutzte man sämtliche zur Verfügung stehenden Möglichkeiten. In einer solchen Situation übte man keine Zurückhaltung. Dafür hatte Broome vollstes Verständnis.

Broome stellte Flynn Erin vor. Die nickte kurz und konzentrierte sich wieder auf ihre Arbeit. Erin hatte nie gut mit Angehörigen der Opfer umgehen können. »Das sind gebrochene Menschen«, hatte Erin ihm einmal gesagt. Als Broome Flynn jetzt in die Augen sah, dachte er »zerschmettert« würde besser passen. »Gebrochen« klang so glatt, klinisch und reparabel. Mit diesen Personen geschah jedoch etwas Abstraktes und Unordentliches, bei dem viele Splitter zurückblieben, die man nie wieder richtig zusammensetzen konnte.

»Gibt es irgendetwas Neues?«, fragte Del Flynn.

»Es ist noch zu früh, das zu beurteilen, Mr Flynn.«

»Überhaupt nichts?«

Die Verzweiflung in seiner Stimme war mehr als nur hörbar. Sie lebte und atmete wie ein schreckliches Monster, nahm den ganzen Raum ein und drohte, alles andere zu ersticken. Broome sah Goldberg an, damit der etwas dazu sagte. Goldberg sah direkt durch ihn hindurch.

Flynn streckte die Hand aus, packte Broomes Arm und griff etwas zu fest zu. »Haben Sie Kinder, Detective?«

Diese Frage war Broome in seiner Zeit bei der Polizei mehr als ein Mal gestellt worden. Er fand immer, dass sie an Überheblichkeit grenzte – eigentlich war das doch egal –, aber als er die Verwüstung in Del Flynns Gesicht sah, verstand er, was gemeint war. »Nein, Sir, habe ich nicht. Detective Anderson hier hat jedoch Kinder.«

Yep, Broome hatte seine liebreizende Ex vor den Bus gestoßen. Flynn sah Erin an. Erin starrte weiter auf den Monitor. Nach ein paar unbehaglichen Sekunden ging Broome dazwischen.

»Mr Flynn«, sagte er, »ich kann Ihnen versichern, dass wir alles dafür tun, Ihren Sohn zu finden. Wenn wir unsere Arbeit allerdings unterbrechen müssen, um Ihnen Rechenschaft über unseren Fortschritt abzulegen, bremst uns das. Das verstehen Sie doch, oder? Ich kann die Zeit damit verbringen, Hinweisen nachzugehen und Ihren Sohn zu suchen, oder ich kann sie damit verbringen, Sie über alle Details zu informieren. Verstehen Sie, was ich meine?«

»Ich will nur helfen.«

»Dann lassen Sie uns weiterarbeiten, okay?«

Flynns Augen loderten einen Moment lang – ein kurzer, innerlicher Zornesausbruch, bevor die Verwüstung wieder die Oberhand gewann. Goldberg kam ihm zu Hilfe. »Ich glaube, Detective, Mr Flynn wollte Sie bitten …«

Del Flynn unterbrach Goldberg, indem er ihm die Hand auf den Arm legte. »Später«, sagte Flynn. Er ging den Flur entlang. Goldberg warf Broome noch einen finsteren Blick zu, dann drehte er sich um und folgte Flynn.

»Ich hab schon befürchtet, dass Goldberg dem Kerl gleich einen bläst«, sagte Erin. »Flynn muss richtig fett Knete haben.«

»Interessiert mich nicht«, sagte Broome. »Kannst du mir die Nummer vom Rahway-Gefängnis raussuchen?«

Sie tippte etwas in den Computer. Es war zwar schon spät, aber Bundesstrafanstalten hatten schließlich keine Geschäftszeiten. Broome rief die Nummer an, die sie ihm genannt hatte, und sagte dem Telefonisten, dass er wegen des Insassen Ricky Mannion anriefe. Er wurde gebeten, einen Moment zu warten.

»Dean Vanech, Vollzugsbeamter.«

»Mein Name ist Broome. Ich arbeite bei der Mordkommission im Atlantic City Police Department.«

»Okay?«

»Ich rufe wegen eines Ihrer Häftlinge an. Sein Name ist Ricky Mannion.«

»Was ist mit ihm?«

»Kennen Sie ihn?«

»Ja.«

»Behauptet er immer noch, dass er unschuldig ist?«

»Jeden Tag. Aber soll ich Ihnen etwas sagen? Fast alle hier sind unschuldig. Es ist wirklich ganz erstaunlich. Entweder sind wir alle vollkommen inkompetent, oder – oje – die Gäste unserer Einrichtung erzählen nur Unsinn.«

»Was halten Sie von ihm?«

»Soll heißen?«

»Bringt Mannion seine Unschuld überzeugender vor als die meisten anderen?«

»Wie er das vorbringt? Woher zum Teufel soll ich das wissen? Ich hab hier Typen gesehen, die würden De Niro in den Schatten stellen.«

Broome merkte, dass es reine Zeitverschwendung war, weiter mit diesem Vanech zu reden.

»Ich würde gern zu Ihnen hochkommen und mit Mannion

reden«, sagte Broome. »Am liebsten gleich morgen früh. Ist das machbar?«

»Na ja, da muss ich eben einen Blick in seinen Terminkalender werfen. Oje, die First Lady musste leider absagen, also ist Mannion frei. Soll ich Sie so gegen sieben eintragen?«

Die Welt war voller Klugscheißer.

Sie vereinbarten einen Termin. Als er den Hörer auflegte, sah er etwas aus den Augenwinkeln. Er drehte den Kopf und blickte zur Tür, durch die Cassie ins Revier gekommen war. Als sie Broome entdeckte, eilte sie zu ihm.

»Wir haben ein Problem«, sagte Cassie.

»Ich hab sie.«

Genau wie Ken es vorausgesagt hatte, waren sie über die Handynummer schnell an alles herangekommen.

Weil sie unsicher gewesen waren, wie lange sie für diesen Job brauchen würden, hatten Ken und Barbie sich eine Zwei-Zimmer-Suite in einem schicken Hochhaus-Hotel namens *Borgata* genommen. Das *Borgata* war angeblich das hübscheste Hotel in Atlantic City, außerdem hatte es dazu noch den Vorteil, dass es nicht direkt am Boardwalk lag, der in jeder Beziehung schmutzigen Strandpromenade, an der sich Spieler, Drogensüchtige, Sünder, Schlepper und sonstiger Abschaum aufhielten.

Für Barbie war jedoch auch das *Borgata* ein Sündenpfuhl. In Atlantic City konnte man dem Schmutz einfach nicht entkommen, und wenn sie ehrlich war, wollte sie das auch gar nicht. Sie fühlte sich in gleichem Maße abgestoßen und erfrischt. Sie wollte sich gleichzeitig im Schmutz suhlen und ein Bad nehmen.

Barbie war in wohlgeordneten, sicheren Verhältnissen aufgewachsen, aber keineswegs naiv. Sie wusste, dass Menschen komplexe Wesen waren. Immer lockte die Sünde. Sie übte einen extrem starken Reiz aus – sonst wäre es ja auch nicht nötig, sie zu bekämpfen. Der Trick bestand darin, ein Ventil zu haben, durch das man diese Energien auf eine gesunde Art abbauen konnte. Sie hatte das Gefühl, dass Ken und sie das hatten. Ihre Opfer – wenn man sie so nennen wollte – waren Abschaum. Ken und Barbie taten ihnen zwar weh, aber sie hatten es alle verdient. Manchmal öffnete der Schmerz, den sie ihnen zufügten, ihren Opfern sogar die Augen und führte zu einer gewissen Läuterung. Bei Tawny zum Beispiel. Da hatte Barbie ein gutes Gefühl. Sie hatte für kurze Zeit Schmerzen verspürt, die ihr jedoch letztendlich ein besseres Leben bescheren könnten.

Der Aufenthalt im *Borgata* – das vorübergehende Leben in der Höhle des Teufels, im Herzen der Versuchung – gefiel ihr. Sie lernte etwas daraus. Es war, als hätte sie sich im Lager des Feindes eingeschlichen, um seine Geheimnisse in Erfahrung zu bringen. Wenn Barbie durch das zum Hotel gehörende Kasino ging, sah sie den lüsternen Blick in den Gesichtern der Männer. Manchmal allerdings wartete sie geradezu darauf, dass jemand aufsprang, mit dem Finger auf sie zeigte und rief: »Die gehört nicht hierher!«

»Wie hast du die Nummer zurückverfolgt?«, fragte Barbie.

Sie saß auf dem kleinen Sofa vor dem Fenster. In der Ferne sah sie die Lichter des Boardwalk.

»Im Internet«, sagte Ken.

»Du konntest den Besitzer des Handys am Computer ausfindig machen?«

»Ja.«

»Wie?«

»Ich habe bei Google ›Handynummer zurückverfolgen‹ eingegeben.«

Sie schüttelte den Kopf. »Das war alles?«

»Na ja, ich musste noch zehn Dollar bezahlen.«

Ken sah sie vom Computer aus an und lächelte. Barbie spürte dieses Lächeln bis in die Zehen. Ein rosa Hemdkragen ragte aus seinem hellgrünen Pullover. Seine Khakis hatten Bügelfalten. Sie fand, dass er sehr attraktiv aussah. Beide gingen immer Hand in Hand durchs Hotel. Sie mochte das Gefühl, wenn seine Hand in ihrer lag, aber manchmal, wenn der Blick eines anderen Mannes zu lange auf ihr verharrte, spürte sie auch, wie sein Griff fester wurde. Dann spürte sie auch die Wärme, den Rausch, das Kribbeln.

»Und wem gehört das Handy?«

»Einem Mann namens David Pierce.«

»Und wer ist das?«

»Ich weiß es nicht genau. Er ist Rechtsanwalt in Jersey City. Spezialgebiet Arbeitsrecht. Bisher sehe ich keine Verbindung zu dem, was hier passiert. Er scheint ein anständiger Bürger zu sein. Verheiratet, zwei Kinder.«

»Der Anruf auf Harry Suttons Handy kam von einer Frau«, sagte Barbie.

Ken nickte. »Auf seinen Namen sind vier Handynummern angemeldet. Ich nehme an, dass sie für ihn, seine Frau und die beiden Kinder sind. Die Nummer, die wir zurückverfolgt haben, war nicht die Hauptnummer, über die normalerweise die Rechnung läuft.«

»Wie alt ist seine Tochter?«

»Fünfzehn. Ihr Name ist Kaylie.«

»Die Frau, mit der ich gesprochen habe, klang … na ja, erwachsen.«

»Dann müsste es seine Frau gewesen sein. Sie heißt Megan.«

»Wie passt die da rein?«

Ken zuckte die Achseln. »Das kann ich noch nicht sagen. Ich habe die Adresse in Kasselton gerade bei MapQuest eingegeben. Mit dem Wagen braucht man knapp zwei Stunden bis dahin.« Er drehte sich zu ihr um, worauf sie das Funkeln in seinen Augen sah. »Wir könnten sofort hinfahren und uns die Antwort holen. Vielleicht sind die Kinder dann noch gar nicht im Bett.«

Barbie kaute auf einem Fingernagel. »Eine Vorstadt-Mom mit zwei Kindern?«

Ken sagte nichts.

»Normalerweise tun wir nur Leuten weh, die es auch verdient haben«, fuhr sie fort. »Deshalb machen wir diesen Job.«

Ken rieb sich das Kinn und dachte darüber nach. »Wenn Megan Pierce etwas mit Harry Sutton zu tun hat, ist sie alles andere als unschuldig.«

»Bist du dir sicher?«

Er hielt das Schlüsselbund mit dem Autoschlüssel in die Luft und schüttelte es. »Es gibt nur eine Möglichkeit, das herauszufinden.«

Barbie schüttelte den Kopf. »Das ist eine wirklich wichtige Sache. Wir müssen erst bei unserem Auftraggeber nachfragen.«

»Und wenn er zustimmt?«

»Wie du schon sagtest.« Barbie zuckte die Achseln. »Es sind keine zwei Stunden bis dahin.«

ACHTZEHN

Eine halbe Stunde vorher hatte Megan die zuckersüße Stimme an Harry Suttons Handy sagen hören: »Mr Suttons Anrufe werden automatisch zu mir weitergeleitet, wenn er indisponiert ist. Entschuldigen Sie, Cassie, aber ich habe Ihren Nachnamen nicht verstanden.«

Megan legte auf.

Fester stand neben ihr an der Theke. »Stimmt was nicht?«

Megan starrte ihr Handy an. Sie überlegte, wie Harrys Kanzlei eingerichtet war. Es gab einen Schreibtisch, ein Fenster, einen Aktenschrank, eine abgewetzte Couch …

Da war kein Platz für eine Sekretärin.

Aber wer war dann ans Telefon gegangen?

Ein sehr unangenehmes Gefühl breitete sich in ihrem Magen aus.

Fester sagte: »Hallo? Sind Sie noch da?«

»Ich muss los.«

»Ho, ich dachte, Sie suchen Ray. Warum warten wir nicht gemeinsam, bis er sich meldet?«

»Sagen Sie ihm, dass wir uns bei Lucy treffen.«

»Hä?«

»Sagen Sie es ihm einfach. Um elf bei Lucy. Wenn ich das nicht schaffe, ruf ich Sie hier in der Bar an.«

»Einen Moment noch«, sagte Fester.

Aber sie wartete nicht. Sie drängte sich durch die Menge, aus der ihr immer noch die alltägliche Verzweiflung wie eine

Woge entgegenschlug, und verließ das *Weak Signal.* Als sie auf die Straße kam, blieb sie einen Moment lang stehen und schnappte nach Luft. Dann eilte sie zu Harry Suttons Kanzlei. Im Flur des Gebäudes kam ihr ein junges Paar entgegen, aber oben brannte kein Licht, und die Tür war abgeschlossen.

Sie beschloss, Broome zu suchen.

Als sie ihn im Revier gefunden und seine Partnerin, die ihr als Detective Erin Anderson vorgestellt wurde, den Raum verlassen hatte, erzählte sie ihm, was passiert war. Er hörte zu, ohne sie zu unterbrechen. Sie beendete den Bericht mit den Worten: »Ich mache mir Sorgen um Harry.«

»Ach, das halte ich für unnötig«, sagte Broome. »Na ja, jedenfalls sehe ich in dem, was Sie sagen, noch einen Grund dafür. Sie kennen Harry doch. Er ist aus tiefstem Herzen ein Spieler. Ich weiß, dass er die Mädchen liebt, aber er *liebt* die Mädchen auch, wenn Sie wissen, was ich meine. Wahrscheinlich ist einfach eine von denen ans Handy gegangen.«

»Und hat vorgegeben, seine Sekretärin zu sein?«

»Klar, wieso nicht? Sollte wohl komisch sein.«

»Yep«, sagte Megan mit gerunzelter Stirn. »Zum Schreien.«

»Denken Sie, Harry wählt seine Mädel danach aus, ob sie clevere Bemerkungen machen können?«

Megan schüttelte den Kopf. »Ich hab kein gutes Gefühl dabei.«

»Wir können ihn ja nochmal anrufen.«

»Das hab ich schon versucht. Es geht niemand ran.«

»Ich würde einen Streifenwagen bei ihm vorbeischicken, aber was soll das bringen? Er ist doch jeden Abend unterwegs. Haben Sie irgendjemandem gesagt, dass Sie zu ihm gehen?«

»Nein.«

»Dann kann ich Ihnen nicht folgen. Wie kommen Sie darauf, dass er in Gefahr sein könnte?«

»Ich weiß nicht. Die Stimme dieser Frau. Die klang so widerlich zuckersüß.«

»Oh«, sagte Broome. »Also warum haben Sie das nicht gleich gesagt?«

Megan runzelte die Stirn. »Sie könnten nicht vielleicht noch etwas herablassender sein?«

»Widerlich zuckersüß?«

»Okay, ich hab ja verstanden.«

»Nein, Cassie, oder wie immer Sie heißen, nein, ich glaube nicht, dass Sie mich verstanden haben.« Broome trat einen Schritt an sie heran. »Darf ich ganz offen sein?«

»Weil Sie ja bisher die ganze Zeit um den heißen Brei herumgeredet haben? Natürlich.«

»Sie sehen gut aus. Wirklich gut.«

»Äh, danke.«

»Das meine ich nicht. Ich meine, dass Sie aussehen, als hätten die Jahre es gut mit Ihnen gemeint. Sie sehen gesund und glücklich aus, und vor allem sehen Sie aus, als hätten Sie ein Zuhause. Wissen Sie, was ich damit sagen will?«

Sie antwortete nicht.

»Das ist die Definition eines glücklichen Menschen, verstehen Sie? Die meisten Mädchen hier finden nie auch nur ansatzweise so etwas wie ein Zuhause.«

»Detective Broome?«, sagte sie.

»Ja.«

»Das ist ja so tiefsinnig.«

Broome lächelte. »Ja, der philosophierende Polizist. Tun Sie das, was für Sie am besten ist. Fahren Sie an diesen Ort.«

»An den Ort, äh, an den ich gehöre?«

»Ja. Nach Hause oder wohin auch immer. Fahren Sie dahin, wo Menschen auf Sie warten.«

»Sie haben mir nicht zugehört, Detective.«

»Doch, das habe ich. Jetzt hören Sie *mir* zu. Was tun Sie noch hier?«

Sie schwieg einen Moment lang. Er wartete und beobachtete sie. Trotz des zur Schau getragenen Sarkasmus musste sie Broome in einigen Punkten recht geben.

Was tat sie noch hier?

Sie dachte an ihr Zuhause, den Ort, an den sie gehörte – an Kaylie und Jordan, an den armen Dave, der wahrscheinlich nervös auf und ab ging, sich dabei ein ums andere Mal mit der Hand durchs Haar fuhr, wie er es immer machte, wenn er beunruhigt war, und sich fragte, was mit der Frau passiert war, neben der er die letzten sechzehn Jahre geschlafen hatte.

Mit schwacher Stimme sagte Megan: »Ich dachte, Sie wollten mich in der Nähe haben, für den Fall, dass sich neue Entwicklungen ergeben.«

»Fürs Erste habe ich alles, was ich brauche. Wenn ich mehr wissen will, rufe ich Harry an. Ich habe Ihnen versprochen, Ihre wahre Identität geheim zu halten. Ich beabsichtige, dieses Versprechen zu halten.«

»Danke«, sagte sie.

»Keine Ursache. Jetzt verschwinden Sie, bevor der Boss kommt und anfängt, Fragen zu stellen.«

Sie fand es nicht richtig und wollte widersprechen; aber es würde wirklich nichts bringen, wenn sie noch hierblieb. Ohne ein weiteres Wort verließ Megan das Revier. Ihr Wagen stand um die Ecke. Sie setzte sich hinters Lenkrad und überlegte, was sie tun sollte. Die Antwort lag auf der Hand.

Broome hatte recht. Doch aus irgendeinem Grund sammelten sich Tränen in ihren Augen, als sie im Wagen saß. Was zum Teufel war mit ihr los? Sie ließ den Motor an und wollte direkt nach Hause fahren. Vergiss das alles. Vergiss das *La Crème*, Lorraine, Rudy, Stewart Green und Harry Sutton. Sie waren alle bloß ein Teil ihrer Vergangenheit, von der sie einen kleinen Ausschnitt im Rückspiegel gesehen hatte, mehr nicht.

Aber was war mit Ray?

Sie sah auf die Uhr im Armaturenbrett. Warum hatte sie ausgerechnet Lucy als Treffpunkt vorgeschlagen? Ihr Schlüsselbund hing am Zündschloss. In all den Jahren, die sie Dave kannte, hatte er nie gefragt, wozu der leicht angerostete Bronzeschlüssel gehörte. Sie hatte ihn immer bei sich getragen. Sie bezweifelte, dass er noch passte – schließlich war das fast zwanzig Jahre her –, aber der Schlüssel war das einzige Erinnerungsstück an ihr altes Leben, das sie behalten hatte.

Ein Schlüssel.

Sie nahm ihn in die Hand und dachte dabei an das letzte Mal, als sie ihn benutzt hatte. Sie wollte Ray sehen. Und sie wollte ihn nicht sehen.

Mit dem Feuer zu spielen war eine Sache – sich direkt in die Flammen zu stürzen etwas ganz anderes.

Jetzt fahr nach Hause, Cassie oder Megan oder wer immer ich auch sein mag. Wir freuen uns über diesen Sondereinsatz zur Aufklärung einer alten Vermisstenmeldung, aber jetzt ist es Zeit, in dein altes, geordnetes Leben zurückzukehren.

Einerseits hatte sie nach diesem ganzen irrsinnigen Tag immer noch den Eindruck, sie hätte nichts Schlimmes getan, keinen bleibenden Schaden angerichtet und könnte unbehelligt wieder verschwinden. Andererseits drehte sie sich immer wieder um und sah nach, ob ihr nicht jemand folgte. Jetzt, wo Stewart Green noch lebte und sie sein schreckliches Lächeln wieder vor Augen hatte, dieses Lächeln, kurz bevor er zuschlug, da schien es ihr, als würde diese Welt sie langsam erdrücken. Ja, das Beste – und Klügste – wäre sicher, direkt nach Hause zu fahren. Dennoch fragte sie sich plötzlich, ob es dafür nicht womöglich doch schon zu spät war.

Lucy. Um elf Uhr nachts.

Lucy stand in Margate, knapp zehn Kilometer von ihrem aktuellen Aufenthaltsort entfernt. Sosehr sie auch versuchte, sich von etwas anderem zu überzeugen, so gefährlich oder vergänglich ihr Verhalten auch sein mochte, wusste sie doch, dass sie keinen Frieden finden würde, keinen Schlussstrich ziehen konnte, bevor sie nicht Ray gesehen hatte. Und – abgesehen von allem anderen – konnte sie unmöglich den ganzen Weg hier runtergefahren sein, ohne Lucy zu sehen.

Sie fuhr die Atlantic Avenue Richtung Süden, bis vor ihr in der Dunkelheit Lucys Silhouette im Mondschein aufragte. Obwohl Megan Lucy schon so oft gesehen hatte, starrte sie sie mit beinahe kindlicher Ehrfurcht an.

Lucy war ein riesiger Elefant – riesig bedeutete in diesem Fall, dass er sechs Stockwerke hoch war.

Die im Jahr 1882 erbaute Lucy war eine der größten und ältesten vom Auto aus zu besichtigenden Sehenswürdigkeiten der USA und ein architektonisches Wunderwerk – ein zwanzig Meter hohes, elefantenförmiges Gebäude, das ursprünglich ausgerechnet für eine Immobilienfirma gebaut worden war. Im Laufe ihrer hundertdreißigjährigen Regentschaft an der Küste New Jerseys war Lucy unter anderem ein Restaurant, eine Kneipe (während der Prohibition geschlossen) und ein privates Strandhaus gewesen. Inzwischen hatte man sie zu einer Sehenswürdigkeit ausgebaut, die Touristen für ein paar Dollar besichtigen konnten. Der neunzig Tonnen schwere Dickhäuter bestand aus einer Million Brettern, Latten und Balken, die man mit einer blechernen Außenhülle überzogen hatte. Man betrat Lucy durch eins ihrer dicken Hinterbeine und ging die Wendeltreppe hinauf in den bauchigen gipsverkleideten Hauptraum, der im Rosaton des Magenmittels Pepto-Bismol gestrichen war, was, wie es hieß, zufällig auch die Farbe eines Elefantenmagens sein sollte. Aus Lucys Kopf konnte man durch ihre Augenfenster aufs Meer hinaus blicken. Ein weiteres Fenster befand sich im Bereich des Hinterteils, das von denen, die viel mit Lucy zu tun hatten, meist als »Heckscheibe« bezeichnet wurde. Es waren Fotos ausgestellt, ein Video, und sogar eine Badewanne stand hier. Wenn man noch ein paar Treppen hinaufging, erreichte man Lucys Rücken und konnte die fantastische Aussicht auf den Atlantik genießen. Bei klarer Sicht konnten die Leute auf den Booten da draußen Lucy noch aus mehr als zehn Kilometern Entfernung erkennen.

Megan hatte Lucy schon immer geliebt. Sie wusste selbst nicht genau, warum. Vor zwanzig Jahren war sie an fast jedem ihrer freien Tag hergekommen, hatte sich am Imbiss vor dem Elefanten einen Burger mit Pommes geholt und sich immer auf dieselbe Bank am Rumpf des alten Mädchens gesetzt. Dabei hatte sie einen der Verwalter kennengelernt, der auch Führungen durch Lucys Innenleben leitete, einen netten, wenn auch übertrieben anlehnungsbedürftigen Mann namens Bob Malins. Die Beziehung hielt nicht lange, doch bevor sie mit ihm Schluss machte, hatte sie heimlich für ein paar Stunden seinen Schlüssel zu Lucy entwendet und sich einen Nachschlüssel machen lassen.

Und diesen Schlüssel hatte sie immer noch am Schlüsselbund.

Bob hatte das natürlich nie erfahren, aber spätnachts, wenn Megan Abstand brauchte vom Club und der Wohnung, die sie mit vier anderen Mädchen teilte, war sie hergefahren, mit Hilfe des Schlüssels in Lucy verschwunden und hatte dort eine Decke ausgerollt. Als sie sich in Ray verliebte, war dies einer der Orte, an dem sie sich am häufigsten trafen. Sie war nie mit einem anderen Mann hier gewesen, nicht ein einziges

Mal. Nur mit Ray. Sie hatte aufgeschlossen, sie beide waren die Wendeltreppe hinaufgegangen und hatten oben auf die sanfteste und wunderbarste Weise Liebe gemacht.

Megan parkte den Wagen, stieg aus, schloss die Augen und sog tief die salzige Meeresluft ein. Alles kam wieder zurück. Sie öffnete die Augen, blickte zu Lucy hinauf und erschauderte unter der Woge der Erinnerungen.

Und dann sagte hinter ihr eine Stimme – nein, nicht eine Stimme, *die* Stimme: »Cassie?«

Sie konnte sich nicht bewegen.

»O mein Gott«, sagte er so schmerzerfüllt, dass es ihr fast das Herz zerriss.

Dave Pierce kam sich vor, als hätte eine riesige Hand sein Leben gepackt und es wie eine billige, kleine Schneekugel hin- und hergeschüttelt.

Er saß vor dem Computer im Gästezimmer, das Megan im letzten Jahr zu einem Arbeitszimmer umgewandelt hatte, und hatte Bauchschmerzen. Er hasste dieses Chaos einfach. Er reagierte nicht gut auf Druck. Doch wann immer es ihm sonst so vorgekommen war, als ob die Wände immer näher an ihn heranrückten, war Megan zur Stelle gewesen. Hatte ihm die Schläfen gerieben, die Schultern massiert oder leise besänftigende Worte ins Ohr geflüstert.

Ohne sie war er hilflos und verängstigt. So etwas hatte Megan noch nie gemacht. Sie war nie länger als ein oder zwei Stunden nicht erreichbar gewesen. Eigentlich hätte er von ihrem plötzlich so sprunghaften Verhalten überrascht oder sogar erschreckt sein müssen – am schlimmsten war jedoch, dass das nicht der Fall war. Und genau das verunsicherte ihn am meisten – wie leicht dieses Leben, alles, was er für selbstverständlich gehalten hatte, ins Wanken geraten konnte.

Sein Zeigefinger verharrte über der Maustaste. Dave sah auf den Monitor. Er wollte diesen letzten Klick nicht machen, aber hatte er überhaupt noch eine Wahl?

Er erschrak, als Jordan die Tür aufstieß und ins Zimmer kam. »Dad?«

»Herrgott, was hab ich dir über das Anklopfen gesagt?«

»Tut mir leid …«

»Ich hab dir das doch schon hundert Mal gesagt«, sagte er lauter, als er eigentlich wollte. »Du sollst klopfen, bevor du ein Zimmer betrittst, ist das denn so schwer zu kapieren?«

»Ich wollte nicht …«

Jordan schossen Tränen in die Augen. Er war ein empfindsamer Junge. Als kleiner Junge war Dave ganz ähnlich gewesen. Er ruderte zurück.

»Tut mir leid, Sportsfreund. Ich hab gerade nur viel um die Ohren, das ist alles.«

Jordan nickte und versuchte, die Tränen zu unterdrücken.

»Was gibt's, Kumpel?«

»Wo ist Mom?«

Gute Frage. Er starrte auf den Bildschirm. Ein Klick noch, dann wusste er die Antwort. Zu seinem Sohn sagte er: »Sie muss etwas für Oma erledigen. Musst du nicht längst im Bett sein?«

»Mom hat gesagt, dass sie mir bei Mathe hilft.«

»Warum hast du mich nicht gefragt?«

Jordan runzelte die Stirn. »Bei Mathe?«

Daves schlechte Mathematikkenntnisse waren immer wieder Anlass für Witzeleien in der Familie. »Der Punkt geht an dich. Aber geh jetzt ins Bett. Es ist spät.«

»Ich habe meine Hausaufgaben noch nicht fertig.«

»Dann schreib ich dir eine Entschuldigung. Leg dich schlafen, okay?«

Er kam näher an seinen Vater heran. Der Junge freute sich immer noch über einen Gutenachtkuss. Seine Schwester verweigerte sich diesem Ritual schon seit Jahren. Als sein Sohn ihn jetzt umarmte, traten Dave Tränen in die Augen. Er drückte seinen Sohn einen Moment länger als üblich. Als sie die Umarmung lösten, schweifte Jordans Blick wie immer auf den Computer-Monitor. Dave minimierte das Bild schnell zu einem kleinen Ikon in der unteren Ecke.

»Gute Nacht, Kumpel.«

»Gute Nacht, Dad.«

»Mach die Tür zu, ja?«

Jordan nickte und tat, worum man ihn gebeten hatte. Dave wischte sich die Tränen aus den Augen und klickte auf das Ikon. Das Bild erschien. Wieder schob er den Mauszeiger über den Link. Noch ein Klick, dann würde er genau wissen, wo seine Frau war.

Als er die Handys gekauft und dabei einen Vertrag unterschrieben hatte, bei dem ein Hypothekenmakler Minderwertigkeitskomplexe bekommen hätte, machte der Verkäufer ein paar todlangweilige Ergänzungsangebote für Smartphones, von denen Dave die meisten ignorierte. Als der Verkäufer aber vorschlug, für nur fünf Dollar im Monat die GPS-Funktion der Handys zu aktivieren, hatte Dave zugestimmt. Damals hatte er sich eingeredet, dass er dann ruhiger schlafen könne und es nur für Notfälle sei – falls Jordan einmal vermisst wurde, Kaylie sich stundenlang nicht meldete oder Megan entführt wurde.

Die Wahrheit aber war – eine Wahrheit, die Dave sich nicht einmal flüsternd selbst eingestanden hätte –, dass er der Frau, die er liebte und der er in jeder Beziehung vertraute, nie wirklich vertraut hatte. Das war natürlich völlig unlogisch. Sie hatte eine Vergangenheit. Das wusste er. Auch er hatte eine.

Wahrscheinlich traf das auf jeden Menschen zu. Und wenn man eine neue Beziehung anfing, streifte man sie ab wie eine Schlange ihre Haut. Das war gut und richtig so.

Aber bei Megan steckte irgendwie mehr dahinter. Vieles von dem, was sie ihm über ihre Vergangenheit erzählt hatte, passte nicht zusammen. Er hatte das zwar bemerkt, aber trotzdem durchgehen lassen. Unter anderem, weil er das positive Karma ihrer Beziehung nicht gefährden wollte. Selbst jetzt, nach all den Jahren, fand er es noch immer unglaublich, dass Megan sich für ihn entschieden hatte. Sie war so schön und klug, und wenn sie ihn ansah, ihm zulächelte, traf es ihn immer noch wie ein Schlag. Wenn man das Glück hatte, so etwas zu erleben, wenn man im ganz normalen Alltag immer wieder wie vom Schlag getroffen wurde, dann fragte man nicht so genau nach dem Wie und Warum.

Dave war wie vor den Kopf geschlagen gewesen von dem, was er für unverdientes Glück hielt, und hatte sich aus voller Überzeugung rausgehalten aus Megans Geheimnissen. Doch die aktuellen Ereignisse hatten ihm die Ruhe genommen. Diese fremde Riesenhand hörte nicht auf, seine Welt zu schütteln, und selbst wenn sie irgendwann wieder ins Regal zurückgestellt werden würde, hätte sie sich für immer verändert. Obwohl es ein geflügeltes Wort war, wollte niemand wirklich daran glauben, wie zerbrechlich das Leben und die Welt waren, die man sich aufgebaut hatte.

Dunkelheit hatte sich über die Stadt gesenkt. Es war still im Haus. Er überlegte, ob er sich jemals zuvor einsam gefühlt hatte – die Antwort lautete nein. Ohne noch ein weiteres Mal darüber nachzudenken, klickte Dave auf das Ikon.

Eine Landkarte erschien. Dann klickte Dave Pierce ein, zwei, drei Mal auf den Zoom-Button und näherte sich dem genauen Aufenthaltsort seiner Frau.

NEUNZEHN

Megan und Ray standen vielleicht zehn Meter voneinander entfernt und sahen sich an.

Zum ersten Mal seit jener schrecklichen Nacht vor siebzehn Jahren sah Megan den Mann, den sie geliebt und verlassen hatte. Ray erwiderte den Blick wie erstarrt, mit einer Maske aus Qual und Verwirrung in seinem immer noch attraktiven Gesicht.

Diverse widerstreitende Gefühle durchzuckten sie. Sie rührte sich nicht, dachte nicht, versuchte nicht, die Gefühle zu ordnen. Noch nicht. Sie ließ sich einfach von ihnen überwältigen, sich von ihnen zu Boden drücken und kurz darauf in die Höhe tragen. Exliebhaber sind immer die ultimativen Was-wäre-wenns, die wichtigen Wege, die man *nicht* genommen hat – aber bei Ray ging es noch tiefer. Die meisten Paare trennten sich aus einer bestimmten Anzahl von Gründen. Man hat sich auseinandergelebt, die Gefühle sind abgeklungen, einer hat das Interesse verloren, neue Ziele oder einfach einen neuen Partner gefunden.

Das alles war zwischen ihr und Ray nicht passiert. Sie waren vielmehr wie von einer Naturkatastrophe auseinandergerissen worden, und als das geschah, war ihr Gefühl für ihn – ja, es war Liebe – so stark wie eh und je gewesen. Sie war sicher, dass es ihm ebenso ergangen war und er dasselbe für sie empfunden hatte. Sie hatten sich nicht langsam voneinander entfernt, nicht gestritten, ihre Gefühle waren nicht erkaltet. Im einen Augenblick waren sie noch in Liebe verbunden zusammen gewesen – und im nächsten wurde alles in einem See aus Blut ertränkt.

Ray rannte ohne Vorwarnung los. Sie tat das Gleiche, als wäre zwischen ihnen ein unsichtbares Tor geöffnet worden. Es warf Megan fast um. Sie umklammerten sich schweigend, ihre Wange auf seiner Brust. Sie spürte die Muskeln unter seinem Hemd. Angeblich war jeder Moment, sobald er vergangen war, unwiederbringlich verloren, tatsächlich erschrak sie aber fast darüber, wie schnell die Jahre von ihr abfielen, wie schnell wir in die Vergangenheit zurückkehren und unser altes Ich, unser wahres Ich, das wir nie ganz ablegten, wiederfinden konnten.

Eine Freundin hatte Megan einmal erklärt, dass die Menschen auf immer und ewig siebzehn Jahre alt wären und darauf warteten, dass das Leben richtig anfinge. Als sie sich hier und jetzt so an diesen Mann klammerte, verstand Megan das besser denn je.

Sie ließen einander nicht los. Fast eine Minute lang standen sie einfach so da und hielten sich unter Lucys wachsamem Blick in den Armen. Schließlich sagte Ray: »Ich habe so viele Fragen an dich.«

»Ich weiß.«

»Wo bist du all die Jahre gewesen?«

»Ist das wichtig?«

»Wahrscheinlich nicht.«

Die Umarmung lockerte sich etwas. Sie zog den Kopf zurück und sah ihm ins Gesicht. Er hatte einen Zwei- bis Dreitagebart. Seine Haare waren immer noch voll und zerzaust, allerdings zeigten sich ein paar erste graue Strähnen an den Schläfen. Als sie ihm in die dunkelblauen Augen sah, traf es sie wie ein Schlag, der sie ins Trudeln versetzte. Einen Moment lang hatte sie weiche Knie.

»Ich versteh das nicht«, sagte Ray. »Warum bist du zurückgekommen?«

Sie räusperte sich. »Es wird noch ein Mann vermisst.«

Sie war neugierig auf seine Reaktion, sah aber nur mehr Schmerz und Verwirrung.

»Auch am achtzehnten Februar«, sagte sie. »Am selben Tag, an dem damals auch Stewart Green verschwunden ist.«

»Verschwunden ist?«, wiederholte er.

»Ja.«

Ray öffnete den Mund, schloss ihn dann wieder. Hinter ihm im *Ventura's Greenhouse*, einem beliebten Restaurant mit Biergarten, herrschte Hochbetrieb. Ein paar Gäste betrachteten sie. Megan nahm Rays Hand, und so gingen sie am alten Andenkenladen vorbei auf die andere Seite von Lucy, wo man sie nicht mehr sehen konnte.

»Du bist also«, sagte Ray in einem seltsamen Tonfall, »nach siebzehn Jahren wiedergekommen, woraufhin noch ein weiterer Mann – na ja – verschwunden ist?«

Megan sah ihn an. »Nein, ich bin erst hinterher gekommen.«

»Warum?«

»Um zu helfen.«

»Wobei?«

»Ich wollte helfen festzustellen, was passiert ist. Ich habe versucht, diesem Leben zu entfliehen, aber es hat mich wieder eingeholt.«

Ray schüttelte den Kopf und sah sie noch verwirrter an. »Wer ist wieder da?«

»Stewart Green.«

Seine Stimme überschlug sich jetzt beinah: »Wie kommst du denn darauf?«

»Jemand hat ihn gesehen.«

»Wer?«

Sie schüttelte den Kopf: »Das spielt keine Rolle.«

Ray sah sie wie benommen an. »Ich versteh das Ganze nicht.«

»Doch, Ray, das tust du.«

»Wovon sprichst du?«

»Ich hab das Foto gesehen, das du der Polizei geschickt hast.«

Wieder öffnete er den Mund. Wieder bekam er nichts heraus. Megan drehte sich zum Zaun um, der Lucy umgab. Sie stellte einen Fuß an die Wand des Andenkenladens und schwang sich hinüber. »Komm mit.«

»Glaubst du, der passt noch?«

»Eher nicht.«

Ray zögerte keinen Moment. Auch er sprang über den Zaun. Sie gingen unter Lucys Bauch hindurch zu ihrem Hinterbein. Als sie den Schlüssel ins Schloss steckte, trat Ray nah an sie heran. Sie spürte die Wärme, die von ihm ausging.

Er versuchte vergeblich, den Schmerz aus seiner Stimme herauszuhalten. »Warum bist du damals verschwunden?«

»Das weißt du ganz genau, Ray.«

»Hast du ihn umgebracht?«

Sie erstarrte. »Was?«

»Hast du Stewart Green umgebracht?«

»Nein«, sagte sie. Sie trat näher an ihn heran und sah ihm wieder in die Augen. »Ich hab dir doch nie erzählt, wie ausfallend er geworden ist. Welche Schmerzen er mir zugefügt hat.«

Er runzelte die Stirn. »Meinst du, ich hätte das nicht mitgekriegt?«

»Doch, ich denke schon.«

Der Schlüssel passte nicht.

»Sag mir einfach, warum du damals verschwunden bist«, sagte Ray. »Erzähl mir, was in der Nacht passiert ist.«

»Ich bin den Pfad zu den Ruinen raufgegangen. Als ich ein Geräusch gehört habe, bin ich nach rechts zu dem großen Felsen gerannt. Du weißt schon, welchen ich meine.«

Er brauchte nicht zu nicken.

»Da habe ich Stewart in einer Blutlache liegen sehen.« Sie stockte.

»Also bist du abgehauen.«

»Ja.«

»Weil du gedacht hast, die Polizei würde dir die Schuld in die Schuhe schieben?«

Eine Träne lief ihre Wange hinab. »Zum Teil.«

Megan wartete, hoffte, dass sie die andere Möglichkeit nicht erwähnen musste, sondern dass er von selbst darauf kam. Es dauerte ein oder zwei Sekunden, doch dann weiteten sich seine Augen.

»O mein Gott«, sagte Ray. »Du hast gedacht, ich war das.«

Sie antwortete nicht.

»Du bist abgehauen«, sagte er langsam, »weil du gedacht hast, dass ich Stewart Green umgebracht habe.«

»Genau.«

»Hast du Angst vor mir gehabt? Oder wolltest du mich beschützen?«

Sie überlegte. »Vor dir hätte ich niemals Angst gehabt, Ray. Wenn du in der Nähe warst, hab ich mich immer sicher gefühlt.«

Ray schüttelte den Kopf. »Das erklärt fast alles – sowohl dass du nie zurückgekommen bist, als auch, dass du dich nie gemeldet hast.«

»Die Polizei hätte entweder dich oder mich für den Täter gehalten. Andere Möglichkeiten gab es nicht.«

Ray nahm ihr den Schlüssel aus der Hand und versuchte es noch einmal. Der Schlüssel passte nicht. Ray wirkte sehr mitgenommen.

»Dann bin ich erst bei der Ruine angekommen, nachdem du geflohen warst«, sagte er.

»Lag Stewart noch da?«

Ray nickte. »Er hat geblutet. Ich bin davon ausgegangen, dass er tot ist.« Er schloss die Augen und wandte sich ab. »Ich bin den Hügel runtergerannt und zu dir gefahren. Ich hatte Angst… Ich weiß auch nicht, wovor. Ich wusste es einfach nicht. Du warst verschwunden. Dann bin ich hierhergekommen, zu Lucy. Ich dachte, dass du dich vielleicht in ihr versteckt hättest oder so. Ich habe gewartet. Aber du bist nicht aufgetaucht. Ich habe dich gesucht. Jahrelang. Ich wusste nicht, ob du tot bist oder lebst. Immer wieder, an jeder Straßenecke, in jeder Bar, habe ich dein Gesicht gesehen.« Er brach ab, blinzelte einen Moment lang, sah ihr dann wieder in die Augen. »Irgendwann bin ich dann in den Westen gezogen. Nach Los Angeles. So weit weg von hier, wie ich konnte.«

»Aber du bist zurückgekommen.«

»Ja.«

»Warum?«

Ray zuckte die Achseln. »Du weißt doch, dass ich diesen ganzen mystizistischen Scheiß hasse, oder?«

Megan nickte.

»Aber irgendwas hat mich wieder hierhergezogen. Ich weiß nicht, was das war. Ich kam nicht dagegen an.«

Sie schluckte. Noch während sie sprach, sickerte die Erkenntnis langsam durch. »Und als du zurück in Atlantic City warst, bist du auch wieder zu dieser Stelle in den Pine Barrens gegangen.«

Er nickte. »Jedes Jahr am achtzehnten Februar.«

»Du hast Fotos gemacht«, fuhr sie fort, »weil das deine Art ist, Ray. Du siehst die Welt durch ein Kameraobjektiv. So verarbeitest du das, was um dich herum geschieht. Und deswegen hast du in der Nacht, in der er verschwunden ist, das Foto von Carlton Flynn gemacht.«

»Woher wusstest du, dass es von mir ist?«

»Ach komm schon, Ray. Ich kenne deine Arbeit.«

»Und was hast du gedacht, als du es gesehen hast?«, fragte Ray leicht gereizt. »Dass ich es getan habe, stimmt's? Du hast gedacht, ich hätte Stewart damals umgebracht, und am Jahrestag, siebzehn Jahre später, hätte ich dann diesen Flynn umgebracht?«

»Nein.«

»Wieso nicht?«

»Weil du das Foto an die Polizei geschickt hast«, sagte sie. »Wieso hättest du das Risiko eingehen sollen? Du tust das Gleiche wie ich. Du versuchst, der Polizei zu helfen. Du willst herausbekommen, was in der Nacht wirklich passiert ist.«

Als Ray den Blick wieder abwandte, brach es ihr erneut das Herz. Tränen traten ihr in die Augen. »Ich hatte unrecht«, sagte sie. »Ich habe die ganze Zeit gedacht… Tut mir leid, Ray.«

Er konnte sie nicht ansehen.

»Ray, bitte.«

»Bitte was?«

»Rede mit mir.«

Er holte ein paar Mal tief Luft und sammelte sich allmählich. »Am Jahrestag bin ich immer zu den Ruinen gegangen. Ich hab mich da hingesetzt und an dich gedacht. Ich hab daran gedacht, was wir beide in jener Nacht verloren haben.«

Sie rückte näher an ihn heran. »Und du hast Fotos gemacht.«

»Ja. Das hilft mir. Manchmal aber auch nicht. Du verstehst schon, was ich meine.«

Sie verstand es. »Das Foto, das du der Polizei geschickt hast…«

»Man hat es mir geklaut. Oder zumindest versucht, es zu klauen.«

»Was?«

»Ich hab so einen blöden Auftrag von Fester gehabt – den Paparazzi bei einer überkandidelten Bar-Mizwa gespielt. Auf der Straße hat mich dann jemand überfallen und mir die Kamera geklaut. Erst dachte ich, es wäre ein ganz normaler Raubüberfall, aber dann habe ich Carlton Flynn in den Nachrichten gesehen und mich an mein Foto erinnert. Ich hatte noch eine Kopie auf meinem Computer.«

Sie sagte: »Du glaubst also, dass derjenige, der dich überfallen hat…«

»Stewart Green und Carlton Flynn ermordet hat, ja.«

»Du sagst ›ermordet‹. Das wissen wir aber nicht. Sie werden vermisst.«

»Wir beide haben Stewart Green in der Nacht gesehen. Glaubst du wirklich, dass er das überlebt hat?«

»Ich halte es für möglich. Du nicht?«

Ray antwortete nicht. Er sah zu Boden und schüttelte den Kopf. Sie streckte die Hand aus und strich ihm die Haare aus der Stirn. Er war immer noch so verdammt attraktiv. Sie zog die Hand herunter und legte sie auf seine Wange. Er schloss die Augen.

»All die Jahre«, sagte Ray, öffnete die Augen wieder und sah sie an, »habe ich immer wieder nach deinem Gesicht Ausschau gehalten. Tag für Tag. Sogar diesen Moment habe ich mir mindestens tausend Mal vorgestellt.«

»So wie jetzt?«, fragte sie leise.

Er deutete auf die Hand an seiner Wange. »Du hast keinen Ehering getragen.«

Sie zog ihre Hand langsam zurück. »Warum bist du noch hier in der Stadt, Ray? Warum arbeitest du für Fester und tust nicht das, was du liebst?«

»Das geht dich nichts an, Cassie.«

»Aber es interessiert mich.«

»Hast du Kinder?«, fragte er.

»Zwei.«

»Jungs oder Mädchen?«

»Einen Jungen und ein Mädchen.«

»Schön.« Ray lachte kurz auf und schüttelte den Kopf. »Du hast gedacht, ich hätte Stewart umgebracht?«

»Ja.«

»Ich wette, das hat dir geholfen.«

»Wie meinst du das?«

»Dich auch geistig von mir zu trennen. Dass du dir sagen konntest, dein Freund ist ein Mörder.«

Sie fragte sich, ob da etwas dran war.

Ray betrachtete ihren Ehering. »Liebst du ihn?«, fragte er.

»Ja.«

»Aber du empfindest immer noch etwas für mich?«

»Natürlich.«

Ray nickte. »Aber du willst diese spezielle Grenze nicht überschreiten.«

»Jetzt nicht, nein.«

»Dann werde ich mich also damit zufriedengeben müssen, dass du noch etwas für mich empfindest«, sagte er.

»Das ist doch schon eine ganze Menge.«

»Stimmt.« Ray legte seine Hände um ihr Gesicht. Er hatte große, wunderbare Hände, und wieder spürte sie, wie sie weiche Knie bekam. Er versuchte es mit einem verwegenen Grinsen. »Falls du diese Grenze je überschreiten willst …«

»Dann melde ich mich bei dir.«

Er nahm die Hände von ihrem Gesicht und trat einen Schritt zurück. Auch sie trat zurück, drehte sich um, schwang sich wieder über den Zaun und ging zurück zu ihrem Wagen.

Sie fuhr los. Eine Zeitlang sah sie Lucy noch im Rückspiegel, doch auch das änderte sich schnell. Sie fuhr den Expressway entlang zum Garden State Parkway und dann weiter nach Hause – den ganzen Weg nach Hause zu ihrer Familie –, ohne ein einziges Mal anzuhalten.

ZWANZIG

An Del Flynns Anwesen hing kein Schild, auf dem »Protzig« stand, weil das schlicht überflüssig gewesen wäre. Das Leitmotiv war Weiß. Blendendweiß. Drinnen wie draußen. Es gab weiße Pseudo-Marmorsäulen, weiße Statuen von nackten Frauen, weißen Backstein, einen weißen Swimmingpool, weiße Sofas auf weißen Teppichen vor weißen Wänden. Der einzige Farbtupfer war Dels grelloranges Hemd.

»Del, Schatz, kommst du ins Bett?«

Seine Frau, Darya – die dritte Mrs Del Flynn – war zwanzig Jahre jünger als er. Sie trug hautenge weiße Kleidung und hatte die größten Brüste, den drallsten Hintern und die prallsten Lippen, die man kaufen konnte. Natürlich sah alles nicht echt aus, aber so mochte Del seine Frauen jetzt – wie kurvenreiche Comic-Gestalten mit überzeichneten Konturen. Manche Leute fanden es irre. Del fand es so sexy wie nur irgendetwas.

»Noch nicht.«

»Bist du sicher?«

Darya trug einen weißen Seidenmorgenmantel und sonst nichts. Sein Lieblingsstück. Del wünschte sich, sein altes Verlangen – sein ewiger Lebensbegleiter, seine Geißel, wenn man so wollte, die ihn seine geliebte Maria, Carltons Mutter und die einzige Frau, die er je geliebt hatte, gekostet hatte – würde auch ohne die Hilfe einer gewissen blauen Pille zurückkehren. Doch zum ersten Mal im Leben verspürte er weder den Wunsch noch das Bedürfnis.

»Geh zu Bett, Darya.«

Sie verschwand – wahrscheinlich erleichtert, dachte er, dass sie in Ruhe fernsehen und irgendwann von welcher Kombination aus Wein und Pillen auch immer einfach wegdämmern konnte. Im Endeffekt waren alle Frauen gleich. Außer seiner Maria. Del lehnte sich im weißen Ledersessel zurück. Die weiße Einrichtung war Daryas Werk. Sie sagte, es stünde für Reinheit, Harmonie oder eine jugendliche Aura – irgendsolchen New-Age-Mist. Als sie sich kennenlernten, hatte Darya einen weißen Bikini getragen, und sein einziger Wunsch hatte darin bestanden, ihn zu beflecken, aber langsam wurde ihm das ganze Weiß wirklich zu viel. Ihm fehlte Farbe. Er wollte die Schuhe anlassen, wenn er durchs Haus ging. Er wollte auf der alten, dunkelgrünen Couch in der Ecke sitzen. Es war unglaublich aufwendig, so ein ganz weißes Haus in Schuss zu halten. Der Versuch, ein ganz weißes Haus in Schuss zu halten, war von vorneherein zum Scheitern verurteilt.

Del starrte aus dem Fenster. Er trank nicht viel. Sein Vater, ein irischer Einwanderer der ersten Generation, hatte einen kleinen Pub in Ventnor Heights besessen. Del war praktisch darin aufgewachsen. Wenn man die Zerstörungen, die der Alkohol anrichten konnte, von klein auf Tag für Tag mit ansehen musste, fand man keinen Geschmack mehr daran.

Jetzt saß er aber gerade vor einer Flasche von seinem Lieblingsdrink, einem Macallan Single Malt, weil er sich betäuben musste. Del hatte viel Geld gemacht. Er hatte das Gastronomie-Business von der Pike auf gelernt, genau gewusst, wie es läuft, und erkannt, dass es eine ziemlich lausige Art war, seine Brötchen zu verdienen. Also war er in den Gastronomiebedarf gewechselt – Tischdecken, Teller, Besteck, Gläser und so weiter. Er hatte klein angefangen, war aber schließlich zum größten Anbieter im südlichen New Jersey aufgestiegen. Von dem verdienten Geld hatte er Immobilien gekauft, vor allem private Lagerräume am Stadtrand, und so ein Vermögen gemacht.

Das alles bedeutete ihm nichts.

Natürlich war das ein Klischee, aber im Moment dachte Del nur an Carlton. An seinen Jungen. Carltons Verschwinden bedrückte Del, zerfraß ihn, nahm ihm die Luft zum Atmen. Er sah aus dem Fenster. Der Pool war abgedeckt für den Winter, trotzdem sah er seinen Sohn darin beim Schwimmen mit seinen Freunden, hörte ihn zu laut fluchen und mit jedem Mädchen flirten, das auch nur zufällig einen Blick in seine Richtung warf. Es traf zu, dass sein Sohn – sein einziger Sohn – ein Weichling war. Er verbrachte zu viel Zeit im Fitness-Studio, stylte seinen Körper, wachste ihn und zupfte sich die Augenbrauen, als ob die ganze Scheiße für einen Mann wirklich angemessen wäre. Aber wenn sein Sohn ihm zulächelte, wenn sein Sohn ihn umarmte und ihm einen Kuss auf die Wange gab – denn das hatte Carlton immer noch getan, bevor er sich abends auf den Weg in einen Club gemacht hatte –, füllte sich Dels Brust mit etwas so Realem, etwas so Wunderbarem und Lebensbejahendem, dass er wusste, er war auf diesen Planeten gekommen, um genau das zu empfinden.

Und jetzt, puff, war sein Sohn – das Einzige in diesem Leben, was wirklich wichtig, wirklich unersetzlich war – verschwunden.

Was hätte Del tun sollen? Untätig dasitzen und abwarten? Der Polizei die Obhut über sein eigenes Kind überlassen? Sich in einer Stadt, in der nie fair gespielt wurde, an die Regeln halten?

Was wäre er für ein Vater, wenn er so etwas tun würde?

Man kümmerte sich um die Seinen. Man beschützte seine Kinder, ganz egal, was es kostete.

Es war Mitternacht. Del spielte mit der Goldkette herum, die er um den Hals trug. Die mit der Medaille des heiligen Antonius, die Maria ihm zum zehnten Hochzeitstag geschenkt hatte. Der heilige Antonius war der Schutzheilige für verlorene Gegenstände und Personen. »Verlier uns nie, okay?«, hatte sie gesagt, als sie ihm die Kette um den Hals legte. Dann hatte sie auch Carlton eine um den Hals gelegt. »Verlier Carlton und mich nie.«

Prophetisch.

Aus dem Schlafzimmer hörte er den Fernseher. Darya sah sich etwas auf ihrem 52-Zoll 3D-Flachbild-Fernseher mit Surroundsystem an. Hier saß Del also – von Luxus umgeben in seinem weißen Haus – und war völlig machtlos. Er fühlte sich hilflos, impotent, fett und saß hier bequem und weich, während sein Junge irgendwo da draußen in der Kälte und Dunkelheit war. Er könnte in Gefangenschaft sein oder vor Schmerz weinen. Er könnte bluten und nach seinem Vater rufen, damit der ihn rettete.

Als Carlton vier war, hatte er Angst gehabt, auf dem Spielplatz die Rutsche für die »großen Jungs« herunterzurutschen. Del hatte ihn deshalb gehänselt, war sogar so weit gegangen, dass er ihn ein Baby genannt hatte. Carlton hatte angefangen zu weinen, was Del nur noch mehr geärgert hatte. Schließlich hatte Carlton angefangen, die Leiter hochzuklettern, nur um seinem alten Herrn eine Freude zu machen (oder ihn zum Schweigen zu bringen). Es war voll auf der Rutsche, und die Kinder drängelten auf dem Weg nach oben. Carlton, der kleinste Junge auf der Leiter, verlor das Gleichgewicht. Del erinnerte sich noch an den Augenblick, als er mit verschränkten Armen etwas abseits stand und sah, wie sein Sohn nach hinten stürzte, und schon in dem Moment, als er in seine Richtung startete, wusste, dass er ihn nicht rechtzeitig erreichen konnte, dass er, der Vater des Jungen, seinen Sohn nicht nur beschämt hatte und daher für seinen Sturz verantwortlich, sondern nun auch noch machtlos war und nichts tun konnte, um ihn zu retten.

Der kleine Carlton war falsch aufgekommen, und sein Arm war nach hinten geklappt wie der Flügel eines Vogels. Er hatte vor Schmerz geschrien. Del hatte diesen Moment nie vergessen. Er hatte weder das Gefühl der Machtlosigkeit noch den schrecklichen Schrei vergessen. Und diesen Schrei hatte er jetzt wieder im Ohr, er verfolgte ihn jeden wachen Moment und zerfetzte ihm die Eingeweide wie ein heißer Schrapnellsplitter.

Del trank noch einen Schluck Macallan. Hinter ihm räusperte sich jemand. Normalerweise war Del ziemlich schreckhaft, zuckte bei dem leisesten Geräusch zusammen. Maria hatte ihn immer wieder darauf aufmerksam gemacht. Er hatte einen sehr leichten, von Alpträumen erfüllten Schlaf. Maria war verständnisvoll gewesen. Sie hatte ihn in den Arm genommen und ihm beruhigende Worte ins Ohr geflüstert. Das machte jetzt niemand mehr. Darya konnte selbst bei einem Rockkonzert schlafen. Del musste mit seinen Ängsten jetzt alleine zurechtkommen.

Gott, wie hatte er Maria geliebt!

Er war damals so glücklich gewesen in dem alten Haus in der Drexel Avenue, aber seine Dämonen hatten ihn verleitet, und Maria hatte kein Verständnis dafür aufgebracht. Wenn man in Ruhe darüber nachdachte, war das vollkommen unlogisch. Man konnte alkohol-, drogen- oder spielsüchtig sein. Man konnte sein Haus, seine Gesundheit, sein Geld verlieren. Man konnte aggressiv sein oder sogar Menschen misshandeln – wenn der Grund aber, sagen wir, Schnaps, Tabletten oder die Pferdchen waren, hatte die Welt Verständnis für dein Leiden. Deine wahre Liebe blieb bei dir, und du bekamst Hilfe. Wenn dein Dämon aber der Sex war, wenn man brauchte, was Del brauchte, also das, dem sich jeder normale Mann in der Geschichte der Menschheit irgendwann geschlagen geben musste, wenn du etwas tatest, was in den Genen jedes Mannes verankert war, etwas, das nie jemandem einen solchen Schaden zufügte, wie es Alkohol oder Tabletten konnten, außer durch Eifersucht – dann zeigte niemand Verständnis, und man verlor alles.

Eigentlich war es ihre Schuld. Marias. Das Kind ohne Vaterfigur im Haus zu erziehen. Wieso nur hatte sie ihm nicht verzeihen können? Wieso hatte sie keinerlei Verständnis dafür aufbringen können, wie Männer nun einmal tickten? Er hatte sie geliebt. Wie konnte es sein, dass sie das nicht begriff?

»Einen schönen, guten Abend, Mr Flynn.«

Die Luft im Raum schien zu gefrieren, als die Stimme erklang. Del Flynn drehte sich langsam um. Als er sah, dass Ken und Barbie ihn anlächelten, sank die Temperatur noch ein paar Grad.

»Haben Sie meinen Sohn gefunden?«

»Noch nicht, Mr Flynn.«

Beide standen einfach nur da und sahen aus, als hätten sie gerade einen Song in der alten *Lawrence Welk Show* gesungen oder … Wie hieß die blöde Feiertagssendung noch, die seine Eltern sich jedes Jahr angesehen hatten? *The King Family*. Was machten die denn jetzt? Und warum musste er immer an den verrücktesten Scheiß denken, wenn er die beiden sah?

»Und was wollen Sie?«

»Wir stecken in einem Dilemma«, sagte Ken.

»Einem moralischen Dilemma«, ergänzte Barbie.

Del kannte viele Leute. Wenn man hier lebte, mit Restaurants und Lieferanten zu tun hatte, lernte man jede Menge

Leute kennen. Und früher, in seiner Jugend, war Rolly Lember einer seiner besten Freunde gewesen. Der war inzwischen der Boss des organisierten Verbrechens im Großraum um Camden herum. Del war zu ihm gegangen und hatte ihn um Hilfe bei der Suche nach seinem Sohn gebeten. Er hatte gewusst, dass er einen Pakt mit dem Teufel schloss. Das hatte ihn nicht sonderlich gestört. Lember hatte ihm versprochen, dass seine Leute die Augen offen halten würden, aber Del wäre besser bedient, wenn er noch zwei freischaffende Experten anheuern würde – die besten in der Branche. Er hatte Del gewarnt, sich nicht von ihrem Aussehen schockieren zu lassen. Außerdem hatte Del sich bei Goldberg gemeldet, einem Bullen, der allgemein dafür bekannt war, für einen entsprechenden Obolus interne Informationen herauszugeben.

Nein, er würde die Suche nach seinem Sohn nicht allein der Polizei überlassen.

Del wusste, dass Ken und Barbie im Lauf des Tages eine Stripperin ausfindig gemacht hatten, die Carlton gebumst hatte. Sie hieß Tonya oder Tawny oder so ähnlich. Die Polizei hatte das Mädchen schon vernommen, sie hatte aber fast nichts erzählt. Ken und Barbie war es gelungen, etwas mehr aus ihr herauszuquetschen.

»Kennen Sie die Stadt Kasselton?«, fragte Ken.

Del überlegte. »Das ist oben im Norden, oder?«

»Ja.«

»Ich glaube nicht, dass ich da schon mal gewesen bin.«

»Sagt Ihnen vielleicht der Nachname Pierce etwas? David oder Megan Pierce?«

»Nein. Haben die etwas mit meinem Sohn zu tun?«

Ken und Barbie berichteten Del, was sich in den letzten Stunden ereignet hatte. Dabei erzählten sie allerdings nicht im Detail, wie sie an diese Informationen herangekommen waren, und Del fragte nicht nach. Er hörte nur zu, spürte, wie sein Herz gleichzeitig zerbrach und dabei immer härter wurde.

Vor allem, wie es härter wurde.

»Gehen Sie davon aus, dass es auf diese Geschehnisse noch eine Reaktion gibt?«, fragte Del.

Ken sah erst Barbie, dann Del an. »Aus Richtung Tawny nicht. Auf die Harry-Sutton-Sache wohl schon. Aber man wird es nicht zu uns zurückverfolgen können.«

»Und auch zu Ihnen nicht«, ergänzte Barbie.

Wieder fragte Del nicht nach Einzelheiten. »Und was jetzt?«

»Normalerweise gehen wir solchen Hinweisen nach«, sagte Barbie mit einer Stimme, die fast wie einstudiert klang, als spielte sie plötzlich die Rolle einer viel älteren Frau. »Was in diesem Fall bedeuten würde, dass wir Mr und Mrs Pierce befragen müssten.«

Del sagte nichts.

»Und«, sagte Ken, »es würde bedeuten, dass wir Atlantic City verlassen und nach Kasselton fahren müssten, das Einsatzgebiet also deutlich ausweiten.«

»Was natürlich auch weitere Kollateralschäden nach sich ziehen würde«, ergänzte Barbie.

Del sah weiter aus dem Fenster. »Dann sind Sie gekommen, um meine Zustimmung einzuholen.«

»Ja.«

»Glauben Sie, dass die Pierces etwas wissen?«

»Die Frau vermutlich schon, ja«, sagte Ken. »Wir haben erfahren, dass sie sich heute mit Detective Broome getroffen hat. Sie war in Begleitung eines Anwalts – bei diesem Anwalt handelte es sich um Harry Sutton.«

»Das bedeutet, dass sie etwas zu verbergen hat«, ergänzte Barbie.

Del dachte darüber und über seinen Besuch im Revier nach. »Ganz egal, was diese Megan Pierce ihm erzählt hat – Broome hat darauf reagiert. Er ist am Abend mit den Leuten von der Spurensicherung in irgendein Naturschutzgebiet gefahren. Sie haben Blutspuren gefunden.«

Schweigen.

»Haben die Pierces Kinder?«, fragte Del.

»Zwei.«

»Versuchen Sie, die aus der Sache rauszuhalten.«

Das war, wie Del aus persönlicher Erfahrung wusste, das Barmherzigste, was er tun konnte.

Megan brauchte zwei Stunden für die Heimfahrt.

Dave hatte erst vor kurzem Satellitenrundfunk fürs Auto angeschafft, also versuchte sie eine Weile, Howard Sterns Talkradio-Sendung anzuhören. Einmal, als sie mit Dave im Wagen unterwegs war und sie sich gemeinsam die Sendung anhörten, hatte Howard mit einer Stripperin namens *Triple Es* gesprochen. Megan hätte fast der Schlag getroffen, weil sie die Stimme sofort als die von Susan Schwartz erkannte, einem Mädchen, das damals im *La Crème* gearbeitet hatte. Sie hatte sogar eine Zeitlang mit ihr zusammengewohnt.

Seltsamerweise fand Megan Howard Stern am uninteressantesten, wenn das Thema der Sendung sehr provokativ war. Obwohl sie alles andere als prüde war, kamen Megan die plastisch dargebotenen Passagen – der schmutzige Sex, die Körperfunktionen, die Freaks – ziemlich zahm vor. Wenn Howard jedoch Prominente interviewte oder mit Robin die Nachrichten kommentierte, ließ sie sich oft in die Sendung hineinziehen. Megan war immer wieder überrascht, wie oft ihre Meinung mit Howard Sterns übereinstimmte und was für vernünftige Ansichten er vertrat – auf langen, einsamen Autofahrten konnte Howard ein wunderbarer Begleiter sein, der ausgezeichnete Unterhaltung bot –, aber heute Nacht schaltete sie nach ein paar nutzlosen Minuten das Radio aus und gab sich ganz ihren Gedanken hin.

Was jetzt?

Es war schon fast eins, als sie in die Einfahrt fuhr. Das Haus war vollkommen dunkel, abgesehen von der mit einer Zeitschaltuhr gesteuerten Lampe im Wohnzimmer. Sie hatte Dave nicht angerufen und ihre Rückkehr angekündigt. Warum, wusste sie selbst nicht genau – außer dass sie keine Ahnung hatte, wie sie auf seine unvermeidlichen Fragen hätte antworten sollen. Sie hatte gehofft, dass ihr auf der zweistündigen Fahrt etwas einfallen würde. Das war jedoch nicht der Fall. Sie hatte alles Mögliche in Erwägung gezogen, von totaler Erfindung (»Eine Freundin – ich kann dir nicht sagen, wer sie ist – hat ein sehr privates Problem gehabt«) bis zur absoluten Wahrheit (»Am besten setzt du dich erst einmal hin«) und irgendeinem Mittelweg (»Ich war in Atlantic City, es war aber nicht weiter wichtig«).

Als Megan in der Einfahrt parkte, den Schlüssel in die Handtasche fallen ließ, die Autotür öffnete und leise wieder schloss, weil es spät war und sie niemanden wecken wollte, wusste sie daher noch immer nicht, was sie dem Mann, mit dem sie seit sechzehn Jahren verheiratet war, erzählen sollte.

Das Haus war still – fast zu still, hätte man sagen können –, als ob die glänzenden neuen Ziegel und das Mauerwerk irgendwie den Atem anhielten. Die Stille überraschte sie. Trotz der späten Stunde hatte Megan damit gerechnet, dass Dave wach war und auf ihre Rückkehr wartete. Aber vielleicht saß er auch im Dunkeln oder ging nervös auf und ab. Allerdings war im Haus überhaupt kein Lebenszeichen zu entdecken. Leise ging sie die Treppe hinauf und dann nach rechts. Jordans Zimmertür stand offen. Sie hörte seinen Atem. Wie die meisten Elfjährigen schlief Jordan, wenn er erst einmal zur Ruhe gekommen war, wie ein Stein und war allenfalls durch eine mittelgroße Naturkatastrophe wach zu bekommen.

Jordan schlief immer mit offener Tür und hatte auch mit elf Jahren noch ein Nachtlicht im Zimmer. Megan sah den Hai, der über seinem Kopf hing. Aus irgendeinem seltsamen Grund hatte Jordan das Angeln zu seiner Lieblingsbeschäftigung erkoren. Weder sie noch Dave hatten je geangelt – oder auch nur im Entferntesten Spaß daran gehabt –, aber Daves Schwager hatte Jordan einmal mitgenommen, als der vier Jahre alt war, und den Jungen damit angesteckt. Eine Weile hatte dieser Schwager Dave auf seine Angelausflüge in die Umgebung mitgenommen, was allerdings ein plötzliches Ende fand, als er sich von Daves Schwester scheiden ließ. Daher organisierte Dave jetzt mindestens zwei Mal im Jahr ein Angelwochenende für »die Männer der Familie« (manche Leute nannten es vielleicht »sexistisch«, dass die Frauen nicht eingeladen waren, Megan und Kaylie wäre eher das Wort »dankbar« in den Sinn gekommen), was alles vom Fliegenfischen in Wyoming über Barschangeln in Alabama und letztes Jahr sogar einen Ausflug zum Haiangeln vor der Nordküste Georgias bedeuten konnte. Von dieser letzten Fahrt hatte Jordan diese Trophäe mitgebracht.

Kaylies Schlafzimmertür war wie immer geschlossen. Sie hatte keine Angst vor der Dunkelheit, nur vor der Störung ihrer Privatsphäre. Kaylie hatte vor kurzem eine richtiggehende Kampagne gestartet – man konnte es nicht anders bezeichnen –, die darauf abzielte, ihr Schlafzimmer in den ausgebauten Keller zu verlegen, sich also so weit wie möglich vom Rest der Familie zu entfernen, und während Megan zu ihrem entschiedenen Nein stand, war Dave kurz davor nachzugeben.

Seine übliche Rechtfertigung für seine Nachgiebigkeit klang fast wie eines seiner Plädoyers vor Gericht: »Sie wird uns bald verlassen ... Wir müssen ihr in den kleinen Dingen möglichst viel Freiheit geben ... Wo wir nur noch so wenig Zeit mit ihr zusammen verbringen werden, wollen wir da wirklich die ganze Zeit streiten?«

Megan riskierte es, den Knauf an der Zimmertür ihrer Tochter zu drehen und leise die Tür zu öffnen. Kaylie lag in ihrer üblichen Schlafposition auf der Seite und hatte ihren Plüsch-Pinguin, den sie originellerweise »Pinguin« getauft hatte, fest an sich gedrückt. Seit sie acht war, schlief Kaylie mit Pinguin. Megan musste immer lächeln, wenn sie daran dachte. Teenager mochten wie Erwachsene aussehen, sich nach Unabhängigkeit von Mom und Dad sehnen, aber der gute, alte Pinguin erinnerte sie immer wieder daran, dass sie noch viel elterliche Arbeit vor sich hatten.

Es war schön, wieder zu Hause zu sein.

Letztendlich hatte Megan nichts Falsches getan. Sie hatte Broome die für ihn erforderlichen Informationen gegeben und war unversehrt an den Ort zurückgekehrt, an den sie gehörte. Als sie durch ihr Zuhause tapste, wurde Atlantic City im Rückblick immer kleiner. Das Einzige, was sie etwas aus der Bahn geworfen hatte, war die Begegnung mit Ray – und mit Lucy im Hintergrund. Der Schmerz hatte sie den ganzen Rückweg begleitet – die Wehmut, die sie immer verspürte, wenn sie an Ray dachte –, aber manche Dinge ließen sich eben verwirklichen, andere nicht. Die Idee, »alles zu haben«, war tatsächlich Unsinn. Trotzdem – dieses Begehren, diese Elektrizität, die einen durchzuckte, als liefe das ganze Leben plötzlich mit vielfacher Energie ab, dieses Gefühl, dass sie Ray nah sein wollte, dann noch näher, und dann war selbst das nicht nah genug ... natürlich hatte ihr das zu schaffen gemacht. Natürlich konnte sie versuchen, es zu verleugnen. Das hatte sie schließlich jahrelang getan – und sie würde es auch weiterhin tun. Aber was machte man mit diesem Gefühl, das nun einmal vorhanden war? Belog man sich selbst? Versuchte man, es zu bändigen, zu verdrängen und einfach weiterzuleben? Und war es schon Untreue, wenn sie sich eingestand, dass sie dieses Gefühl bei Dave nicht hatte – oder war das nur normal nach all den Jahren? Und war es vielleicht sogar gut so?

Sie hatte tiefere und stärkere Empfindungen für Dave, Empfindungen, die mit den Jahren und den gemeinsamen Verpflichtungen gewachsen waren, aber vielleicht waren das auch nur schöne Worte. Diese Elektrizität – hatte sie die bei ihrem Mann überhaupt je verspürt? Und war es fair, solche Empfindungen zu vergleichen?

Und waren nun schon allein diese Gedanken Untreue?

Man konnte nicht alles haben. Das hatte niemand.

Sie liebte Dave. Sie wollte ihr Leben mit ihm verbringen. Für ihn und die Kinder würde sie, ohne einen einzigen Moment zu zögern, ihr Leben opfern. War das nicht die Definition wahrer Liebe? Und wenn sie es aus einer gewissen Distanz betrachtete, war sie nicht gerade dabei, ihr Leben in Atlantic City und die Zeit mit Ray zu glorifizieren? Andererseits machten wir das doch alle, oder? Entweder verherrlichen wir die Vergangenheit, oder wir verteufeln sie.

Sie näherte sich der Schlafzimmertür. Das Licht war aus. Jetzt fragte sie sich, ob Dave überhaupt da war – vielleicht war er unterwegs? Sie hatte schon vorher darüber nachgedacht. Er war sicher bestürzt. Und das war sein gutes Recht. Vielleicht war er abgehauen? Vielleicht war er in eine Bar gegangen, um seine Sorgen zu ertränken?

Doch schon bevor sie die Tür öffnete, wusste sie, dass das nicht der Fall war. Dave würde die Kinder nicht allein lassen, schon gar nicht in Krisenzeiten. Eine neue Woge von Schuldgefühlen erfasste sie. Jetzt sah sie die Silhouette ihres Mannes im Bett. Er wandte ihr den Rücken zu. Als sie seine ruhig daliegende Gestalt ansah, bekam sie Angst vor seiner Reaktion, war aber auch erleichtert. Plötzlich hatte sie das Gefühl, dass es wirklich vorbei war.

Vor siebzehn Jahren hatte Stewart Green gedroht, sie umzubringen. Diese Drohung hatte einen ebenso großen Anteil daran gehabt, dass sie in die Vergangenheit zurückgekehrt war, wie die alten Sehnsüchte – die Angst, dass Stewart irgendwie überlebt haben könnte, dass er wieder da war, aber in dem Punkt hatte Lorraine sich wahrscheinlich geirrt. Megan hatte jedenfalls getan, was sie konnte. Sie hatte richtig gehandelt. Sie war wieder zu Hause. Sie war in Sicherheit.

Es war vorbei. Oder es würde bald vorbei sein.

Die Entscheidung, mit der sie sich die ganze Heimfahrt gequält hatte – eigentlich sogar die letzten sechzehn Jahre –, war plötzlich ganz einfach. Sie konnte nicht mehr die ganze Zeit auf Zehenspitzen um ihre Vergangenheit herumschleichen. Dave musste alles erfahren. Sie hoffte nur, dass die Liebe nach all den Jahren die Oberhand behielt.

Oder war das nur eine weitere besänftigende Lüge?

Jedenfalls war sie es Dave schuldig, ihm die Wahrheit zu sagen.

»Dave?«

»Ist alles okay mit dir?«

Er hatte nicht geschlafen. Sie schluckte, spürte, wie ihr die Tränen in die Augen stiegen. »Mir geht's gut.«

Immer noch mit dem Rücken zu ihr, fragte er: »Bist du sicher?«

»Ja.«

Sie setzte sich auf die Bettkante, hatte Angst, ihm näher zu kommen. Dave drehte sich nicht zu ihr um. Er rückte das Kissen zurecht, legte den Kopf dann wieder darauf.

»Dave?«

Er antwortete nicht.

Als sie ihm die Hand auf die Schulter legen wollte, stieß er sie weg.

»Willst du wissen, wo ich gewesen bin?«, fragte sie.

Er sah sie noch immer nicht an, sagte immer noch kein Wort.

»Verschließ dich mir bitte nicht.«

»Megan?«

»Was ist?«

»Du hast mir nicht zu sagen, was ich tun oder lassen soll.«

Schließlich drehte Dave sich zu ihr um, und sie sah den Schmerz in seinen Augen – diesen unergründlichen und unermesslichen Schmerz. Es erschütterte sie. Sie sah sofort, dass Lügen nichts bewirken würden. Andere Worte auch nicht. Also tat sie das Einzige, was ihr noch übrig blieb. Sie küsste ihn. Er zuckte kurz zurück, doch dann packte er ihren Hinterkopf und erwiderte den Kuss. Er küsste sie intensiv und zog sie dann zu sich heran.

Sie liebten sich. Sie liebten sich lange und wortlos. Als sie fertig waren, beide völlig erschöpft, schlief Megan ein. Sie dachte, dass Dave das auch tat, war sich aber nicht sicher. Es war, als befänden sie sich in verschiedenen Welten.

EINUNDZWANZIG

Im Jahr 1988 änderte das Rahway State Prison auf Forderung der Einwohner der Stadt Rahway seinen Namen offiziell in East Jersey State Prison. Diese Forderung war nur zu verständlich. Die Bewohner hatten den Eindruck, dass ihre Stadt durch die Identifikation mit dem berüchtigten Staatsgefängnis unfairerweise stigmatisiert wurde und, was noch schlimmer war, die Immobilienpreise unter Druck gerieten. Wahrscheinlich hatten sie recht. Trotzdem nannte absolut niemand mit Ausnahme der Bewohner von Rahway das Gefängnis nach der Umbenennung East Jersey State Prison. Insgesamt erging es ihnen ein bisschen wie dem Bundesstaat New Jersey. Er mochte sich zwar offiziell als »Garden State« bezeichnen, aber wer nannte ihn schon wirklich so?

Auf dem Weg die Route 1-9 hinauf sah Broome die riesige Gefängniskuppel, ein Anblick, der ihn immer an eine große Kirche in Italien erinnerte. In diesem Hochsicherheitsgefängnis waren rund zweitausend ausschließlich männliche Gefangene untergebracht. Unter anderem hatten hier auch die berühmten Boxer James Scott und vor allem Rubin »Hurricane« Carter eingesessen – der Mann aus dem Bob-Dylan-Song und dem Film mit Denzel Washington. Außerdem waren hier in den späten Siebzigern die *Scared Straight!*-Dokumentarfilme gedreht worden; darin waren jugendliche Straftäter angeblich rehabilitiert worden, indem sie sich von zu lebenslänglichen Strafen verurteilten Kriminellen zur Schnecke machen ließen.

Nachdem er das übliche Sicherheits-Brimborium hinter sich gebracht hatte, wurde Broome Ricky Mannion gegenübergesetzt. Man sagt, dass Menschen im Gefängnis schrumpfen. Sollte das auch in diesem Fall so sein, war Broome froh, Mannion nicht vor der Verhaftung begegnet zu sein. Er musste mindestens eins fünfundneunzig groß und an die hundertfünfzig Kilo schwer sein. Er war schwarz, hatte einen glattrasierten Kopf und Arme, die als Eichenstämme hätten durchgehen können.

Broome hatte den typischen Knast-Machismo erwartet, Mannion allerdings enttäuschte ihn auf ganzer Linie. Als er Broomes Polizeimarke sah, traten ihm Tränen in die Augen.

»Sind Sie gekommen, um mir zu helfen?«, fragte er.

»Ich bin gekommen, um Ihnen ein paar Fragen zu stellen.«

»Aber es geht doch um meinen Fall, oder?«

Die beiden Männer waren durch eine Glasscheibe getrennt. Mannion saß Broome am gleichen Tisch gegenüber und war an Händen und Füßen gefesselt – trotzdem sah er aus wie der sprichwörtliche Junge, der sich an der Scheibe die Nase plattdrückte.

»Es geht um den Mord an Ross Gunther«, sagte Broome.

»Was haben Sie herausgefunden? Verraten Sie es mir bitte.«

»Mr Mannion …«

»Ich war einunddreißig, als ich verhaftet wurde. Jetzt bin ich fast fünfzig. Können Sie sich das vorstellen? Die ganze Zeit hier drin für ein Verbrechen, das ich nicht begangen habe? Und Sie wissen doch, dass ich unschuldig bin, oder?«

»Das habe ich nicht gesagt.«

Mannion lächelte. »Stellen Sie sich vor, wie das wäre, wenn Sie all diese Jahre verloren hätten, Detective. Die Dreißiger, die Vierziger … die ganze Zeit in diesem Drecksloch hier zu verrotten, während Sie versuchen jedem, einfach allen hier, zu erklären, dass Sie es nicht gewesen sind.«

»Muss ziemlich hart sein«, sagte Broome. Schwere Untertreibung.

»Und genau das tue ich. Jeden Tag. Ich erzähle von meiner Unschuld. Immer noch. Die Leute hier hören mir aber schon längst nicht mehr zu. Das hat mir schon damals niemand geglaubt. Nicht einmal meine eigene Mutter. Und jetzt glaubt mir auch keiner. Ich schreie und protestiere und seh doch immer den gleichen Ausdruck in allen Gesichtern. Selbst wenn die Leute nicht die Augen rollen, rollen sie die Augen … Verstehen Sie?«

»Ich verstehe. Ich weiß trotzdem nicht, worauf Sie hinauswollen.«

Mannion senkte die Stimme und flüsterte: »Sie rollen nicht die Augen, Detective.«

Broome sagte nichts.

»Seit fast zwanzig Jahren sitze ich zum ersten Mal jemandem gegenüber, der weiß, dass ich die Wahrheit sage. Das können Sie nicht vor mir verbergen.«

»Wow.« Broome lehnte sich zurück und runzelte die Stirn. »Wie oft sind Sie den Leuten schon mit diesem Scheiß gekommen?«

Doch Mannion lächelte ihm nur zu. »Sie wollen es auf diese Tour spielen? Gut. Fragen Sie mich, was Sie wollen. Ich werde Ihnen die Wahrheit sagen.«

Broome sparte sich das Vorgeplänkel. »Als Sie das erste Mal von der Polizei vernommen wurden, behaupteten Sie, Ross Gunther nie zuvor begegnet zu sein. Stimmte das?«

»Nein.«

»Also haben Sie gleich mit einer Lüge angefangen.«

»Ja.«

»Warum?«

»Das soll jetzt ein Witz sein, oder? Ich wollte ihnen kein Motiv geben.«

»Also haben Sie gelogen?«

»Ja.«

»Sie haben der Polizei erzählt, dass Sie Gunther nicht kennen, obwohl mindestens fünf Personen gesehen haben, wie Sie ihn drei Tage vor seiner Ermordung in einer Bar angegriffen haben?«

Die Ketten klirrten, als Mannion seine kräftigen Achseln zuckte. »Ich war jung. Und dumm. Aber ich habe ihn nicht umgebracht. Das müssen Sie mir glauben.«

»Mr Mannion, das Ganze wird schneller gehen – und besser für Sie –, wenn Sie auf Ihre Proteste und die Hinweise auf Ihre Unschuld verzichten und einfach die Fragen beantworten, okay?«

»Ja, 'tschuldigung. Ist einfach so ein Reflex.«

»Sie hatten viel Zeit, über dieses Verbrechen nachzudenken, richtig? Nehmen wir mal an, ich würde Ihnen glauben. Wie ist das Blut des Opfers in Ihr Haus und Ihren Wagen gekommen?«

»Ganz einfach. Jemand hat es da reingeschmuggelt.«

»Also hat jemand Ihren Wagen aufgebrochen?«

»Wenn der Wagen in der Einfahrt stand, habe ich ihn nie abgeschlossen.«

»Und ins Haus?«

»Im Haus wurde kein Blut gefunden. Es wurde an der Waschmaschine in der Garage gefunden. Ich hatte die Garagentür offen gelassen. Machen doch viele.«

»Haben Sie irgendwelche Beweise dafür, dass das Blut hineingeschmuggelt wurde?«

Wieder lächelte Mannion. »Bei der Verhandlung hatte ich die nicht.«

»Aber jetzt haben Sie sie?«

»Genau das hab ich hier ja allen erzählt. Dass ich Beweise habe. Die meinten aber, dass es zu spät ist. Und dass sie nicht ausreichen.«

»Was sind das für Beweise, Mr Mannion?«

»Meine Hose.«

»Was ist damit?«

»Die Polizei hat in meinem Wagen doch das Blut von Gunther gefunden, stimmt's?«

»Ja.«

»Und mein Hemd war völlig blutverschmiert. Ich habe Fotos vom Tatort gesehen. Die haben sie bei der Verhandlung gezeigt. Der Mörder hat Gunther ja fast den Kopf abgesägt. Da war alles voller Blut.«

»Stimmt. Und?«

Mannion breitete die Hände aus, so weit es ging. »Wie kommt es dann, dass an meiner Hose kein Blut gefunden wurde?«

Broome überlegte einen Moment lang. »Vielleicht haben Sie sie versteckt?«

»Also, nur, damit das klar ist: Ich hab irgendwie meine Hose versteckt – die Unterhose, die Socken und, Scheiße, es war ziemlich kalt, also auch noch meinen Parka – und hab das T-Shirt dann für die Polizei liegen lassen? Oh, und die Temperatur an dem Abend lag um den Gefrierpunkt, warum soll ich da überhaupt in einem kurzärmligen T-Shirt rumgelaufen sein? Warum war nur das voller Blut und nicht der Pullover oder das Sweatshirt?«

Gute Argumente. Sie reichten gewiss nicht, um ein Urteil aufzuheben, aber was Broome betraf, klang das alles sehr einleuchtend. Mannion sah ihn so hoffnungsvoll an. Broome, so grausam es auch erscheinen mochte, ließ sich nichts anmerken. »Was noch?«

Mannion blinzelte. »Was meinen Sie damit?«

»Mehr haben Sie nicht?«

Der Mann blinzelte schneller. Er sah aus wie ein kleiner Junge, der gleich zu weinen anfangen würde. »Ich dachte, man ist unschuldig, bis die Schuld bewiesen ist?«

»Aber man hat Ihre Schuld doch schon bewiesen.«

»Ich war's nicht. Ich mache einen Lügendetektor-Test oder sonst irgendwas.«

»Noch einmal, nehmen wir an, Sie würden die Wahrheit sagen. Wer könnte Sie denn auf dem Kieker gehabt haben?«

»Was?«

»Sie behaupten, man hätte Sie reingelegt, ja? Wer wollte Sie denn hinter Gittern sehen?«

»Ich weiß es nicht.«

»Was ist mit Stacy Paris?«

»Stacy?« Mannion verzog das Gesicht. »Sie hat mich geliebt. Sie war meine Freundin.«

»Und sie hat Sie mit Ross Gunther betrogen.«

»Das hat er behauptet.« Er verschränkte die Arme. »Es stimmte nicht.«

Broome seufzte und machte Anstalten aufzustehen.

»Warten Sie. Okay, so war's nicht.«

»Sondern wie?«

»Stacy und ich. Wir hatten so eine Art Abmachung.«

»Was für eine Abmachung?«

»Das lief in der richtigen Welt einfach so, wissen Sie?«

»Ich weiß gar nichts, Mr Mannion. Erzählen Sie es mir doch einfach.«

Mannion versuchte, die Hände zu heben, aber die Ketten

hielten ihn davon ab. »Also privat sind wir uns treu gewesen. Aber professionell – na ja, da war das in Ordnung, verstehen Sie?«

»Wollen Sie sagen, Stacy Paris war eine Prostituierte und Sie waren ihr Zuhälter?«

»So war das nicht. Sie hat mir etwas bedeutet. Viel sogar.«

»Aber Sie haben ihr Männer besorgt.«

»Ich nicht, nein. Das war nur so, dass sie, na ja, sie hat das halt manchmal gemacht. Weil sie ja irgendwie über die Runden kommen musste. Also, das gehörte einfach zu ihrem Job.«

»Und was gehörte noch dazu?«

»Sie war Tänzerin.«

»Tänzerin?«, wiederholte Broome. »Wo denn so? Im Ballett im Lincoln Center?«

Wieder runzelte Mannion die Stirn. »An einer Stange.«

»Wo?«

»Der Laden hieß *Homewreckers*.«

Broome erinnerte sich an den Laden. Auf dem Schild davor stand: »Homewreckers Strip Joint – Kein Gentlemen's Club«. Sie hatten auch für ihr: *Sie-kommen-nicht-wegen-des-Essens*-Büfett geworben. Der Club hatte vor zehn bis fünfzehn Jahren dichtgemacht. »Hat sie sonst noch irgendwo getanzt?«

»Nein.«

»Auch nicht im *La Crème*?«

»Nein.«

Sackgasse. Oder auch nicht. »Das muss Sie schwer genervt haben.«

»Was?«

»Wie sie, äh, sich über Wasser gehalten hat.«

Er zuckte die Achseln. »Mal mehr, mal weniger. War ja nicht so, dass ich nur Däumchen gedreht habe.«

»Sie hatten kein Problem damit?«

»Eigentlich nicht.«

»Also war Ross Gunther nur einer derjenigen, der ihr geholfen hat, sich über Wasser zu halten?«

»Ja, genau.«

»Und Ihnen war es egal, was sie gemacht hat. Sie haben nicht den eifersüchtigen Liebhaber raushängen lassen?«

»So ist es.«

Broome breitete die Hände aus. »Wie konnte es dann zu einer Auseinandersetzung mit ihm kommen?«

»Weil«, sagte Mannion, »Gunther Stacy geschlagen hat.«

Broome spürte, wie sein Puls hochging. Ihm fiel ein, was Cassie ihm über Stewart Greens Misshandlungen erzählt hatte. Und dass Tawny von Carlton Flynn misshandelt worden war. Und jetzt schien es bei Stacy Paris und Ross Gunther ähnlich gewesen zu sein.

Ein Muster.

Außer dass Ross Gunther tot war. Natürlich konnten auch Stewart Green und Carlton Flynn tot sein – sehr wahrscheinlich waren sie das sogar. Außerdem waren noch jede Menge anderer Männer verschwunden. Aber wohin um alles in der Welt?

»Was ist mit Ihnen, Mannion. Haben Sie sie je geschlagen?«

»Wie meinen Sie das?«

»Haben Sie Stacy je eine gescheuert? Und wenn ich Sie auch nur bei einer einzigen Lüge ertappe, bin ich hier weg.«

Mannion wandte den Blick ab und verzog das Gesicht. »Ein paar Mal schon. Aber nicht schlimm.«

»Nein, gewiss nicht.« Noch so ein Schätzchen, dachte Broome. »Was ist mit Stacy Paris passiert, nachdem Sie ins Gefängnis mussten?«

»Woher soll ich das wissen?«, sagte Mannion. »Denken Sie, sie hätte mir Briefe geschrieben oder so was?«

»Ist Stacy Paris ihr richtiger Name?«

»Kann ich mir kaum vorstellen. Wieso?«

»Ich muss sie finden. Haben Sie irgendeine Idee, wo sie sein könnte?«

»Nein. Sie kam aus Georgia. Aber nicht aus Atlanta. Aus der anderen großen Stadt da. Fängt mit S an. Ist weiter im Süden, hat sie gesagt, aber ihr Akzent war wirklich sexy.«

»Savannah?«

»Ja, die war's.«

»Okay, danke für Ihre Hilfe.«

Broome wollte aufstehen. Mannion sah ihn mit dem Blick eines Hundes an, den man ins Tierheim sperren wollte. Broome setzte sich wieder. Der Mann hatte achtzehn Jahre für ein Verbrechen gesessen, das er wahrscheinlich nicht begangen hatte. Natürlich war er kein Heiliger gewesen. Er hatte ein ziemlich langes Vorstrafenregister, in dem auch häusliche Gewalt auftauchte, und womöglich wäre er wegen etwas anderem verurteilt worden, wenn er nicht in diese Geschichte verstrickt gewesen wäre. Mannion würde draußen keine guten Taten vollbringen, für eine Wohltätigkeitsorganisation arbeiten oder die Welt für seine Mitmenschen lebenswerter machen.

»Mr Mannion?«

Mannion wartete.

»Ich persönlich halte Sie für unschuldig. Ich habe aber noch nicht genug in der Hand, um Ihre Unschuld beweisen zu können. Wahrscheinlich habe ich noch nicht einmal genug, um eine Wiederaufnahme des Verfahrens zu erreichen. Aber ich werde weiter daran arbeiten, okay?«

Tränen rannen Mannion die Wangen hinab. Er versuchte nicht, sie wegzuwischen. Er gab keinen Laut von sich.

»Ich komme wieder«, sagte Broome auf dem Weg zur Tür.

Der Weg nach draußen kam ihm länger vor als beim Hereinkommen, auch der Flur wirkte länger und schmaler. Der Wärter, der ihn begleitete, sagte: »Hat er Ihnen Schwierigkeiten gemacht?«

»Nein, absolut nicht. Er war sehr kooperativ.«

An der zweiten Sicherheitsschleuse bekam er seine Schlüssel und sein Handy zurück. Als er das Handy anstellte, fing es wie verrückt an zu surren. Broome sah, dass er mindestens zehn Nachrichten bekommen hatte, darunter auch eine von Erin.

Das konnte nichts Gutes bedeuten.

Er rief zuerst Erin an. Sie meldete sich nach dem ersten Klingeln. »Broome?«

»Wie schlimm ist es?«, fragte er.

»Sehr schlimm.«

ZWEIUNDZWANZIG

Fahr die nächste runter«, sagte Barbie.

Sie waren auf dem Weg zum Haus von Dave und Megan Pierce in Kasselton. Beim Autovermieter hatte die Frau hinter dem Tresen in übertriebenem Maße mit Ken geflirtet und Barbie dadurch verärgert. Ken hatte so getan, als wäre er deshalb aufgebracht, in Wahrheit gefiel es ihm jedoch, wenn Barbie Besitzansprüche stellte. Um ihre verletzten Gefühle zu beschwichtigen, hatte er ihr die Wahl des Autos überlassen – einen weißen Mazda MX-5.

»Die erste oder die zweite rechts?«, fragte Ken.

»Die zweite. Danach die dritte rechts.«

Ken runzelte die Stirn. »Ich versteh immer noch nicht, warum wir nicht das Navigationssystem einschalten können.«

»Ich habe etwas über eine Studie gelesen«, sagte sie.

»Aha?«

»Die Studie besagt, dass die Benutzung von GPS-Geräten – GPS ist die Abkürzung für Global Positioning System …«

»Weiß ich«, sagte Ken.

»Also, GPS-Geräte wie Navigationssysteme schaden unserem Orientierungssinn und damit unseren Gehirnen«, sagte Barbie.

»Wieso?«

»In dieser Studie wurde festgestellt, dass das blinde Vertrauen in solche Technologien dazu führt, dass wir die räumlichen Fähigkeiten im Hippocampus – das ist ein Teil unseres Gehirns…«

»Weiß ich auch.«

»Also, wir benutzen den Hippocampus weniger, wenn wir uns auf Navigationsgeräte verlassen, und dadurch verkümmert er mit der Zeit. Den Hippocampus brauchen wir für Erinnerungen und die Orientierung. Wenn er verkümmert, kann das Demenz oder eine verfrühte Alzheimererkrankung zur Folge haben.«

»Und das glaubst du?«, fragte Ken.

»Natürlich«, sagte Barbie. »Was das Gehirn betrifft, halte ich es mit dem alten Sprichwort: Wer rastet, der rostet.«

»Interessant«, sagte Ken, »obwohl ich nicht weiß, ob mein Hippocampus wirklich mehr zu tun hat, wenn du mir sagst, wo ich langfahren soll, als wenn ich auf ein Navigationssystem gucke.«

»Tut es aber. Ich kann dir den Artikel ja mal zeigen.«

»Okay, prima. Das machen wir. Wo geht's jetzt weiter?«

»Es geht nicht weiter«, sagte Barbie. Sie deutete nach vorne. »Das ist ihr Haus.«

Megans erster Gedanke beim Aufwachen: Schmerz. Ein Presslufthammer zerriss ihr den Schädel. Ihr Mund war trocken. Sie hatte geschlafen wie eine Tote und wachte jetzt mit etwas auf, das sich wie ein gewaltiger Kater anfühlte. Es war natürlich keiner. Sie war nicht mehr mit einem schlimmen Kater aufgewacht, seit… Na ja, es war sehr lange her. Wahrscheinlich lag es dieses Mal an der Belastung und am Stress.

Gestern Nacht waren sie und Dave dann irgendwann in der Löffelchenstellung eingeschlafen – oder eher weggedämmert. Sein Arm lag unter ihrer Hüfte. Sie schliefen häufig so. Im Laufe der Nacht wurde Daves Arm natürlich irgendwann taub, worauf er ihn sanft befreite. Sie streckte die Hand nach ihrem Mann aus, weil sie das dringende Bedürfnis hatte, ihn zu spüren, aber er war nicht da. Sie sah an seinem Schlafplatz vorbei auf die Digitaluhr mit der doppelten iPad-Dockingstation.

Es war 8:17.

Megans Augen weiteten sich. Sie schwang die Beine aus dem Bett. Sie konnte sich nicht mehr erinnern, wann sie zum letzten Mal an einem Schultag bis nach acht Uhr geschlafen hatte. Auf jeden Fall machte der Tag jetzt schon den Eindruck, als böten sich viele Vergleiche zur früheren Vergangenheit an. Sie klatschte sich etwas Wasser ins Gesicht und warf sich einen Bademantel über. Als sie das untere Ende der Treppe erreichte, sah ihre Tochter Kaylie sie mit einem wissenden Teenager-Grinsen an.

»Ist wohl ganz schön spät geworden mit den anderen Frauen, Mom?«

Sie sah zur Küche. Dave machte Pfannkuchen. Kaylies Frage war völlig plausibel. Die Kinder hatten bestimmt gefragt, wo ihre Mutter war, worauf Dave ihnen vermutlich erzählt hatte, dass sie »mit den anderen Mädels um die Häuser gezogen« wäre.

»Ja, sieht so aus«, sagte Megan.

Kaylie schnalzte missbilligend. »Ihr Mädels müsst halt lernen, wann es Zeit ist, aufzuhören und nein zu sagen.«

Megan rang sich ein Lächeln ab. »Komm mir nicht so neunmalklug.«

Dave trug seinen neuen, dunkelblauen Businessanzug mit einer leuchtend orangefarbenen Krawatte. Er legte Jordan gerade einen Stapel Pfannkuchen auf den Teller. Jordan rieb sich die Hände und goss eine Menge Sirup darüber, die ausgereicht hätte, um einen Toyota zu lackieren.

»Brr, immer mit der Ruhe«, sagte sie, allerdings viel zu spät.

Megan blickte auf und lächelte Dave zu. Er erwiderte das Lächeln kurz und wandte sich dann ab. Plötzlich war das gute Gefühl aus der letzten Nacht verschwunden. Es war seltsam, wie schnell das Leben von den dramatischsten und verstörendsten Einschnitten in die Normalität zurückschnappen konnte. In vieler Beziehung änderte sich nie etwas. Sie war so kurz davor gewesen, Dave alles über ihre Lügen, die Täuschung, ihre Vergangenheit als Cassie – einfach alles – zu erzählen. Und zwar deswegen, weil sie gestern Nacht zutiefst davon überzeugt gewesen war, dass sich dadurch nichts ändern würde. Sie liebte ihn noch immer. Und er liebte sie noch immer.

Wie naiv ihr das doch jetzt, bei Tageslicht betrachtet, vorkam.

Als sie jetzt mit Dave, Kaylie und Jordan in der neu gestalteten Küche stand, fand sie es unglaublich, wie kurz sie davor gewesen war, das alles zu zerstören. Dave wäre nie in der Lage, die Wahrheit zu akzeptieren. Wie auch? Und warum sollte sie sie ihm überhaupt erzählen? Was brachte das? Sie würde ihm nur wehtun. Die Krise war überwunden. Natürlich würde er irgendwann eine Erklärung dafür verlangen, wo sie gewesen war, und dann musste sie ihm eine vage Antwort geben. Aber so eine Offenbarung und der daraus resultierende Befreiungsschlag, der ihr gestern Nacht noch so plausibel erschien, kam ihr jetzt wie selbstmörderischer Irrsinn vor.

Dave räusperte sich und sah theatralisch auf die Uhr. »Ich mach mich dann mal auf den Weg.«

»Bist du zum Abendessen zu Hause?«, fragte Megan.

»Das weiß ich noch nicht genau.« Dave wich ihrem Blick aus. Das gefiel ihr nicht. »Wir müssen für einen Fall noch viel vorbereiten.«

»Okay.«

Dave nahm seinen Arbeitsrucksack, den teuren mit dem Laptop-Fach und der Reißverschlusstasche für das Handy, den sie ihm letztes Jahr zum Geburtstag geschenkt hatte. Megan begleitete ihn zur Tür und ließ die Kinder in der Küche sitzen. Als Dave die Haustür öffnete und gehen wollte, ohne ihr einen Kuss zu geben, legte sie ihm die Hand auf den Unterarm.

»Entschuldigung«, sagte sie.

Er sah sie abwartend an. Die Sonne strahlte auf ihre kleine vorstädtische Enklave. Vor dem Nachbarhaus huschten die Kinder der Reales in den neuen SUV ihrer Mom. An den meisten Einfahrten standen Zeitungsbriefkästen, entweder aus blauem Plastik für die *New York Times* oder aus grünem für die Lokalzeitung. Vor dem Haus der Crowleys parkte ein weißer Mazda MX-5, wahrscheinlich von einem Freund ihres Sohns Bradley, der ihn abholen wollte, und etwas weiter die Straße hinab führte Sondra Rinsky in Power-Walking-Manier ihre beiden Hunde spazieren. Sondra und Mike Rinsky waren die ersten gewesen, die vor einigen Jahren in diese neu angelegte Siedlung gezogen waren. Sie hatten fünf Kinder, von denen das jüngste allerdings seit einem Jahr aufs College ging.

Dave wartete immer noch.

»Das war keine große Sache«, sagte Megan, die sich die Lüge parat gelegt hatte. »Ich hab nur einer Freundin geholfen, die private Probleme hatte. Sie brauchte einfach jemanden in ihrer Nähe, weiter nichts.«

»Welche Freundin?« Seine Stimme klang angespannt.

»Ist es in Ordnung, wenn ich es nicht sage? Sie hat mich gebeten, es niemandem zu erzählen.«

»Selbst mir nicht?«

Megan lächelte und zuckte die Achseln.

»Ist das eine Freundin hier aus der Gegend?«, fragte Dave.

Das war, dachte sie, eine seltsame Frage. »Nicht weit weg.«

»Hier in der Stadt?«

»Ja.«

»Was wolltest du dann in Atlantic City?«

Ken und Barbie beobachteten das Haus der Pierces.

»Ich denke immer noch über die Playlist nach«, sagte Barbie. »Also, ich finde die Rap-Version von ›O Jerusalem‹ schon toll, aber als Zugabe?«

»Das ist voll krass«, sagte Ken.

Sie lächelte: »Ich steh darauf, wenn du diesen Gangsta-Slang sprichst.«

»Gebongt.«

»Trotzdem. Als Zugabe? Ich finde, es gehört mitten ins Set, du nicht?«

»Das Camp findet erst in vier Monaten statt, da willst du das jetzt schon festlegen?«

»Ich find es gut, wenn alles seine Ordnung hat. Wenn man weiß, wo was hingehört und alles an seinem Platz ist.«

Ken grinste. »Muss an deinem überentwickelten Hippocampus liegen.«

»Haha. Aber mal im Ernst, wenn wir am Anfang …«

Barbie brach ab, als sie sah, dass die Haustür der Pierces geöffnet wurde. Ein Mann kam heraus. Er trug einen dunklen Businessanzug und hatte einen Rucksack in der Hand. Seine Haare waren nicht mehr ganz voll. Er sah müde aus und hatte hängende Schultern. Hinter ihm stand jemand in der Tür – eine Frau. Es könnte seine Ehefrau sein, war aber aus diesem Winkel schwer zu erkennen.

»Er ist sauer auf sie«, sagte Ken.

»Woher weißt du das?«

»Die Körpersprache.«

»Du übertreibst.«

Aber in dem Moment legte die Frau dem Mann die Hand auf den Arm. Er zog ihn zurück, drehte sich um und ging den Weg entlang.

Die Frau rief: »Halt, warte einen Moment.«

Er beachtete sie nicht. Die Frau kam aus dem Haus, so dass Ken und Barbie sie deutlich sehen konnten. In dem Moment drückte Barbie Kens Hand und schnappte hörbar nach Luft.

»Ist das nicht…?«

Ken nickte. »Ja.«

»Von gestern Abend in der Anwaltskanzlei.«

»Ja, ich weiß.«

Schweigen. Der Mann stieg in den Wagen und fuhr los. Die Frau ging zurück ins Haus.

»Sie hat uns gesehen«, sagte Barbie. »Sie könnte uns identifizieren.«

»Ich weiß.«

»Wir sollen darauf achten, dass die Sache nicht an die Öffentlichkeit gerät.«

»Jetzt haben wir keine Wahl mehr«, sagte Ken.

»Und wie willst du vorgehen?«

Ken überlegte einen Moment lang. »Der Ehemann«, sagte er dann.

»Was ist mit dem?«

»Die beiden haben sich gerade gestritten. Wahrscheinlich hat der eine oder andere Nachbar das mitgekriegt. Vielleicht können wir ihm das, was jetzt passiert, irgendwie anhängen.«

Barbie nickte. Es klang logisch.

Ein paar Minuten später kam ein Mädchen im Teenageralter aus der Tür und stieg in einen Schulbus. Kurz darauf kam eine Frau mit zwei Kindern zu Fuß den Gehweg hinab. Wieder wurde die Haustür der Pierces geöffnet. Ein zehn bis zwölfjähriger Junge gab seiner Mutter einen Abschiedskuss und ging.

Ken und Barbie warteten, bis die Straße leer war.

»Jetzt ist sie allein«, sagte Barbie.

Ken nickte und öffnete die Autotür. »Gehen wir auf unsere Positionen.«

»Was wolltest du dann in Atlantic City?«

Daves Worte trafen sie wie ein Tiefschlag. Megan war vollkommen benommen. Dave wartete nicht auf eine Antwort. Er drehte sich um. Doch sie fing sich und griff nach seinem Arm. »Dave?«

Er machte sich frei und ging den Weg entlang zu seinem Wagen.

»Halt, warte einen Moment.«

Er ging weiter. Sie überlegte, ob sie ihm nachlaufen sollte, aber hinter ihr rief Kaylie: »Mom? Krieg ich Essensgeld?«

Dave war schon am Wagen. Er stieg ein. Megan sank innerlich in sich zusammen.

»Mom?«

Wieder Kaylie. »Nimm dir einen Zehner aus meinem Portemonnaie. Das Wechselgeld will ich aber wiederhaben.«

Dave gab Gas, fuhr zügig aus der Einfahrt und raste dann mit quietschenden Reifen die Straße entlang. Die Kinder der Reales erschreckten von dem Geräusch. Barbara und Anthony Reale drehten sich im genau gleichen Moment um und sahen Dave mit missbilligenden Blicken hinterher. Sondra Rinsky und ihre Hunde taten das Gleiche.

»Ich seh nur einen Zwanziger«, sagte Kaylie. »Mom? Kann ich den nehmen?«

Megan schwirrte immer noch der Kopf, als sie wieder ins Haus ging und die Tür hinter sich schloss.

»Mom?«

»Ja«, sagte sie, und ihre Stimme klang in ihren eigenen Ohren sehr fern, »nimm den Zwanziger. Damit musst du dann aber den Rest der Woche auskommen.« Sie ging zurück in die Küche. Kaylie eilte aus der Tür zum Bus und ließ die Teller in der Spüle – wie immer. Megan fragte sich, wie viele Arbeitsstunden sämtliche Eltern dieser Welt zusammen wohl schon damit verschwendet hatten, ihre Kinder aufzufordern, das Geschirr nicht in die Spüle, sondern in die Spülmaschine zu stellen, und überlegte, was für eine Nation man in dieser Zeit hätte aufbauen können.

Jordan ging jeden Morgen mit zwei Freunden zur Schule, wobei sie abwechselnd ein Elternteil begleitete. Diese Woche waren die Colins dran. Dave hatte diese Regelung beinah in den Wahnsinn getrieben. Als er klein war, so hatte er gejammert, war man einfach mit den Freunden zusammen zur Schule gegangen – ein elterliches Begleitboot war nicht nötig gewesen. »Das sind nur drei Blocks!«, hatte er geklagt. »Gönnen wir ihnen doch ein bisschen Unabhängigkeit.« Aber so etwas machte man einfach nicht mehr. Heutzutage standen Kinder unter ständiger Überwachung. Man konnte das leicht beklagen und kritisieren, Megan machte trotzdem mit, weil die Alternative viel zu furchtbar war, um auch nur daran zu denken.

Woher wusste Dave, dass sie in Atlantic City gewesen war?

Den E-Zpass, von dem die Brücken- und Straßenmaut abgebucht wurde, hatte sie nicht verwendet. Die Kreditkarte auch nicht. Woher wusste er es dann? Und wenn er wusste, wo sie gewesen war, was wusste er noch?

Angst breitete sich in ihrer Brust aus. Als Jordan aus dem Haus war, rief sie Daves Handy an. Er ging nicht ran. Sie versuchte es noch einmal. Wieder meldete er sich nicht. Sie wusste, dass er sie einfach ignorierte. Er hatte eine Freisprecheinrichtung im Wagen, und sie hatte ihn schon oft genug angerufen und wusste daher, dass die Netzabdeckung die ganze Strecke umfasste. Sie probierte es noch einmal. Dieses Mal wartete sie, bis sich seine Mailbox meldete.

»Ruf mich an«, sagte sie. »Hab dich nicht so.«

Sie legte auf. Natürlich musste Megan ihm Zeit geben, damit er Dampf ablassen konnte oder was auch immer. Andererseits gefiel ihr das überhaupt nicht. Dave wusste ganz genau, dass seine Frau es nicht ausstehen konnte, mit Nichtbeachtung bestraft zu werden. Sie versuchte es noch einmal. Nein, keine Antwort. Na toll. So wollte er das also angehen. Zorn erfasste sie. Klar. Gestern Nacht war er noch so verständnisvoll gewesen. Wahrscheinlich hatte er nur Sex gewollt. Männer. Ob in einem schmierigen Nachtclub oder in einem behaglichen Haus im Vorort, das spielte eigentlich keine Rolle – Männer waren immer gleich. Die Leute waren schockiert, wenn Politiker oder Prominente aufflogen – aber auch ganz normale Männer tickten so. Es war eine Konstante im Leben, und vielleicht war Dave nur nett zu ihr, weil …

Nein, jetzt wurde sie unfair.

Schließlich war sie diejenige, die verschwunden war. Sie war die Lügnerin.

Und was jetzt?

Megan fing an, die Küche zu putzen – Dave kochte zwar gelegentlich, aber das Putzen war ihre Aufgabe. In einer Stunde musste sie zu ihrer Tennisgruppe – Doppel im Kasseltoner Hallentennis-Club. Sie hatte überhaupt keine Lust, aber zu dritt konnte man kein Doppel spielen und jetzt war es zu spät, eine Ersatzspielerin zu suchen. Bizarr. Von einem Club namens *La Crème* zu einem Club namens Kasseltoner Hallentennis – was für ein Sprung.

Sie ging die Treppe hoch und zog ihre Tennissachen an. Es war ein altmodischer Club mit strikten Kleiderregeln – man durfte ausschließlich Weiß tragen. Eigentlich lächerlich. Sie dachte an ihre Schwiegermutter. Vielleicht würde sie nach dem Tennis noch zu ihr fahren und nachsehen, wie es ihr ging. Bei ihrem gestrigen Besuch war Agnes sehr aufgeregt gewesen. Ach, war das wirklich erst gestern gewesen? Es kam ihr vor, als hätte sie Agnes seit einem Monat nicht mehr gesehen.

Sie erlaubte sich, an Ray zu denken. Ihr wurde warm ums Herz, daher versuchte sie sich mit einer wichtigen Frage abzulenken: Wenn Ray Stewart Green nicht umgebracht hatte, was war dann in jener Nacht passiert?

Vergiss es. Das spielte jetzt keine Rolle mehr. Es ging sie nichts an. Sie musste die ganze Sache hinter sich lassen.

Da klingelte es.

Sie erstarrte. Heutzutage kam niemand mehr einfach an die Tür. Die Leute riefen an, schrieben eine SMS oder eine E-Mail. Niemand kam einfach unangekündigt vorbei, außer vielleicht die Post oder UPS, aber dafür war es noch zu früh.

Es klingelte noch einmal, und Megan wusste genau, sie wusste es einfach, dass derjenige, der da auf den Klingelknopf drückte, ihr etwas Schreckliches erzählen würde und dass alle Versuche, sich selbst zu beschwichtigen, zum Scheitern verurteilt waren. Ihre Vergangenheit hatte sie wieder eingeholt und würde sich nicht mehr so einfach abschütteln lassen.

Es klingelte zum dritten Mal. Wer es auch sein mochte, die Person an der Tür hatte keine Geduld und wollte nicht warten.

Megan ging die Treppe wieder hinunter und legte die Hand auf den Türknauf.

DREIUNDZWANZIG

Es klingelte ein viertes Mal. Megan sah durchs Fenster neben der Tür, runzelte die Stirn und öffnete.

»Wie haben Sie mich gefunden?«, fragte sie.

Er ließ sich Zeit mit der Antwort. »Über Harry Suttons Telefonaufzeichnungen«, sagte Broome. »Kann ich reinkommen?«

»Sie haben mir ein Versprechen gegeben.«

»Ich weiß.«

»Sie haben mir gesagt, dass Sie nicht versuchen, mich ausfindig zu machen.«

»Ich weiß.«

»Sie hätten über Harry Kontakt zu mir aufnehmen müssen.«

»Das hätte ich auch getan«, sagte Broome. »Harry ist aber leider tot.«

Noch ein Tiefschlag. Megan taumelte tatsächlich etwas zurück. Broome wartete nicht auf eine Einladung. Er trat ins Haus und schloss die Tür.

Es gelang Megan zu fragen: »Wieso?«

»Den offiziellen Grund haben wir noch nicht, aber es sieht nach Herzversagen aus.«

»Dann wurde er nicht…«

»Ermordet? Doch. Na ja, offiziell könnte es Totschlag sein, aber es gibt nicht die geringsten Zweifel, dass jemand dafür verantwortlich ist.«

»Das verstehe ich nicht.«

»Harry wurde gefoltert.«

Megan rutschte das Herz in die Hose. »Wie?«

»Das wollen Sie nicht wissen. Nichts Tödliches, aber …« Broome schüttelte den Kopf. »Die Belastung war zu groß. Sein Herz hat versagt.«

Es war seltsam, wie das Gehirn funktionierte. Jahrelang hatte sie geglaubt, Ray hätte bei dem Versuch, sie zu schützen, Stewart Green umgebracht. Jetzt wusste sie (sie war sich zumindest so gut wie sicher – gab es nicht doch noch gewisse Zweifel?), dass das nicht stimmte. Dennoch, trotz alledem, war ihr erster, furchtbarer Gedanke:

Dave hatte erfahren, dass sie in Atlantic City war.

Sie schob ihn sofort beiseite. Es war einer dieser ungeheuerlichen Gedanken, die einem durch den Kopf schossen, bei denen man allerdings sofort wusste, dass sie lächerlich und keiner weiteren Beachtung wert waren.

Der zweite – dominierende – Gedanke drehte sich um Harry. Sie dachte an sein nettes, beruhigendes Lächeln, seine direkte Ehrlichkeit – und daran, dass er zu Tode gefoltert worden war.

Der dritte Gedanke – er kam immer wieder hoch – war der einfachste. Es war ihre Schuld.

Sie räusperte sich. »Wo haben Sie ihn gefunden?«

Broome brauchte einen Moment, um die Frage zu beantworten. »In seiner Kanzlei. Heute Morgen in aller Frühe.«

»Dann, warten Sie … Als ich bei ihm vor der verschlossenen Tür stand …?«

»Ganz genau wissen wir es nicht, aber wahrscheinlich war er schon tot.«

Megan sah ihn an. Broome wandte sich ab. Ja, es war ihre Schuld, aber sie sah jetzt, dass auch Broome Schuldgefühle hatte. Megan war gestern Nacht bei ihm gewesen. Sie hatte ihm erzählt, dass Harry Sutton in Schwierigkeiten stecken könnte. Er hatte ihr nicht geglaubt.

»Interessant«, sagte Broome.

»Was?«

»Woher haben Sie gewusst, dass da etwas nicht stimmte?«

Holla. So viel zu den Schuldgefühlen. Megan trat einen Schritt zurück. »Einen Moment mal. Sie glauben doch nicht…«

»Nein«, sagte er schnell, sie war jedoch nicht sicher, ob sie ihm glauben sollte. »Das meine ich nicht. Ich frage mich nur, was Sie so misstrauisch gemacht hat.«

»Erstens ist er nicht im Diner aufgetaucht.«

»Ja, schon, aber das war nicht das Einzige, oder? Sie sagten, dass sich seine Sekretärin am Telefon gemeldet hätte.«

»Richtig«, sagte Megan. »Sie wissen doch, wie Harry arbeitet.«

»Spartanisch.«

»Genau. Er hatte keine Sekretärin und schon gar keine, die Anrufe auf seinem Handy angenommen hat. Und ihre Stimme, dieser beschwingte Tonfall – ich habe davon eine Gänsehaut bekommen.«

»Also ist eine Frau an der Sache beteiligt.«

»Sieht so aus.«

»Okay«, sagte Broome. »Lassen Sie uns das Ganze Schritt für Schritt durchgehen. Wir wissen, dass Harry mit Ihnen telefoniert hat.«

»Genau. Er hat gesagt, dass Sie mir dieses Foto zeigen wollen.«

»Okay. Dann sollte er sich mit uns treffen. Er ist nicht erschienen, hat auch nicht angerufen und abgesagt. Also können wir für den Anfang davon ausgehen, dass er zwischen dem

Zeitpunkt, als Sie Harry angerufen haben, und dem, als er sich auf den Weg zum Diner hätte machen müssen, von irgendjemandem festgehalten wurde.«

»Sagten Sie nicht, dass er in seiner Kanzlei gefunden wurde?«, fragte Megan.

»Doch.«

»Also hat ihn der Täter vermutlich dort angetroffen.«

Broome nickte. »Klingt plausibel. Also gehen wir einen Schritt zurück. Wo waren Sie, als Harry Sie angerufen hat?«

»Was hat das denn damit zu tun?«

»Tun Sie mir den Gefallen.«

Die Frage gefiel ihr nicht, da ihre Antwort aber womöglich dazu beitragen konnte, Harrys Mörder zu finden, spielte sie mit. »Im *La Crème*.«

»Warum?«

»Ich habe ein paar alte Freunde besucht.«

Broome runzelte die Stirn. »Wen?«

Sie schüttelte den Kopf. »Das spielt keine Rolle.«

»Natürlich tut es das.«

Von Ray würde Megan ihm nichts erzählen, andererseits war der sowieso nicht im *La Crème* gewesen. »Kennen Sie Lorraine?«

»Okay. Wen noch?«

»Das ist schon alles.«

Er sah sie zweifelnd an. »In Ordnung, Sie waren also im *La Crème*. Haben Sie irgendwas erfahren?«

»Nein.«

»Und was war nach dem Treffen im Diner? Wo sind Sie da noch gewesen?«

»Ich bin in eine Bar gegangen. Das *Weak Signal*.«

»Warum?«

Sie wollte nicht lügen, hatte aber keine andere Wahl. »Ich

hab mich da früher öfter rumgetrieben, okay? Ich hab halt eine Reise in die Vergangenheit gemacht. Wieso auch nicht?«

»Und von da haben Sie Harry angerufen und die Sekretärin am Telefon gehabt?«

»Ja.«

Broome rieb sich das Kinn. »Erzählen Sie mir noch einmal vom Gespräch mit der Sekretärin. In allen Details.«

Megan erzählte noch einmal von dem Anruf. Sie wies darauf hin, wie jung die Frau am Telefon geklungen hätte, und erwähnte auch, dass sie versucht hätte, Megan dazu zu bringen, ihr ihren Namen und ihre Adresse zu nennen. Als sie das sagte, zog Broome eine Augenbraue hoch.

»Was ist?«

»Ich bin mir noch nicht sicher, ob es klug wäre, Ihnen Angst zu machen«, sagte Broome.

»Lügen machen mir Angst«, sagte sie, was sowohl der Wahrheit entsprach als auch ironisch gemeint war. »Was ist los?«

»Na ja, überlegen Sie mal. Harry wurde gefoltert. Es ist zwar nicht ausgeschlossen, dass das jemand nur zum Spaß gemacht hat, aber wahrscheinlich wollte man damit etwas bezwecken.«

»Zum Beispiel?«

»Zum Beispiel, Informationen aus ihm herauszubekommen. Und vielleicht haben die Täter sie bekommen, bevor er starb, das kann ich nicht sagen. Aber offenbar haben sie sein Handy mitgenommen.«

»Sieht so aus.«

»Und was hat die Frau getan, als Sie dieses Handy angerufen haben? Sie hat vorgegeben, Harrys Sekretärin zu sein, um Ihnen bestimmte Informationen zu entlocken. Sie wollte wissen, wer Sie sind und wo Sie wohnen.«

Wieder packte Megan die Angst. »Sie glauben, die sind hinter mir her?«

»Möglich.«

»Warum?«

»Das weiß ich nicht, aber überlegen Sie mal. Sie tauchen nach siebzehn Jahren wieder in der Stadt auf. Am selben Tag wird Harry gefoltert, und dann versucht diese Frau, die sein Handy geklaut hat, Ihren Namen herauszubekommen.« Broome zuckte die Achseln. »Wir sollten das wohl in Erwägung ziehen.«

»Und wenn diese Folterer Harrys Handy haben, haben sie auch meine Handynummer in der Anruferliste.«

»Genau.«

»Wie schwierig wäre es für die, mich anhand dieser Nummer zu finden?«

»Die Antwort auf die Frage kennen Sie selbst.«

Das stimmte. Jeder kannte sie. Es war lächerlich einfach. Megan schüttelte den Kopf. Sie hatte gedacht, sie könnte einfach mal einen kurzen Abstecher nach Atlantic City machen und dann unbehelligt wieder aus der Sache herauskommen.

»Mein Gott«, sagte sie. »Was habe ich getan?«

»Sie müssen sich jetzt noch einen Moment konzentrieren, okay?«

Sie nickte benommen.

»Nach diesem Telefonat sind Sie doch zu Harrys Kanzlei gefahren, oder? Vor unserem Treffen im Diner.«

»Ja.«

»Ich will Sie nicht noch mehr erschrecken, als ich es schon getan habe, aber denken Sie mal einen Moment über den Zeitablauf nach.«

»Wollen Sie sagen, dass Harry gefoltert wurde, als ich an die Tür geklopft habe?«

»Es wäre möglich.«

Wieder erschauerte sie.

»Aber Sie müssen mir jetzt alles über Ihren Besuch bei Harrys Kanzlei erzählen. Sämtliche Einzelheiten. Es war ja schon ziemlich spät. Die meisten Büros müssten schon geschlossen gewesen sein. Die wichtigste Frage lautet daher: Wen haben Sie dort gesehen?«

Sie schloss die Augen und versuchte, sich zu konzentrieren. »Am Treppenaufgang bin ich einem Hausmeister begegnet.«

»Wie sah er aus?«

»Groß, schlank, lange Haare.«

Broome nickte. »In Ordnung, das ist tatsächlich der Hausmeister. Noch jemand?«

Megan überlegte. »Ein junges Paar.«

»Im Flur? Vor Harrys Tür? Wo?«

»Nein, die sind aus dem Haus gekommen, als ich reinging. Der Mann hat mir noch die Tür aufgehalten.«

»Wie sahen sie aus?«

»Jung, hübsch, wohlhabend. Sie war blond. Er sah aus, als ob er gerade Squash gespielt hätte.«

»Wirklich?«

»Ja«, sagte sie. »Die sahen nicht wie Folterer aus.«

»Wie sehen Folterer aus?«

»Auch wieder wahr.«

Broome überlegte einen Moment lang. »Sie sagten, eine junge Frau hätte sich am Telefon gemeldet?«

»Ja.«

»Könnte diese Frau so alt wie die Blondine gewesen sein?«

»Ich denke schon.« Megan verzog das Gesicht.

»Was ist?«, fragte Broome.

»Also, jetzt, wo Sie es erwähnen, die beiden passten da nicht hin. Also, Sie kennen doch das Haus, in dem Harrys Kanzlei ist, oder?«

»Das ist ziemlich verfallen.«

»Genau«, sagte sie.

»Was hat ein gut aussehendes, wohlhabendes Paar da zu suchen?«, fragte Broome.

»Die Frage hätten Sie mir allerdings auch stellen können.«

»Sie sind auch nicht das, was Sie zu sein scheinen«, sagte er.

»Nein. Vielleicht hatten die beiden auch ihre Geheimnisse.«

»Gut möglich.« Broome sah zu Boden. Er atmete ein paar Mal tief durch.

»Detective?«

Broome sah sie wieder an. »Wir haben schon alle in Harrys Bürohaus vernommen …« Er brach ab.

»Und?«

»Um die Zeit waren nur noch zwei Büros im Haus geöffnet – die Kautionsvermittler im zweiten Stock und der Steuerberater im ersten.« Broome sah ihr in die Augen. »Beide hatten an dem Tag keine Mandanten, die Ihrer Beschreibung entsprechen.«

»Sind Sie sicher?«

»Ja. Wodurch sich folgende Frage ergibt: Was wollte das Paar um die Tageszeit in dem Gebäude?«

Beide schwiegen. Dann sah Broome sich um, betrachtete die gewölbten Decken, die Orientteppiche und die Ölbilder.

»Schönes Haus«, sagte er.

Sie antwortete nicht.

»Wie haben Sie das hingekriegt, Megan?«

Sie wusste, was er meinte – wie war sie da rausgekommen? »Glauben Sie wirklich, dass diese Welten so weit voneinander entfernt sind?«

»Ja, das glaube ich.«

Sie waren es nicht, aber Megan hatte keine Lust, es zu erklären. Sie hatte den größten Unterschied zwischen den Besitzenden und den Besitzlosen kennengelernt. Glück und Geburt. Und je glücklicher man war und je mehr Türen einem aufgrund der Geburt offen standen, desto dringender wurde das Bedürfnis, andere davon zu überzeugen, dass man den Erfolg aufgrund von Intelligenz und harter Arbeit erreicht hatte. Im Endeffekt drehte sich alles auf der Welt nur um Fragen des Selbstwertgefühls.

»Und was jetzt?«, fragte sie.

»Erstens muss ich Sie wieder nach Atlantic City mitnehmen, damit Sie mit einem Phantomzeichner sprechen. Wir müssen das junge Paar, das Sie gesehen haben, identifizieren. Außerdem müssen Sie ehrlich zu mir sein.«

»Ich bin ehrlich zu Ihnen.«

»Nein, das sind Sie nicht. Sämtliche Anzeichen deuten auf dieselbe Person. Und das wissen Sie ebenso gut wie ich.«

Sie schwieg.

»Alles dreht sich um Stewart Green. Sie sagten, jemand hätte ihn kürzlich gesehen.«

»Ich habe gesagt, jemand hätte ihn *vielleicht* gesehen.«

»Ganz egal. Ich muss wissen, wer das war.«

»Ich habe versprochen, es niemandem zu sagen.«

»Und ich habe versprochen, Sie nicht zu behelligen. Aber jetzt ist Harry tot. Und Carlton Flynn wird vermisst. Sie tauchen wieder in der Stadt auf. Jemand hat Stewart Green gesehen. Was immer das jetzt bedeuten mag, was immer mit diesen Männern passiert ist, jetzt spitzt sich das alles zu. Sie können nicht mehr davonlaufen. Sie können sich nicht mehr in diesem großen, schicken Haus verstecken. Wie Sie eben schon sagten, Megan, so weit sind diese Welten nicht voneinander entfernt.«

Megan versuchte, ihre Gedanken zu sortieren und nachzudenken. Sie wollte jetzt keinen Fehler machen, verstand aber, was los war. Stewart Green war ein Verdächtiger. Broome musste alles in seiner Macht Stehende tun, um ihn zu finden.

»Megan?«

Sie sah ihn an.

»Es geht noch weiter.«

Ein kalter Schauer schoss ihr bis ins Herz. »Was meinen Sie damit?«

»Jedes Jahr an Mardi Gras verschwindet ein Mann. Oder er stirbt.«

»Das versteh ich nicht.«

»Wir können uns im Wagen darüber unterhalten. Da können Sie mir auch sagen, wer Stewart Green gesehen hat.«

VIERUNDZWANZIG

Ray Levine saß im *Weak Signal* und ließ sich die letzten Stunden immer wieder durch den Kopf gehen. Unter dem dunklen Himmel, der sich über Lucy erstreckte, hatte er die einzige Frau, die er je geliebt hatte, in ihren Wagen steigen und wegfahren sehen. Er rührte sich nicht. Er rief ihr nichts hinterher. Er ließ sie einfach, ohne etwas zu sagen oder auch nur zu jammern, aus seinem Leben verschwinden. Schon wieder.

Als ihr Wagen nicht mehr zu sehen war, starrte er noch eine volle Minute unverwandt auf die Straße. Irgendwie dachte er, Cassie würde zur Vernunft kommen, umkehren, zurückkehren, die Autotür öffnen und auf ihn zurennen. Hier, unter den wachsamen Augen von Lucy, dem Elefanten, würde Ray sie in die Arme schließen, fest an sich drücken, in Tränen ausbrechen und sie nie wieder loslassen.

Und dann kam der Schnitt auf die Regenmaschine mit den Liebesballaden.

Es passierte natürlich nicht. Die Liebe seines Lebens war verschwunden – wieder einmal –, und wenn so etwas geschah, wenn es einem Mann, der ganz unten war, gelang, noch tiefer zu fallen, konnte man nur eins tun.

Viel trinken.

Fester beäugte Ray misstrauisch, als er ins *Weak Signal* kam. Der große Mann, der sich vor nichts fürchtete, ging zaghaft auf Ray zu.

»Hey, geht's dir gut?«, fragte Fester.

»Habe ich einen Drink in der Hand?«

»Nein.«

»Dann ist das auch meine Antwort, bis sich das geändert hat.«

Fester sah ihn verwirrt an. »Hä?«

»Nein, es geht mir nicht gut. Aber das ändert sich, sobald du deinen fetten Arsch aus dem Weg schiebst, so dass ich mir einen Drink bestellen kann.«

»Oh«, sagte Fester und trat zur Seite. »Alles klar.«

Ray setzte sich auf einen Hocker, und seine Körpersprache forderte den Barkeeper auf, sich zu beeilen. Fester setzte sich neben ihn. Ein paar Minuten lang sagte Fester kein Wort und ließ Ray Zeit, sich zu sammeln. Es war seltsam, aber irgendwie war Fester sein bester Freund geworden – vielleicht sein einziger Freund –, aber auch das war jetzt eigentlich völlig egal. Im Moment hatte er nur das Bild einer schönen Frau im Kopf, die Konturen ihres Gesichts, dieses Gefühl, wie er sie in den Armen hielt, den Duft von Flieder und Liebe, das Bum-Bum-Bum in seiner Brust, wenn sie ihm in die Augen sah – und die einzige Möglichkeit, diese Bilder loszuwerden, war, sie in Alkohol zu ertränken.

Ray sehnte sich nach einem seiner Blackouts.

Der Barkeeper schenkte ihm erst einen, kurz darauf den zweiten ein, zuckte dann die Achseln und stellte ihm die Flasche hin. Ray kippte sie hinunter, spürte das Brennen in der Kehle. Fester leistete ihm Gesellschaft. Es dauerte eine Weile, doch dann machte sich eine angenehme Benommenheit breit. Er genoss das Gefühl, versuchte, es zu pflegen, um den Weg zum Vergessen zu beschleunigen.

»Ich erinnere mich an sie«, sagte Fester.

Ray sah seinen Freund mit trägem Blick an.

»Ich meine, sie kam mir gleich bekannt vor, als sie hier reinspaziert ist. Sie war Tänzerin im *La Crème*, stimmt's?«

Ray antwortete nicht. Fester hatte früher bei mehreren Clubs als Türsteher gearbeitet. So hatten sie sich kennengelernt, vielleicht sogar angefreundet. Fester hatte schon damals den Ruf, einer der Besten in seinem Metier zu sein. Er wusste, wann er zuschlagen musste, und was noch wichtiger war, er wusste auch, wann er sich beherrschen musste. In seiner Nähe hatten die Mädchen sich sicher gefühlt. Verdammt, sogar Ray hatte sich in seiner Nähe sicher gefühlt.

»Voll Scheiße, ich weiß«, sagte Fester.

Ray trank noch einen kräftigen Schluck »Yep.«

»Und was wollte sie?«

»Du willst jetzt nicht ernsthaft mit mir darüber reden, oder, Fester?«

»Das hilft.«

Heutzutage hielt sich wohl jeder für einen Doktor der Psychologie. »Einen Scheiß tut das. Halt einfach den Mund und trink.«

Ray schenkte sich noch einen ein. Fester sagte nichts. Oder wenn er etwas sagte, hörte Ray es nicht. Der Rest der Nacht versank in einem unheimlichen, beklagenswerten Nebel. Er dachte an ihr Gesicht. Er dachte an ihren Körper. Er dachte an ihren Blick, wenn sie ihn mit ihren unglaublichen Augen ansah. Er dachte an alles, was er verloren hatte, und, was noch schmerzhafter war, an alles, was hätte sein können. Und natürlich dachte er auch an das Blut. Irgendwann führte es immer wieder dahin – zu all dem verfluchten Blut.

Dann hatte er dankenswerterweise einen Blackout.

Irgendwann öffnete Ray die Augen und wusste sofort, dass es Vormittag war und er zu Hause in seinem Bett lag. Er fühlte sich, als hätte man ihn in einem Zementmischer herumgeschleudert. Das kam ihm alles so bekannt vor. Er fragte sich, ob er sich im Laufe des Abends noch übergeben hatte. Das Grummeln in seinem Magen deutete darauf hin, dass er Nahrung wollte – vermutete er zumindest.

Fester schlief – oder lag weggetreten – auf der Couch. Ray ging hin und schüttelte ihn. Fester schreckte auf, stöhnte und legte die Hände auf beide Seiten seines riesigen Schädels, als versuchte er, ihn vor dem Platzen zu bewahren. Beide Männer trugen noch die Kleidung vom Vorabend. Beide rochen wie Mülleimer, was sie aber im Moment nicht interessierte.

Sie taumelten aus der Wohnung zu einem Diner um die Ecke. Die meisten Gäste wirkten noch verkaterter als sie. Die Kellnerin, Typ: Ich-hab-alles-schon-gesehen und hochtoupierte Haare, brachte ihnen, noch bevor sie etwas bestellt hatten, eine Kanne Kaffee. Sie war etwas stämmig, genau Festers Typ. Er lächelte ihr zu und sagte: »Hey, Süße.«

Sie stellte die Kanne ab, rollte die Augen und ging.

»Harte Nacht«, sagte Fester zu Ray.

»Gab schlimmere.«

»Ne, kann man so nicht sagen. Erinnerst du dich noch daran?«

Ray antwortete nicht.

»Wieder ein Blackout?«, fragte Fester.

Auch darauf antwortete Ray nicht, sondern schenkte sich einen Kaffee ein. Beide tranken ihn schwarz – zumindest heute.

»Ich weiß, was du durchmachst«, sagte Fester.

Fester hatte keinen Schimmer, er konnte gar keinen Schimmer haben, doch Ray antwortete nicht.

»Was? Glaubst du, du bist der Einzige, dem man das Herz zerquetscht hat?«

»Fester?«

»Ja?«

Ray legte den Finger über die Lippen. »Psst.«

Fester lächelte. »Musst du nicht mal darüber reden?«

»Ich muss nicht darüber reden.«

»Ich vielleicht schon. Also, durch den gestrigen Abend ist auch bei mir alles wieder hochgekommen.«

»Dein gebrochenes Herz?«

»Yep. Erinnerst du dich an Jennifer?«

»Nein.«

»Jennifer Goodman Linn. So heißt sie jetzt. Sie war diejenige, welche. Du weißt schon, was ich meine.«

»Klar.«

»Auf manche Mädel ist man einfach geil. Manche Mädel will man wirklich, mag sie oder man denkt, es könnte Spaß machen. Und dann gibt es Mädel – na ja, vielleicht ist es nur ein einziges –, an die denkt man immer wieder.« Fester beugte sich vor. »War Cassie für dich dieses Mädel?«

»Wenn ich das bejahe, lässt du mich dann zufrieden?«

»Dann verstehst du, was ich sagen will?«

»Klar«, sagte Ray. Fester war riesig, aber wie alle Männer wurde er kleiner und jämmerlicher, wenn er über sein gebrochenes Herz sprach. Ray holte tief Luft und sagte: »Also, was war mit dir und Jennifer?«

Die hochtoupierte Kellnerin kam zurück. Sie fragte, was sie essen wollten. Ray bestellte sich Pfannkuchen. Fester nahm ein Frühstück, das jede Nahrungsmittelgruppe aus jeder je erstellten Tabelle enthielt. Es dauerte fast zwei Minuten, bis er alles aufgezählt hatte. Ray fragte sich, ob er einen Cholesterinsenker dazu bekam.

Als die Kellnerin ging, sank Ray wieder über seinen Kaffee. Fester tat das Gleiche. Ray dachte, das Gespräch wäre beendet und er könnte wieder in Frieden vor sich hinschmollen, aber das sollte nicht sein.

»So ein Scheißkerl hat sie mir weggenommen«, sagte Fester.

»Tut mir leid.«

»Sie ist jetzt verheiratet – mit dem Chef einer Klempnerfirma in Cincinnati. Sie haben zwei Söhne. Ich hab mir all ihre Fotos auf Facebook angeguckt. Letztes Jahr haben sie eine Kreuzfahrt gemacht. Sie gehen zu Baseballspielen der Cincinnati Reds. Sie sieht sehr glücklich aus.«

»Auf Facebook sehen alle glücklich aus.«

»Schon klar, ich weiß. Was soll der Scheiß überhaupt?« Fester versuchte zu lächeln, schaffte es aufgrund der Kopfschmerzen aber nicht. »Ich war ihr sowieso nicht gut genug, wenn du weißt, was ich meine. Ich war nur so ein Türsteher. Mit dem neuen Geschäft und so mach ich jetzt wahrscheinlich genauso viel Kohle wie der Klempner. Vielleicht sogar noch mehr. Aber es ist zu spät, stimmt's?«

»Stimmt.«

»Du rätst mir nicht, dass ich es nochmal bei ihr versuchen soll?«

Ray sagte nichts.

»Du müsstest mal ihre Fotos sehen. Auf Facebook, meine ich. Sie ist immer noch genauso schön wie damals, als sie mich verlassen hat. Eher noch schöner.«

Ray starrte einen Moment lang in seinen Kaffee. »Den Begriff schöntrinken kennst du aber schon?«

»Klar«, sagte Fester. »Je mehr man trinkt, desto besser sieht die Frau aus.«

»Du trinkst dir diese Facebook-Bilder vielleicht nicht schön, durch dein gebrochenes Herz hat das aber den gleichen Effekt.«

»Meinst du?«

»Yep.«

Fester überlegte. »Schon möglich. Kann aber auch sein, dass es wahre Liebe ist, die sie in meinen Augen so schön macht.«

Sie schwiegen einen Moment lang. Der Kaffee war himmlischer Nektar. Der Kopfschmerz war zu einem regelmäßigen, dumpfen Pochen abgeklungen.

»Wahrscheinlich ist sie glücklich mit dem Klempner«, sagte Fester. »Ich sollte die Finger von ihr lassen.«

»Gute Idee.«

»Aber«, sagte Fester und hob einen Finger, »wenn sie jetzt durch diese Tür hier reinmarschieren würde, oder…«, er zuckte theatralisch die Achseln, »…wenn sie, sagen wir, auf der Suche nach mir nach all den Jahren ins *Weak Signal* reinmarschieren würde, weiß ich nicht, wie ich reagieren würde.«

»Wie subtil, Fester.«

Fester breitete die Arme aus. »Welcher Teil von mir kommt dir jetzt subtil vor?«

Er hatte recht. »Sie war nicht hier, um die Beziehung fortzuführen.«

»Dann hat sie nur ein kurzes Abenteuer gesucht? Wollte ein paar Stunden das Elend besichtigen? Das ist ja echt mies.« Nachdem er noch einen Moment lang darüber nachgedacht hatte, fuhr Fester fort: »Ach, scheiß drauf, mir würde es reichen.«

»Auch das war nicht der Grund für ihre Rückkehr.«

»Was dann?«

Ray schüttelte den Kopf. »Spielt keine Rolle. Sie ist weg. Sie kommt nicht wieder.«

»Also war sie nur hier, weil sie mit deinen Gedanken und Gefühlen Schindluder treiben wollte?«

Ray spielte mit seiner Serviette. »So was in der Art.«

»Ziemlich kaltherzig.«

Ray antwortete nicht.

»Aber soll ich dir sagen, was ich dabei ganz interessant finde, Ray?«

»Klar, Fester. Sag mir doch mal, was du dabei ganz interessant findest.«

»Jennifer hat mir zwar das Herz gebrochen, aber ich bin daran nicht zugrunde gegangen. Verstehst du, was ich meine? Ich funktioniere noch. Ich habe meine Firma aufgebaut. Ich habe mein Leben im Griff. Ich habe mich weiterentwickelt. Klar geb ich mir manchmal auch die Kante, aber ich habe mich davon nicht kaputtmachen lassen.«

»Wieder diese Subtilität«, sagte Ray.

»Ich weiß, dass es nur wenige Dinge gibt, die schlimmer sind als ein gebrochenes Herz, trotzdem müsste ein Mann wie du sich wieder davon erholen können. Weißt du, was ich meine?«

Ray hätte fast laut aufgelacht. Er wusste es. Und auch wieder nicht. Natürlich war ein gebrochenes Herz übel, aber es gab tatsächlich Schlimmeres. Fester glaubte, Ray wäre an einem gebrochenen Herzen zugrunde gegangen. Es hatte ihn zweifellos aus der Bahn geworfen. Aber von einem gebrochenen Herzen erholte man sich. Auch Ray hätte wieder in die Spur gefunden, wenn das alles gewesen wäre. Aber Fester hatte gesagt, dass es schlimmere Dinge gäbe, die tiefere Wunden hinterließen, schwerer zu überwinden waren als ein gebrochenes Herz.

Blut zum Beispiel.

Broome konnte Megan nicht vertrauen.

Er glaubte immer noch nicht, dass sie ihm die volle Wahrheit sagte, doch dadurch wurde es nur noch wichtiger, sie mit den widerwärtigen Fakten des Falls zu konfrontieren. Auf der

Fahrt nach Atlantic City erzählte er ihr daher genug, um sie in Angst und Schrecken zu versetzen – warum er glaubte, dass so viele Männer, nicht nur Stewart Green und Carlton Flynn, an Mardi Gras verschwunden waren, und dass keiner von ihnen je wieder gesehen werden würde.

Als er fertig war, fragte Megan: »Sind diese Männer jetzt tot, auf der Flucht, wurden sie entführt oder was?«

»Ich weiß es nicht. Wir kennen nur von einem das Schicksal. Das ist Ross Gunther.«

»Und der ist tot.«

»Ja. Ein Mann sitzt im Gefängnis, weil er ihn ermordet haben soll.«

»Und Sie halten diesen Mann für unschuldig?«

»Ja.«

Sie dachte einen Moment lang darüber nach. »Und wie viele Männer haben Sie gefunden, auf die dieses Mardi-Gras-Muster passt?«

»Wir sind noch nicht fertig, aber bisher sind es vierzehn.«

»Nicht mehr als einer pro Jahr?«

»Ja.«

»Und immer um Mardi Gras herum?«

»Ja.«

»Außer, na ja, jetzt haben Sie mit Harry Sutton eine zweite Leiche. Die passt absolut nicht in Ihr Muster.«

»Ich glaube nicht, dass er in diese Mardi-Gras-Gruppe gehört.«

»Aber es muss irgendeine Verbindung geben«, sagte sie.

»Ja«, sagte Broome. »Übrigens, bedeutet Ihnen dieser Tag etwas? Mardi Gras meine ich?«

Megan schüttelte den Kopf. »Am Abend ist es immer hoch hergegangen, aber abgesehen davon, nein, nichts.«

»Und was war mit Stewart Green?«

»Nein. Na ja, zumindest soweit ich das beurteilen kann.«

»Stewart Green ist der Einzige, der möglicherweise noch einmal gesehen wurde. Verstehen Sie jetzt, warum ich mit allen reden muss, die ihn gesehen haben könnten?«

»Ja«, sagte Megan.

»Und?«

Sie überlegte einen Moment lang, hatte aber eigentlich keine Wahl. »Lorraine hat ihn gesehen.«

»Danke.«

Megan sagte nichts. Broome erklärte ihr, warum er nicht wollte, dass Megan Lorraine warnte. Er würde sie so bald wie möglich befragen. »Ich kenne Lorraine schon lange«, sagte Broome.

Megan grinste, erinnerte sich daran, dass Lorraine gesagt hatte, dass sie mit ihm einen One-Night-Stand gehabt hatte. »Ich weiß.«

Broome parkte den Wagen und führte sie durch den Nebeneingang ins Revier. Er wollte nicht, dass Goldberg oder sonst irgendjemand erfuhr, dass sie dort war. Er führte sie in einen Lagerraum im Keller. Rick Mason, der Phantomzeichner und Computer-Nerd, erwartete sie dort.

»Was soll die Geheimnistuerei?«, fragte Mason.

»Betrachten Sie es als Zeugenschutz.«

»Gegenüber Ihren Kollegen von der Polizei?«

»Gerade denen gegenüber. Vertrauen Sie mir, okay?«

Er zuckte die Achseln. Als Megan und Mason sich aneinander gewöhnt hatten, ging Broome zurück zu seinem Wagen. Von dort rief er Erin an. Er hatte sie gebeten festzustellen, ob es in der Umgebung von Harry Suttons Kanzlei Überwachungskameras gab, und auf eventuell vorhandenen Videos nach dem jungen Paar zu suchen. Sie berichtete, dass sie noch dabei war, die Videos zu sichten. Er hatte sie auch gebeten, den Aufenthaltsort von Stacy Paris ausfindig zu machen, dem Mädchen, um das sich Mannion und Gunther gestritten hatten.

»Stacy Paris heißt mit bürgerlichem Namen Jaime Hemsley. Sie wohnt in der Nähe von Atlanta.«

»Verheiratet?«

»Nein.«

Atlanta. Er hatte nicht die Zeit, da runterzufahren. »Vielleicht kannst du sie mal anrufen und fragen, was sie uns über die Nacht erzählen kann, in der Gunther gestorben ist?«

»Das hab ich schon versucht. Bisher ist niemand rangegangen, aber ich bleib weiter am Ball. Broome?«

»Was ist?«

»Wenn Mannion unschuldig ist«, sagte Erin, »also, wenn er achtzehn Jahre wegen der Tat eines Serien-Was-Auch-Immer im Gefängnis gesessen hat… Mann, das wäre wirklich fürn Arsch.«

»Du kannst deine Gefühle wirklich toll in Worte fassen, Erin.«

»Na ja, du hast dich ja schließlich nicht nur wegen meines heißen Körpers in mich verliebt.«

»Doch, hab ich«, sagte er. »Sprich mit Stacy. Stell fest, was sie weiß.«

Er legte auf. Die Fahrt zum *La Crème* war kurz. Das Mittagspublikum strömte hinein, und viele Männer stellten sich doch tatsächlich am recht zweifelhaften Büfett an, bevor sie die Mädchen begafften. Die mussten *wirklich* Hunger haben.

Lorraine war nicht an ihrem üblichen Platz hinter der Theke. Vor vielen Jahren hatten die beiden einen klassischen One-Night-Stand miteinander verbracht. Es war eine Nacht voller wunderbarem, unbedeutendem Sex gewesen, eins von den Dingen, bei denen man sich paradoxerweise extrem lebendig fühlte und gleichzeitig hoffte, dass es nie passiert wäre – wie es fast allen nach einem One-Night-Stand erging, dachte Broome, selbst den abgestumpftesten Beteiligten. Trotzdem, wenn man mit jemandem schlief, selbst wenn man betrunken und dumm war, und nicht den Wunsch hatte, es noch einmal zu wiederholen, entstand eine Verbindung. Er hoffte, diese jetzt nutzen zu können.

Broome ging in den nichtöffentlichen Bereich des Clubs. Rudys Tür war geschlossen. Broome öffnete sie, ohne zu klopfen. Rudy versuchte gerade, sein zu enges Hemd über seinen großen Kopf und den Kugelbauch zu ziehen. Ein Mädchen half ihm dabei. Sie war jung. Wahrscheinlich zu jung. Rudy scheuchte sie durch die Seitentür hinaus.

»Sie ist alt genug«, sagte Rudy.

»Aber klar doch.«

Er bot Broome einen Platz an. Broome lehnte ihn mit einer kurzen Geste ab.

»Also«, sagte Rudy. »Sie sind jetzt schon den zweiten Tag hintereinander bei uns.«

»Richtig.«

»Wieso? Stehen Sie auf eins von meinen Mädchen?«

»Nein, Rudy, ich steh auf Sie. Diese dichten Schulterhaare finde ich einfach unwiderstehlich.«

Rudy lächelte und breitete die Arme aus. »Mein Körper spricht alle Geschlechter an.«

»Klar, sowieso. Wo ist Lorraine?«

»Sie müsste jeden Moment zurückkommen. Was wollen Sie von meiner besten Angestellten?«

Broome deutete mit dem Finger Richtung Tür. »Ich warte vorne.«

»Mir wäre es lieber, wenn Sie einfach wieder gehen würden.«

»Ansonsten kann ich auch alle Mädchen nach ihren Papieren fragen.«

»Kein Problem«, sagte Rudy. »Ich leite ein legales Etablissement. Glauben Sie, ich bin scharf auf solchen Ärger?«

»Woher soll ich das wissen? Wie schon gesagt, ich warte vorne.«

»Haben Sie mich nicht verstanden? Ich will keinen Ärger.«

»Wenn Sie kooperieren, kriegen Sie auch keinen.«

»Das haben Sie gestern auch gesagt. Sie erinnern sich noch an gestern, oder?«

»Ja, was ist passiert?«

»Sie haben eins von meinen Mädchen bedroht. Tanya.«

»Tawny.«

»Völlig egal.«

»Ich habe sie nicht bedroht. Ich habe mich nur mit ihr unterhalten.«

»Klar. Und hinterher haben Sie nicht zufällig etwas energischer nachgefasst?«

»Wovon reden Sie?«

Rudy hatte eine riesige Schale M&Ms auf dem Tisch. Er griff mit seiner breiten Pranke hinein. »Tawny hat mich gestern Abend angerufen. Sie hat gekündigt.«

»Und Sie denken, ich hätte etwas damit zu tun?«

»Haben Sie nicht?«

»Vielleicht hat ihr das Gespräch die Augen geöffnet. Sie wissen schon, dazu kommen noch die Schläge, die Carlton Flynn ihr verpasst hat, dieses Drecksloch von Arbeitsplatz und solcher Kram.«

»Glaub ich nicht.«

»Wieso nicht?«

»Tawny hat mit einem anderen Mädchen von mir zusammengewohnt. Die meinte, Tawny hat ihre Sachen in einen Koffer gestopft und ist abgehauen. Sie soll dabei ausgesehen haben, als ob ihr jemand ein frisches Peeling verpasst hätte.«

»Wer?«

Rudy schaufelte sich die M&Ms in den Mund. »Ich hab an Sie gedacht.«

Broome runzelte die Stirn. »Wo ist Tawny jetzt?«

»Weg. Mit dem Bus.«

»Schon?«

»Yep. Gestern Nacht. Sie hat vom Busbahnhof aus angerufen und gekündigt.«

Broome überlegte. Vielleicht war es nur das, was er anfangs gesagt hatte. Diese Mädchen waren nicht unbedingt die Stabilsten, wenn es irgendwo Probleme gab. Sie war vorher schon verletzt. Ihr Finger war gebrochen. Ihr gewalttätiger Quasi-Liebhaber war verschwunden. Ein Bulle hatte sie vernommen. Wahrscheinlich hatte sie einfach beschlossen, der Sache ein Ende zu setzen und nach Hause zu fahren.

»Dieses Mädchen, das mit Tawny zusammenwohnt«, sagte Broome.

»Ist nicht da. Und sie weiß auch nichts.«

»Rudy, das ist ein wirklich schlechter Zeitpunkt für so etwas. Kommen Sie mir jetzt nicht komisch.«

Rudy seufzte. »Beruhigen Sie sich. Sie kennen mich doch, ich bin ein echter Musterbürger. Ich hol sie her, aber bis dahin …«, mit einer Geste deutete er zur Tür hinter Broomes Schulter, »… meine beste Angestellte ist gerade angekommen. Pünktlich wie immer. Sie kommt nie zu spät.«

Broome drehte sich um und sah, dass Lorraine auf dem Weg zu ihrem Platz hinter der Theke war.

»Hey, Broome.«

Er drehte sich wieder zu Rudy um. Seine Miene hatte sich

verändert. Die Maske, die Rudy für seine Gespräche mit Polizisten gerne aufsetzte, war verschwunden.

»Sie ist was Besonderes. Lorraine meine ich. Ist klar, oder?«

»Was wollen Sie damit sagen, Rudy?«

»Wenn das, was Sie tun, dieser Frau schadet…«, wieder deutete Rudy dahin, wo Lorraine gerade ihre Theke abwischte, »…ist es mir scheißegal, was für eine Marke Sie haben. Man würde einfach nicht mehr genug von Ihnen zusammenbekommen, um damit einen DNA-Test durchzuführen.«

FÜNFUNDZWANZIG

Kurz vorher war Ken auf die Veranda geschlichen und hatte seinen Posten an der Schiebetür eingenommen. Barbie war durch die Garage gegangen – als Rückendeckung, falls die Verandatür verschlossen sein sollte. Das stellte sich aber als überflüssig heraus. Die Schiebetür war offen. Ken schob sie leise weiter auf. Gerade wollte er hineingehen, als es an der Tür klingelte.

Er schlüpfte wieder nach draußen und duckte sich. Broome, der Cop aus Atlantic City, trat durch die Eingangstür.

Ken wollte fluchen, tat das aber nicht, weil er nie fluchte. Stattdessen benutzte er sein Lieblingswort für solche Situationen: »Rückschlag.« Mehr war es nicht. Man beurteilte einen Mann nicht danach, wie oft er niedergeschlagen wurde, sondern danach, wie oft er wieder aufstand.

Er schickte Barbie eine SMS, dass sie bleiben solle, wo sie war. Dann versuchte er, das Gespräch zu belauschen, was aber zu riskant war. Egal. Ken blieb unten und damit unsichtbar. Im Garten der Pierces standen feudale Brown-Jordan-Möbel. In der Ecke befand sich ein Springbrunnen, etwas weiter hinten ein Fußballtor in Originalgröße und eine Schaukel aus Zedernholz, die ihre besten Tage hinter sich hatte. Es war wirklich ein sehr schönes Haus. Ken fragte sich, was diese scheinbar normale Frau und Mutter mit dem Verschwinden von Carlton Flynn zu tun haben könnte, aber um das herauszubekommen war er ja schließlich hier.

Er wartete. Er dachte an Megan Pierces Kinder. Er hatte es beinah vor Augen, wie sie den Ball in das Fußballtor kickten, auf den Möbeln herumlungerten oder einen Burger von dem Weber-Grill aßen.

Er überlegte, wie sich das Leben des Hausherrn gestaltete. Kinder. Familienfeiern. Grillabende. Sonntagsgottesdienste. Seine hübsche Frau lächelte ihm durch die Verandatür zu, während er seinem Sohn das Baseballspielen beibrachte. Ken wollte auch so ein Leben führen. Und er wollte es, wie ihm gerade bewusst wurde, mit Barbie zusammen führen. Er sah es fast vor sich, wie sie an diesem Fenster stand und ihm liebevoll zulächelte. Er sah, wie sie die Kinder ins Bett brachten, darauf achteten, dass alle ihre Zähne geputzt und ihre Gebete gesprochen hatten, worauf er dann Hand in Hand mit Barbie in ihrem Schlafzimmer verschwand. Er sah, wie Barbie die Tür schloss und sich ihm zuwandte.

Was konnte ein Mann mehr vom Leben verlangen?

Er wusste natürlich, dass es nicht so einfach sein würde. Ja, er hatte da so gewisse zwanghafte Anwandlungen – doch selbst die konnte er gemeinsam mit seiner Geliebten ausleben.

Worauf wartete er noch?

Er sah wieder ins Haus. Er wollte diesen Kindern nicht die Mutter nehmen, im Moment sah er allerdings keine Alternative. Eine Viertelstunde verging. Megan Pierce begleitete Detective Broome zu seinem Wagen. Als sie gemeinsam weggefahren waren, trafen Ken und Barbie sich am gemieteten MX-5.

»Was könnte der Polizist von ihr gewollt haben?«, fragte Barbie.

»Keine Ahnung.«

»Wir hätten gestern Abend kommen sollen.«

»Das war zu riskant.«

»Und was jetzt?«

Sie fuhren los, zurück auf den Garden State Parkway und dann Richtung Süden. Ken machte sich keine großen Sorgen. Aller Wahrscheinlichkeit nach würden Broome und die Pierce-Frau zurück nach Atlantic City fahren. Ken beschleunigte. Nach etwa fünf Kilometern sah er Broomes Wagen vor sich. Er verlangsamte den Wagen wieder, blieb auf Abstand, versuchte gar nicht, ihm zu folgen. Es war keine Frage mehr. Sie fuhren wieder nach Atlantic City.

Zwei Stunden später hielt Broome auf dem Parkplatz des Polizeireviers. Die beiden stiegen aus, und Broome führte Megan durch einen Seiteneingang ins Gebäude.

»Und was jetzt?«, fragte Barbie.

»Ich liebe dich«, sagte Ken.

»Was?«

Er sah sie an. »Ich habe es dir nie gesagt. Aber jetzt weißt du's.«

Sie nickte. »Ich liebe dich auch.«

Er lächelte und nahm ihre Hand.

»Warum hast du es mir gerade jetzt gesagt?«, fragte Barbie.

»Ich werde alles tun, um dich zu beschützen. Das sollst du wissen.«

»Das weiß ich doch.«

Er zog sein Handy aus der Tasche und wählte die Nummer. Nach dem dritten Klingeln meldete sich jemand.

»Goldberg.«

Ken sagte: »Hallo, Deputy Chief Goldberg.«

Am anderen Ende der Leitung herrschte Schweigen.

»Ich weiß, dass ich Sie nicht anrufen soll, Mr Goldberg«, fuhr Ken fort. »Sie sagten auch, dass Sie es vorziehen, wenn ich Sie Deputy Chief Goldberg nenne.«

»Ja«, sagte er misstrauisch. »Was wollen Sie? Ich bin gerade ziemlich beschäftigt.«

»Ich wollte Sie nicht stören, Deputy Chief Goldberg, aber es handelt sich um eine ziemlich dringende Angelegenheit.«

»Ich höre.«

»Ihr Kollege Detective Broome ist gerade ins Revier gegangen.«

»Na und?«

»Er hat eine Frau namens Megan Pierce bei sich.«

Schweigen.

»Wir müssen mit ihr reden.«

»So wie Sie mit Harry Sutton geredet haben?«

»Das geht Sie nichts an.«

»Natürlich tut es das. Was glauben Sie wohl, warum ich so beschäftigt bin?«

»Deputy Chief Goldberg, bitte finden Sie eine Möglichkeit, wie wir an sie herankommen.«

»An sie herankommen?«

»Sagen Sie uns Bescheid, wann und wie sie wieder geht. Vielleicht wäre es das Beste, wenn Sie dafür sorgen, dass sie das Revier allein verlässt.«

Schweigen.

»Mr Goldberg?«

Dieses Mal ohne »Deputy Chief«. Das war Absicht gewesen.

»Verstanden«, sagte Goldberg, bevor er auflegte.

Ken nahm Barbies Hand. »Sollen wir heiraten?«, fragte er.

»Ich würde das kaum als einen angemessenen Heiratsantrag bezeichnen.«

Sie lächelte jedoch, während sie das sagte, und ihm ging das Herz auf. Er saß neben der Frau, die ihm so viel bedeutete, seiner Partnerin in praktisch allem, einer Seelenverwandten, wie es sie nur einmal geben konnte, und weidete sich an seinem Glück. »Du hast recht. Ich werde einen richtigen Heiratsantrag vorbereiten.«

»Und ich werde mich darauf vorbereiten, richtig ja zu sagen.«

Sie hielten Händchen, behielten die Tür im Auge und genossen den Augenblick. Ein paar Minuten später kam Detective Broome ohne die Frau aus dem Gebäude. Barbie ließ seine Hand los. »Wir müssen uns trennen«, sagte sie.

»Aber wir haben uns doch gerade erst verlobt«, sagte er und kicherte leise.

»Nicht offiziell, Mister. Aber du weißt ganz genau, dass ich recht habe. Du bleibst im Wagen und folgst dem Detective. Ich behalte das Revier im Auge.«

»Lass dich nicht allein mit ihr ein«, sagte er.

Sie schüttelte den Kopf und blendete ihn mit einem strahlenden Lächeln.

»Was ist?«

»Wir sind noch nicht verheiratet, und schon kommandierst du mich herum wie ein Ehemann. Fahr los.«

Lorraine hatte ein Bierglas unter dem Zapfhahn, als Broome auf sie zukam. Sie blickte auf und lächelte schräg. »Ich trau meinen Augen nicht.«

»Hey, Lorraine.«

»Willst du einen Drink, oder kommt jetzt der Klassiker, dass du im Dienst bist?«

Broome setzte sich. »Ja, ich bin im Dienst. Und nochmal ja, schenk mir zwei Fingerbreit ein.«

Sie zapfte das Bier fertig und schlenderte – Lorraine ging nie, sie schlenderte – in die Ecke der Theke, in der die hochwertigen Sachen standen. Broome drehte sich auf seinem Hocker. Am Büfett stand eine Schlange. Die Leute stellten sich tatsächlich an, um etwas von dem Zeug zu essen. Auf der Bühne tanzte ein Mädchen mit dem Elan einer Koma-Patientin. Der alte Neil-Diamond-Klassiker *Girl, You'll Be a Woman Soon* lief über die Anlage.

Lorraine gab ihm den Drink. »Kann ich etwas für dich tun, Detective?«

»Willst du mal raten?«

Lorraine zog eine Augenbraue hoch. »Ich nehme mal an, dass du nicht für eine zweite Runde hier bist.«

»Wäre nicht schlecht.«

»Lügner.«

Broome wusste nicht, was er darauf erwidern sollte, also fuhr er fort: »Ich hab mit deiner alten Freundin Cassie oder Megan oder wie immer du sie nennen willst gesprochen.«

»Mhm.«

»Das Ganze sieht ziemlich übel aus. Hast du das von Harry Sutton gehört?«

Lorraine nickte, und ihre Miene verfinsterte sich. »Hast du ihn gekannt, Broome?«

»Ein bisschen.«

»Er war einfach großartig. Harry hatte so etwas an sich. Na ja, alle mochten ihn. Selbst ihr Cops. Weißt du, warum? Weil er echt war. Und er hat sich immer um die Leute gekümmert. Er war der großherzigste Mensch, dem ich je begegnet bin. Er hat einfach an die Menschen geglaubt. Hier haben ein paar Mädchen gearbeitet, die ich nicht ausstehen konnte. Natürlich hatten wir auch jede Menge normale Nervensägen, aber ein paar Mädels waren wirklich widerlich. Selbst bei denen hat Harry immer versucht, das Gute in ihnen zu finden. Und dabei wollte er ihnen wirklich helfen und nicht nur mit ihnen ins Bett – was er natürlich auch gern mitnahm, wenn es sich ergab. Und wer konnte schon einem Kerl widerstehen, der einen so anguckte – als ob man wirklich wichtig wäre, weißt du?« Lorraine schüttelte den Kopf. »Warum sollte jemand Harry etwas antun?«

»Genau das will ich herausbekommen«, sagte Broome.

»Klingt vielleicht übertrieben«, sagte sie, während sie die Theke mit einem Geschirrtuch abwischte, »aber mir kommt die Welt ohne ihn ein bisschen beschissener vor. Man spürt das einfach.«

»Dann hilf mir, Lorraine. Für Harry.«

»Meinst du etwa, ich wüsste was darüber?«

»Das hängt alles irgendwie zusammen«, sagte Broome. »Harrys Tod ist nur ein Teil von etwas Größerem. Da sitzt jemand seit achtzehn Jahren vermutlich unschuldig im Gefängnis. Carlton Flynn wird vermisst, er ist aber längst nicht der Einzige. Es gibt noch viel mehr Tote oder Vermisste.«

Er brach ab.

»Einschließlich«, sagte Lorraine, die offenbar merkte, worauf er hinauswollte, »Stewart Green.«

»Ja.«

Lorraine wischte noch etwas länger an der Theke herum. »Dann hat Cassie dir erzählt, dass ich es war, die ihn gesehen hat.«

»Ich habe sie praktisch genötigt, mir den Namen zu sagen.«

Wieder lächelte Lorraine ihn schräg an. »Du bist ja echt ein harter Bursche, Broome.«

»Sie wollte dich vorwarnen, aber ich wollte es dir selbst sagen.«

»Wegen unserer gemeinsamen Vergangenheit?«

Broome zuckte die Achseln und trank einen Schluck. »Hast du Stewart Green gesehen?«

»Ich bin mir nicht sicher.«

Er sah sie an.

»Ist ja schon gut«, sagte Lorraine. »Ja, ich habe ihn gesehen.«

Zwei grauhaarige Männer stellten sich an die Theke. Der

Größere beugte sich vor, blinzelte und sagte: »Hey, Lorraine. Wir nehmen das Übliche.«

»Gehen Sie an die andere Theke«, sagte Broome.

»Hä?«

»Hier ist noch geschlossen.«

»Sie sitzen doch auch hier oder was?«

Broome zeigte ihnen seine Polizeimarke. Die beiden Männer überlegten kurz, ob sie Härte demonstrieren und die Diskussion fortsetzen sollten, ließen es dann aber. Sie drehten sich um und gingen.

»Die beiden geben das meiste Trinkgeld«, sagte Lorraine.

»Du findest bestimmt eine Möglichkeit, das wieder reinzuholen. Also, du sagst, du hast Stewart Green gesehen?«

»Ja«, antwortete sie. Sie schob sich eine Strähne aus dem Gesicht. »Er sah aber anders aus.«

»Inwiefern?«

»Völlig anders. Er hatte einen kahlrasierten Kopf und einen Kinnbart. Außerdem trug er Kreolen-Ohrringe und hatte eine Tätowierung auf dem Unterarm. Als er hier war, hatte er Jeans und ein enges T-Shirt an, daher hat man gesehen, dass er offensichtlich Krafttraining macht.«

Broome runzelte die Stirn. »Stewart Green?«

Lorraine antwortete nicht.

Broome dachte an die Fotos auf Sarah Greens Kaminsims. Darauf trug Stewart entweder Khakis und Polohemden oder Businessanzüge. Über seine langsam kahl werdende Stelle am Hinterkopf hatte er ein paar dünne Strähnen gekämmt. Er wirkte insgesamt weich und etwas aufgedunsen.

»Wann hast du ihn gesehen?«, fragte Broome.

Lorraine fing an, mit zu großem Elan ein Glas zu polieren.

»Lorraine?«

»Ich habe ihn mehr als ein Mal gesehen.«

Das überraschte ihn. »Wie oft?«

»Ein paar Mal.«

»Was heißt ein paar Mal? Häufiger als zwei Mal? Häufiger als fünf Mal?«

»Ich weiß nicht«, sagte Lorraine. Jedweder Pep war verschwunden. Sie wirkte verängstigt. »Vielleicht ein Mal pro Jahr oder ein Mal alle zwei Jahre. So in der Art. Ich hab darüber nicht Buch geführt.«

»Einmal alle ein oder zwei Jahre?«

»Ja.«

In Broomes Kopf drehte sich alles. »Moment, und wann hast du ihn zum ersten Mal gesehen?«

»Ich weiß nicht. Ist schon eine Weile her. So vor zehn, fünfzehn Jahren.«

»Und du bist nie auf den Gedanken gekommen, die Polizei zu informieren?«

»Hä?«

»Du hast einen Mann gesehen, der vermisst wurde. Und du hast nie daran gedacht, uns das zu erzählen?«

»Und was genau hätte ich euch erzählen sollen?« Lorraine stemmte die Hände in die Hüfte und hob die Stimme. »War er ein gesuchter Verbrecher?«

»Nein, aber …«

»Und wofür hältst du mich? Einen Spitzel oder so? Ich bin jetzt seit zwanzig Jahren in diesem Geschäft. Und man lernt schnell, dass man hier gefälligst nichts sieht. Das weißt du ganz genau.«

Sie hatte recht.

»Ich würde auch jetzt nicht mit dir reden, wenn nicht …« Lorraine wirkte plötzlich bedrückt und ernüchtert. »Harry. Wie konnte jemand Harry etwas antun? Hör zu, egal was sonst passiert, aber ich will nicht, dass noch mehr Leute sterben. Bei den Kunden hier interessiert mich nicht, was sie tun. Von mir aus können sie gegen sämtliche Gebote verstoßen. Aber wenn hier plötzlich Menschen sterben …«

Sie wandte sich ab.

»Wann hast du Stewart Green das letzte Mal gesehen?«

Lorraine antwortete nicht.

»Ich hab gefragt …«

»Vor ein paar Wochen.«

»Etwas genauer hätte ich es schon gern.«

»Es könnte um die Zeit herum gewesen sein, als dieser Flynn verschwunden ist.«

Broome erstarrte. »Lorraine, denk mal scharf nach: War er an Mardi Gras hier?«

»Mardi Gras?«

»Ja.«

Sie überlegte. »Ich weiß nicht. Schon möglich. Wieso?«

Broomes Herz schlug schneller. »Es geht noch weiter: Wenn du ihn in all den Jahren gesehen hast, könnte das auch jeweils an Mardi Gras gewesen sein?«

Sie verzog das Gesicht. »Keine Ahnung.«

»Das ist wichtig.«

»Wie zum Teufel soll ich mich denn an so was erinnern?«

»Überleg doch mal. An Mardi Gras verteilt ihr doch Perlenketten, oder?«

»Und?«

»Versuch dich zu erinnern. Du weißt doch noch, dass Stewart Green Kreolen-Ohrringe trug. Also schließ die Augen. Stell dir vor, wie er aussah. Hat er vielleicht Mardi-Gras-Perlen getragen?«

»Ich glaub nicht. Aber ich erinnere mich einfach nicht daran.«

»Schließ die Augen und versuch es.«

»Soll das ein Witz sein?«

»Mach schon, Lorraine. Das ist wichtig.«

»Okay, ich mach ja schon.« Er sah, dass ihr Tränen in die Augen traten. Sie schloss sie schnell.

»Und?«

»Nein.« Sie sprach leise. »Tut mir leid.«

»Alles klar?«

Sie blinzelte und öffnete die Augen. »Mir geht's gut.«

»Kannst du mir sonst noch irgendwas über Stewart Green sagen?«

Sie sprach immer noch leise. »Nein. Ich muss wieder an die Arbeit.«

»Moment noch.«

Broome ließ sich das Ganze noch einmal durch den Kopf gehen. Ihm fiel etwas ein: Erin hatte die Überwachungsvideos. Dadurch waren sie erst auf die Verbindung zu Mardi Gras gekommen. Also konnte Erin sie ansehen und nach dem Mann suchen, den Lorraine beschrieben hatte. Er überlegte, ob er Lorraine mit ins Revier zu Rick Mason schleppen sollte, damit der ein Phantombild zeichnen konnte. Aber Mason war auch ein Experte für Alterungssoftware. Broome konnte ihm ein paar alte Fotos geben, die er unter Berücksichtigung der neuen Informationen – rasierter Kopf und Kinnbart – bearbeitete. Hinterher konnte Broome Lorraine das Ergebnis zeigen.

»Ich versteh das nicht«, sagte Lorraine. »Warum willst du wissen, ob das an Mardi Gras war?«

»Wir haben ein Muster gefunden.«

»Was für ein Muster?«

Nach kurzer Überlegung kam er zu dem Schluss, dass es nicht schaden konnte, wenn er sie informierte. Vielleicht fiel ihr ja doch noch etwas ein. »Stewart Green ist an Mardi Gras verschwunden. Carlton Flynn auch. Und ein Mann namens

Ross Gunther wurde an Mardi Gras ermordet. Ähnliches gilt für noch weitere Männer.«

»Das versteh ich nicht.«

»Wir auch nicht. Ich will dir noch ein paar Fotos von vermissten Männern zeigen. Vielleicht erinnerst du dich an den einen oder anderen.« Er hatte die Akte mitgebracht. Sie waren nach wie vor allein, es hatten sich keine anderen Gäste in ihre Ecke verirrt. Die meisten saßen an der Hauptbühne, wo eine Stripperin, die als Jasmine aus dem Disney-Film *Aladdin* verkleidet war, zu dem Song *A Whole New World* tanzte. Die Show lieferte eine ganz neue Interpretation des Ritts auf einem Fliegenden Teppich.

Broome nahm die Fotos aus der Akte und legte sie nebeneinander auf die Theke. Er betrachtete Lorraines Gesicht. Besonders für das letzte, das Broome anonym zugeschickt worden war, nahm sie sich viel Zeit.

»Das ist Carlton Flynn«, sagte sie dann.

»Das wissen wir.«

Lorraine legte es zurück und ging die anderen Fotos durch. Wieder hatte sie Tränen in den Augen.

»Lorraine?«

»Ich erkenne keinen davon.« Sie blinzelte und wandte sich ab. »Du solltest jetzt gehen.«

»Was ist los?«

»Nichts.

Broome wartete. Lorraine schwieg. Er kannte sie nur voller Zuversicht, immer mit diesem schrägen Lächeln, der rauchigen Stimme, dem kehligen Lachen. Sie war das Paradebeispiel für ein gut gelauntes Partygirl.

»Ich sterbe«, sagte Lorraine.

Broome spürte, wie etwas in seiner Brust vertrocknete und zu Staub zerfiel.

»Ich war gerade beim Arzt.«

Schließlich fand er die Sprache wieder. »Was ist los?«

»Krebs. Schon ziemlich weit fortgeschritten. Mir bleiben noch ein oder vielleicht zwei Jahre.«

Broome spürte, wie sich seine Kehle zuschnürte. »Ich weiß nicht, was ich sagen soll.«

»Erzähl niemandem was davon, okay?«

»Okay.«

Lorraine versuchte, ihm ihr schräges Lächeln zu präsentieren. »Ob du's glaubst oder nicht, aber du bist der Einzige, der das bisher erfahren hat. Ganz schön traurig, oder?«

Broome streckte ihr die Hand über die Theke entgegen. Einen Moment lang rührte sie sich nicht. »Ich bin froh, dass du es mir erzählt hast«, sagte er.

Sie legte ihre Hand auf seine. »Ich habe Entscheidungen getroffen, die viele Leute nicht verstehen, aber ich bereue nichts. Ich war einmal verheiratet, und, ja, es stimmt schon, er war ein Hurensohn und hat mich geschlagen. Aber selbst wenn er ein besserer Mensch gewesen wäre, das Leben als Ehefrau war nichts für mich. So passt das besser. Ich liebe es hier. Hier gibt's viel zu lachen, verstehst du?«

Broome nickte und sah ihr in die Augen.

Wieder sammelten sich Tränen darin. »Trotzdem ist es einfach scheiße, wenn man niemanden hat, weißt du? Ich wünschte … O Mann, ich hör mich ja an wie ein kleines Mädchen … Ich will, dass sich jemand um mich kümmert. Dass jemand traurig ist, wenn ich sterbe. Dass dann jemand meine Hand hält.«

Wieder wusste er nicht, was er sagen sollte. Er wollte nicht gönnerhaft wirken. Er wollte etwas tun, irgendetwas. Broome hielt gerne Abstand. Gefühle waren eine verzwickte Sache, und am meisten hasste er es, wenn er sich hilflos vorkam.

»Wenn du willst, werde ich bei dir sein. Ich werde deine Hand halten.«

»Das ist süß von dir, aber nein.«

»Da ist mein Ernst.«

»Ist mir schon klar, aber das meine ich nicht. Natürlich würde ich ein paar Leute finden, die mich aus Mitleid in den Tod begleiten. Aber das, was ich meine, bekommt man nur, indem man auch Verpflichtungen eingeht. Man bekommt es nur, wenn man mit jemandem jahrelang, in guten wie in schlechten Zeiten in einer echten Beziehung zusammen war. Man bittet nicht erst darum, wenn es aufs Ende zu geht, verstehst du?«

»Ich denke schon.«

»Das ist auch in Ordnung so. Ich hab ja gesagt, dass ich beim nächsten Mal nichts anders machen würde. So ist das Leben. Man kann Spaß haben und glücklich sein – aber man kann nicht alles haben.«

Die Wahrheit in schlichte Worte gefasst. Sie lächelte ihm zu. Er erwiderte das Lächeln.

»Lorraine.«

»Ja.«

»Du bist schön, weißt du das?«

»Willst du mich anmachen?«

»Möglich.«

Sie zog eine Augenbraue hoch. »Wäre das dann Mitleidssex?«

»Für dich oder für mich?«

Sie lachte. »Vielleicht für beide.«

»Noch besser«, sagte Broome. »Im Moment hält mich dieser Fall ziemlich auf Trab, aber sobald ich damit fertig bin …«

»Du weißt, wo du mich findest.«

Sie zog ihre Hand aus seiner und ging ans andere Ende der

Theke. Broome wollte gerade gehen, als Lorraine sagte: »Ich nehme mal an, dass Cassie dir hilft?«

»Das stimmt. Sie könnte Harrys Mörder kurz gesehen haben.«

»Wieso?«

»Sie ist gestern Abend nochmal bei seiner Kanzlei gewesen.«

»Allein oder mit Ray?«

Broome blieb stehen. »Ray?«

Lorraines Augen weiteten sich kurz. Er sah, dass sie es zurücknehmen wollte, aber Broome wollte nichts davon wissen.

»Wer zum Teufel ist Ray?«

SECHSUNDZWANZIG

Natürlich machte Megan sich vor allem Sorgen um die Sicherheit ihrer Familie.

Bevor sie Broome nach Einzelheiten fragte, hatte Megan zwei nicht berufstätige Mütter angerufen. Um keinen Verdacht zu wecken, hatte sie jeweils mit ein paar der üblichen Vorstadt-Belanglosigkeiten angefangen: die nächsten Sporttermine der Kinder, den Trainer, der seine eigenen Kinder bevorzugte, die Lehrer, die zu viel/zu wenig Hausaufgaben verteilten, das neue Online-Ordersystem für das Schulmittagessen. Broome hatte nur den Kopf geschüttelt. Schließlich hatte Megan die Mutter dann um einen Gefallen gebeten und so dafür gesorgt, dass sowohl Kaylie als auch Jordan nach der Schule versorgt waren. Sie hatte sogar vorgeschlagen, dass sie bei den jeweiligen Familien übernachten könnten, so dass sie fern von zu Hause in Sicherheit waren.

Was Broome ihr dann erzählte, versetzte ihrer ohnehin taumelnden Welt einen weiteren gewaltigen Hieb.

Jetzt saß sie in einem fensterlosen Raum in einem Polizeirevier und versuchte einem Phantomzeichner zwei Personen zu beschreiben, die sie nur ein paar Sekunden lang gesehen hatte.

Sie versuchte, sich zu konzentrieren, während Rick Mason ihr mit gezielten Fragen und Hinweisen half, sich das junge Paar vor ihrem inneren Auge zu vergegenwärtigen.

Megan versuchte, die Details, die Broome ihr erzählt hatte, zusammenzufügen, doch im Endeffekt fand sie keine schlüssige Lösung. Broome hatte versucht, drei Ereignisse miteinander in Verbindung zu setzen, die allem Anschein nach nichts miteinander zu tun hatten: einen Mord, der vor achtzehn Jahren verübt worden war, das Verschwinden mehrerer Männer wie Stewart Green und Carlton Flynn um Mardi Gras herum in den letzten siebzehn Jahren und den gestrigen Foltertod des armen Harry Sutton. Wenn er doch recht hatte, wenn zwischen diesen Ereignissen tatsächlich eine Verbindung bestand, hatte Megan nicht die leiseste Idee, welche Rolle zum Beispiel das junge Paar darin spielen könnte. Zum Zeitpunkt des ersten Mords und von Stewarts Verschwinden mussten die beiden noch Kinder gewesen sein.

»Die Nase war schmaler«, sagte sie zu Mason.

Er nickte und machte sich wieder an die Arbeit.

Die Was-Wäre-Wenns quälten sie: Was wäre, wenn sie vor all den Jahren nicht untergetaucht wäre? Was wäre, wenn sie vor Ort geblieben wäre, die Suppe ausgelöffelt und nachgesehen hätte, was wirklich mit Stewart Green los war? Hätte sie diese Sache inzwischen hinter sich gelassen? Wären all diese vermeintlichen »Mardi-Gras-Männer« von Stewart Green bis Carlton Flynn, die scheinbar spurlos vom Erdboden verschwunden waren, noch am Leben und würden sich im Kreise ihrer Lieben des Lebens erfreuen?

Was wäre, wenn sie einfach bei Ray geblieben wäre?

Sie empfand kein Bedauern – hatte aber viele Fragen. Wenn man Kinder hatte, konnte man den Entscheidungen der Vergangenheit nicht mehr nachtrauern – das wäre einfach monströs. Wäre Megans Leben mit einem dieser Was-Wäre-Wenns glücklicher oder trauriger verlaufen? Das spielte keine Rolle mehr, denn jedes dieser Was-Wäre-Wenns führte in eine Welt, in der ihre Kinder nicht existierten: Kaylie und Jordan wären nicht einmal geboren worden – und als Elternteil konnte man so ein Dasein unmöglich einem andern vorziehen. Ganz egal, ob ihr Leben aufregend oder nicht, temporeich oder nicht, vergnüglich oder nicht verlaufen war, letztendlich war ein Leben ohne Kaylie und Jordan einfach unvorstellbar.

So weit kann eine Mutter nicht gehen.

Die Tür flog auf, und ein großer Mann mit stahlwollegrauen Haaren in einem ein paar Nummern zu kleinen Hemd platzte herein. Der Mann war ziemlich fett und hatte ein hochrotes Gesicht. »Was zum Teufel ist hier los?«, schrie er.

Rick Mason sprang auf. »Chief Goldberg …«

»Ich habe gefragt, was hier los ist?«

»Ich zeichne zwei mögliche Verdächtige.«

»Und warum hier unten?«

Mason antwortete nicht.

»Sie haben doch ein Büro, oder?«

»Ja.«

»Was machen Sie dann hier unten?«

»Detective Broome hatte mir vorgeschlagen, hier unten zu arbeiten.«

Goldberg stemmte die Hände in die Hüfte. »So, hat er das?«

»Er sagte, die Zeugin dürfe nicht in Gefahr gebracht werden.«

Goldberg sah Megan an. »Na sieh mal einer an, wenn das nicht Janey aus dem Diner ist. Wieder so ein Höflichkeitsbesuch?«

Megan sagte: »Ich möchte lieber nichts dazu sagen.«

»Wie bitte? Sagen Sie mir jetzt sofort, wie Sie wirklich heißen!«

»Bin ich verpflichtet, Ihnen meinen Namen zu nennen?«

Das brachte ihn kurz aus dem Konzept: »Rechtlich gesehen wohl nicht …«

»Dann möchte ich das lieber nicht. Ich bin aus freiem Willen und auf Bitten von Detective Broome hier.«

»Oh, tatsächlich?« Goldberg runzelte die Stirn. »Zufällig bin ich Detective Broomes direkter Vorgesetzter.«

»Das ändert nichts.«

»Wirklich nicht, Mrs Pierce?«

Megan schloss den Mund. Goldberg kannte ihren Namen schon. Das bedeutete nichts Gutes. Er trat um den Tisch und sah auf den Zeichenblock. Rick Mason versuchte, ihm den Blick zu versperren wie ein Viertklässler, der seinen Nachbarn nicht abschreiben lassen wollte. Goldberg schob ihn beiseite und setzte seine Brille auf. Als sein Blick auf die Skizze des jungen Paars fiel, zuckte sein ganzer Körper, als hätte man ihm einen Schlag mit einem Elektroschocker verpasst.

»Wer zum Teufel sind die beiden?«

Keiner sagte etwas.

Goldberg wandte sich wieder an Mason. »Haben Sie meine Frage verstanden?«

»Ich habe keine Ahnung. Ich soll nur die Phantomzeichnung machen.«

»Für welchen Fall?«

Er zuckte die Achseln.

Goldberg wandte sich wieder an Megan. »Wo haben Sie die beiden gesehen?«

»Ich möchte lieber auf Detective Broome warten.«

Goldberg warf noch einen Blick auf die Zeichnungen. »Nein.«

»Nein?«

»Sie sagen es mir sofort. Oder Sie machen, dass Sie hier rauskommen.«

»Ist das Ihr Ernst?«

»Mein voller Ernst.«

In Gegenwart dieses Goldbergs wurde Megan ganz anders. Sie würde das Revier verlassen. Sie würde einen Spaziergang machen oder vielleicht ins Diner gehen, Broome anrufen und alles neu organisieren. Broome hatte sie nicht umsonst hier runterbringen lassen – vielleicht steckte auch noch mehr dahinter als der Schutz ihrer Identität. Vielleicht hing es mit seinem Boss, diesem angriffslustigen Nashorn namens Goldberg zusammen.

Sie schob den Stuhl nach hinten. »Gut, dann geh ich.«

»Ja, und passen Sie auf, dass Sie auf dem Weg nach draußen nicht über die Türschwelle stolpern.«

Goldberg drehte sich um, offensichtlich irritiert. Seine Flegelhaftigkeit überraschte sie. Es klang fast, als wollte er, dass sie ging. Wahrscheinlich waren das irgendwelche Machtspielchen mit Broome, aber es gefiel ihr nicht. Trotzdem war es am besten, sofort zu gehen, damit sie nichts preisgab, was sie lieber für sich behielt.

Megan stand auf. Sie griff gerade nach ihrer Handtasche, als die Tür wieder aufgestoßen wurde.

Es war Broome.

Schon als er in der Tür stand und noch bevor er Goldberg sah, entdeckte sie etwas Seltsames in seinem Gesicht – Zorn. Der Zorn schien sich eigenartigerweise gegen sie zu richten. Sie hatte einen Moment Zeit, sich zu fragen, worum es ging, ob etwas bei seinem Besuch bei Lorraine schiefgegangen war, aber bevor Broome etwas dazu sagen konnte, entdeckte er Goldberg. Sofort entglitten Broome die Gesichtszüge.

Einen Moment lang starrten die beiden Männer sich nur an. Beide ballten den Bruchteil einer Sekunde die Fäuste. Megan fragte sich, ob einer von ihnen zuschlagen würde. Dann trat Broome einen Schritt zurück, zuckte die Achseln und sagte: »Erwischt.«

Das brachte den Stein ins Rollen. »Was zum Teufel ist hier los, Broome?«, wollte Goldberg wissen.

»Diese Frau, die anonym bleiben soll, könnte Harry Suttons Mörder gesehen haben.«

Goldbergs Kinnlade fiel herab. »Sie war am Tatort?«

»Sie war auf dem Weg zur Kanzlei und hat diese beiden aus dem Haus kommen sehen. Wir haben keinen anderen Grund dafür gefunden, aus dem sie sonst im Gebäude gewesen sein könnten. Ich will damit natürlich nicht sagen, dass sie die Täter sind, aber wir müssen auf jeden Fall mit ihnen reden.«

Goldberg überlegte. Er sah Mason an. »Ist das Bild fertig?«

»So gut wie.«

»Machen Sie es fertig. Sie …«, er zeigte auf Broome, »… will ich in fünf Minuten bei mir im Büro sehen. Vorher muss ich noch kurz telefonieren.«

»Okay.«

Goldberg ging. Als er weg war, zeigte sich wieder der Zorn in Broomes Gesicht. Er starrte Megan an.

»Was ist?«, fragte sie.

Ohne den Blick von ihr zu lassen, sagte er: »Mason?«

»Ja.«

»Geben Sie uns fünf Minuten.«

»Äh, selbstverständlich.«

Rick Mason stand auf. Broome sah Megan immer noch in die Augen, streckte Mason jedoch die Hand entgegen, damit er stehen blieb. »Einen Moment noch, Sie müssen etwas für mich tun.«

Mason wartete.

»Wir haben doch ein mit Alterungssoftware bearbeitetes Foto von Stewart Green, oder?«

»Ja.«

»Ergänzen Sie es um einen kahlrasierten Kopf, einen Kinnbart und Kreolen-Ohrringe. Geht das?«

»Klar, kein Problem. Bis wann brauchen Sie es?«

Broome runzelte nur die Stirn.

»Schon verstanden«, sagte Rick Mason. »Vorgestern.«

»Danke.«

Broome starrte Megan immer noch an. Als Mason den Raum verlassen hatte, beschloss Megan, in die Offensive zu gehen. »Stewart Green mit rasiertem Kopf und Kinnbart? Hat Lorraine Ihnen das erzählt?«

Broome starrte sie weiter mit finsterem Blick an.

»Was haben Sie?«, fragte sie.

Er beugte sich etwas näher heran und wartete einen Moment, bis sie ihm direkt in die Augen sah.

»Wollen Sie mich weiter belügen«, sagte Broome, »oder möchten Sie mir jetzt vielleicht etwas über Ihren alten Verehrer Ray Levine erzählen?«

Del Flynn brachte rosa Rosen, Marias Lieblingsblumen, mit in ihr Zimmer. Er brachte ihr jeden Tag einen frischen Strauß. Er zeigte ihn seiner Exfrau und küsste sie auf die kühle Stirn.

»Hey, Maria, wie geht es dir heute?«

Die Krankenschwester – er konnte sich ihren Namen einfach nicht merken – sah ihn mit leerem Blick an und verließ den Raum. Am Anfang, als sie Maria das erste Mal in diesen Raum geschoben hatten, waren die Schwestern voller Respekt und Bewunderung für Del Flynn gewesen. Immer wieder kam er, der Exmann dieser komatösen Frau, und man musste nur mal sehen, was für Opfer er für sie brachte. Was für ein Mann, hatten sie gedacht. Was für ein treuer, hingebungsvoller, nachsichtiger, liebender Held.

Das Personal hatte schon eine neue, mit Wasser gefüllte

Vase bereitgestellt. Sie kannten Dels Programm. Er stellte den Strauß ins Wasser und setzte sich an Marias Bett. Er sah zur Tür und vergewisserte sich, dass niemand in Hörweite war.

»Maria?«

Aus irgendeinem Grund wartete er auf eine Antwort. Das tat er immer.

»Ich hätte dir das schon längst erzählen müssen, aber ich habe schlechte Nachrichten.«

Er suchte in ihrem Gesicht nach einer winzigen Regung. Es gab keine. Es hatte schon lange keine mehr gegeben. Del ließ den Blick durch den Raum schweifen. Rein äußerlich hätte man nie geglaubt, dass man sich in einem Krankenhaus befand. Natürlich waren das dauernde Piepen der Überwachungsgeräte und die dumpfen Krankenhaus-Hintergrundgeräusche zu hören. Doch Del hatte den Raum umgestaltet. Er hatte Marias Lieblingsdinge hergebracht – den Plüschbären, den er für sie im Six-Flags-Vergnügungspark gewonnen hatte, als Carlton sechs war, den reich verzierten Navajo-Läufer, den sie im Urlaub in Santa Fe gekauft hatten, das Dartboard, das sie im Keller des alten Hauses in der Drexel Avenue aufgehängt hatten.

Del hatte Maria auch mit vielen alten Fotos umringt – ihr Hochzeitsfoto, das erste Weihnachtsfest mit Carlton, Carltons Abschlussfeier von der Parkview-Vorschule. Sein Lieblingsfoto war beim Atlantic City Mini Golf gleich um die Ecke von der Mississippi Avenue direkt am Boardwalk entstanden. Da war er oft mit Maria gewesen. Der ganze Platz war voller Bronzestatuen von spielenden Kindern. Maria gefiel das – als wäre es gleichzeitig ein Museum und ein Minigolf-Platz. Am letzten Loch hatte Maria mit einem Schlag getroffen, und der Kassierer, derselbe, der sie gefragt hatte, welche Farben ihre Bälle haben sollten, war extra aus seinem Kabuff gekommen und hatte das Foto gemacht – und wenn man sie beide lächeln sah, hätte man meinen können, sie hätten eine Reise nach Hawaii gewonnen und nicht nur eine Gratisrunde.

Del starrte das Bild an und wandte sich dann langsam wieder Maria zu. »Es geht um Carlton.«

Keine Reaktion.

Vor achtzehn Monaten hatte ein betrunkener Autofahrer eine rote Ampel übersehen und war in Marias Wagen gerast. Spätnachts. Sie war allein unterwegs gewesen, um in der Nachtapotheke ein Rezept für Carlton einzulösen. Als alleinstehende Frau machte man so etwas wohl, dachte er. Wenn sie noch mit Del verheiratet gewesen wäre, wenn sie nicht so verdammt dickköpfig gewesen wäre und ihm verziehen hätte, wäre sie um die Zeit niemals unterwegs gewesen. Sie wäre gesund, alle wären zufrieden, und sie würden immer noch zusammen auf den Minigolf-Platz gehen, im *Caesars Hotel* eine Runde Karten spielen, im *Gallaghers* ein Steak essen oder sich auf dem Boardwalk eine Portion Schmalzkuchen teilen. Aber die Chance hatte er vor langer Zeit vertan.

»Er wird vermisst«, sagte Del, und Tränen traten ihm in die Augen. »Niemand weiß, was mit ihm passiert ist. Die Cops arbeiten dran, aber du weißt ja, dass das nicht reicht. Daher habe ich ein paar Leute angeheuert. Du kennst diese Typen. Wahrscheinlich wärst du nicht damit einverstanden, aber für deinen Jungen würdest du doch auch einen Mord begehen, stimmt's?«

Wieder keine Antwort. Die Ärzte hatten ihm erklärt, dass keine Hoffnung mehr bestand. Sie war hirntot. Sie hatten ihm geraten, sie sterben zu lassen. Andere hatten ihnen beigepflichtet, manche behutsam, einige mit Nachdruck. Marias Schwester hatte sogar versucht, ihm per Gericht die Betreuungsvollmacht für medizinische Notfälle aberkennen zu lassen, doch Maria hatte ihn benannt, daher hatte sie den Prozess verloren. Alle wollten den Stecker ziehen. Sie so Tag für Tag, Monat für Monat, zum Teufel, womöglich Jahr für Jahr weiterleben zu lassen war grausam, behaupteten sie.

Aber Del konnte sie nicht gehen lassen.

Noch nicht. Nicht bevor sie ihm vergeben hatte. Er flehte sie jeden Tag um Vergebung an. Er flehte sie an, zu ihm zurückzukommen, sie beide wieder zu dem zu machen, was sie früher waren und die ganze Zeit hätten sein sollen. Kurz gesagt, er sagte ihr all das, was er vor dem Unfall hätte sagen sollen.

An manchen Tagen glaubte Del wirklich, dass eine Erlösung möglich wäre. Manchmal dachte er, Maria würde die Augen öffnen, sehen, was er alles für sie getan hatte, welche Opfer er gebracht hatte und mit welcher Hingabe er sich um sie kümmerte. Sie hätte alles gehört, was er bei seinen Besuchen am Krankenbett gesagt hatte, und würde ihm vergeben. Doch an den meisten Tagen – so wie heute – wusste er, dass das nicht passieren würde. Er wusste, dass sein Verhalten grausam war, dass er sie gehen lassen und sich um sein eigenes Leben kümmern musste. Er war inzwischen länger von Maria geschieden, als sie verheiratet gewesen waren. Seitdem war Del das zweite Mal verheiratet. Jetzt mit Darya.

Es gab auch andere Tage – nur selten, aber es gab sie –, da fragte Del sich, ob er sie absichtlich und aus reiner Gehässigkeit hinhielt. Maria hatte ihm nie vergeben und damit alles kaputtgemacht. Vielleicht war er unbewusst wütend auf sie. Vielleicht war es seine Rache, sie am Leben zu erhalten. Bei Gott, er hoffte, dass es nicht so war, aber manchmal wurde er das Gefühl nicht los, dass all das nur großspuriges und selbstsüchtiges Gehabe von ihm war.

Del konnte nicht gut loslassen. Er konnte die einzige Frau, die er je geliebt hatte, nicht loslassen.

Und auch seinen Sohn konnte er nicht loslassen – und würde es auch niemals tun.

»Ich werde ihn finden, Maria. Ich werde ihn finden und herbringen, und wenn du ihn siehst, ich meine, ehrlich, wenn dein armer Junge wieder zu Hause und in Sicherheit ist ...«

Es gab nichts mehr zu sagen. Er setzte sich neben sie und spielte mit seiner Antonius-Medaille. Er liebte sie. Er legte sie nie ab. Erst vor ein paar Wochen war ihm aufgefallen, dass Carlton seine nicht getragen hatte. Sein Sohn hatte sie durch zwei billige Erkennungsmarken ersetzt, als wäre er wirklich beim Militär gewesen, und verdammt, als Del das gesehen hatte, war er in die Luft gegangen. Wie konnte er es wagen? Bei dem Gedanken, dass sein Sohn seine Antonius-Medaille, die seine selige Mutter ihm geschenkt hatte, gegen diese großkotzigen Angeber-Erkennungsmarken ausgetauscht hatte, war Del in die Luft gegangen. Als Carlton mit den Schultern gezuckt und entgegnet hatte, dass Erkennungsmarken ihm gefielen, alle seine Freunde sie trügen und sie »cool« aussähen, hätte Del seinem Sohn beinahe eine gescheuert. »Dein Großvater hat Erkennungsmarken beim Sturm auf die Normandie getragen, und eins kannst du mir glauben: Er hat sie nie für *cool* gehalten!« Dels voller Name war Delano, nach Franklin Delano Roosevelt, dem Held seiner Eltern. Carlton hatte ihn wortlos stehen lassen, als er jedoch am Abend das Haus verließ, stellte Del mit einem gewissen Stolz fest, dass sein Sohn die Antonius-Medaille wieder um den Hals trug – jetzt zusammen mit den Erkennungsmarken.

Der Junge lernte die Kunst des Kompromisses.

Als Dels Handy klingelte – Darya hatte ihm vor kurzem *I Gotta Feeling* von den Black Eyed Peas als Klingelton heruntergeladen –, klappte er es schnell auf. Hier kam ihm der Song mit dem berühmten Refrain »Tonight's gonna be a good night« besonders obszön vor. Er hielt das Handy ans Ohr und sagte: »Flynn.«

»Hier ist Goldberg.«

Del Flynn hörte einen seltsamen Klang im Ton des Cops. Normalerweise setzte Goldberg diese gelangweilte »Mir-kann-man-nichts-vormachen«-Attitüde auf. Jetzt klang er jedoch ziemlich beunruhigt. »Gibt's was Neues?«

»Wissen Sie, was Ihre beiden Irren getan haben?«

»Das geht Sie nichts an.«

»Natürlich geht mich das was an. Eine Nutte aufmischen ist eine Sache, aber der Typ war …«

»Hey«, unterbrach ihn Flynn. »Wollen Sie Ihre Sorgen wirklich am Telefon verbreiten?«

Schweigen.

»Es ist ein totales Chaos«, sagte Goldberg.

Flynn interessierte das nicht. Ihn interessierte nur eins: Wo war Carlton? »Machen Sie sich darüber keine Sorgen. Ich bringe das wieder in Ordnung.«

»Genau davor habe ich ja Angst. Dieses Paar, das für Sie arbeitet, das sind totale Psychopathen, Del. Sie sind außer Kontrolle geraten.«

»Überlassen Sie mir die beiden«, sagte Del Flynn und ergriff die Hand seiner Frau. Sie war eiskalt. »Helfen Sie uns einfach, unseren Sohn zu finden.«

Es entstand eine kurze Pause. »Was das betrifft«, sagte Goldberg dann.

Die Unruhe war aus seiner Stimme verschwunden. Dafür war ein anderer Unterton hinzugekommen, der Del einen eisigen Schauder durchs Herz jagte. »Was ist?«

»Das Blut, das wir in den Pine Barrens gefunden haben. Erinnern Sie sich?«

»Natürlich erinnere ich mich.«

»Wir haben noch keinen zuverlässigen DNA-Test oder so etwas. Das kann noch Wochen dauern. Und eigentlich hat es vielleicht auch gar nichts zu bedeuten. Das ist mein voller Ernst. Also werden Sie nicht nervös, ja?«

Das Gewicht, das auf Del Flynns Brust drückte, seit Carlton verschwunden war, wurde schwerer. »Aber?«

»Aber nach allem, was wir bisher wissen«, sagte Goldberg, »gehe ich davon aus, dass das Blut dort von Ihrem Sohn stammt.«

SIEBENUNDZWANZIG

Broome beugte sich näher heran. »Hat es Ihnen die Sprache verschlagen, Megan? Ich habe nach Ihrem alten Verehrer, Ray Levine, gefragt.«

Als Broome Rays Namen nannte, schien Megans Herz zu zerbersten.

»Hallo?«

»Es ist nicht so, wie Sie denken«, sagte sie.

»Wow, mit dem Satz hatte ich ja jetzt gar nicht gerechnet. Jetzt probiere *ich* es mal mit etwas Unerwartetem: Was ist nicht so, wie ich denke?«

Megan wusste nicht, was sie sagen, wie sie es erklären sollte. Sie dachte an die letzte Nacht, ihre Gefühle in Rays Armen, als Lucy fast schützend über ihnen in die Luft ragte.

»Wie konnten Sie mich so belügen?«

»Ich habe nicht gelogen.«

Broome knallte etwas auf den Tisch. »Hat Ray Levine dieses Foto gemacht?«

Es war das anonym geschickte Foto von Carlton Flynn.

»Ich weiß, dass Ihr alter Lover ein berühmter Fotojournalist war – und ich habe Ihr Gesicht gesehen, als ich Ihnen das Bild gezeigt habe. Also Schluss jetzt mit den Lügenmärchen, ja? Ray Levine hat dieses Foto gemacht, richtig?«

Megan antwortete nicht.

»Antworten Sie, verdammt nochmal. Wenn er unschuldig ist, hat er nichts zu befürchten.«

»Oh, natürlich nicht«, sagte Megan. »Genau wie dieser Ricky Mannion, von dem Sie mir erzählt haben. Wie lange sitzt der jetzt schon?«

Broome setzte sich neben sie. »Achtzehn Jahre für etwas, das er nicht getan hat. Wollen Sie ihm helfen, wieder rauszukommen?«

»Indem ich dazu beitrage, dass er den Platz mit einem anderen Unschuldigen tauscht?«

»Hey, Megan, ich weiß, dass er Ihr Liebhaber war und alles, und das ist ja auch total süß von Ihnen, aber die Sache ist viel größer als das Spielchen, das Sie, Ihre Sommer-Romanze oder Sie beide damals mit Stewart Green gespielt haben.«

»Spielchen?«

»Ja, Megan, Spielchen. In der Nacht, in der Stewart Green verschwunden ist, war Ray Levine auch dort in den Pine Barrens, stimmt's?«

Sie zögerte gerade lange genug.

»Scheiße«, sagte Broome. »Ich hab gewusst, dass Sie mir irgendwas vorenthalten – bin aber nicht darauf gekommen, was es ist. Also lassen Sie uns das Ganze mal durchgehen, ja? Ray Levine war also in der Nacht, in der Stewart Green verschwunden ist, auch in den Pine Barrens, und – nun sieh mal einer an – siebzehn Jahre später, als Carlton Flynn verschwindet, ist er zufällig auch wieder dort. Hab ich das so weit richtig zusammengefasst?«

Sie konnte Ray nicht schützen – zumindest nicht, indem sie log. »Es ist nicht so, wie Sie denken.«

»Ja, das sagten Sie schon. War Ray in der Nacht, in der Stewart Green verschwunden ist, in den Pine Barrens oder nicht?«

Megan überlegte, wie sie es am besten ausdrückte. »Wir wollten uns da treffen, ja, aber Ray ist erst später gekommen.«

»Wie viel später?«

»Nachdem ich wieder weg war.«

Broome verzog das Gesicht. »Nachdem Sie wieder weg waren?«

»Ja.«

»Das versteh ich nicht. Woher wollen Sie wissen, was passiert ist, nachdem Sie wieder weg waren?«

»Er hat es mir erzählt.«

»Ray?«

»Ja.«

»Wann?«

»Gestern Nacht.«

»Das soll doch wohl ein Witz sein, oder?« Nur mit Hilfe einer Gesichts-OP hätte Broome noch ungläubiger dreinschauen können. »Ich fass das mal kurz zusammen: Ray Levine hat Ihnen erzählt, dass er erst gekommen ist, nachdem Sie Stewart Green da in seinem Blut haben liegen sehen?«

»Ja.«

Broome zuckte die Achseln. »Tja, Teufel auch, das genügt mir natürlich. Über Ray brauch ich mir keine Gedanken mehr zu machen. Er ist eindeutig unschuldig.«

»Sehr witzig.«

»Gestern Nacht hat er Ihnen das erzählt?«

»Ja.«

»Und Sie … also … Sie haben ihm einfach so geglaubt?«

»Ja, aber …« Megan überlegte, wie sie es ihm verständlich machen konnte. »Soll ich Ihnen die Wahrheit sagen?«

»Nee, eigentlich nicht. Also, jetzt wo Harry tot ist und wir Carlton Flynns Blut in den Pine Barrens gefunden haben, wäre es mir am liebsten, Megan, wenn Sie mir noch ein paar weitere Lügen auftischen würden.«

Sie versuchte, sich zu sammeln. Ihr Herz raste, und in ihrem Kopf drehte sich alles. »Was die Nacht in den Pine Barrens betrifft, habe ich Ihnen die Wahrheit gesagt. Ich habe Stewart bei dem großen Felsen liegen sehen. Und ich dachte, er wäre tot.«

Broome nickte. »Und Sie waren dort auch mit Ray verabredet?«

»Ja.«

»Aber Sie haben ihn nicht gesehen?«

»Genau.«

»Fahren Sie fort.«

Megan holte tief Luft. »Na ja, Stewart hatte mich ziemlich übel misshandelt. Das habe ich Ihnen auch schon erzählt.«

»Wusste Ray das?«

»Ich denke schon. Aber darum geht's nicht.«

»Sondern?«

»Stewart Green war ein schwieriger Fall: einerseits gewalttätiger Schläger, andererseits angesehener Bürger. Sehen Sie, wenn er einfach ein Nullachtfünfzehn-Arschloch gewesen wäre, würden Sie ihn dann nach so vielen Jahren noch suchen? Würden Sie am Jahrestag seines Verschwindens bei seiner Frau vorbeischauen? Wenn stattdessen, sagen wir, ein ganz normaler Arbeiter ohne Frau und Kinder vermisst worden wäre, hätten Sie sich dann so intensiv damit befasst?«

Die Antwort lag auf der Hand: Nein. Das überzeugte Broome. Es erklärte auch, warum er das Mardi-Gras-Muster so lange nicht erkannt hatte. Bermans Frau hatte ihren Mann gehasst. Wagman war ein LKW-Fahrer auf der Durchreise. Megans Anschuldigung traf zu – war aber trotzdem vollkommen irrelevant, was Ray Levines Rolle in diesen Fällen betraf.

»Wir Cops haben also unsere Lieblinge«, sagte Broome und verschränkte die Arme. »Gibt 'ne große Sondermeldung in den Nachrichten. Na und?«

»Darum geht's mir nicht.«

»Und worum dann?«

»Als ich Stewart Green da liegen sah und ihn für tot hielt, hab ich natürlich gedacht, dass Ray was damit zu tun hat.«

»Haben Sie Ray geliebt?«

»Vielleicht.«

»Ein Vielleicht will ich nicht mehr hören.«

»Okay, also wahrscheinlich schon.«

Broome fing an, auf und ab zu gehen. »Sie sind also nicht nur abgehauen, um sich selbst zu schützen. Sie wollten auch den Mann schützen, den Sie liebten.«

»Die Cops hätten es einem von uns angehängt, so viel war sicher«, sagte Megan. »Wenn ich geblieben wäre, wäre einer von uns, wenn nicht sogar beide, im Gefängnis gelandet. So wie Ricky Mannion.«

Broome lächelte.

»Was ist?«

»Das klingt alles ganz wunderbar und dramatisch, Megan, es fehlt aber ein Punkt: Sie dachten, Ray hätte es getan, stimmt's? Er hat Sie beschützt, und zum Teil waren Sie auch erleichtert, diesen Widerling los zu sein. Außerdem, wenn man in Ruhe darüber nachdachte, war Stewart Green einfach fällig, oder?«

Sie antwortete nicht.

»Sie haben in dieser Nacht also Stewart Green gesehen. Sie dachten, er wäre tot. Sie waren einerseits erleichtert, andererseits dachten Sie, Ihr Lover Ray Levine hätte ihn umgebracht. Also sind Sie abgehauen, damit er nicht geschnappt wird.«

Sie war nicht sicher, was sie darauf erwidern sollte, also sagte sie: »Das bestreite ich ja gar nicht.«

»Und darüber hinaus …«, Broome hob die Hand, »… sind Sie abgehauen, weil Sie eigentlich nicht bei Ray bleiben wollten, um ihn zu heiraten oder was auch immer, weil Sie Ray damals, ob zu Recht oder nicht klären wir noch, als Mörder ansahen. Auch davor sind Sie damals davongelaufen, richtig?«

Broome trat einen Schritt zurück und musterte sie. Er sah, dass er einen Volltreffer gelandet hatte. Beide schwiegen einen Moment lang. Dann summte Broomes Handy. Ein Blick aufs Display verriet ihm, dass Goldberg ihn in sein Büro orderte.

»All die Jahre«, sagte Broome, »haben Sie gedacht, Ray hätte Stewart Green umgebracht.«

»Ich habe es für möglich gehalten.«

Er breitete die Arme aus. »Das führt uns zur alles entscheidenden Frage: Warum haben Sie Ihre Meinung geändert?«

»Dafür gibt es zwei Gründe«, sagte sie.

»Ich höre.«

»Erstens …«, sie zeigte auf den Tisch, »… hat Ray Ihnen dieses Foto geschickt.«

Broome tat es mit einer Handbewegung ab. »Er wollte mit mir spielen. So etwas machen viele Serienmörder.«

»Nein. Wenn er siebzehn Jahre Männer umgebracht hätte, hätte er nicht erst jetzt mit diesem Spiel angefangen. Sie hatten keine Ahnung, dass Carlton Flynn jemals da im Naturschutzgebiet war. Und ohne das Foto hätten Sie es auch nicht erfahren. Ray hat es Ihnen geschickt, weil er bei der Suche des Mörders helfen wollte.«

»Also ist er nur ein anständiger Mensch, der seine Bürgerpflicht getan hat?«

»Ja«, sagte sie. »Und außerdem will er, genau wie ich, die Wahrheit über diese Nacht erfahren. Überlegen Sie doch mal. Wenn Ray Ihnen nicht das Foto geschickt hätte, dann stünden Sie immer noch mit leeren Händen da.«

»Und wie, bitte sehr, kam er dazu, dieses Foto zu machen?«

»Das können Sie sich doch denken. Warum hat er es gerade dieses Jahr gemacht? Warum nicht schon letztes oder vorletztes Jahr? Wäre Ray der Mörder, dann hätte er Ihnen jedes Jahr ein neues Foto schicken können, oder? Die hätte er allerdings an Mardi Gras abgeschickt. Aber für Ray war der entscheidende Tag eben der achtzehnte Februar. Das war der Tag, an dem wir uns zum letzten Mal gesehen haben. Der Tag, an dem unsere Beziehung ihr traumatisches Ende gefunden hat. Also fährt Ray am Jubiläum dahin – am Jahrestag, nicht an Mardi Gras – und macht Fotos. Das ist nun einmal sein Ding. Indem er etwas fotografiert, verarbeitet er das, was passiert ist. Daher hat er auch keine Fotos von den anderen Opfern – weil er nur dann an Mardi Gras dort war, wenn Mardi Gras auf den achtzehnten Februar fiel. Er hat nur das Foto von Carlton Flynn.«

Broome hätte fast angefangen zu kichern. »Wow, das ist jetzt aber wirklich ziemlich weit hergeholt.«

Aber obwohl es ungeheuerlich klang und die Argumentation extrem löchrig war, hatte Broome im Lauf der Jahre gelernt, dass die Wahrheit ein viel eindeutigeres Aroma hatte als eine Lüge. Zudem brauchte er sich hier ja auch gar nicht auf seine Intuition zu verlassen. Hatte Ray wirklich von jedem achtzehnten Februar Fotos aus den Pine Barrens? Das würde ihre aberwitzige These stützen.

Aber was noch wichtiger war: Wenn Ray ein Foto vom Opfer gemacht hatte, hatte er vielleicht, nur ganz vielleicht, auch eins vom Mörder gemacht.

»Sie sagten eben, es gäbe zwei Gründe«, fuhr Broome fort.

»Was?«

»Sie sagten, es gäbe zwei Gründe für Ihre Meinungsänderung, dass Ray Stewart Green umgebracht hat. Bisher haben Sie mir allerdings erst einen genannt. Was ist der zweite?«

»Das ist der banalste Grund überhaupt«, sagte Megan. »Stewart Green ist nicht tot.«

Deputy Chief Samuel Goldberg hätte heulen können.

Er tat es natürlich nicht, erinnerte sich nicht einmal mehr daran, wann er es das letzte Mal getan hatte, aber plötzlich war ihm danach. Er saß allein in seinem Büro. Sein Büro war ein Glaswürfel, und alle konnten hineinsehen, wenn er die Jalousien nicht schloss, und sobald er das tat, wurden die Cops im Revier – von Natur aus misstrauische Wesen – sehr unruhig.

Goldberg schloss die Augen und rieb sich das Gesicht. Es kam ihm vor, als würde die Welt um ihn herum immer enger werden, als drohte sie ihn zu zerquetschen – ähnlich wie in der Szene mit der Müllpresse in *Krieg der Sterne* oder in der alten Batman-Fernsehserie, als Catwomans mit Stacheln bestückte Wand das dynamische Duo beinah aufspießt. Seine Scheidung hatte ihn ein Vermögen gekostet. Die Hypothekenraten auf sein Haus und das Haus seiner Ex waren absurd hoch. Seine älteste Tochter, Carrie, das fantastischste Kind, das ein Mann sich nur wünschen konnte, wollte Tennisstar werden, und das Internat in Florida bei einem weltberühmten Trainer war verdammt teuer. Es kostete Goldberg über sechzig Riesen im Jahr, fraß also fast den gesamten Nettolohn. Tja, und dazu kam noch Goldbergs exklusiver Geschmack, was Frauen betraf – so etwas war nie gut fürs Bankkonto.

Also musste er kreativ sein, um das alles irgendwie hinzubiegen. Wie das aussah? Er verkaufte Informationen. Na und? Meistens änderte sich dadurch absolut gar nichts. Das hatte sein kreatives Vorgehen mit der übrigen Polizeiarbeit gemein. Wenn man die Italiener loswurde, übernahmen die Schwarzen. Wenn man die am Wickel hatte, rückten die Mexikaner nach oder die Russen und so weiter. Also hatte Goldberg ein doppeltes Spiel getrieben. Es war niemand zu Schaden gekommen, außer ein paar Leuten, die es verdient hatten. Es waren sozusagen Verbrechen an Verbrechern verübt worden.

Was diese neue Situation betraf – die Informationsweitergabe im Fall Carlton Flynn –, tja, anfangs schien das noch simpler als sonst zu sein. Der Vater suchte sein Kind. Wer hätte dafür kein Verständnis? Der Vater glaubte, die Cops wären in ihren Handlungsmöglichkeiten zu stark eingeschränkt und er könnte ihnen unter die Arme greifen. Goldberg hatte zwar gewisse Zweifel, aber na ja – warum nicht? –, versuchen Sie's. Schlimmstenfalls hatte der Vater hinterher wenigstens das Gefühl, alles, was in seiner Macht stand, getan zu haben. Dafür hatte wohl auch jeder Verständnis. Und bestenfalls, tja, die Polizei konnte wirklich nur eingeschränkt agieren. Sie musste sich an gewisse Regeln halten, auch an die bescheuerten. Personen, die nicht den Vollstreckungsbehörden unterstellt waren, unterlagen nicht diesen Beschränkungen. Womöglich würde also jeder von dieser Situation profitieren.

Und, yep, Goldberg bekam Geld dafür.

Eine Win-win-win-Situation.

Während seiner Ehe hatte Goldbergs jetzige Exfrau – eine jener schönen Frauen, die ernst genommen werden wollten, bei denen man sich aber nur deshalb die Mühe machte, mit ihnen zu reden, weil sie so schön waren – ihn mit einem Haufen Yoga-Zen-Buddhismus-Scheiß bombardiert und ihn vor den Gefahren seiner außerplanmäßigen Geldmacherei gewarnt. Sie hatte davon geredet, dass böse Taten die Seele vergiften könnten, dass sie ihn auf die schiefe Bahn brachten, auf der man immer mehr an Fahrt gewann, dass sie sein Chakra rot färben würden und so weiter. Sie hatte so lange darüber gesprochen, bis er sie darauf hingewiesen hatte, dass sie, wenn er auf sie hörte, in ein kleineres Haus ziehen, den Sommerurlaub absagen und Carries Tennisstunden streichen müssten.

Aber vielleicht war an diesem Schiefe-Bahn-Gefasel doch etwas dran. Eine Stripperin hatte sich ein paar Schrammen eingehandelt – eigentlich kein Problem, oder? Aber vielleicht doch? Vielleicht entwickelte sich daraus eine Lawine?

Und wohin hatte es geführt?

Megan Pierce, Ehefrau und Mutter zweier Kinder, die jetzt Del Flynns Psychopathen identifizieren konnte – dahin hatte es geführt. Sie musste zum Schweigen gebracht werden. Da lag das Problem, wenn man eine Grenze überschritt. Man trat mal kurz über den Strich, worauf der plötzlich verschwamm und man nicht mehr genau wusste, wo er gewesen war, und im nächsten Moment sollte man zwei verrückten Katalog-Models dabei helfen, eine Frau zu ermorden.

Goldbergs Handy klingelte. Ein Blick aufs Display zeigte ihm, dass es die Psycho-Braut war.

»Goldberg«, meldete er sich.

»Ist sie noch bei Ihnen im Revier, Deputy Chief Goldberg?«

Ihre beschwingte Stimme erinnerte ihn an die Chefin der Cheerleader-Truppe aus seiner Highschool-Zeit. »Ja.«

Die junge Frau seufzte. »Ich kann warten.«

Und dann sagte Goldberg etwas, das ihn selbst überraschte: »Das ist nicht nötig.«

»Wie bitte?«

»Sämtliche Informationen, die diese Frau uns gibt, gehen über meinen Schreibtisch, bevor ich sie weiterleite. Es ist nicht nötig, dass Sie, äh, etwas mit ihr besprechen. Sie können sie einfach zufriedenlassen.«

Schweigen.

»Hallo?«, sagte Goldberg.

»Keine Sorge, ich bin noch da«, singsangte sie.

Wie zum Teufel war Flynn an die beiden herangekommen? Goldberg beschloss, noch etwas mehr Druck zu machen.

»Außerdem ist hier gerade sehr viel Betrieb.«

»Betrieb?«

»Diverse Leute beobachten sie. Auch Polizisten. Sie werden keine Chance haben, mehr als ein oder zwei Minuten mit ihr alleine zu sein. Ehrlich, es ist am besten, wenn Sie mir das überlassen.«

Schweigen.

Goldberg räusperte sich und versuchte, sie vom Thema abzubringen. »Das Blut, das wir bei diesen Ruinen gefunden haben, ist von Carlton Flynn. Nur damit Sie Bescheid wissen. Welchen anderen Spuren gehen Sie noch nach? Kann ich Ihnen da irgendwie behilflich sein?«

»Deputy Chief Goldberg?«

»Ja.«

»Wann wird Megan Pierce das Revier verlassen?«

»Ich weiß es nicht, aber ich habe Ihnen doch gerade gesa…«

»Sie hat etwas gesehen, Deputy Chief Goldberg.«

Er hatte Harry Suttons Leiche vor Augen – die bis auf die Knöchel heruntergezogene Hose, die Brandwunden, die Schnitte, die furchtbaren Dinge, die sie dem armen Mann angetan hatten. Schweißperlen sammelten sich auf Goldbergs Brauen. Für diesen Scheiß war er nicht zur Polizei gegangen. Einem besorgten Vater ein paar Informationen zuzuspielen war eine Sache. Aber dies?

»Nein, hat sie nicht.«

Wieder sagte die junge Frau: »Wie bitte?«

»Ich bin gerade bei ihr gewesen«, sagte Goldberg und merkte, dass er zu schnell sprach. »Sie sagte, sie hätte einen Schwarzen am Tatort gesehen, weiter nichts.«

Schweigen.

»Hallo?«

»Wie Sie meinen, Deputy Chief Goldberg.«

»Was soll das jetzt heißen?«

Aber die Leitung war schon unterbrochen.

ACHTUNDZWANZIG

Auf dem Weg zu Goldbergs Büro wägte Broome die Vor- und Nachteile ab und kam schnell zu dem Schluss, dass er keine Wahl hatte. Goldberg beendete gerade ein Telefonat. Mit einer knappen Geste forderte er Broome auf, Platz zu nehmen.

Broome sah seinem Boss ins Gesicht, stockte und sah dann noch einmal hin. Goldberg war nie ein vor Gesundheit strotzender Beau gewesen, aber jetzt sah er hinter seinem überladenen Schreibtisch aus wie etwas, das man ganz unten aus einem Wäschekorb herausgezogen hatte. Etwas, das die Katze als Erstes wieder aushustete. Etwas, das blass, teigig und zittrig war und vermutlich dringend einen Bypass brauchte.

Broome setzte sich. Er rechnete damit, zusammengestaucht zu werden, aber Goldberg schien nach dem Telefonat zu erschöpft dafür zu sein. Als er Broome ansah, waren die Säcke unter seinen Augen so dick angeschwollen, dass er, wenn man sie etwas weiter nach unten versetzte, damit im *La Crème* an der Stange hätte tanzen können. Zu Broomes Überraschung sagte er mit leiser Stimme: »Erzählen Sie mir, was hier los ist.«

Der Tonfall verblüffte Broome. Er überlegte, wann er Goldberg das letzte Mal ohne jeden Anflug von Feindseligkeit erlebt hatte. Es fiel ihm nicht ein. Das spielte aber auch keine Rolle. Broome hatte schon vorher beschlossen, Goldberg reinen Wein einzuschenken und ihm von seinem Verdacht zu erzählen. Ohne das Einverständnis seines direkten Vorgesetzten konnte er jetzt sowieso nicht weitermachen. Wahrscheinlich hatten sie inzwischen genug in der Hand, um damit zum FBI zu gehen – vermutlich hätte es gestern schon gereicht, aber Broome hatte nichts überstürzen wollen. Er wollte weder wie ein Trottel dastehen, wenn er falschlag, noch den Fall verlieren, wenn er richtiglag.

Broome begann bei der Ermordung Ross Gunthers und sprach dann über die vermissten Mardi-Gras-Männer – Erin hatte inzwischen vierzehn passende Vermisste für die siebzehn Jahre ausfindig machen können –, um dann auf Carlton Flynn zu kommen. Zum Schluss äußerte er den Verdacht, dass die gestrige Ermordung Harry Suttons irgendwie damit zusammenhing, er aber beim besten Willen nicht sagen könnte, wie.

»Immerhin«, endete Broome, »hat uns unsere Zeugin eine sehr gute Beschreibung von zwei Personen gegeben, die sie zu der Zeit, als Harry Sutton gestorben ist, in der Nähe seiner Kanzlei gesehen hat. Wir werden so bald wie möglich die Phantombilder veröffentlichen.«

Goldberg erwachte aus der Erstarrung, in die er versunken war. »Diese Zeugin ist die Frau, die ich unten gesehen habe?«

»Ja.«

»Und Sie halten sie versteckt, weil …?«

»Sie ist die Cassie, von der ich Ihnen schon erzählt habe«, sagte Broome. »Die ehemalige Tänzerin, die sich gestern gemeldet hat.«

»Stewart Greens Ex?«

»Nicht seine Ex, aber ja, das Mädchen, das Stewart Green verfolgt, misshandelt oder was auch immer hat. Diese Cassie hat inzwischen eine neue Identität – Mann, Kinder und so weiter. Sie hat mich gebeten, diese Identität geheim zu halten. Ich habe ihr versprochen, das zu versuchen.«

Goldberg hatte es nicht eilig. Er nahm eine Büroklammer und fing an, sie hin und her zu biegen. »Eine Sache verstehe ich nicht«, sagte er. »Jedes Jahr verschwindet an Mardi Gras ein Mann?«

»Genau.«

»Und wir haben noch keine einzige Leiche gefunden?«

»Nicht eine«, sagte Broome. »Es sei denn, Sie zählen Ross Gunther dazu.«

Goldberg knickte die Büroklammer so weit, dass sie zerbrach. Dann griff er nach der nächsten. »Dieser Ross Gunther wurde also vor achtzehn Jahren an Mardi Gras da in den Pine Barrens ermordet. Und der andere Kerl, wie hieß er noch?«

»Ricky Mannion.«

»Genau, Ricky Mannion wurde dafür verurteilt. Das Urteil ist hieb- und stichfest. Mannion behauptet immer noch, unschuldig zu sein. Ein Jahr später an Mardi Gras verschwindet Stewart Green. Wir haben es damals nicht gewusst, aber er war an der gleichen abgelegenen Stelle in den Pine Barrens und hat … was jetzt … geblutet?«

»Ja.«

»Aber irgendjemand hat ihn vor kurzem gesehen?«

»Wir glauben schon, ja.«

Goldberg schüttelte den Kopf. »Dann gehen wir siebzehn Jahre weiter. Wieder verschwindet ein Mann an Mardi Gras, Carlton Flynn, und die vorläufigen Laborergebnisse zeigen, dass er am selben Ort gelegen und geblutet hat?«

»Ja.«

»Warum erfahre ich das erst jetzt?« Bevor Broome etwas sagen konnte, hob Goldberg die Hand. »Vergessen Sie's, dafür haben wir jetzt keine Zeit.« Er trommelte mit den Fingerspitzen auf den Tisch. »Drei blutende Männer am selben Ort«, sagte er. »Wir sollten die Jungs von der Spurensicherung nochmal hinschicken. Die müssen das Zentimeter für Zentimeter nach weiteren Blutspuren absuchen. Ich weiß nicht, das Ganze klingt völlig verrückt – aber wenn da noch mehr von diesen Vermissten ermordet wurden, finden die da womöglich noch mehr Blut.«

Gute Idee, dachte Broome.

»Was brauchen Sie noch?«, fragte Goldberg.

»Einen Durchsuchungsbefehl für Ray Levines Wohnung.«

»Darum kümmere ich mich. Sollen wir ihn auch zur Fahndung ausschreiben?«

»Lieber nicht«, sagte Broome. »Für eine Verhaftung haben wir noch nicht genug gegen ihn. Und ich will ihn nicht aufschrecken.«

»Was haben Sie dann vor?«

»Ich versuche, ihn zu finden. Ich will allein mit ihm sprechen, bevor er sich hinter einem Anwalt verschanzt.«

Es klopfte. Mason kam herein. »Ich hab das Bild von Stewart Green mit der Alterungssoftware bearbeitet.« Er gab Goldberg und Broome je einen Ausdruck. Wie versprochen war es Stewart Green, siebzehn Jahre nach seinem Verschwinden mit kahlrasiertem Kopf und Kinnbart.

Goldberg fragte: »Haben Sie die Phantomzeichnungen von der Harry-Sutton-Sache fertig?«

»Fast.«

»Gut, machen Sie das fertig und dann geben Sie mir die.« Goldberg sah Broome an. »Sie versuchen, Ray Levine zu finden. Ich schicke die Phantomzeichnungen raus.«

Ken setzte sich hinten im *La Crème* in eine ruhige Nische, von der er zwar schlechte Sicht auf die Tänzerinnen, dafür aber gute Sicht auf die ältere Bardame hatte, wegen der Detective Broome diese Lasterhöhle besucht hatte.

Vorher war es Ken gelungen, nah genug an Detective Broome und die Bardame, die dieser Lorraine genannt hatte, heranzukommen, um ein paar Brocken von ihrem Gespräch aufzuschnappen. Ganz offensichtlich wusste sie eine ganze Menge. Ebenso offensichtlich ging ihr das Thema sehr nahe. Außerdem fand Ken es offensichtlich, dass sie nicht alles sagte, was sie wusste.

Ken war glücklich, fast schon ausgelassen, wegen der bevorstehenden Hochzeit. Immer wieder ließ er sich neue Möglichkeiten durch den Kopf gehen, wie er seinen Antrag vorbringen könnte. Sie bekamen viel Geld für diesen Job, und von diesem Geld würde er den größten Diamanten kaufen, der zu finden war. Die wichtigste Frage lautete jedoch: Wie sollte er seinen Antrag stellen? Er wollte nichts Geschmackloses machen, wie die Männer, die in einem Stadion die Anzeigetafel mieteten. Es sollte eindrucksvoll, aber doch schlicht sein, bedeutsam, aber amüsant.

Sie war so wunderbar, etwas ganz Besonderes, und wenn es eines Ortes bedurft hätte, der ihm das noch einmal verdeutlichte, war es dieser sogenannte Gentlemen's Club. Die Frauen hier waren grotesk. Er verstand nicht, wie irgendein Mann eine von ihnen begehren konnte. Sie sahen schmutzig, krank und unecht aus, so dass Ken sich kurz überlegte, ob Männer hier aus anderen als sexuellen Gründen herkamen, um andere Gefühle zu erkunden. Vielleicht übte der Club eine ähnliche Anziehung auf sie aus wie ein Monstrositätenkabinett auf dem Jahrmarkt.

Ken fragte sich, wie lange diese Lorraine wohl arbeiten würde und ob er sie in einer Pause erwischte oder warten musste, bis ihre Schicht zu Ende war. Falls es überhaupt gelang, wollte Ken sie fesseln und darauf warten, dass seine Geliebte zu ihm stieß. Sie übernahm gern das Kommando, wenn es Frauen waren, denen sie beide Schmerzen zuzufügen hatten.

Sein Handy vibrierte. Ein Blick aufs Display zeigte ihm, dass es die Liebe seines Lebens war. Er dachte an ihr Gesicht, ihren Körper, ihre Reinheit, und war so glücklich wie nie zuvor.

Er klappte das Handy auf und sagte: »Ich liebe dich.«

»Ich liebe dich auch, aber ich mache mir Sorgen.«

»Oh?«

Sie erzählte ihm von ihrem Telefonat mit Goldberg. Als sie fertig war, fragte er: »Was hältst du davon?«

»Ich glaube, unser Freund Deputy Chief Goldberg lügt.«

»Das glaube ich auch.«

»Soll ich mich darum kümmern?«, fragte sie.

»Ich sehe keine andere Möglichkeit.«

Megan half Mason bei der Fertigstellung der Phantomzeichnungen. Sie wollte schnell nach Hause, mit Dave reden und die ganze Sache irgendwie klären. Als Broome wieder zurück in sein Büro kam, fragte er: »Soll ich Sie von einem Beamten nach Hause fahren lassen?«

»Ich würde lieber einen Mietwagen nehmen und selbst fahren.«

»Wir können Ihnen einen aus unserem Wagenpark zur Verfügung stellen und ihn morgen früh wieder abholen lassen.«

»Das wäre gut.«

Broome durchquerte das Büro. »Sie wissen schon, dass ich Ray Levine vernehmen muss, oder?«

»Ja. Aber versuchen Sie bitte, einigermaßen unvoreingenommen zu sein, okay?«

»Ich bin immer unvoreingenommen. Haben Sie eine Idee, wo ich ihn finden könnte?«

»Haben Sie es schon in seiner Wohnung versucht?«, fragte sie.

»Ich habe einen Streifenwagen hingeschickt. Er war nicht da.«

Megan zuckte die Achseln. »Mehr weiß ich auch nicht.«

»Wie haben Sie ihn gestern gefunden?«, fragte Broome.

»Das ist eine lange Geschichte.«

Broome runzelte die Stirn.

»Über seinen Boss«, sagte Megan. »Er heißt Fester.«

»Moment, den kenn ich. Groß und stämmig mit kahlrasiertem Kopf?«

»Genau.«

»Er hat doch so eine Pseudo-Paparazzi-Firma oder so was?« Broome setzte sich an den Computer und fing an zu tippen. Nach ein paar Sekunden hatte er die Adresse und die Telefonnummer von Celeb Experience in der Arctic Avenue in Atlantic City. Er wählte die Nummer, sprach mit der Telefonistin und wurde zu Fester durchgestellt. Er stellte sich als Polizist vor und sagte ihm, dass er mit Ray Levine sprechen müsste.

»Ich bin nicht sicher, wo er gerade ist«, sagte Fester.

»Er steckt nicht in Schwierigkeiten.«

»Mhm. Lassen Sie mich raten. Er ist an viel Geld gekommen, und Sie wollen nur helfen.«

»Ich muss ihn sprechen. Er könnte Zeuge eines Verbrechens gewesen sein.«

Im Hintergrund war ein Geräusch zu hören. Mit einem unterdrückten »Psst« forderte Fester jemanden auf, ruhig zu sein. »Ich mache Ihnen einen Vorschlag. Ich kann ihn für Sie auf dem Handy anrufen.«

»Ich mache Ihnen einen Vorschlag«, entgegnete Broome. »Wie wäre es, wenn Sie mir seine Handynummer geben und ich ihn selbst anrufe?«

Schweigen.

»Fester, oder wie immer Sie auch heißen, Sie wollen keinen Streit mit mir anfangen. Glauben Sie mir. Geben Sie mir seine Nummer. Und rufen Sie ihn nicht an, um ihn zu warnen. Sie wären nicht froh über die weitere Entwicklung, wenn Sie das jetzt versauen.«

»Ich mag es nicht, wenn man mich bedroht.«

»Damit werden Sie leben müssen. Wie lautet Rays Nummer?«

Fester sträubte sich noch ein oder zwei Minuten, lenkte dann aber ein. Broome schrieb sich die Nummer auf, warnte Fester noch einmal davor, Ray zu informieren, und legte auf.

Dave konnte keinen klaren Gedanken fassen.

Er nahm sich eine Auszeit von der Arbeitskampfsache, an der er den ganzen Vormittag gesessen hatte, und ging in sein Büro.

»Kann ich irgendetwas für Sie tun, Mr Pierce?«, fragte die junge Mitarbeiterin.

Sie hatte vor kurzem ihren Abschluss in Stanford gemacht, war bildhübsch, immer gut gelaunt und sprühte vor Lebensfreude. Er fragte sich, wie lange es dauern würde, bis das Leben diese Lebensfreude aus ihr herausgeprügelt hatte. Irgendwie schaffte es das immer. Solcher Enthusiasmus hielt nicht lange.

»Schon okay, Sharon. Machen Sie einfach nur die Schriftsätze fertig, ja?«

Es war faszinierend, was wir alles unterdrücken konnten, wenn wir uns Mühe gaben, dachte er. Niemand – weder seine Mandanten noch der Anwalt der Gegenpartei – hatte auch nur den geringsten Verdacht, dass er, während er in der Sitzung saß, Ratschläge gab und sich Notizen machte, vollkommen am Boden zerstört war wegen der Lügen seiner Frau. Die anwaltliche Fassade hatte keinen Riss bekommen. Er fragte sich, ob die Menschen, wir alle, immer so waren – ob alle im Besprechungsraum eine Maske aufgesetzt hatten, hinter der sie irgendwelche tiefsitzenden Schmerzen versteckten, ob die anderen, die mit ihm im Raum saßen, morgens auch völlig niedergeschlagen waren und das ebenso gut verstecken konnten wie er.

Dave sah die panische SMS seiner Frau an. Sie wollte ihm alles erklären. Gestern Nacht war er so versöhnlich gewesen. Er liebte sie. Er vertraute ihr. Ganz egal, was es sonst noch in ihrem oder in seinem Leben gab – jeder hatte wohl irgendetwas zu verbergen, oder? Niemand war vollkommen. Die Grundlage ihrer Beziehung würde immer bestehen bleiben. Doch am Morgen war das alles wie weggeblasen – trotz der nächtlichen Wonnen. Die ganze sorgfältig zurechtgelegte, rationale Erklärung hatte plötzlich einen falschen Unterton bekommen.

Jetzt fühlte er sich verloren.

Irgendwann würde er mit Megan reden und sich ihre Erklärung anhören müssen. Er fragte sich, worauf es hinauslaufen und ob er ihr glauben würde. Er war versucht, sie jetzt zurückzurufen, beschloss dann jedoch, sie lieber noch ein paar Stunden schmoren zu lassen. Wieso auch nicht? Ganz egal, wie die Erklärung aussah, sie hatte ihn belogen.

Dave sah auf den Computer-Monitor. Vermutlich würde Megan dann aber auch eine Erklärung dafür haben wollen, woher er gewusst hatte, dass sie in Atlantic City war. Er hatte noch nicht entschieden, ob er es ihr verraten wollte. Gestern Abend hatte er Abscheu bei dem Gedanken empfunden, ihr Handy per GPS orten zu lassen, aber plötzlich gefiel ihm der Gedanke, nach Lust und Laune ihren Aufenthaltsort überprüfen zu können. Das war das Problem mit dem Überschreiten von Grenzen. Und auch das Problem mit dem Vertrauensverlust.

Er klickte auf den Link mit den GPS-Daten ihres Handys und wartete, während die Karte lud. Als sie fertig war, traute er seinen Augen nicht. Megan saß nicht heulend, reumütig und schuldbewusst zu Hause.

Sie war schon wieder in Atlantic City.

Was zum …?

Er zog sein Smartphone aus der Tasche und stellte sicher, dass die GPS-Karte in der App erschien. Es funktionierte. Das bedeutete, dass er es sofort sah, wenn Megan ihren Aufenthaltsort wechselte. Gut.

Es war wohl an der Zeit, selbst einmal nachzusehen, was sie da trieb.

Dave schnappte sich seinen Autoschlüssel, stand auf und drückte die Taste der Gegensprechanlage. »Sharon?«

»Ja, Mr Pierce?«

»Ich fühl mich nicht gut. Sagen Sie bitte die restlichen Termine für heute ab.«

Megan ging auf und ab, während Broome Rays Handynummer aufschrieb. Gestern Abend hatte sie Ray nicht danach gefragt – hatte sie auch nicht wissen wollen –, jetzt blickte sie Broome jedoch beiläufig über die Schulter und prägte sie sich ein. Sie überlegte, ob sie Ray anrufen und Broomes baldigen Besuch ankündigen sollte, eine innere Stimme sagte ihr jedoch, dass sie das lieber lassen sollte.

Lass die Ermittlungen einfach ihren Lauf nehmen, dachte sie.

Sie glaubte nicht, dass Ray schuldig war an … ja, an was eigentlich? Körperverletzung? Entführung? Verschleppung?

Mord? Sie hatte Broome ein paar starke Argumente genannt und Ray damit so gut sie konnte verteidigt, trotzdem nagte etwas an ihr. An dieser Geschichte – Stewart Green, Carlton Flynn, den Mardi-Gras-Vermissten – passte vieles nicht recht zusammen. Vor allem wurde sie jedoch das Gefühl nicht los, dass Ray ihr etwas verschwieg.

Wenn man sich ansah, wie nachhaltig ihn die Ereignisse in jener Nacht verstört hatten, musste mehr passiert sein, als dass eine Freundin ihn hatte sitzen lassen. Ja, sie hatten sich geliebt und alles, und keiner wusste, was aus ihnen hätte werden können. Doch vor allem anderen war Ray Fotojournalist gewesen. Unabhängig, sarkastisch und clever. Wenn ein solcher Mann von einer Geliebten verlassen wurde, schmerzte ihn das, es versetzte ihm einen Stich oder brach ihm das Herz. Doch es richtete keine wirklich bleibenden Schäden an.

Ihr Handy klingelte. Auf dem Display sah sie, dass ihre Schwiegermutter aus dem Pflegeheim anrief.

»Agnes?«

Schluchzend sagte ihre Schwiegermutter: »Gestern Nacht ist er wieder hier gewesen, Megan.«

Megan schloss die Augen.

»Er wollte mich umbringen.«

»Ist alles okay?«

»Nein.« Sie klang wie ein verängstigtes Kind. Natürlich war es ein Klischee, aber das Altern ist kein gradliniger Prozess. Es ist eher ein Kreis, der wieder in die Kindheit zurückführt, dann allerdings fast nur deren negative Seiten hervorbringt. »Du musst mich hier rausholen, Megan.«

»Ich bin gerade ziemlich beschäftigt…«

»Bitte. Er hatte ein Messer. Ein großes. So eins, wie du in der Küche hast. Das, das ich dir zu Weihnachten von dem Teleshopping-Kanal bestellt habe. Genau so eins. Guck mal bei dir in der Küche nach, ob das Messer noch da ist. O Gott, noch so eine Nacht halte ich nicht aus …«

Megan wusste nicht, was sie sagen sollte. Eine andere Stimme meldete sich am Telefon: »Hallo, Mrs Pierce, hier ist Missy Malek.«

Die Leiterin des Pflegeheims. »Bitte nennen Sie mich Megan.«

»Richtig, das haben Sie mir schon einmal gesagt. Entschuldigen Sie.«

»Was geht da vor?«

»Wie Sie wissen, Megan, hat Ihre Schwiegermutter sich schon öfter so verhalten.«

»Heute kommt es mir schlimmer vor.«

»Von dieser Krankheit erholt man sich nicht mehr, sie bessert sich nicht mit der Zeit. Agnes wird immer unruhiger werden, aber wir können auch in dieser Situation etwas für sie tun. Wir haben uns doch schon darüber unterhalten, ja?«

»Das haben wir.«

Malek wollte Agnes in den zweiten Stock verlegen, vom »Offenen Wohnen« in die Etage für Personen mit fortgeschrittener Demenz. Außerdem wollte sie eine Einwilligung, Agnes stärkere Psychopharmaka geben zu dürfen.

»Ich habe so etwas schon mehrmals erlebt«, sagte Malek. »Wenn auch selten so ausgeprägt.«

»Könnte da etwas dran sein?«

»Wie bitte?«

»An Agnes' Behauptung. Sie hat ja noch viele klare Momente. Könnte da etwas dran sein?«

»Ob ein Mann mit Ihrem Küchenmesser in ihr Zimmer eingedrungen ist und sie damit bedroht hat? War das Ihre Frage?«

Megan wusste nicht, was sie darauf antworten sollte. »Vielleicht, ich weiß nicht, vielleicht wollte jemand vom Personal ihr einen Streich spielen, oder sie hat etwas missverstanden …«

»Megan?«

»Ja.«

»Hier spielt niemand Streiche. Das ist das Grausame an der Krankheit. Wir begreifen Krankheiten, wenn es sich um körperliche Gebrechen handelt – wenn jemand ein Körperteil verliert, eine Transplantation braucht oder so etwas. In diesem Fall ist es ähnlich. Agnes kann nichts dafür. Es ist eine chemische Reaktion in ihrem Gehirn. Und wie ich schon erwähnt habe, wird dieses Problem nicht wieder verschwinden. Deshalb müssen Sie und Ihr Mann noch einmal ernsthaft über Agnes' Wohnsituation nachdenken.«

Das Handy kam Megan plötzlich unendlich schwer vor. »Können Sie mir Agnes noch einmal geben?«

»Selbstverständlich.«

Ein paar Sekunden später hörte sie wieder die ängstliche Stimme. »Megan?«

»Ich bin unterwegs, Agnes – und dann nehme ich dich mit nach Hause. Warte einfach auf mich, okay?«

NEUNUNDZWANZIG

Wenn man den Boardwalk in Atlantic City das erste Mal sieht, ist man verblüfft über die heruntergekommene, dabei jedoch lebhafte Vorhersehbarkeit des Ganzen. Skeeball-Hallen, Schmalzkuchen, Hot-Dog-Stände, Pizza-Stände, Verkäufer von Time-Sharing-Apartments, Minigolf, Klamottenläden voller T-Shirts mit schlüpfrigen Sprüchen, Souvenirläden – alles perfekt eingefügt zwischen riesige Kasino-Hotels, das *Ripley's Believe It or Not!*-Museum (inklusive eines »Penisköchers« aus Neuguinea, der laut Erklärung als »Schmuck und Schutz vor Insektenstichen« diente, von der Funktion als Lieferant für Gesprächsstoff ganz zu schweigen) und Einkaufszentren für Neureiche. Kurz gesagt, Atlantic Citys Boardwalk ist genau das, was man erwartet und wahrscheinlich auch sehen will: totaler Schund.

Doch gelegentlich erwartete einen am Boardwalk eine Überraschung. Wenn Sie je die Originalversion von Monopoly gespielt haben, kennen Sie die Straßennamen, doch dort, ganz versteckt in einer Nische an der Kreuzung von Park Place und Boardwalk vor der protzigen Wild-West-Fassade des *Ballys Hotel and Casino*, stand ein Ehrenmal für die Gefallenen des Koreakriegs, das zumindest für einen Moment in der Lage war, den Kitsch zu verdrängen und einen zum Nachdenken anzuregen.

Broome entdeckte Ray Levine neben der fast übernatürlichen, dominanten Gestalt des Denkmals – der vier Meter hohen Statue *The Mourning Soldier* von Thomas Jay Warren und J. Tom Carillo. Bei der Bronzegestalt, die mit aufgekrempelten Ärmeln dasteht, den Helm in der rechten Hand, fällt dem Betrachter als Erstes die Haltung ins Auge, der gesenkte Blick, mit dem sie traurig die vielen Erkennungsmarken betrachtet, die an Ketten von ihrer linken Hand herabhängen. Man sieht die Verwüstung in dem tapferen, attraktiven Gesicht des Soldaten, während er, das Gewehr noch auf den Rücken geschnallt, das Messer im Gürtel, die Marken seiner gefallenen Kameraden ansieht. In der Wasserwand hinter ihm scheint sich eine Gruppe erschöpfter Soldaten zu materialisieren, von denen einer einen verwundeten oder toten Kameraden trägt. Daneben sind die Namen von achthundertzweiundzwanzig gefallenen oder vermissten Soldaten aus New Jersey eingraviert, über denen ein ewiges Licht brennt.

Normalerweise hätte so ein Denkmal die Menschen mindestens ernüchtert und zum Nachdenken gebracht, aber hier, eingezwängt zwischen dem Strand- und Treibgut des Atlantic City Boardwalk, wirkte es geradezu ergreifend. Einen Moment lang standen die beiden Männer – Broome und Ray Levine – nur wortlos da und starrten die Erkennungsmarken in der Hand des trauernden Soldaten an.

Broome trat etwas näher an Ray Levine heran. Ray spürte, dass er da war, drehte sich jedoch nicht zu ihm um.

»Kommen Sie oft hierher?«, fragte Broome.

»Gelegentlich.«

»Ich auch. Rückt alles wieder in die richtige Perspektive.«

Touristen gingen nur ein paar Schritte hinter ihnen vorbei und suchten auf den Casino-Werbetafeln nach Jackpots und billigen Büfetts. Die meisten nahmen das Denkmal gar nicht wahr, und wenn, dann wandten sie die Augen ab wie bei einem Obdachlosen, der um Kleingeld bettelte. Broome verstand das. Sie suchten hier etwas anderes. Die Männer hinten an der Wasserwand, die für die Freiheit, dieses andere zu suchen, gekämpft hatten oder sogar für sie gefallen waren, würden es wahrscheinlich auch verstehen.

»Ich hab gehört, dass Sie im ersten Irakkrieg waren«, sagte Broome.

Ray runzelte die Stirn. »Aber nicht als Soldat.«

»Als Fotojournalist, oder? Riskanter Job. Sie sollen einen Schrapnellsplitter abgekriegt haben.«

»Ist nicht der Rede wert.«

»Das sagen die Mutigen immer.« Broome fielen Rays Rucksack und die Kamera in seiner Hand auf. »Machen Sie hier Fotos?«

»Hab ich früher.«

»Jetzt nicht mehr?«

»Nein. Jetzt nicht mehr.«

»Warum nicht?«

Ray zuckte die Achseln. »Es ist aus Stein und Bronze. Es verändert sich nicht.«

»Ganz anders als«, sagte Broome, »zum Beispiel die Natur. Oder Bäume und Sträucher in der Nähe von Ruinen. Das sind bessere Orte, um Fotos zu machen, oder?«

Ray drehte sich um und sah Broome zum ersten Mal an. Ray war unrasiert, seine Augen waren glasig und blutunterlaufen. Megan hatte Broome erzählt, dass sie sich gestern Nacht zum ersten Mal seit siebzehn Jahren mit ihrem ehemaligen Verehrer getroffen hatte. Danach hatte er offenbar zur Flasche gegriffen, was, wenn man den Leuten glaubte, die ihn etwas besser kannten, Ray Levine mit großer Regelmäßigkeit tat.

»Darf ich annehmen, Detective Broome, dass Sie mich nicht angerufen haben, um sich einen Vortrag über Fotografie von mir anzuhören?«

»Doch, gewissermaßen schon.« Broome reichte ihm das anonyme Foto von Carlton Flynn in den Pine Barrens. »Was können Sie mir darüber sagen?«

Ray warf schweigend einen Blick darauf. »Es ist amateurhaft«, sagte er dann und gab es Broome zurück.

»Ach, Ray, wir sind doch immer selbst unsere strengsten Kritiker, stimmt's?«

Ray schwieg.

»Wir wissen beide, dass Sie dieses Foto gemacht haben. Versuchen Sie gar nicht erst, es zu leugnen. Ich weiß, dass es von Ihnen ist. Ich weiß, dass Sie an dem Tag, an dem Carlton Flynn verschwunden ist, bei den Ruinen waren. Außerdem weiß ich, dass Sie dort auch vor siebzehn Jahren waren, als Stewart Green verschwunden ist.«

Ray schüttelte den Kopf. »Ich war nicht da.«

»Doch, Ray, Sie waren da. Megan hat mir alles erzählt.«

Er runzelte die Stirn. »Megan?«

»Ach ja, sie heißt jetzt so. Sie kennen sie unter dem Namen Cassie. Wissen Sie, dass sie verheiratet ist? Hat sie Ihnen das erzählt? Zwei Kinder?«

Ray antwortete nicht.

»Sie wollte Sie nicht verraten, falls Ihnen das etwas bedeutet. Sie beharrt sogar darauf, dass Sie unschuldig sind, und meinte, Sie hätten uns dieses Foto geschickt, um uns zu helfen.« Broome legte den Kopf schräg. »Ist das wahr, Ray? Wollen Sie uns helfen, die Wahrheit herauszubekommen?«

Ray ging von der Statue weg in Richtung des Springbrunnens, der *Fountain of the Light*. Manchmal schossen die Fontänen des Springbrunnens, der sich seit fast hundert Jahren dort befand, hoch hinauf, jetzt jedoch waren sie kaum sichtbar, sprudelten gerade einmal fünf bis zehn Zentimeter hoch.

»Ich hätte also zwei Möglichkeiten, mit dieser Sache umzugehen«, sagte Ray. »Eigentlich müsste ich mir einen Anwalt nehmen und kein Wort sagen.«

»Das wäre natürlich eine Möglichkeit.«

»Oder ich könnte mit Ihnen kooperieren, Ihnen alles erzählen und darauf vertrauen, dass alles gut geht.«

»Ich muss zugeben, dass ich die zweite Möglichkeit vorziehen würde«, sagte Broome.

»Weil es dumm von mir wäre. Diese zweite Möglichkeit ist das, was einen Mann wie mich in Schwierigkeiten bringen würde. Aber wissen Sie was? Wir sind in Atlantic City, also lass ich's drauf ankommen. Ja, ich habe das Foto gemacht. Ich gehe ein Mal im Jahr in die Pine Barrens und mache dort Fotos. So einfach ist das.«

»Komischer Zufall.«

»Was?«

»Dass Sie genau an dem Tag dort waren, an dem Carlton Flynn verschwunden ist.«

»Es war am achtzehnten Februar. Ich war jedes Jahr am achtzehnten Februar da, außer in der Zeit, als ich im Westen war.«

»Was ist am achtzehnten Februar so besonders?«

Ray runzelte die Stirn. »Wer stellt sich denn jetzt dumm? Sie haben mit Cassie gesprochen, also wissen Sie Bescheid.«

Auch wieder wahr, dachte Broome. »Ist das so eine Art Wallfahrt?«

»So könnte man es nennen. Ich fahre hin, sitze da, mache Fotos und sinniere.«

»Sinniere?«

»Ja.«

»Nur weil Ihre Freundin Sie damals dort hat sitzen lassen?«

Ray antwortete nicht.

»Denn, bitte entschuldigen Sie meine Wortwahl, Ray, Sie

klingen wie ein richtiges Weichei. Ihr Mädchen hat Sie verlassen – na und? Da trauert man vielleicht eine Weile, sammelt sich wieder und lebt weiter. Stattdessen fahren Sie an den Ort, wo die Braut Sie auf Ihrem jämmerlichen Hintern sitzen gelassen hat und machen Fotos?«

»Nein, sie hat mich nicht sitzen lassen.«

»Nicht? Ach so, dann hat Megan sich unter einem neuen Namen mit einem wohlhabenden Ehemann und zwei Kindern wohl nur so lange die Zeit vertrieben, bis Ihre Karriere als falscher Paparazzo so richtig in Schwung kommt?«

Ray musste lächeln. »Klingt schon ein bisschen erbärmlich.«

»Und?«

»Dann bin ich eben eine erbärmliche Gestalt«, sagte Ray achselzuckend. »Man hat mir schon schlimmere Sachen an den Kopf geworfen. Kann ich Ihnen sonst noch irgendwie weiterhelfen, Detective?«

»Kommen wir wieder zurück auf die Nacht bei den Ruinen vor siebzehn Jahren.«

»Okay.«

»Erzählen Sie mir, was passiert ist.«

Rays Stimme war belegt. »Ich wollte mich da mit Cassie treffen. Als ich ankam, habe ich Stewart da liegen sehen. Ich nahm an, dass er tot ist, also bin ich abgehauen.«

»Das ist alles?«

»Yep.«

»Sie haben keinen Krankenwagen gerufen oder ihm geholfen?«

»Nein.«

»Wow, Ray, das war wirklich sehr human von Ihnen.«

»Hat Cassie Ihnen erzählt, wie Stewart Green sie behandelt hat?«

»Das hat sie, ja.«

»Dann müssten Sie es eigentlich verstehen. Ich war hin- und hergerissen, wollte zwischendurch sogar Snoopys Glückstanz aufführen, als ich ihn gesehen habe.« Ray hob die Hand. »Und ja, ich weiß, dass ich damit ein wunderbares Motiv hätte, aber ich habe ihn nicht umgebracht.«

»Sind Sie sicher, dass er tot war?«

Ray sah ihn an. »Ich bin nicht hingegangen, um seine Lebensfunktionen zu überprüfen, wenn Sie das meinen.«

»Also sind Sie nicht sicher?«

Ray überlegte einen Moment lang. »Ich muss Ihnen noch etwas sagen. Nicht über die Nacht, aber über den achtzehnten Februar diesen Jahres.«

»Nur zu.«

»Ich habe am Abend gearbeitet. Nachdem ich die Fotos in den Pine Barrens gemacht hatte.«

»Gearbeitet?«

»Ja, bei einer Bar-Mizwa. Als Miet-Paparazzo.«

Broome schüttelte den Kopf. »Was für ein glamouröser Job.«

»Sie haben ja keine Vorstellung. Wissen Sie, was ich gerade vorher gemacht habe? Die große Eröffnung einer Ford-Vertretung. Sie hatten vor dem Eingang einen roten Teppich ausgerollt, und jeder, der vorbeigekommen ist, durfte ihn entlanggehen, während wir uns um sie geschart und Fotos gemacht haben. Dann haben die Händler versucht, den Leuten einen Focus, Escort oder sonst was anzudrehen. Na ja … Jedenfalls, als ich die Bar-Mizwa verlassen hatte, wurde ich überfallen. Man hat mir die Kamera geklaut.«

»Haben Sie das bei der Polizei angezeigt?«

»Klar, ich wollte mir damit unbedingt eine ganze Nacht um die Ohren schlagen. Aber darum geht's nicht. Erst dachte ich, es wäre nur ein ganz normaler Raubüberfall, aber dann hab ich mich gefragt, wieso der Typ nur meine Kamera mitgenommen und nicht einmal versucht hat, an mein Portemonnaie ranzukommen.«

»Vielleicht war er in Eile.«

»Vielleicht. Aber als ich nach Hause kam, hab ich Carlton Flynn in den Nachrichten gesehen. In dem Moment wurde mir klar, dass ich ein Foto von ihm habe. Na ja, die Fotos waren zwar noch in der Kamera, aber ich habe ein Internet-Modul, über das neue Bilder automatisch etwa alle zehn Minuten auf meinen Rechner zu Hause übertragen werden. Was der Räuber allerdings nicht wissen konnte.«

Broome erkannte, worauf er hinauswollte. »Sie glauben also, der Typ hatte es auf das Foto abgesehen?«

»Möglich wär's.«

»Daher haben Sie es mir anonym geschickt.«

»Ich wollte helfen, meinen Namen aber aus nicht allzu schwer nachvollziehbaren Gründen aus der Sache raushalten. Wie Sie schon sagten, macht mich die Tatsache, dass ich beim Verschwinden beider Männer vor Ort war, zu einem Verdächtigen. Ich seh Ihnen an, dass Sie mich auch jetzt noch dazu zählen. Auf jeden Fall war das der Grund.«

»Haben Sie den Kerl gesehen, der Sie überfallen hat?«

»Nein.«

»Größe, Gewicht, weiß, schwarz, Tätowierungen, irgendetwas?«

»Nichts. Ich habe mit einem Baseballschläger eins über den Kopf gekriegt und bin zu Boden gegangen. Ich weiß nur noch, dass ich versucht habe, die Kamera festzuhalten, weiter nichts, tut mir leid.« Ray gab noch einmal den ganzen Ablauf wieder, erzählte, dass er mehr als einen Schlag abbekommen hatte, wie er um seine Kamera gekämpft, sie schließlich doch losgelassen hatte und der Angreifer damit verschwunden war.

»Waren Sie betrunken?«

»Was? Nein.«

»Sie trinken aber ziemlich viel, oder?«

»Ich bin ja auch schon volljährig. Na und?«

»Ich habe gehört, dass Sie gelegentlich Blackouts haben. Stimmt das?«

Ray antwortete nicht. Broome griff in die Tasche, zog das mit dem Computer künstlich gealterte Foto vom kahlköpfigen Stewart Green mit Kinnbart aus der Tasche und zeigte es ihm. »Könnte es dieser Kerl gewesen sein?«

Als Ray Levine das Bild sah, weiteten sich seine blutunterlaufenen Augen. Er sah aus, als hätte man ihm noch einen Schlag mit dem Baseballschläger verpasst. »Wer zum Teufel ist das?«

»Erkennen Sie ihn oder nicht?«

»Ich… Nein. Also… nein, das ist nicht der Kerl, der mich überfallen hat.«

»Ich dachte, Sie hätten Ihren Angreifer nicht gesehen?«

»Kommen Sie mir nicht so, Broome. Sie wissen, was ich meine.«

Broome nahm das Foto und drückte es Ray fast ins Gesicht. »Haben Sie diesen Mann schon einmal gesehen?«

»Nein.«

»Warum sehen Sie dann so erschrocken aus?«

»Ich weiß nicht. Wer ist das?«

»Vergessen Sie's.«

»Hören Sie mit dem Scheiß auf, Broome. Wer ist das?«

»Ein Verdächtiger. Kennen Sie ihn oder nicht?«

»Ich kenne ihn nicht.«

»Sind Sie sicher?«

»Ja.«

»Okay.« Broome steckte das Foto ein und fragte sich, was er von Rays Reaktion halten sollte. Hatte Ray Stewart Green gesehen? Er würde später noch einmal darauf zurückkommen. Jetzt würde er es aus einer anderen Richtung probieren, er durfte Ray keine Atempause lassen. »Also, Sie haben vorhin behauptet, dass Sie jedes Jahr am achtzehnten Februar bei der Eisenerzmine in den Pine Barrens waren.«

»Nein, das habe ich nicht. Ich habe gesagt, fast jedes Jahr.«

»Richtig – abgesehen von den Jahren, als Sie im Westen waren. Können Sie das beweisen?«

»Ich soll beweisen, dass ich in vielen Jahren am achtzehnten Februar dort war?«

»Ja.«

»Warum das?«

»Tun Sie mir den Gefallen.«

»Sie ermitteln in Mord- und Vermisstenangelegenheiten. Eigentlich habe ich keine Lust, Ihnen so einen Gefallen zu tun.«

»Wer hat irgendetwas von Mordfällen gesagt?«

Ray seufzte. »Toll. Hat Ihnen kürzlich jemand die Sammleredition der alten *Columbo*-Folgen geschenkt? Glauben Sie, ich hätte nicht gewusst, dass Cassie – oder, wie haben Sie sie genannt? Megan? Glauben Sie, ich hätte nicht gewusst, dass sie bei Harry Sutton war? Er wurde ermordet, stimmt's? Stand in allen Zeitungen.«

»Oh. Das ist wahr. Also hören wir mit den Spielchen auf. Können Sie beweisen, dass Sie dort in den Pine Barrens«, Broome zeichnete mit den Fingern Anführungszeichen in die Luft, »in fast allen Jahren am achtzehnten Februar Fotos gemacht haben?«

Ray überlegte kurz. »Ja, ich glaube, das kann ich.«

»Wie?«

»Auf den Fotos, die ich mache, ist immer das Datum angegeben.«

»Können Sie das verändern? Also ein anderes Datum einstellen?«

»Da bin ich, ehrlich gesagt, überfragt. Das müssen Sie Ihre Experten fragen. Vielleicht können sie die Bilder auch mit den Wetterberichten abgleichen oder so, nachgucken, ob es da geregnet oder geschneit hat oder sonst irgendetwas war. Ich versteh aber immer noch nicht, was das soll. Was für eine Rolle spielt es, an welchem Tag ich da gewesen bin?«

Es war eigentlich ganz einfach – obwohl Broome es ihm erst einmal nicht verraten würde. Wenn Ray Levine beweisen konnte, dass er immer am achtzehnten Februar, nicht an Mardi Gras, in die Pine Barrens gefahren war, würde das seine Geschichte stützen. Natürlich würde Broome sämtliche Fotos beschlagnahmen und nachsehen, an welchen anderen Tagen er noch in diesem Teil des Naturschutzgebiets gewesen war. Aber es wäre ein Anfang.

Broome spürte, dass die Geschichte auf ihr Ende zuging. Nach siebzehn Jahren, in denen er gesucht, nachgeforscht und nie losgelassen hatte, stand er jetzt kurz vor der Aufklärung. Seltsam, wenn man so darüber nachdachte. An jedem achtzehnten Februar – beziehungsweise an »fast jedem« – war Ray Levine in die Pine Barrens gefahren und hatte über ein bestimmtes Ereignis nachgedacht. Am gleichen Tag hatte Broome währenddessen Sarah Green besucht und über das gleiche Ereignis nachgedacht. Wobei »nachgedacht« eigentlich nicht das richtige Wort war. Broome war von Anfang an vom Stewart-Green-Fall besessen gewesen. Während alle anderen Cops in der Stadt Green als notgeilen Bock angesehen hatten, der mit einer Stripperin durchgebrannt war, war Broome mit einer Beharrlichkeit bei der Sache geblieben, die ihn selbst überrascht hatte. Dass er die hinterbliebenen Familienmitglieder – Sarah, Susie und Brandon Stewart – kennengelernt hatte, hatte sein Übriges dazu beigetragen, aber schon damals war ihm aufgefallen, dass Sarah sich etwas vormachte und dass in ihrem traurigen, einsamen Haus auch dann nicht alles wieder gut werden würde, wenn ihr geliebter Ehemann wohlbehalten wieder zurückkehrte.

Tatsächlich hatte Broome schon damals geahnt, dass hinter Stewart Greens Verschwinden mehr steckte, als man auf den ersten Blick erkannte. Viel mehr. Ein schreckliches, dunkles Geheimnis, mehr, als er sich in seinen kühnsten Träumen auszumalen vermochte. Inzwischen war er sicher.

»Sind wir hier fertig, Detective?«

Broome sah auf sein Handy. Goldberg wollte ihm eine SMS schicken, sobald er den Durchsuchungsbefehl hatte und die Kollegen vor Ort waren. Broome wollte nicht, dass Ray Levine vor ihnen zu seinem Haus kam und womöglich Beweise verfälschte oder verschwinden ließ.

»Das Foto, das Sie mir geschickt haben, war bestimmt nicht das einzige, das Sie an dem Tag gemacht haben, oder?«

»Nein, natürlich nicht.«

»Und wo sind die anderen Fotos?«

»Zu Hause auf meiner Festplatte. Aber ich habe auch ein Backup in einer Cloud.«

»Einer Cloud?«

»So heißt das. Ein sicherer Speicherplatz auf einem externen Server. Also wie eine Festplatte im Himmel. Sie können es sich so vorstellen, als würden Sie sich selbst eine E-Mail schicken. Mit dem richtigen Passwort kann ich darauf von jedem Computer aus zugreifen.«

Holla, dachte Broome. »Ich hab einen Laptop im Wagen«, sagte er. »Was meinen Sie?«

»Was, jetzt?«

»Es könnte wirklich helfen. Mein Wagen steht gleich um die Ecke.«

Broome hatte an der South Michigan Avenue in der Nähe des *Caesars* geparkt. Als der Computer hochfuhr, sagte Ray: »Ich habe Ihnen das letzte Foto geschickt, das ich da gemacht habe. Als dann jemand anders auftauchte, hielt ich es für klüger zu gehen.«

»Dann ist das das einzige Foto, auf dem Carlton Flynn zu sehen ist?«

»Ja.«

»Und auf den anderen Bildern war niemand zu sehen?«

»Richtig. Vorher hatte ich die ganze Gegend für mich allein.«

Der Computer war hochgefahren. Broome gab ihn Ray. Die helle Sonne spiegelte sich auf dem Bildschirm, also setzten sie sich in den Wagen. Broome beobachtete die Leute, die aus den Spielcasinos kamen. Sie verhielten sich alle gleich – leicht schwankend, eine Hand über die Augen gegen die Helligkeit und heftig blinzelnd.

»Ist Ihnen jemand entgegengekommen, als Sie ins Naturschutzgebiet gegangen sind?«, fragte Broome.

»Nein, tut mir leid.«

Ray war im Internet und ging auf eine Mac Webseite. Er gab einen Benutzernamen und ein Passwort ein, klickte auf ein paar Ordner und gab Broome den Laptop zurück. Es waren siebenundachtzig Fotos. Er fing hinten an, mit dem Foto, das Ray ihm anonym zugeschickt hatte. Eins fiel Broome sofort ins Auge. Die ersten Bilder konnte man alle als malerische Landschaftsaufnahmen bezeichnen, die aufgrund der Komposition einen melancholischen Touch hatten. Beim Betrachten vieler Landschaftsfotos sehnte man sich nach Einsamkeit und freier Natur, diese Fotos hingegen waren öde, leer und deprimierend – was interessant war, weil sie die Stimmung und die Intention des Fotografen sehr gut widerspiegelten.

Broome klickte sich weiter durch die Fotos. Aus irgendeinem Grund ging ihm dabei die alberne Textzeile aus dem Song *A Horse with No Name* durch den Kopf: »There were plants and birds and rocks and things.« Genauso war es: Pflanzen, Vögel, Felsen und sonstiger Kram. Was genau hatte Broome zu finden gehofft? Er wusste es selbst nicht. Hinweise. Hier sah er jedoch nur öde, wenn auch künstlerisch gestaltete und bewegende Fotos von einem Ort, an dem ein Mann sein Herz verloren hatte, und andere – tja, was genau?

»Sie sind gut«, sagte Broome.

Ray antwortete nicht.

Langsam schlugen Broome die bedrohliche Vorahnung und die düstere Stimmung, die Rays Arbeit ausstrahlten, aufs Gemüt. Er hatte die Fotos fast durch, als ihm etwas ins Auge fiel.

Broome stoppte.

»Kann man da hineinzoomen?«

»Klar. Klicken Sie einfach die Steuerung- und die Plus-Taste.«

Es war eins der ersten Fotos, die Ray an diesem Tag gemacht hatte. Es war aus einem anderen Blickwinkel gemacht, und das erklärte es vielleicht. Natürlich waren Bäume darauf, dazu der große Felsen und der alte Schornstein, aber Broome meinte noch etwas anderes zu sehen. Da stand etwas hinter der Ruine des alten Schornsteins. Er klickte darauf, zoomte immer näher heran. Zum Glück war die Bildqualität ausgezeichnet, so dass das Bild so gut wie nicht pixelig wurde.

Broome merkte, wie sich ihm die Kehle zuschnürte.

Ray sah ihm über die Schulter. »Was ist das?«

Broome beugte sich vor. Irgendetwas ragte hinter dem

Schornstein hervor. Es war grün, metallisch glänzend mit schwarzen Gummimanschetten. Man konnte nur die oberen zwanzig Zentimeter davon sehen. Aber das reichte. Er hatte im Sommer nach seinem Highschool-Abschluss für eine Umzugsfirma gearbeitet, und obwohl er nur die Griffe sah, hatte er daher eine ziemlich klare Vorstellung davon, worum es sich handelte.

»Eine Sackkarre«, sagte Broome. »Irgendjemand hat in der Nähe der Stelle, an der diese Männer verschwunden sind, eine Sackkarre versteckt.«

DREISSIG

Megan machte sich auf den Weg zu ihrer Schwiegermutter.

In Gedanken war sie noch bei Harry Sutton. Es war natürlich nicht ausgeschlossen, dass der Zeitpunkt seiner Ermordung Zufall war. Sie war wegen eines siebzehn Jahre alten Vorfalls nach Atlantic City zurückgekehrt. Das junge Paar, das die Polizei suchte, war damals wahrscheinlich fünf, höchstens zehn Jahre alt gewesen. Wenn die beiden also wirklich die Täter waren, hatten Megan und ihre Vergangenheit womöglich absolut nichts mit dem zu tun, was Harry passiert war.

Doch auch wenn ihr Gehirn sich weiter in luftiger Verleugnungs-Akrobatik übte – die Wahrheit war unübersehbar: Sie hatte Gefahr und Tod an Harry Suttons Tür geführt. Sie wusste zwar noch nicht, wie, aber tief im Herzen war Megan klar, dass sie wieder einmal Mist gebaut hatte.

Vor zwei Wochen war sie zum ersten Mal wegen dieses mondänen Immobilienkongresses nach Atlantic City zurückgekehrt. Sie hatte sich eingeredet, dass dies nicht von großer Bedeutung wäre, weil sie ja nur wegen des Jobs in der Stadt wäre. Sie hatte wirklich geglaubt, dass die knallharte Spielerstadt, die sie immer noch vermisste, sie nicht weiter locken würde. Aber das war nur eine weitere Selbsttäuschung gewesen. Schließlich hätte sie auch bei ihrer Gruppe bleiben können. Ein paar Möchtegern-Immobilienmakler hatten ein gemeinsames Abendessen im Rainforest Café organisiert, doch

Megan hatte abgesagt. Stattdessen war sie ins *La Crème* gegangen.

Doch konnte man ihr das wirklich zum Vorwurf machen? Wer ging nicht gern alte Lieblingsorte besuchen, wenn man in eine Stadt zurückkehrte, die einem so viel bedeutet hatte?

Sie beschloss, es noch einmal bei Dave zu probieren. Als die Mailbox sich einschaltete, übermannte sie zum ersten Mal eine Welle des Zorns. Beim Piepton sagte sie: »Das reicht jetzt. Wir müssen reden. Deine Mutter hat ernsthafte Probleme. Werd erwachsen und ruf mich an.«

Megan legte auf und warf das Handy dann fast über den Beifahrersitz. Natürlich hatte sie schon Verständnis für sein Verhalten. Schließlich *war* sie im Unrecht. Aber vielleicht lag genau da das Problem? In gewisser Weise war sie schon immer im Unrecht gewesen. Und das hatte im Laufe der Jahre auf alle Aspekte der Beziehung abgefärbt. Ihr Fehler? Selbstverständlich. Aber vielleicht hatte Dave das auch irgendwann ausgenutzt. Ihre Schuldgefühle hatten dazu geführt, dass sie zu oft nachgegeben hatte. Sie bereute keinesfalls, dass sie die Kinder hatten. Sie würde die beiden gegen nichts in der Welt tauschen, aber …

Und warum rief Dave nicht zurück?

Ja, er hatte all die Jahre hart gearbeitet, die Familie versorgt, die Brötchen verdient und all das andere, was Männer zur Rechtfertigung jeglichen Blödsinns vorbringen, den sie anstellen – aber Dave machte seine Arbeit Spaß. Er blühte förmlich auf, wenn er Überstunden machte, auf Reisen war, sonntags morgens Golf spielte und hinterher zu seiner heißen, willigen Frau nach Hause kam. Auch diese Rolle hatte sie immer für ihn gespielt, selbst wenn sie nicht in der richtigen Stimmung gewesen war. Nicht, dass Dave sie je schikaniert hätte, je gemein oder hinterhältig gewesen wäre. Doch warum auch?

Schließlich hatte er die perfekte Frau. Den Gedanken an eine eigene Karriere hatte sie aufgegeben. Sie kümmerte sich stattdessen um den gemeinsamen Papierkram, kaufte ein, erledigte sämtliche Fahrten für die Carpools und hielt den Haushalt in Schuss. Sie sah nach seiner Mutter, tat mehr für sie, als er je würde tun können, und nach all dem, nach all den Opfern, die sie für ihn gebracht hatte, wie behandelte er sie da jetzt?

Er ignorierte ihre Anrufe – und er hatte ihr nachspioniert.

Nicht, dass sie das nicht verdient hätte. Trotzdem. Jetzt wollte sie mit ihm reden, ihm von ihrer Vergangenheit und den Dämonen erzählen, die sie heimsuchten, ihm sagen, dass die Ehefrau, die er zu beschützen geschworen hatte, in Gefahr war. Und er ignorierte ihre verzweifelten Anrufe und benahm sich wie ein bockiges Kind.

Wieder griff sie nach ihrem Handy. Sie hatte Rays Nummer schon abgespeichert, damit sie sie nicht vergaß. Jetzt drückte sie auf die entsprechende Taste, aber bevor es zu klingeln anfangen konnte, sah sie das Schild der Sunset-Seniorenresidenz vor sich.

Benimm dich nicht wie eine Idiotin, sagte Megan zu sich selbst.

Sie legte wieder auf, parkte den Wagen und ging innerlich immer noch vor Wut kochend ins Altenheim.

Barbie folgte ihr in einem Abstand von zwei Autos.

Sie war nicht übermäßig besorgt, dass sie entdeckt werden würde – Megan Pierce schien keine Expertin darin zu sein, Verfolger ausfindig zu machen –, aber man konnte nie wissen. Die Tatsache, dass eine scheinbar einfache Hausfrau irgendwie in die ganze Sache verwickelt war, deutete darauf hin, dass mehr in ihr steckte, als auf den ersten Blick zu sehen war. Das Gleiche konnte man natürlich auch über Barbie sagen.

Beim Fahren kehrten Barbies Gedanken immer wieder zurück zu Kens überraschendem Heiratsantrag. Natürlich war das lieb und süß von ihm, aber vor allem extrem beunruhigend. Sie war immer davon ausgegangen, dass Ken die Illusionen durchschaute, von denen sie umgeben waren, dass ihre Beziehung ihm die Augen für eine neue, andere Realität geöffnet hatte. Aber offenbar war dies nicht der Fall. Selbst er durchschaute die Täuschung nicht, der wir alle von Geburt an ausgesetzt waren.

So wurde uns zum Beispiel von unseren armen, unglücklichen Eltern erzählt, dass man in diesem Leben am einfachsten das Glück fand, indem man sein Leben genauso einrichtete, wie sie es getan hatten. Diese Logik hatte Barbie nie verstanden. Wie lautete die Definition von Irrsinn? Immer wieder das Gleiche zu tun und mit unterschiedlichen Ergebnissen zu rechnen. Etwas, das sich von einer Generation zur nächsten mit erschreckender Beharrlichkeit wiederholte. So hatte Barbies Vater es gehasst, in seinem abgetragenen Anzug mit Krawatte zur Arbeit zu trotten, um dann gegen sechs Uhr abends griesgrämig und niedergeschlagen wieder nach Hause zu kommen, wo er ganz klassisch Trost in der Flasche gesucht hatte. Ihre Mutter hatte das Hausfrauendasein verabscheut – wurde in eine Rolle gezwungen, die ihre Mutter und zuvor schon deren Mutter gespielt hatten –, doch was wünschte sie sich im ewigen blinden Fleck ihres Lebens für ihre Tochter?

Sie sollte einen Mann finden, sich niederlassen und eine Familie gründen – als ob Groll und Kummer ein Vermächtnis wären, das sich weiterzugeben lohnte.

Was für eine absurde Logik war denn das?

Jetzt wollte Ken sie heiraten. Er wollte ein Haus, den Palisadenzaun und natürlich die Kinder, obwohl Barbie sich schon vor langer Zeit damit abgefunden hatte, dass sie fürs Mutterdasein absolut nicht geschaffen war. Sie sah durch die Windschutzscheibe und schüttelte den Kopf. Wieso verstand er das nicht? Sie liebte dieses Leben – den Rausch, die Aufregung, die Gefahr –, und sie glaubte fest daran, dass genau das Gottes Plan für sie war. Er hatte Barbie so erschaffen. Warum hätte er das tun sollen, wenn aus ihr am Ende doch nur eine weitere hirnlose Hausfrau wurde, die Kindern die Schnotten von der Nase wischte oder die Windeln wechselte?

Sie würde Ken erkennen helfen, dass sie aus einem bestimmten Grund zusammengeführt worden waren. Sie liebte ihn. Er war ihr Schicksal. Sie wusste jetzt, dass ihre Aufgabe darin bestand, ihm die Augen zu öffnen. Er würde das verstehen. Er würde sogar erleichtert sein, dass er nicht einfach das tun musste, was die anderen von ihm erwarteten.

Megan blinkte rechts und bog ab. Barbie folgte ihr. Sie schob die Gedanken an den Heiratsantrag beiseite und konzentrierte sich auf ihre Gefühle für das, was sie Megan antun musste. Einerseits gefiel es ihr nicht, diese Frau umbringen zu müssen. Wenn sie Goldberg geglaubt hätte – was sie nicht getan hatte –, dass die Frau keine Bedrohung für sie und Ken darstellte, dann hätte sie sie, ohne einen weiteren Gedanken daran zu verschwenden, gerne zurückfahren lassen in ihr erbärmliches Haus, zu ihrem Ehemann und ihren Kindern. Doch das konnte sie nicht. Es musste sein. In dieser Branche überlebte man nicht lange, wenn man etwas Wichtiges unerledigt ließ.

Barbie sah, wie Megan vor ihr den Wagen parkte und in ein Gebäude ging, vor dem ein Schild mit der Aufschrift *Sunset Assisted Living* stand. Hmm. Barbie fuhr noch ein Stück weiter und parkte ebenfalls. Dann griff sie unter den Fahrersitz und zog das Messer heraus.

Immer noch ziemlich benommen, machte Ray sich auf den Heimweg.

Broome hatte im Labor angerufen und war mit den Leuten von der Spurensicherung hastig wieder zur alten Eisenerzmine in den Pine Barrens aufgebrochen. Ray war noch etwa fünf Minuten geblieben, weil er sich kaum von der Stelle rühren konnte. Das Ganze war völlig unlogisch. Er versuchte, seine Gedanken zu sortieren, was ihn jedoch nur noch mehr verwirrte.

Als Ray auf dem Danny Thomas Boulevard am *Trump Taj Mahal* vorbeistolperte – das Gebäude war so protzig, dass es fast schon ein Klassiker war –, spürte er, wie sein Handy vibrierte. Er griff danach und zog es mit steifen Fingern, die kaum in die Tasche zu passen schienen, heraus. Das Handy vibrierte nicht mehr, und auf dem Display war das Symbol für einen entgangenen Anruf zu sehen. Als er in Caller ID sah, dass eine »Megan Pierce« versucht hatte, ihn zu erreichen, beschleunigte sich sein Puls.

Cassie.

Sollte er sie zurückrufen? Er war sich nicht sicher. Natürlich war es ein Zeichen, dass sie ihn angerufen hatte, andererseits hatte sie aber auch sofort wieder aufgelegt. Oder die Leitung war irgendwie unterbrochen worden. Aber dann würde sie es doch wieder versuchen, sobald sie wieder Empfang hatte? Also gut, warte auf den zweiten Versuch. Er schüttelte den Kopf. Was zum Teufel war nur los mit ihm? Er benahm sich plötzlich wie ein pubertierender Junge, der mit feuchten Händen die Zeichen seiner ersten Liebe zu deuten versuchte.

Ray fragte sich, wie sie an seine Handynummer gekommen war. Ganz egal. Wichtig war nur, dass sie ihn angerufen hatte. Aber wieso? Er behielt das Handy in der Hand, versuchte, es kraft seiner Gedanken in Vibration zu versetzen, prüfte den

Akku-Stand, um sicher zu sein, dass er genug Saft hatte, und auch die Empfangsstärke, um sicher zu sein, dass er erreichbar war. Erbärmlich. Hör auf mit dem Scheiß. Entweder kam Cassie zurück oder eben nicht.

Und was, wenn nicht?

War er bereit zurückzukehren zum … Ja, wohin eigentlich? Noch mehr Schnaps und Blackouts?

Als er um die letzte Ecke zu seiner Kellerwohnung kam – ein erwachsener Mann in einer Kellerwohnung, Himmelherrgott –, blieb er wie angewurzelt stehen. Vor seiner Wohnung standen vier Streifenwagen.

Uh-oh.

Er versteckte sich hinter einem Telefonmast. Noch erbärmlicher. Er überlegte, ob er abhauen sollte, aber was hätte das gebracht? Wenn sie ihn festnehmen wollten, hätte Broome das doch ohnehin vor zehn Minuten erledigen können. Er sah noch einmal hin. Sein pakistanischer Vermieter Amir Baloch stand mit verschränkten Armen vor dem Haus. Ray ging zaghaft zu ihm, in sicherer Erwartung, dass ihn jeden Augenblick die Polizisten ergreifen würden. Doch das taten sie nicht. Stattdessen trugen sie leere Kartons ins Haus und kamen mit vollen wieder heraus.

Amir schüttelte den Kopf. »Genau wie damals in der alten Heimat.«

»Was ist los?«, fragte Ray.

Ein Polizist sah Ray und kam auf ihn zu. Auf seinem Namensschild stand Howard Dodds. »Raymond Levine?«

»Ja.«

»Ich bin Officer Dodds.« Er reichte ihm ein Blatt Papier. »Wir haben einen Durchsuchungsbeschluss für dieses Haus.«

»Er wohnt doch nur im Keller«, jaulte Amir.

»Der Beschluss gilt für das ganze Haus«, sagte Dodds.

Ray beachtete den Zettel nicht. »Kann ich Ihnen bei der Suche behilflich sein?«

»Nein.«

»Ich kann Ihnen die Passworte für meinen Computer geben, falls Ihnen das irgendwie weiterhilft.«

Dodds lächelte: »Netter Versuch.«

»Wie bitte?«

»Manche Passworte dienen dazu, Dateien zu zerstören oder zu löschen.«

»Das wusste ich nicht.«

»Sie wollen also nur helfen, was?«

»Also«, sagte Ray, »ja.«

»Dann lassen Sie uns einfach unsere Arbeit machen.« Er drehte sich um und ging wieder ins Haus.

Ray sah den aschfahlen Vermieter an. »Tut mir leid, Amir.«

»Haben Sie eine Ahnung, wonach die suchen?«

»Das ist eine lange Geschichte.«

Amir sah ihn an. »Werde ich Schwierigkeiten bekommen?«

»Nein.«

»Sind Sie sicher?«

»Absolut.«

»In Karatschi habe ich Schwierigkeiten bekommen. Ich war sechs Monate im Gefängnis. Darum sind wir nach Amerika gekommen.«

»Tut mir leid, Amir.«

»Was werden sie finden?«

»Nichts«, sagte Ray. Er war sich sicher. Sie würden all seine Fotos durchsehen, aber nichts finden. Wieder ging ihm die Nacht mit dem vielen Blut durch den Kopf. Das war das einzige Bild, das er nie im Alkohol würde ertränken können – das einzige Bild, das nie verblassen würde.

Das stimmte nicht ganz. Auch Cassie würde nie verblassen.

Ray dachte an das seltsame Foto von dem kahlrasierten Mann mit Kinnbart, das Broome ihm gezeigt hatte. Er verstand zwar nicht, warum, hatte aber das Gefühl, als drängte man ihn immer weiter in die Enge. Er ging und ließ Amir allein vor seinem Haus stehen. Einen Moment lang hatte Ray das Gefühl, er würde in Tränen ausbrechen. Er versuchte sich zu erinnern, wann er zum letzten Mal richtig geweint hatte, so wie er es jetzt gerne getan hätte. Nur zwei Momente in seinem Erwachsenenleben fielen ihm ein: der erste, als sein Vater gestorben war. Der zweite vor siebzehn Jahren dort in den Pine Barrens.

Er ging die Straße hinunter, an seinem Lieblingspub vorbei, aber er ging nicht hinein. Er wollte nicht. Das passierte ihm nicht oft. Eins wollte er jedoch – er wollte es schon seit langem, es wurde ihm aber jetzt erst bewusst –, er wollte sein Herz ausschütten. Das klang extrem kitschig, nach New Age und nach Therapeuten-Sprech.Und vermutlich würde auch das ihn nicht wirklich befreien, wenn er jemandem die Wahrheit über jene Nacht erzählte, aber vielleicht brachte es ihn zumindest von seinem selbstzerstörerischen Weg ab.

Vielleicht hatte er Broome ja auch deshalb das Foto geschickt.

Die Frage lautete nun, mit wem er reden sollte. Als er das Handy anstarrte, lag die Antwort auf der Hand.

Das Handy hatte noch nicht wieder vibriert, aber was hieß das schon? Sie hatte den ersten Schritt gemacht. Jetzt war er an der Reihe.

Als Ray die Wählen-Taste drückte, erschien erneut der Name Megan Pierce im Display. Er hielt das Handy ans Ohr.

EINUNDDREISSIG

Megan stand vor Agnes' Zimmer im Korridor, als ihr Handy summte.

Die Sunset-Residenz versuchte mit aller Macht, etwas anderes darzustellen, als sie war. Das Äußere sollte an eine viktorianische Bed- and Breakfast-Pension erinnern, wirkte aber wie ein Fertigbauteil-Motel aus den Achtzigern mit Aluminiumverschalung, falschen Farnen und Rollstuhlrampen auf den Verandas. Auch drinnen lagen üppig-grüne Teppichböden, und die Wände waren mit zu bunten Reproduktionen von Renoir- und Monet-Gemälden geschmückt – wobei selbst die den Eindruck machten, als hätte man sie irgendwo billig auf dem Flohmarkt oder bei einem Poster-Ausverkauf erstanden.

Megan ging an Missy Malek vorbei, die sie mit einem routiniert-besorgten Blick ansah und sagte: »Wir sollten wirklich bald miteinander reden.«

»Nachdem ich bei Agnes war.«

»Selbstverständlich«, erwiderte Malek und nickte ihr zu.

Megan ging also gerade den Korridor entlang, an dem Agnes' Zimmer lag, als ihr Handy summte und eine Telefonnummer, die sie als Rays erkannte, im Display erschien. Sie erstarrte, wusste nicht, was sie tun sollte, hatte jedoch letztlich keine Wahl. Sie drückte die Annehmen-Taste und hielt das Handy ans Ohr.

»Hallo?«

»Ich hab gehört, du nennst dich jetzt Megan«, sagte Ray.

»Das ist mein echter Name.«

»Dann könnte ich jetzt natürlich sagen, dass an unserer Beziehung gar nichts echt war.«

»Du wüsstest aber ebenso gut wie ich, dass es gelogen wäre«, sagte sie.

»Ja.«

Schweigen.

»Hat Broome dich gefunden?«, fragte sie.

»Hat er.«

»Entschuldige.«

»Nein, schon in Ordnung. Es war richtig, ihm das zu sagen.«

»Was hast du ihm erzählt?«

»So ziemlich das Gleiche wie dir.«

»Hat er dir geglaubt?«

»Wohl nicht. Die Polizei durchsucht gerade meine Wohnung.«

»Ist alles okay?«

»Mir geht's gut.«

»Falls es dir irgendwie weiterhilft«, sagte Megan, »ich glaube dir.«

Er antwortete nicht.

»Ray?«

Als er wieder etwas sagte, klang seine Stimme anders. Sie war leiser und zitterte leicht. »Bist du noch in Atlantic City?«

»Nein.«

»Kannst du noch mal zurückkommen?«

»Warum?«

Wieder schwieg er.

»Ray?«

»Ich habe dir nicht die Wahrheit gesagt«, sagte er.

Megan spürte die Kälte. »Das verstehe ich nicht.«

»Komm wieder zurück.«

»Ich kann nicht. Also, wenigstens nicht sofort.«

»Ich warte in Lucy. Ist mir egal, wie lange es dauert. Komm bitte.«

»Ich weiß nicht.«

Doch er hatte schon aufgelegt. Sie stand nur da und starrte ihr Handy an, bis ein Geräusch ihre Aufmerksamkeit auf sich zog. Als sie aufblickte, sah sie, wie die verwirrte Agnes mit leerem Blick aus ihrem Zimmer kam. Die grauen Haare waren vollkommen zerzaust, das Gesicht war leichenblass und die Haut so durchsichtig, dass die Adern blau durchschienen.

Als eine Schwester ihr in den Weg trat, rief Agnes: »Tun Sie mir nicht weh!«, und wich zurück.

»Ich würde Ihnen nie wehtun, Agnes. Ich will nur …«

»Halt!« Agnes krümmte sich, als fürchtete sie, die Krankenschwester würde sie schlagen. Megan eilte den Flur entlang und stieß die Schwester aus dem Weg. Sie sah ihrer Schwiegermutter in die Augen, legte ihr die Hände auf die Schultern und sagte: »Schon gut, Agnes. Ich bin's, Megan.«

Sie kniff die Augen zusammen. »Megan?«

»Ja. Es ist alles in Ordnung.«

Agnes legte den Kopf schräg. »Was machst du hier? Warum bist du nicht zu Hause bei den Babys?«

»Sie sind keine Babys mehr. Sie sind Teenager. Ich bin hergekommen, weil du mich angerufen hast.«

»Habe ich das?« Angst zeigte sich in Agnes' Gesicht. »Wann?«

»Das ist jetzt nicht so wichtig. Es ist alles wieder okay. Ich bin bei dir. Du bist in Sicherheit.«

Die Schwester sah sie mitleidig an. Megan nahm Agnes in den Arm und ging mit ihr zurück in ihr Zimmer. Hinter ihnen erschien Missy Malek, doch Megan schüttelte den Kopf und schloss die Tür. Es dauerte eine Weile, aber schließlich beruhigte sich Agnes, hörte auf zu zittern und zu jammern, bis, wie es schon öfter passiert war, ihr Blick wieder klar wurde.

»Geht's dir wieder besser?«, fragte Megan sie.

Agnes nickte. »Megan?«

»Ja.«

»Mit wem hast du telefoniert?«, fragte Agnes.

»Wann?«

»Gerade eben. Als ich aus dem Zimmer gekommen bin. Da hast du hinten im Flur gestanden und telefoniert.«

Megan wusste nicht, was sie sagen sollte. »Nur ein alter Freund.«

»Ich wollte nicht herumschnüffeln.«

»Nein, schon gut, es ist bloß …« Sie brach ab und kämpfte gegen die Tränen. Agnes sah sie so besorgt an, dass Megan richtig spürte, wie in ihr etwas nachgab. »Mein ganzes Leben ist eine einzige Lüge.«

Agnes rang sich ein Lächeln ab und tätschelte ihre Hand. »Ach, das kann man so nicht sagen.«

»Du verstehst das nicht.«

»Liebst du meinen Davey?«

»Ja.«

»Megan?«

»Was ist?«

»Ich weiß«, flüsterte Agnes mit einer Stimme, bei der die Temperatur im Zimmer um ein paar Grad zu sinken schien.

»Was?«

»Letzte Woche.«

»Was ist mit letzter Woche?«

»Einen Tag nachdem Davey dich uns vorgestellt hat, hab ich im Emerson College angerufen. Du hattest erzählt, dass du da studiert hast. Na ja, aber irgendwie passte das nicht zusammen. Also habe ich da angerufen. Sie hatten nie von dir gehört.«

Megan wusste nicht, was sie sagen sollte.

»Ich werd's keinem verraten.« Sie flüsterte. »Das ist schon okay. Ich belüge Roland auch über mein Alter. Ich bin drei Jahre älter als er, aber das weiß er nicht. Wichtig ist nur, dass du meinen Davey liebst. Und das tust du. Ich weiß das. Außerdem bist du gut für ihn. Nicht wie diese reichen, versnobten Mädchen aus der Stadt. Dein Geheimnis ist bei mir sicher, mein Schatz. Ich habe nur eine Bitte.«

Megan lief eine Träne über die Wange. »Und was?«

»Schenk mir ein paar Enkel. Du wirst eine wunderbare Mutter sein.«

Agnes wusste Bescheid, dachte Megan. Die ganze Zeit – jahrelang – hatte sie gewusst, dass ihre Schwiegertochter sie belog. Es war eine beinahe unerträgliche Erkenntnis.

»Megan?«

»Ich verspreche es.«

»Nein, darum geht's nicht.« Agnes' Augen flackerten. Sie sah zur Tür. »Sie wollen mich in die zweite Etage stecken, oder?«

»Ja. Aber wenn du nicht willst, musst du da nicht hin.«

»Es wird nichts nützen.« Sie senkte die Stimme. »Er wird mich finden. Selbst da oben. Er wird mich finden und umbringen.«

»Wer?«

Agnes sah nach links und nach rechts. Sie beugte sich vor und sah Megan direkt in die Augen. »Der böse Mann, der nachts kommt.«

In diesem Moment fiel Megan die Überwachungskamera im Digitalwecker wieder ein.

»Agnes?«

»Ja.«

»War der böse Mann gestern Nacht auch hier?«

»Natürlich. Deshalb hab ich dich ja angerufen.«

Manchmal war es, als hätte man es mit einem menschlichen Fernsehgerät zu tun, bei dem dauernd die Sender wechselten. Megan deutete auf den Wecker. »Weißt du noch, wann er gestern hier war?«

Agnes fing an zu lächeln. »Die Überwachungskamera.«

»Ja.«

»Dann kannst du ihn sehen. Du kannst dir den bösen Mann angucken.«

»Wir können nachsehen.«

Aufgrund des in die Überwachungskamera eingebauten Bewegungsmelders mussten sie sich jetzt kein neunstündiges Video ansehen. Auf der Rückseite des Weckers blinkte eine Leuchtdiode. Das bedeutete, dass im Speicher etwas aufgezeichnet war.

»Ich bin gleich wieder da, Agnes.«

Megan eilte den Flur entlang zur Rezeption, lieh sich dort einen Laptop und ging direkt zurück ins Zimmer. Agnes saß immer noch auf dem Bett. Die Uhr hatte einen USB-Anschluss. Megan stellte sie aufs Bett und steckte den Stecker in den Laptop. Agnes rückte näher an sie heran. Das Symbol der Überwachungskamera erschien. Megan schob den Mauszeiger darauf.

»Wenn er bei dir im Zimmer war«, sagte Megan, »werden wir ihn gleich sehen.«

»Was ist hier los?«

Beide sahen zur Tür. Missy Malek war eingetreten, hatte die Hände in die Hüften gestemmt und die Lippen geschürzt. Sie musterte die Szene – die beiden Frauen auf dem Bett, die Uhr am Laptop angeschlossen –, und ihre Augen weiteten sich. »Was ist das?«

»Eine Überwachungskamera«, sagte Megan.

»Wie bitte?«

»Eine versteckte Kamera. Sie ist in diese Digitaluhr eingebaut.«

Malek lief rot an. »So etwas dürfen Sie hier nicht benutzen.«

»Das habe ich aber schon.«

»Wir haben hier Regeln, um die Privatsphäre der Bewohner zu schützen. Als Agnes hier eingezogen ist, hat ihr Mann als Betreuungsbevollmächtigter eine Vereinbarung unterschrieben. Darin wurde ausdrücklich festgelegt…«

»Ich habe es nicht unterschrieben«, sagte Megan.

»Weil Sie keinen rechtlichen Status haben.«

»Genau. Und dies ist Agnes' Zimmer. Sie wollte die Kamera hier drin haben, stimmt's, Agnes?«

Agnes nickte. »Ja, das stimmt.«

»Sie verstehen das nicht«, sagte Missy Malek. »Sie haben uns gefilmt?«

»Ich denke schon.«

»Wissen Sie, was für ein Vertrauensbruch das ist?«

Megan zuckte die Achseln. »Wenn Sie nichts zu verbergen haben…«

»Natürlich haben wir das nicht.«

»Na wunderbar«, sagte Megan. »Wollen Sie es sich mit uns zusammen ansehen?«

Malek warf erst Agnes, dann Megan einen bösen Blick zu. »Das ist nicht in Ordnung.«

Wegen des schwachen Lichts waren die Bilder grobkörnig. Als Erstes erschien ein Standbild der im Bett sitzenden Agnes. Die Nachteinstellung der Kamera verlieh dem Raum einen unheimlichen grünen Schimmer.

Obwohl die Kamera eine Weitwinkeleinstellung hatte, die

das ganze Zimmer erfasste, sah man die Angst in Agnes' Gesicht. Ihre Augen leuchteten weiß.

Auf dem Standbild war ein Start-Pfeil. Megan drehte sich zu Missy Malek um. Die sah Megan mit resigniertem Blick an. Megan klickte auf den Pfeil.

Das Video lief an – und es löste das Geheimnis tatsächlich, wenn auch nicht so, wie Megan erwartet hatte.

Der Ton wurde nicht aufgezeichnet, was wahrscheinlich auch besser war. Auf dem Bildschirm richtete Agnes sich auf. Man sah, dass sie weinte und schrie. Offensichtlich verängstigt ergriff sie ihr Kissen, um sich damit zu schützen, kauerte sich in die hinterste Ecke des Betts und zog die Knie hoch. Sie starrte den Angreifer an und schützte ihr Gesicht dabei mit der rechten Hand.

Doch da war niemand.

Megan verließ der Mut. Sie warf Missy Malek einen verstohlenen Blick zu. Deren Miene zeigte immer noch Resignation, aber weder Schuld noch Angst. Sie hatte es gewusst. Megan sah ihre Schwiegermutter an. Agnes betrachtete den Bildschirm mit offenem Mund. Erst wirkte sie verwirrt, doch durch den Nebel sah Megan auch Klarheit. Agnes begriff, was passierte. Ein Teil ihres Hirns akzeptierte, was geschah, ein größerer Teil jedoch nicht. Es war, als würde man jemandem unvermittelt erzählen, dass oben unten wäre und links rechts.

»Er hat sich unsichtbar gemacht«, sagte Agnes.

Doch ihre Worte kamen nicht von Herzen.

Es kam Megan wie eine Stunde vor – in Wahrheit waren es vielleicht gerade zwei Minuten –, bis eine Krankenschwester auf dem Bildschirm erschien und Agnes beruhigte. Megan sah, dass die Schwester eine Tasse in der Hand hielt. In der anderen hatte sie Tabletten. Agnes nahm sie und trank einen Schluck aus der Tasse nach, in der vermutlich Wasser war.

Dann lehnte sie sich zurück. Die Schwester deckte sie behutsam zu, wartete noch einen Moment und verließ dann langsam das Zimmer.

Eine Minute später stoppte das Video.

Man musste Malek zugutehalten, dass sie kein Wort sagte. Agnes starrte auf den Bildschirm und wartete darauf, dass noch etwas geschah. Die Kamera hatte sich hinterher noch ein Mal kurz eingeschaltet. Die in der unteren Ecke eingeblendete Digitaluhr zeigte, dass etwa eine Stunde vergangen war. Agnes und Megan beugten sich vor, um alles genau zu erkennen, doch es war nur die Schwester, die kurz hereinschaute und nachsah, ob alles in Ordnung war.

Agnes schlief währenddessen.

Das war alles.

»Du hast ihn doch gesehen, oder?«, sagte Agnes und deutete auf den Bildschirm. »Mit dem Messer? Einmal hat er einen Kojoten und eine Giftflasche dabeigehabt.«

Ohne ein Wort zu sagen, verschwand Malek aus dem Zimmer.

»Megan?«, sagte Agnes mit brüchiger Stimme.

»Schon gut«, sagte Megan, die wieder einmal in einer Welle der Verzweiflung zu ertrinken drohte. Mist. Was war sie doch für eine Idiotin. Hatte sie tief im Innersten nicht gewusst, was die Überwachungskamera zeigen würde? Hatte sie wirklich geglaubt, dass ein Mann mit einem Messer (von dem gelegentlich auftauchenden Kojoten und der Giftflasche gar nicht zu reden) nachts in dieses Zimmer kam, um eine alte Frau zu erschrecken? Das nannte man dann wohl Wunschdenken. Agnes war dem am nächsten gekommen, was eine Frau wie Megan – eine Frau, die fast ihr ganzes Erwachsenenleben eine Lüge gelebt hatte – als Vertraute und beste Freundin haben konnte. Erst heute hatte sie erfahren, wie nah sie sich wirklich standen: All die Jahre hatte Agnes zwar nicht die Wahrheit gekannt, war ihr aber doch sehr nahe gekommen. Und sie hatte ihr nichts ausgemacht.

Agnes hatte Megan besser gekannt als jeder andere – und sie hatte sie trotzdem gemocht.

»Du musst jetzt nach Hause gehen«, sagte Agnes versonnen. »Du musst dich um das Baby kümmern.«

Das Baby. Einzahl. Das menschliche Fernsehgerät hatte wieder auf einen anderen Kanal oder zumindest in eine andere Zeitzone umgeschaltet. Aber Agnes hatte recht. Es reichte. Sie war lange genug der Vergangenheit hinterhergelaufen. Sie hatte lange genug mit den Lügen gelebt. Ihr Schwiegervater – der verstorbene, in Altersangelegenheiten belogene Roland Pierce – hatte oft gesagt: »Youth is just a breath.« Das stimmte, aber auch die eigenen Zwanziger, das mittlere Alter und jede andere Lebensphase war nur ein kurzes Atemholen. Wahrscheinlich war das eines der wenigen Dinge im Leben, die wirklich sicher waren.

Wann hatte Agnes' Abstieg begonnen? Wann würde es bei Megan so weit sein?

Sie wollte nicht einen einzigen Tag länger mit diesen Lügen leben.

Megan küsste ihre Schwiegermutter auf die Stirn, ließ die Lippen dort verharren und schloss die Augen. »Ich liebe dich so sehr«, sagte sie leise. »Ich werde nicht zulassen, dass dir etwas Schlimmes zustößt. Das verspreche ich.«

Sie stand auf, drehte sich um und ging. Am Ende des Flurs stand Missy Malek und sah sie fragend an. Megan nickte und sagte: »Ich muss noch mit meinem Mann reden, aber Sie können schon mit den Vorbereitungen für den Umzug anfangen.«

»Dort wird es ihr besser gehen. Ich bin mir ganz sicher.«

Megan ging weiter durch die gestylte Lobby und die Cafeteria. Die Türen glitten auf. Megan genoss die kühle Luft, als sie aus der drückenden Wärme ins Freie trat. Sie schloss für einen Moment die Augen und atmete tief durch.

Dave hatte sich immer noch nicht gemeldet. Sie war traurig, wütend, erschöpft und verwirrt. Ray wartete in Lucy auf sie. Sie wollte nicht hinfahren. Er war ein Teil ihrer Vergangenheit. Wenn sie die Tür noch weiter öffnete, würde das nur noch mehr Kummer bringen. Es war Zeit, nach vorne zu sehen.

Rays Worte gingen ihr wieder durch den Kopf. *»Ich habe dir nicht die Wahrheit gesagt.«*

Konnte sie das einfach auf sich beruhen lassen? Und sein Tonfall, die Verzweiflung in seiner Stimme… Konnte sie das einfach vergessen? War sie ihm nicht doch noch etwas schuldig? Und womöglich hatte sie ja genau das wieder nach Atlantic City geführt. Vielleicht war es ja gar nicht die Gelegenheit gewesen, die vergangene Jugend noch einmal zu durchleben, sondern es war die einmalige Chance, jemandem dabei zu helfen, wieder Boden unter die Füße zu bekommen.

Sie kam zu ihrem Wagen. Als sie die Hand nach dem Türgriff ausstreckte, bemerkte sie aus dem Augenwinkel eine Bewegung.

Hastig drehte sie sich um und sah ein Messer auf sich zukommen.

ZWEIUNDDREISSIG

Broomes Mut sank. »Sie steht da nicht mehr.«

Zusammen mit Samantha Bajraktari und dem jungen Spurensicherer war er zu den Ruinen der Eisenerzmine zurückgekehrt. Dieses Mal war Cowens nicht mit hinaufgegangen, daher nahm Broome an, dass er sich die Sache mit Samantha aus dem Kopf geschlagen hatte.

»Was glaubten Sie auf dem Foto gesehen zu haben?«

»Eine Sackkarre.«

»Eine Sackkarre? Zum Transportieren von Kisten oder Kartons?«

»Oder von Leichen«, sagte Broome. Er legte die Hand auf das alte Gemäuer. Eigentlich waren die Ruinen der Eisenerzmine ziemlich cool. Broome dachte an seine Flitterwochen mit Erin in Italien. Sie waren für zwei Wochen nach Neapel, Rom, Florenz und Venedig gefahren. Natürlich hatten sie unglaubliche Kunstwerke gesehen, am meisten hatten Erin und ihn – im Herzen waren beide Polizisten von altem Schrot und Korn – aber die Ruinen fasziniert. Diese Überbleibsel des Todes, die Indizien, dass etwas fehlte, hatten sie fasziniert. Sie waren begeistert gewesen vom Forum Romanum, vom Kolosseum und vor allem von Pompeji, einer Stadt, die komplett von einem Vulkan begraben worden war. Vor zweitausend Jahren war der Vesuv ausgebrochen und hatte die Stadt und seine Bewohner mit einer sechs Meter dicken Ascheschicht bedeckt. Eintausendsiebenhundert Jahre hatte Pompeji in dieser Form verharrt – der Tatort war vollkommen verschwunden, vor neugierigen Blicken versteckt –, bis es zufällig wieder entdeckt worden war und Forscher seine Geheimnisse langsam und gewissenhaft aufgedeckt hatten. Broome dachte jetzt daran, wie er Hand in Hand mit seiner schönen, frisch angetrauten Frau durch die perfekt erhaltenen Straßen gegangen war und, weil er ein absoluter Trottel war, damals nicht den Hauch einer Ahnung hatte, dass das der schönste Augenblick seines Lebens sein würde.

»Ist alles okay?«, fragte Bajraktari.

Broome nickte. Er wusste, dass es in den Pine Barrens jede Menge Ruinen aus dem achtzehnten und neunzehnten Jahrhundert gab. Bis auf die bedeutendsten in Batsto und Atsion waren es keine Ausflugsziele. Genau wie diese lagen die meisten gut versteckt im Wald und waren nicht mit dem Auto erreichbar. Heute waren das alles nur noch zerfallende Überreste aus einer vergangenen Ära, aber früher hatte es hier in den Wäldern New Jerseys florierende Dörfer mit Papiermühlen, Glasbläsereien oder Eisenerzwerken gegeben. Bis die natürlichen Ressourcen versiegten, woraufhin die meisten Dörfer aufgegeben wurden. Was genau passiert war, wusste man in vielen Fällen allerdings gar nicht genau. Gerade hatten in einer Ortschaft noch Menschen gelebt, gearbeitet und Kinder erzogen, kurz darauf waren die Menschen verschwunden – vielleicht um eines Tages wiederentdeckt zu werden wie etwas in Pompeji.

Bajraktari betrachtete den Backstein des Gebäudes, das 1780 gebaut worden war. »Sie meinen also, Sie hätten hier eine Sackkarre gesehen, ja?«

»Ja.«

Sie rieb über den Backstein.

»Hier sind ein paar Kratzer. Das könnte sogar etwas Rost

sein. Um ganz sicherzugehen, müsste ich aber einen Test machen.«

»Um sicher sagen zu können, ob da eine Sackkarre gelehnt hat?«

»Genau.«

Samantha bückte sich. Sie rieb mit der Hand über den Boden. »Und wie sieht Ihre Theorie bezüglich dieser Sackkarre aus?«

»Na ja, also besonders originell ist sie nicht«, sagte Broome.

»Das heißt?«

»Es wurde etwas damit transportiert.«

»Zum Beispiel eine Leiche.«

Broome nickte. »Sagen wir, sie würden hier oben ein Mal im Jahr – an Mardi Gras – einen Mord begehen oder einen Mann sonst irgendwie außer Gefecht setzen. Ihn bewusstlos schlagen oder so etwas. Und dann wollen sie ihn wegschaffen.«

Sie nickte. »Da wäre eine Sackkarre sehr hilfreich.«

»Genau.«

»In dem Fall«, sagte Samantha, »würde es irgendwelche Spuren geben. Vertiefungen. Wie tief die in diesem Boden wären, kann ich so nicht sagen. Die aus den vergangenen Jahren sind natürlich längst verschwunden, aber wenn Carlton Flynn hier erst vor ein paar Tagen mit einer Sackkarre abtransportiert wurde, müssten wir das wohl noch finden.«

Sie ging weiter nach hinten auf den riesigen Felsen zu, an dem sie das Blut entdeckt hatten. Broome folgte ihr. Bajraktari kniete sich hin, stützte sich dann auf die Hände und ging mit dem Kopf bis auf eine Handbreit über den Boden wie ein Spurenleser in einem alten Western. Sie fing an zu krabbeln, wurde dabei immer schneller.

»Was ist?«, fragte Broome.

»Sehen Sie das?«

Sie deutete auf den Boden.

»Kaum.«

»Das sind Vertiefungen. Vier Stück, die die Ecken eines Rechtecks bilden. So etwa sechzig Zentimeter mal ein Meter zwanzig.«

»Und was heißt das?«

»Um eine Leiche auf eine Sackkarre zu bekommen, würde man die Karre hinlegen. Die größte Belastung entsteht in dem Moment, in dem man die Leiche auf die Karre fallen lässt.« Sie sah zu ihm hoch. »Dabei würden solche Spuren entstehen.«

»Wow.«

»Yep.«

»Sind Sie in der Lage, äh, der Spur zu folgen?«

»Ich glaube nicht«, sagte sie. »Der Boden ist hier ziemlich hart, aber …« Ihre Stimme verlor sich. Sie drehte den Kopf nach unten und ging jetzt wie ein Spürhund den Pfad entlang. Dann blieb sie wieder stehen und beugte sich noch weiter nach unten.

»Wurde die Karre dort entlang geschoben?«, fragte Broome.

»Ganz sicher bin ich nicht, aber sehen Sie die abgebrochenen Zweige hier?«

Broome ging zu ihr. Es sah tatsächlich aus, als ob etwas Schweres, zum Beispiel eine Sackkarre mit einer Leiche, darübergefahren wäre. Er suchte nach einer Spur, fand aber keine. »Wohin könnte er gefahren sein?«

»Wahrscheinlich nicht sehr weit. Vielleicht hat er die Leiche hier irgendwo vergraben?«

Broome schüttelte den Kopf. »Dafür ist es in den letzten Wochen zu kalt gewesen.«

»Hier sind noch ein paar gebrochene Zweige. Gehen wir ihnen nach.«

Das taten sie. Sie kamen tiefer in den Wald, entfernten sich weiter vom Pfad, gingen einen Hang hinab. Jetzt, in einem Gebiet, das eigentlich kein Mensch mehr betrat, fanden sie noch mehr abgebrochene Zweige und weitere Hinweise darauf, dass etwas Schweres zwar nicht alles niedergewalzt hatte, aber doch mit hoher Geschwindigkeit bewegt worden war.

Die Sonne ging unter, und mit Einbruch der Dunkelheit wurde es kälter. Broome schloss den Reißverschluss seiner Windjacke und ging weiter.

Im dichter werdenden Unterholz war deutlicher zu sehen, dass jemand hier entlanggegangen war. Broome wusste, dass er eigentlich langsamer gehen und darauf achten müsste, nicht etwa einen potenziellen Tatort zu zertrampeln, aber seine Beine bewegten sich wie von selbst immer schneller. Jetzt hatte er die Führung übernommen. Auch sein Puls wurde schneller. Seine Nackenhaare sträubten sich.

Er wusste es. Er wusste es einfach.

»Nicht so schnell, Broome.«

Er eilte weiter, wurde eher noch schneller, schob die Zweige zur Seite und stolperte fast über ein paar dicke Wurzeln. Schließlich, nicht einmal eine Minute nachdem sie den Hang hinabgegangen waren, erreichte Broome eine kleine Lichtung und blieb stehen.

Samantha Bajraktari folgte kurz nach ihm. »Broome?«

Er starrte das zerfallene Bauwerk vor sich an. Es handelte sich um eine niedrige Mauer, nicht einmal einen Meter hoch und mit Efeu überwuchert. So ging das. Wenn der Mensch sich zurückzog, rückte die Natur wieder vor und eroberte das zurück, was ihr ursprünglich gehört hatte.

»Was ist das?«, fragte Bajraktari.

Broome schluckte. »Ein Brunnen.«

Er ging hin und sah hinein. Dunkelheit.

»Haben Sie eine Taschenlampe?«

Der Hall seiner Stimme verriet ihm, dass der Brunnen tief war. Sein Magen zog sich zusammen.

»Hier«, sagte sie.

Broome nahm ihre Taschenlampe und schaltete sie an. Dann richtete er sie direkt ins Loch – und als der Strahl etwas erfasste, blieb Broome kurz das Herz stehen. Vielleicht hatte er ein Geräusch von sich gegeben, ein Stöhnen oder so etwas, aber er war sich nicht sicher. Samantha trat neben ihn, sah hinunter und schnappte nach Luft.

Ken setzte sich auf den letzten Hocker und beobachtete die Bardame.

Sie hieß Lorraine und beherrschte ihren Job. Sie lachte viel. Sie berührte die Männer am Arm. Sie lächelte, und falls das doch alles nur gespielt war, falls sie diesen Job tief in ihrem Innersten verabscheute, merkte man ihr das nicht an. Bei den anderen Mädels sah man das hingegen. Sie versuchten, fröhlich zu wirken, ihr Lächeln reichte jedoch nie über die Lippenpartie hinaus, und oft – zu oft – sah man die Leere in ihren Gesichtern und den Hass in ihren Augen.

Die Stammgäste nannten die ältere Bardame Lorraine. Stammgäste in einem Strip-Club – Ken überlegte, ob es etwas Jämmerlicheres gab. Trotzdem hatte er Verständnis für diese Männer. Hatten wir doch eigentlich alle. Wir alle spürten diese Anziehungskräfte. Und Sex verströmte mit die stärkste. Der Macht über andere Menschen konnte sie zwar nicht das Wasser reichen, doch diese Erfahrung würden die meisten dieser Männer hier nie machen. Sie würden nie erfahren, was einen Mann in seinem tiefsten Inneren wirklich berührte.

Doch Ken hatte gelernt, dass das Geheimnis, wie man gegen alles, was so eine große Anziehungskraft verströmte, bestehen konnte, in seiner Akzeptanz lag. Man musste sich eingestehen, dass man es nicht aufhalten konnte. Auch wenn Ken sich selbst durchaus für einen disziplinierten Menschen hielt, so wusste er doch, dass der Mensch im Prinzip nicht zur Selbstverleugnung geschaffen war. Deshalb waren Diäten von vorneherein praktisch immer zum Scheitern verurteilt. Oder Enthaltsamkeit.

Die einzige Möglichkeit, gewisse Dinge zu besiegen, bestand darin, ihre Existenz anzuerkennen und sie dann in geordnete Bahnen zu lenken. Er sah zu Lorraine hinüber. Sie würde irgendwann gehen. Er würde ihr folgen, bis sie alleine war, und dann … tja, diesen geordneten Bahnen folgen.

Er drehte sich auf seinem Hocker um und lehnte sich mit dem Rücken an die Theke. Die Mädchen waren hässlich. Man spürte fast, wie Krankheiten aus ihren Poren strömten. Mit Barbie war keine auch nur annähernd vergleichbar. Er dachte an das Haus am Ende der Sackgasse, an Kinder, die Grillfeste im Garten und stellte sich vor, wie er seinem Kind beibrachte, einen Baseball zu fangen, oder beim Feuerwerk am vierten Juli eine Decke ausbreitete. Er wusste, dass Barbie in dieser Hinsicht große Vorbehalte hatte. Er verstand ihre Skepsis nur zu gut, aber auch dieses Leben verströmte eine unbestreitbare Anziehungskraft. Warum, fragte er sich, fühlten wir uns alle zum Familienleben hingezogen, wenn es in der Regel doch nur ins Unglück führte? Er hatte darüber nachgedacht, und dabei war ihm bewusst geworden, dass der Fehler nicht der Traum an sich war, sondern dass die Träumer sich falsch verhielten. Barbie sagte oft, sie wären anders und nicht für ein solches Leben geschaffen. Das stimmte aber nur zum Teil. Sie waren zwar anders, aber genau dadurch bot sich ihnen die Gelegenheit, dieses Leben zu leben. Sie würden sich nicht wie hirnlose Drohnen in diese Familienwelt begeben.

Es war nicht so, dass dieses Leben, nach dem die Menschen sich sehnten, per se schlecht oder wertlos war – das Problem bestand darin, dass es für die meisten von ihnen unerreichbar war.

»Was kann ich noch für dich tun, mein Süßer?«

Er drehte sich um. Lorraine stand vor ihm. Sie hatte sich ein Geschirrtuch über eine Schulter gelegt. Ihre Ohrringe hingen baumelnd herab. Ihre Haare hatten die Farbe und Beschaffenheit von Stroh. Ihre Lippen sahen aus, als sollte eine Zigarette dazwischen klemmen. Sie trug eine weiße Bluse, die sie absichtlich nicht weit genug zugeknöpft hatte.

»Oh, ich glaube, ich hatte schon genug«, antwortete Ken.

Lorraine betrachtete ihn mit demselben schrägen Lächeln, mit dem sie auch die Stammkunden angesehen hatte. »Du bist hier in einer Bar, Hübscher. Irgendwas musst du schon trinken. Wie wär's denn dann mit einer Cola?«

»Ja, das wäre prima.«

Ohne den Blick von ihm abzuwenden, warf Lorraine ein paar Eiswürfel in ein Glas, griff nach der Getränke-Zapfpistole und drückte auf eine Taste. »Und was bringt dich hierher, Süßer?«

»Das Gleiche wie alle anderen.«

»Wirklich?«

Sie reichte ihm das Glas. Er trank einen Schluck.

»Klar. Sehe ich aus, als ob ich nicht hierhergehören würde?«

»Du siehst aus wie mein Ex – so verdammt schön, dass es eigentlich nicht gut für dich sein kann.« Lorraine beugte sich zu ihm, als wollte sie ihn in ein Geheimnis einweihen. »Soll ich dir noch was verraten? Männer, die aussehen, als ob sie nicht hierhergehören, sind unsere besten Kunden.«

Ihr Dekolleté zog seinen Blick nach unten. Als er ihn wieder hob, sah sie ihm direkt in die Augen. Ihr Gesichtsausdruck gefiel ihm nicht – er hatte den Eindruck, als könnte diese alte Bardame irgendwie seine Gedanken lesen. Er dachte daran, wie sie gefesselt vor ihm lag und sich vor Schmerzen wand, worauf die wohlbekannte Erregung ihn erfasste. Er hielt ihrem Blick stand und beschloss, etwas auszuprobieren.

»Wahrscheinlich liegen Sie mit dieser Einschätzung über mich richtig«, sagte er.

»Wie bitte?«

»Dass ich nicht hierhergehöre. Ich bin wohl reingekommen, um nachzudenken. Und vielleicht ein bisschen zu trauern.«

Lorraine sagte: »Ach?«

»Ein Freund von mir ist oft hier gewesen. Wahrscheinlich haben Sie von ihm in der Zeitung gelesen. Er heißt Carlton Flynn.«

Das kurze Flackern in ihren Augen verriet ihm, dass sie ihn kannte. Ja, oh ja, sie wusste etwas. Jetzt war er an der Reihe, sie so anzusehen, als könnte er ihre Gedanken lesen.

Sie wusste irgendetwas Wichtiges.

DREIUNDDREISSIG

Megan sah das Messer auf sich zukommen.

Sie hatte nie Kampfsportarten trainiert, und selbst wenn, hätte ihr das in dieser Situation wahrscheinlich nichts genützt. Sie hatte weder Zeit auszuweichen noch den näher kommenden Arm abzuwehren oder was auch immer sonst die richtige Reaktion gewesen wäre.

Man sagt, dass sich in solchen Momenten, in denen man Gewalt ausgesetzt ist und den eigenen Tod vor Augen hat, der Lauf der Zeit verlangsamt. Das stimmte nicht ganz. Für den kurzen Augenblick, in dem die Klinge ihrer Kehle immer näher kam, verwandelte Megan sich in etwas anderes als ein hochentwickeltes menschliches Wesen. Ihr Gehirn arbeitete plötzlich im Basismodus. Selbst eine Ameise wusste, dass sie in die entgegengesetzte Richtung laufen musste, wenn jemand in ihre Nähe trat. Im Kern ging es bei allen Lebewesen nur ums Überleben.

So lief das auch hier ab. Die ursprünglichen Funktionen in Megans Hirn, die, die schon lange vor den kognitiven Fähigkeiten existiert hatten, übernahmen. Sie dachte nicht über ihr Tun nach, handelte nicht bewusst – zumindest am Anfang nicht. Gewisse Selbstverteidigungsmechanismen sind in unserem Nervensystem einfach vorgegeben.

Und so riss sie den Arm schützend vor ihren Hals, um das Messer davon abzuhalten, in ihre Kehle einzudringen und ihrem Leben ein Ende zu setzen.

Die Klinge bohrte sich tief in ihren Unterarm und glitt unbehelligt durch das Fleisch, bis sie auf den Knochen traf.

Megan schrie auf.

Irgendwo tief unten in ihrem Gehirn nahm Megan das Knirschen des Metalls auf dem Knochen wahr, doch das interessierte sie nicht. Zumindest im Moment nicht.

Es ging nur ums Überleben.

Alles andere, auch die Vernunft, trat gegen diesen urtümlichsten Instinkt in den Hintergrund. Sie kämpfte buchstäblich um ihr Leben, daher überlagerte ein Gedanke alle anderen: Wenn es der Angreiferin gelang, das Messer wieder herauszuziehen, würde Megan sterben.

Obwohl sie sich ganz auf das Messer konzentrierte, erkannte Megan irgendwo in einem versteckten Winkel ihres Gehirns jedoch auch die blonden Haare, und ihr wurde klar, dass die Angreiferin dieselbe Frau war, die Harry Sutton umgebracht hatte. Die Frage, warum sie das getan hatte, spielte in diesem Moment keine Rolle – das würde sie später noch klären können, falls sie überlebte –, doch jetzt mischte sich Wut zwischen die Angst und die Panik.

Die Frau durfte ihr Messer nicht wieder zurückbekommen.

Nein, die Zeit lief immer noch nicht langsamer. Es waren erst ein oder zwei Sekunden vergangen, seit Megan das auf sie zukommende Messer das erste Mal gesehen hatte. Wieder reagierte sie rein instinktiv und tat etwas, das normalerweise undenkbar wäre. Sie legte die freie Hand über das Messer, schlug sich mit der Handfläche auf den Unterarm – und fixierte die rasiermesserscharfe Klinge in ihrem eigenen Fleisch.

Sie dachte nicht darüber nach, dass sie tatsächlich versuchte, das Messer in ihrem Arm zu behalten. Sie wusste nur, dass, ganz egal, was auch passierte, ganz egal, welchen Angriffen sie sich noch ausgesetzt sah, diese Frau ihr Messer auf keinen Fall wiederbekommen durfte.

Als die Blondine versuchte, das Messer wieder zu befreien, das an dem Knochen schabte, durchzuckte Megan ein brennender Schmerz, der sie beinah in die Knie gezwungen hätte.

Beinah.

So war das mit Schmerzen. Eigentlich wollte man nachgeben, aber wenn einem das Leben wichtig war – und wem war es das nicht? –, wurden alle anderen Schutzmechanismen außer Kraft gesetzt. Vielleicht lag das an einer schnöden chemischen Substanz wie dem Adrenalin, vielleicht an etwas Abstrakterem wie dem Überlebenswillen, jedenfalls interessierte Megan der Schmerz in diesem Augenblick nicht.

Überleben und Wut – nur das zählte. Sie war wütend auf diverse Personen – auf den Killer, der Harry so zugerichtet hatte, auf Dave, weil er sie im Stich ließ, auf Ray, weil er sich aufgegeben hatte. Sie grollte mit welcher Gottheit auch immer, die dafür verantwortlich war, dass alte Menschen wie Agnes am Ende ihres Lebens zur Belohnung gedemütigt und gequält wurden, indem sie den Verstand verloren. Sie war wütend auf sich selbst, weil sie sich mit dem, was sie hatte, nicht zufriedengab, sondern in der Vergangenheit herumstocherte, da sie offenbar nicht begriffen hatte, dass eine gewisse Unzufriedenheit zum Leben des Menschen einfach dazugehörte – und vor allem kotzte es sie an, dass dieses widerliche blonde Miststück sie ermorden wollte.

Ach, scheiß drauf.

Megan stieß einen Schrei aus – ein schrilles urtümliches Kreischen. Das Messer immer noch im Fleisch ihres Unterarms gefangen, drehte sie den Oberkörper zur Seite. Die Blondine machte den Fehler, das Messer festzuhalten, und geriet durch Megans Drehung aus dem Gleichgewicht – wenn auch nur kurz.

Nur so viel, dass sie einen kleinen Schritt nach vorn machen musste.

Megan zog den Ellbogen hoch. Der spitze Knochen traf von unten auf die Nase der Blondine und drückte sie Richtung Stirn. Es knirschte. Blut schoss aus der Nase und lief über ihr Gesicht.

Doch der Kampf war noch nicht zu Ende.

Die Blondine, die jetzt auch Schmerzen hatte, sammelte kurz ihre Kräfte. Als sie einen festen Stand gefunden hatte, riss sie mit aller Kraft am Messer. Die Klinge kratzte erneut über den Knochen, als wollte sie eine Schicht abschaben. Megan versuchte dagegenzuhalten, aber jetzt hatte die Blondine das Momentum auf ihrer Seite. Die Klinge kam heraus, rutschte mit einem hörbaren, nassen Sauggeräusch aus dem Muskel.

Blut sprudelte wie ein Geysir aus der Wunde.

Megan war schon immer zimperlich gewesen. Als sie acht Jahre alt war, wollte sich einer ihrer »Stiefväter« die neueste Folge von *Freitag der 13.* angucken, und da er keinen Babysitter fand, nahm er Megan mit. Das Erlebnis hatte tiefe Narben hinterlassen. Seitdem – auch jetzt noch – hatte sie Probleme, Filme anzusehen, die wegen Gewaltszenen mit einer Altersbeschränkung ab sechzehn Jahren versehen waren.

Doch das spielte jetzt alles keine Rolle. Beim Anblick des Blutes – sowohl von ihrem eigenen als auch von dem der Blondine – zuckte sie nicht einmal zusammen. Es schien ihr sogar neue Kräfte zu verleihen.

Im ersten Moment spürte sie nichts im Arm – dann kam der Schmerz in einem mächtigen Schwall, als ob der Nerv wie ein Gartenschlauch durch einen Knick blockiert gewesen wäre, den man plötzlich begradigt hatte.

Der Schmerz verschlug ihr den Atem und blendete sie.

Mit einem animalischen Fauchen hob die Blondine das Messer und stürzte sich wieder auf sie.

Wieder rein instinktiv versuchte Megan die lebenswichtigen Organe zu schützen. Die Kehle, das Herz und den weichen Unterbauch. Megan senkte den Kopf, so dass das Messer nicht an den Hals und die Brust kam, und drehte sich zur Seite. Die Messerspitze traf flach auf ihr Schulterblatt.

Wieder stieß Megan einen Schrei aus.

Die Schmerzen wurden stärker, aber das Messer hatte kaum mehr als die Haut durchbohrt.

Megan trat nach hinten und traf das gebeugte Knie der Blondine, so dass es wegknickte. Das Knie gab nach und sackte weg. Die Blondine fiel und versuchte sofort wieder aufzustehen.

Einen Moment überlegte Megan, ob sie weglaufen sollte. Nein. Die Blondine würde nicht am Boden bleiben. Und tatsächlich war sie schon fast wieder auf den Beinen. Sie war jünger und wahrscheinlich stärker und schneller als Megan, aber egal, wie oder was sonst noch passierte – ganz egal, wie das hier ausging –, Megan würde auf keinen Fall auf der Flucht mit einem Messer im Rücken sterben.

Auf gar keinen Fall.

Und so sprang Megan mit nur einem Gedanken im Kopf auf ihre Angreiferin zu:

Hol. Dir. Das. Messer.

Die beiden Frauen stürzten auf das Pflaster. Megan konzentrierte sich auf das Messer. Mit beiden Händen packte sie das Handgelenk der Blondine. Inzwischen war alles voller Blut, und beide Frauen waren von einem dunkelroten Film bedeckt. Weit hinten in ihrem Hirn erkannte Megan, dass sie sich beeilen musste. Sie verlor Blut – zu viel Blut. Wenn das noch länger so weiterging, würde sie einfach verbluten.

Megan drückte das Handgelenk ihrer Gegnerin nach unten, aber die Blondine ließ das Messer nicht los. Megan drehte die Hände so, dass sie der Blondine die Fingernägel in die dünne Haut innen am Handgelenk drücken konnte. Die Blondine schrie auf, lockerte den Griff ums Messer jedoch nicht. Megan drückte fester zu. Sie versuchte am Ende des Daumens, wo man den Puls fühlte, mit dem Fingernagel die Haut aufzuritzen. War das nicht eine Arterie?

Wieder stieß die Blondine einen Schrei aus, beugte den Kopf vor und rammte Megan die Zähne in den verwundeten Arm.

Megan heulte vor Schmerz auf.

Die Blondine biss fester zu, bis die Schneidezähne sich fast berührten. Das viele Blut tränkte ihre perlweißen Zähne rot. Megan drückte ihren Fingernagel fester ins Handgelenk.

Das Messer fiel zu Boden.

Und dann machte Megan einen Fehler.

Sie hatte sich so darauf konzentriert, das Messer zu bekommen, es aufzuheben und der Blondine immer wieder in den Körper zu stechen, bis nichts mehr von ihr zu erkennen war, dass sie sämtliche anderen Waffen im menschlichen Arsenal vergessen hatte.

Um an das Messer zu kommen, musste Megan das Handgelenk loslassen. Die Blondine, die gemerkt hatte, dass Megan sich völlig darauf konzentrierte, reagierte. Zuerst vollendete sie ihren Biss, indem sie den Kopf nach hinten zog und das Fleisch abriss und es auf den Boden spuckte.

Megan verdrehte vor Schmerz die Augen, so dass nur noch das Weiße zu sehen war. Als sie dann nach dem Messer griff, drehte die Blondine sich unter ihr zur Seite. Megan verlor die Oberhand und fiel mit dem Kopf voran zur Seite, ohne sich mit den Armen abfangen zu können.

Ihr Kopf prallte seitlich gegen die Stoßstange.

Sie sah Sterne.

Hol. Dir. Das. Messer.

Die Blondine krabbelte auf sie zu und trat nach Megans Kopf. Sie traf ihn voll und katapultierte ihn gegen die Stoßstange. Megan spürte, dass sie das Bewusstsein verlor. Einen Moment lang wusste sie nicht mehr, wo sie war, welche Zeit war oder sonst irgendetwas. Sie wusste nicht einmal mehr von der Blondine und spürte auch den nächsten Tritt nicht. Sie war nur noch von einem einzigen Gedanken besessen.

Hol. Dir. Das. Messer.

Die Blondine stand auf und trat Megan in die Rippen. Megan fiel benommen nach vorn. Sie spürte das Pflaster unter ihrem Kopf. Sie schloss die Augen. Ihre Arme lagen seitlich ausgebreitet neben dem Körper.

Megan konnte nicht mehr.

Ein Lichtstrahl glitt über sie, vielleicht von einer Taschenlampe, vielleicht von einem ankommenden Auto. Jedenfalls zögerte die Blondine dadurch einen Moment. Gerade lange genug. Ohne die Augen zu öffnen, strich Megan mit der Hand über das Pflaster.

Sie wusste noch, wo das Messer war.

Die Blondine stieß einen Schrei aus und stürzte sich auf Megan, um sie endgültig zu erledigen.

Doch jetzt hatte Megan das Messer. Sie drehte sich auf den Rücken und drückte den Messergriff so auf ihr Brustbein, dass die Klinge in die Luft ragte.

Die Blondine landete auf der Spitze.

Die Klinge bohrte sich tief in ihren Bauch. Megan ließ es nicht dabei bewenden. Sie zog das Messer hoch, zerteilte den Unterbauch, bis das Messer am Brustkorb stoppte. Die warme, klebrige Flüssigkeit ergoss sich aus der Wunde über sie.

Der Mund der Blondine öffnete sich zu einem stillen Schrei, und dann, während Megan zusah, trübten sich ihre Augen, und Megan wusste, dass ihre Feindin tot war.

Als ihr Kopf wieder aufs Pflaster sank, hörte Megan Schritte. Ihr Kopf war schon fast unten, als sie spürte, wie zwei Hände ihn ergriffen, sanft umfassten und dann behutsam auf den Boden legten und festhielten.

Sie blickte auf und sah seine Angst.

»Megan? Oh, Herrgott nochmal, Megan?«

Fast hätte sie in sein hübsches Gesicht gelächelt. Sie wollte ihn beruhigen, ihm sagen, dass sie ihn liebte und dass es ihr wieder gut gehen würde – ihr Ur-Instinkt sagte ihr, wie sie sich später erinnerte, dass sie diesen ihren Mann lieben und beruhigen musste –, bekam jedoch kein Wort über die Lippen.

Ihre Augen verdrehten sich. Dave verschwand, und alles war dunkel.

VIERUNDDREISSIG

Broome stand fröstelnd in der Kälte.

Es waren jetzt sechs weitere Polizisten am alten Brunnen. Einer bot ihm eine Decke an. Broome runzelte die Stirn und forderte ihn auf zu verschwinden.

Im Brunnen waren Leichen.

Viele Leichen. Eine über der anderen.

Die oberste war die von Carlton Flynn.

Seine Leiche war die frischeste und daher die abscheulichste. Sie stank faulig. Kleine Tiere – vermutlich Ratten und Eichhörnchen – hatten am toten Fleisch genagt. Ein Polizist wandte sich ab. Broome nicht.

Der Leichenbeschauer würde versuchen, Todeszeitpunkt und -ursache aufzuklären, doch trotz allem, was man im Fernsehen sah, war keinesfalls sicher, dass er auch nur eins von beiden herausbekam. Bei diesen Außentemperaturen und den Tieren, die sich an den inneren Organen gelabt hatten, gab es sehr viele störende Einflüsse.

Natürlich brauchte Broome keine wissenschaftlichen Beweise, um den Todeszeitpunkt zu kennen. Er war sicher, dass Carlton Flynn an Mardi Gras gestorben war.

Als die Leiche mit einem Flaschenzug hochgezogen worden war, hatten alle einen Moment lang nur ernst und schweigend dagestanden.

»Von den anderen ist nicht viel mehr übrig als die Skelette«, sagte Samantha Bajraktari.

Das überraschte Broome nicht. Nach all den Jahren, nach all den überraschenden Wendungen, den neuen Entwicklungen und Gerüchten lief es auf Folgendes hinaus: Irgendjemand hatte diese Männer getötet und sie in den Brunnen geworfen. Hatte sie dazu gebracht, an diesen abgelegenen Ort zu kommen, sie hier ermordet und dann mit einer Sackkarre zu diesem Brunnen gefahren, der gut fünfzig Meter vom Weg entfernt lag.

Es war ohne Zweifel das Werk eines Serienmörders.

»Wie viele Leichen sind es?«, fragte Broome.

»Das ist bisher schwer zu sagen. Mindestens zehn, vielleicht aber auch zwanzig.«

Die Mardi-Gras-Männer waren nicht geflohen, hatten keine neuen Identitäten angenommen oder das Land verlassen. Broome schüttelte den Kopf. Er hätte es wissen müssen. Er war immer fest davon überzeugt gewesen, dass John F. Kennedy von diesem Einzeltäter erschossen worden war. Er hatte über UFOs, Elvis-Sichtungen, gefälschte Mondlandungen und so ziemlich jede andere dämliche Verschwörungstheorie gelästert. Selbst als Polizist hatte er den Täter immer unter den naheliegenden Verdächtigen gesucht: den Ehegatten, den Geliebten, den Verwandten – denn in den meisten Fällen ist die kürzeste Verbindung zwischen zwei Punkten eine Gerade.

Wahrscheinlich lag Stewart Green ziemlich weit unten im Brunnen.

»Wir müssen es dem FBI melden«, sagte Samantha.

»Ich weiß.«

»Soll ich das machen?«

»Ist schon passiert.«

Er dachte an Sarah Green, die jahrelang in diesem Haus gesessen hatte und nicht in der Lage gewesen war, sich zu rühren, die aber auch nicht hatte trauern können, während ihr Ehemann vermutlich die ganze Zeit tot am Grunde eines Brunnens lag. Broome hatte sich zu sehr von der Sache vereinnahmen lassen. Das hatte ihm den Blick vernebelt. Er hatte versucht, die Greens zu retten. Er hatte sich eingeredet, es bestünde eine echte Chance, dass er Stewart Green allen Wahrscheinlichkeiten zum Trotz finden und zurückbringen könnte.

Idiotisch.

Natürlich gab es noch sehr viele offene Fragen. Warum hatte man Ross Gunthers Leiche nicht auch in den Brunnen geworfen? Broome war auf einige mögliche Antworten gekommen, die ihn jedoch alle nicht zufriedenstellten. Die Leichen im Brunnen halfen auch nicht bei der Beantwortung der Fragen, warum und von wem Harry Sutton getötet worden war. Aber womöglich hatte dieser Mord auch gar nichts damit zu tun, und es handelte sich nur um ein rein zufälliges zeitliches Zusammentreffen. Dass Lorraine geglaubt hatte, Stewart Green lebend gesehen zu haben, war ein lässlicher Fehler. Sie hatte selbst zugegeben, sich nicht sicher zu sein. Wahrscheinlich war es jemand gewesen, der Stewart ähnlich sah. Mit dem kahlgeschorenen Kopf, dem Kinnbart, der siebzehnjährigen Computer-Alterung hätte selbst Broome nicht sicher sagen können, dass das Bild auf einem Foto von Stewart Green basierte.

Aber vielleicht hatte Lorraine sich auch gar nicht geirrt. Vielleicht war Stewart Green nicht das erste Opfer, sondern der Täter …

Er konnte es sich nicht vorstellen.

Ein weiteres Skelett wurde aus dem Brunnen gehievt.

»Detective Broome?«

Er drehte sich um.

»Special Agent Guy Angiuoni. Danke, dass Sie uns angerufen haben.«

Sie schüttelten sich die Hände. Broome war zu alt für Zuständigkeitsstreitereien. Er wollte nur, dass dieser Irre geschnappt wurde.

»Haben Sie irgendeine Idee, um wen es sich bei den Leichen dort handeln könnte?«

»Meine Fr…«, fast hätte er Frau gesagt, »… meine Partnerin, Erin Anderson, ist dabei, eine Liste der Männer zusammenzustellen, die um Mardi Gras herum verschwunden sind. Sobald sie fertig ist, lassen wir Ihnen die Informationen zukommen, damit Sie sie mit den Opfern im Brunnen abgleichen können.«

»Das wäre gut.«

Die beiden Männer sahen zu, wie das Seil des Flaschenzugs wieder heruntergelassen wurde.

»Ich habe gehört, dass Sie jemanden verdächtigen«, sagte Angiuoni. »Einen gewissen Ray Levine.«

»Man muss ihn wohl zum Kreis der Verdächtigen zählen, es gibt aber bisher praktisch keine Beweise. Wir haben bei ihm schon eine Hausdurchsuchung durchgeführt.«

»Ausgezeichnet. Vielleicht können Sie die Übergabe der Asservate an meine Leute organisieren.«

Broome nickte und wandte sich ab. Es wurde Zeit, aus dem Wald rauszukommen. Er konnte hier ohnehin nichts mehr tun. Bis hier alle Spuren gesichert waren, vergingen noch Stunden, vielleicht sogar Tage. Er würde inzwischen nachsehen, was seine Leute in Ray Levines Kellerwohnung gefunden hatten – falls sie überhaupt etwas gefunden hatten. Er dachte an Sarah Green und überlegte, ob er sie erst dann kontaktieren sollte, wenn endgültig sicher war, dass auch Stewarts Leiche im Brunnen lag, entschied sich aber dagegen, weil die Medien sofort auf die Sache anspringen würden. Er wollte nicht, dass Sarah die Neuigkeiten von einem aufdringlichen Reporter erfuhr.

»Wir könnten uns bei Levines Wohnung treffen«, sagte Broome.

»Gute Idee. Ich würde mich freuen, wenn Sie weiter an der Sache mitarbeiten, Detective. Wir brauchen einen Einheimischen, der uns bei der Koordination der ganzen Sache unterstützt.«

»Ich stehe Ihnen zur Verfügung.«

Die beiden Männer schüttelten sich die Hände. Mit Hilfe der Taschenlampe ging Broome den Pfad zurück zu seinem Wagen. Sein Handy surrte. Ein Blick aufs Display zeigte ihm, dass es Megan Pierce war.

»Hallo?«

Doch es war nicht Megan Pierce. Es war eine Ermittlerin der Mordkommission aus Essex County, die ihm mitteilte, dass gerade jemand versucht hatte, Megan Pierce zu ermorden.

Erin brauchte eine Weile, aber schließlich fand sie die Festnetznummer von Stacy Paris, der Erotiktänzerin, um die sich Ross Gunther und Ricky Mannion gestritten hatten – ein Streit, bei dem Gunther sogar ums Leben gekommen war. Stacy Paris hatte ihren Namen in Jaime Hemsley geändert. Sie war alleinstehend und besaß eine kleine Boutique in Alpharetta, Georgia, einem schicken Vorort von Atlanta.

Erin zögerte einen Moment, griff dann aber trotz der fortgeschrittenen Stunde zum Telefon und wählte ihre Nummer.

Eine Frau mit Südstaatenakzent meldete sich. »Hallo?«

»Jaime Hemsley?«

»Ja, was kann ich für Sie tun?«

»Hier spricht Detective Erin Anderson vom Atlantic City Police Department. Ich muss Ihnen ein paar Fragen stellen.«

Es entstand eine kurze Pause.

»Miss Hemsley?«

»Ich wüsste nicht, wie ich Ihnen helfen könnte.«

»Es ist mir sehr unangenehm, Sie so überraschend anzurufen, aber ich brauche Ihre Hilfe.«

»Ich weiß nichts.«

»Na ja, Jaime, oder sollte ich lieber Stacy sagen, ich weiß schon einiges«, sagte Erin. »Ich kenne zum Beispiel Ihren richtigen Namen.«

»O Gott.« Der Südstaatenakzent war verschwunden. »Bitte. Ich flehe Sie an. Halten Sie mich da raus.«

»Ich will Ihnen keine Probleme machen.«

»Das ist fast zwanzig Jahre her.«

»Ich weiß, aber wir haben eine neue Spur im Mordfall Gunther.«

»Was reden Sie da? Ricky hat Ross ermordet.«

»Wir halten das für unwahrscheinlich. Wir vermuten, dass es jemand anderes war.«

»Dann würde Ricky aus dem Gefängnis kommen?« Sie schluchzte. »O mein Gott.«

»Miss Hemsley …«

»Ich weiß absolut nichts, okay? Ich war so eine Art Punchingball für die beiden Psychopathen. Ich dachte … ich dachte, Gott hätte mir einen Gefallen getan. Sie wissen schon: zwei auf einen Streich? Er hat die beiden aus meinem Leben verschwinden lassen und mir so einen Neuanfang ermöglicht.«

»Wer hat Ihnen einen Neuanfang ermöglicht?«

»Was meinen Sie damit? Gott, das Schicksal, mein Schutzengel, was weiß ich? Da haben zwei Männer darum gekämpft, wer mich irgendwann umbringen dürfte. Und plötzlich waren beide verschwunden.«

»Für Sie war es wie eine Erlösung«, sagte Erin eher zu sich selbst als zur Zeugin am Telefon.

»Ja. Ich bin dann weggezogen. Ich habe meinen Namen geändert. Ich habe hier ein Bekleidungsgeschäft. Es ist nicht groß, aber es gehört mir. Verstehen Sie, was ich meine?«

»Ja.«

»Und jetzt kommt Ricky wieder raus? Bitte, Detective, bitte sagen Sie ihm nicht, wo ich bin.«

Erin dachte über das Gehörte nach. Auch diese Situation zeigte ein Schema, das schon bei den anderen vermissten Männern aufgetreten war – die meisten von ihnen waren keine Musterknaben gewesen. Einige der hinterbliebenen Ehefrauen und Freundinnen hatten Erin ähnlich freimütig angefleht, ihre vermissten Partner auf keinen Fall zu finden.

»Er wird Sie nicht finden, aber ich muss diese Frage stellen: Haben Sie irgendeine Ahnung, wer das getan haben könnte?«

»Sie meinen, wer Ross umgebracht hat?«

»Ja.«

»Außer Ricky nicht, nein.«

Erins Handy klingelte. Es war Broome. Sie bedankte sich bei Jaime Hemsley und sagte, dass sie wieder anrufen würde, falls sich weitere Fragen ergäben. Außerdem versprach sie ihr, sie zu informieren, wenn Ricky Mannion aus dem Gefängnis entlassen würde.

Als sie aufgelegt hatten, ging Erin ans Handy. »Hallo?«

»Sie sind tot, Erin«, sagte Broome eigenartig monoton. »Sie sind alle tot.«

Erin spürte, wie sich ein großes Gewicht auf ihre Brust legte. »Wovon sprichst du?«

Er erzählte ihr vom Foto mit der Sackkarre, der Fahrt zur alten Eisenerzmine und den Leichen im Brunnen. Erin saß reglos da.

Als Broome fertig war, sagte Erin: »Dann war's das? Es ist vorbei?«

»Für uns wohl schon. Das FBI wird den Kerl schon finden. Ein paar Dinge passen aber immer noch nicht zusammen.«

»Bei so großen Fällen passt fast nie alles perfekt, Broome. Das weißt du doch.«

»Schon, hier ist das aber noch was anderes. Gerade hat mich eine Ermittlerin aus Essex County angerufen. Megan Pierce ist am Abend von einer jungen Blondine überfallen worden, die genau ihrer Beschreibung der Frau entspricht, die sie vor Harry Suttons Büro gesehen hat.«

»Geht's ihr gut?«

»Megan? Sie ist schwer verletzt, es besteht aber keine Lebensgefahr. Aber sie hat ihre Angreiferin getötet. Hat ihr ein Messer in den Bauch gestoßen.«

»Wow.«

»Ja.«

»Eindeutig Notwehr?«

»Das hat die Ermittlerin mir so gesagt.«

»Wurde die Blondine schon identifiziert?«

»Noch nicht.«

»Wie passt das deiner Ansicht nach da hinein?«

»Ich habe keine Ahnung. Vielleicht gibt es gar keinen Zusammenhang.«

Erin hielt es für unwahrscheinlich. Und sie wusste, dass auch Broome das nicht glaubte. »Und was soll ich jetzt tun?«, fragte sie.

»Was Megan Pierce betrifft, können wir da nicht viel machen. Aber vielleicht sollten wir der Sache mit dieser Blondine nachgehen, wenn die Kollegen aus Essex County eine Identifikation haben.«

»Einverstanden.«

»Außerdem müssen wir noch feststellen, inwiefern die Ermordung Ross Gunthers mit den anderen Ereignissen hier zusammenhängt.«

»Ich habe gerade mit Stacy Paris gesprochen.«

»Und?«

Erin erzählte von dem Telefonat.

»Das bringt uns nicht viel weiter«, sagte er.

»Passt aber in ein etwas vages Muster.«

»Männer, die Frauen misshandeln.«

»Genau.«

»Dann guck dir das nochmal genauer an. Ehefrauen, Geliebte oder sonstige Männer, die ihre Frauen oder Freundinnen misshandeln. Und Mardi Gras gehört da auch noch irgendwie mit rein. An dem Tag hat das Ganze angefangen. Also weite die Suche etwas aus und prüfe, ob rund um Mardi Gras noch mehr Männer vermisst wurden.«

»Okay.«

»Eine Sache hat allerdings Vorrang. Das FBI holt an der Eisenerzmine gerade die Leichen aus dem Brunnen. Die werden deine Hilfe bei der Identifizierung brauchen.«

Damit hatte Erin gerechnet. »Kein Problem. Ich klär noch ein paar Details, dann schick ich ihnen die Namen. Was hast du vor?«

»Ich fahre mal kurz bei Ray Levines Wohnung vorbei, aber dann muss ich mit Sarah sprechen, bevor irgendwelche Journalisten sich bei ihr melden.«

»Das wird bestimmt unangenehm«, sagte Erin.

»Vielleicht ist sie auch froh, dass alles vorbei ist.«

»Meinst du?«

»Nein.«

Schweigen.

Erin kannte ihn. Sie wechselte den Hörer ans andere Ohr und sagte: »Alles in Ordnung, Broome?«

»Mir geht's gut.«

Lügner. »Willst du vorbeikommen, wenn du das erledigt hast?«

»Nein, lieber nicht.« Dann: »Erin?«

»Ja.«

»Erinnerst du dich an unsere Flitterwochen in Italien?«

Es war eine seltsame Frage, die völlig unvermittelt kam, aber inmitten der vielen Toten musste Erin doch lächeln. »Klar.«

»Danke dafür.«

»Wofür?«

Aber er hatte schon aufgelegt.

FÜNFUNDDREISSIG

Lucy, der Elefant, war schon geschlossen. Ray wartete, bis der letzte Wachmann gegangen war. Im *Ventura's Greenhouse* gegenüber herrschte wieder einmal Hochbetrieb. Dadurch war es schwierig, von dieser Seite ungesehen in Lucy hineinzukommen. Ray ging außen um sie herum bis zum üblichen Punkt am Andenkenladen und sprang dort über den Zaun.

Damals, vor vielen Jahren, als Cassie sich von ihrem Exfreund heimlich den Schlüssel geborgt hatte, hatte sie auch für Ray einen Nachschlüssel machen lassen. Er hatte ihn zwar die ganze Zeit behalten, wusste aber schon, dass er nicht mehr passte. Das machte ihm nichts. Lucy hatte eine Tür in jedem ihrer dicken Hinterbeine. Die eine war der Besuchereingang. Die andere war nur mit einem Vorhängeschloss gesichert. Ray nahm einen schweren Stein und zerschmetterte es mit einem kräftigen Schlag.

Mit Hilfe der kleinen Taschenlampe an seinem Schlüsselbund ging Ray die Wendeltreppe hinauf in den Bauch des gigantischen Tieres. Das Innere war ein gewölbter Raum, der an eine kleine Kirche erinnerte. Die Wände waren in einem seltsamen Rosa gestrichen, das angeblich anatomisch korrekt der Farbe des Verdauungstrakts eines Elefanten entsprach. Ray war bereit, das unbesehen zu glauben.

Früher hatten sie unten in einem Einbauschrank einen Schlafsack versteckt gehabt. Offenbar war dieser Schrank bei einer Renovierung entfernt worden. Ray fragte sich, ob jemand den alten Schlafsack entdeckt hatte, und überlegte, was diese Person wohl davon gehalten und damit gemacht hatte – dann fragte er sich, warum ihn das beschäftigte, warum er über einen solchen Unsinn nachdachte, während seine ganze Welt gerade über ihm zusammenstürzte.

Es war dumm gewesen hierherzukommen.

Seit siebzehn Jahren war er nicht mehr in diesem sechsstöckigen Dickhäuter gewesen, aber wenn diese Magenwand reden könnte … Ein Lächeln huschte über sein Gesicht. Warum nicht? Wieso denn nicht, zum Teufel nochmal? Er hatte sich schließlich lange genug gequält. Auch die schreckliche Nacht machte ihm schon wieder zu schaffen, und er konnte nichts dagegen tun. Er hatte wirklich schlechte Zeiten vor sich, warum also sollte er sich die schönen Erinnerungen an die tollen Nächte verbieten? Und hatte nicht sein Vater schon gesagt, dass es ohne Täler keine Höhen, ohne rechts kein links gab – und dass man ohne das Wissen um die schlechten Zeiten auch die guten nicht genießen konnte?

Hier saß er also, im Inneren der Bestie, und wartete auf die einzige Frau, die er je wirklich geliebt hatte. Und ihm wurde bewusst, dass er in den letzten siebzehn Jahren praktisch keine guten Zeiten erlebt hatte. Nur schlechte. Erbärmlich. Erbärmlich und dumm.

Was hätte sein Vater dazu gesagt?

Ein Fehler. Ein Fehler, den er vor siebzehn Jahren gemacht hatte, und er – der unerschrockene Fotojournalist, der kein Problem damit hatte, in einem Feuersturm an der Front zu arbeiten – hatte sich von diesem Fehler zerstören lassen. Aber so war das Leben nun einmal, oder? Timing. Entscheidungen. Glück.

Er jammerte über Dinge, die sich nicht mehr ändern ließen. Wie betörend.

Ray ging die Wendeltreppe weiter hinauf bis zur Aussichtsplattform auf Lucys Rücken. Die frische Nachtluft wehte als kräftige Brise zu ihm herüber. Sie roch wunderbar nach Salz und Sand. Der Himmel war klar, und die Sterne glitzerten über dem Atlantik.

Der Ausblick war einfach atemberaubend. Ray nahm seine Kamera und fing an, Fotos zu machen. Schon faszinierend, dachte er, womit man leben konnte – und ohne was man *nicht* leben konnte.

Als er mit dem Fotografieren fertig war, setzte er sich draußen in die Kälte, wartete und überlegte – noch so ein Was-Wäre-Wenn –, ob sich wieder alles ändern würde, wenn er Megan die Wahrheit sagte.

Als der Arzt Megans Arm verband, scherzte er, dass er als Jugendlicher in einer Metzgerei gearbeitet und Hackfleisch verpackt hätte. Megan verstand ihn. Der Arm war, um es vorsichtig auszudrücken, eine Katastrophe.

»Der wird aber wieder«, sagte der Arzt.

Trotz des Morphins spürte sie das Pochen im Arm. Ihr Kopf schmerzte auch, wahrscheinlich eine Gehirnerschütterung. Sie richtete sich im Bett auf.

Dave saß im Wartezimmer, während Megan im Krankenbett vernommen wurde. Die Polizistin – sie hatte sich als County-Ermittlerin Loren Muse vorgestellt – hatte sich erstaunlich vernünftig verhalten. Sie hatte Megan geduldig zugehört, als die erklärte, was passiert war, und dabei nicht ein einziges Mal auch nur eine Augenbraue hochgezogen – obwohl die Geschichte völlig verrückt klang. »Ja, wissen Sie, und als ich dann aus dem Altenheim gekommen bin, hat sich diese jugendlich gekleidete Blondine mit dem Messer auf mich gestürzt... Nein, ihren Namen weiß ich nicht... Nein, ich weiß nicht, wer sie ist oder warum sie mich umbringen wollte, außer, na ja, ich habe sie gestern Abend vor Harry Suttons Kanzlei gesehen …«

Muse hörte ihr mit unbewegter Miene zu und unterbrach sie fast gar nicht. Sie stellte keine herablassenden Zwischenfragen und quittierte ihre Aussagen auch nicht mit zweifelnden Blicken. Als Megan fertig war, rief Muse Broome in Atlantic City an, um sich die Geschichte bestätigen zu lassen.

Jetzt, ein paar Minuten später, klappte Muse ihr Notizbuch zu. »Okay, das reicht mir für heute. Sie müssen ziemlich erschöpft sein.«

»Das können Sie sich gar nicht vorstellen.«

»Ich werde versuchen, die Blondine identifizieren zu lassen. Was meinen Sie, können wir uns morgen weiter unterhalten?«

»Natürlich.«

Muse stand auf. »Passen Sie auf sich auf, Megan.«

»Danke. Würden Sie mir einen Gefallen tun?«

»Der wäre?«

»Würden Sie den Arzt bitten, meinen Mann zu mir reinzuschicken?«

Muse lächelte. »Wird gemacht.«

Als sie allein war, sank Megan wieder auf das Kissen. Ihr Handy lag neben ihr auf dem Nachttisch. Sie überlegte, ob sie Ray eine SMS schicken sollte, dass sie nicht kam – und auch später nicht kommen würde –, fühlte sich aber zu schwach.

Kurz darauf trat Dave ins Zimmer. Er hatte Tränen in den Augen. Die Erinnerung an einen früheren Krankenhausaufenthalt schoss Megan durch den Kopf und beunruhigte sie so sehr, dass sie kaum Luft bekam. Kaylie war fünfzehn Monate alt und hatte gerade angefangen zu laufen. Sie waren mit ihr zum Thanksgiving-Dinner zu Agnes und Roland gefahren und saßen alle zusammen in der Küche. Agnes hatte Megan gerade eine Tasse Tee gereicht, worauf sie sich umdrehte und Kaylie oberhalb der Kellertreppe herumlaufen sah. Wie sie später feststellten, hatte Roland das Schutzgitter nicht richtig eingebaut. Mit wachsendem Schrecken musste sie zuschauen, wie es langsam nachgab und Kaylie anfing, die Betontreppe herunterzupurzeln.

Noch jetzt, vierzehn Jahre später, spürte Megan die mütterliche Panik. Sie erinnerte sich, wie sie in jenem Sekundenbruchteil das Unausweichliche vor Augen hatte. Die Kellertreppe war steil und hatte harte Stufen. Ihr Baby würde mit dem Kopf zuerst auf dem Beton landen. Megan konnte nichts tun, um das zu verhindern – sie war zu weit weg. Mit der Teetasse in der Hand saß sie wie erstarrt am Tisch und sah ihr Baby fallen.

Den nächsten Moment würde sie nie vergessen. Dave, der neben ihr gesessen hatte, hechtete auf das offene Kellertor zu. Er hechtete. Als wäre der Boden ein Swimmingpool. Ohne jedes Zögern oder auch nur die Zeit, bewusst einen Gedanken zu fassen. Dave war nie wirklich sportlich gewesen und hatte keine großartigen Reflexe. Er war auch nicht besonders schnell oder gewandt, trotzdem hechtete er mit einer Geschwindigkeit über den Linoleumfußboden, die er auch durch jahrelanges Training nicht hätte erreichen können. Als Kaylie aus Megans Blickfeld verschwand, glitt Dave über den Boden auf die offene Gittertür zu, streckte den Arm aus und packte die fallende Kaylie am Fußgelenk. Er hatte zu viel Schwung, konnte nicht mehr abstoppen und fiel daher selbst die harte Treppe hinunter, doch irgendwie gelang es ihm währenddessen, Kaylie hinter sich auf den Küchenfußboden zu werfen und sie so zu retten. Seinen eigenen Sturz konnte er dabei jedoch gar nicht mehr abfangen. Er stürzte bis an den Fuß der Treppe und brach sich zwei Rippen.

Megan hatte schon von ähnlich heldenhaften Taten gehört, Geschichten über jene seltenen Ehepartner oder Eltern, die sich ohne nachzudenken opferten. Sie hatte von Schießereien gelesen, bei denen Ehemänner sich ganz selbstverständlich vor ihre Frauen gestellt und sie so gerettet hatten. Das waren nicht nur im klassischen Sinne gute oder anständige Männer gewesen. Es waren auch Trunkenbolde, Spieler und Diebe darunter. Doch auf einer grundlegenden Ebene waren sie wohl von Natur aus tapfer. Sie waren selbstlos und handelten aus reinem Herzen. In ihrer Gegenwart fühlte man sich sicher, behütet und geliebt. So etwas konnte man nicht lernen. Man trug es in sich – oder eben nicht.

Megan hatte schon vorher gewusst, dass Dave es in sich trug.

Er setzte sich neben sie und nahm ihre Hand – die Hand am unverletzten Arm. Er streichelte ihr so sanft übers Haar, als wäre sie plötzlich aus Porzellan und könnte zerbrechen.

»Ich hätte dich verlieren können«, sagte Dave, und es schwang große Angst in seiner Stimme mit.

»Mir geht's gut«, sagte sie, und weil das Leben in Augenblicken größten Schreckens manchmal auch furchtbar pragmatisch sein kann, fragte sie: »Wer passt auf die Kinder auf?«

»Sie sind bei den Reales. Mach dir darüber keine Sorgen, ja?«

»Gut.«

»Ich liebe dich«, sagte er.

»Ich liebe dich auch«, sagte sie. »Mehr als du je verstehen wirst. Aber ich muss dir jetzt die Wahrheit erzählen.«

»Das kann warten«, sagte er.

»Nein, kann es nicht.«

»Du bist verletzt. Mein Gott, du wärst heute Abend fast ermordet worden. Die Wahrheit interessiert mich nicht. Du bist das Einzige, was mich interessiert.«

Sie wusste, dass das in diesem Moment sein voller Ernst war – und sie wusste auch, dass sich diese Einstellung irgendwann ändern würde. Ihre Wunden würden heilen, sie würde wieder nach Hause kommen, und irgendwann würden die Fragen wieder an ihm nagen. Er konnte vielleicht warten, Megan konnte das nicht.

»Bitte, Dave, hör mir einfach zu, ja?«

Er nickte. »Okay.«

Und dann, während seine Hand langsam von ihrer herabrutschte, erzählte Megan ihm alles.

Als es an der Tür klingelte, griff Del Flynns Hand unwillkürlich nach der Antonius-Medaille.

Del saß zu Hause und guckte das Basketballspiel der Celtics gegen die Sixers. Er war auf Seiten der Sixers – oder der Philadelphia 76ers, wie sie mit vollem Namen hießen –, sie waren sein Lieblings-Basketballmannschaft. Aber das einzige Team, das die Flynns wirklich liebten, waren die Philadelphia Eagles – Del war American-Football-Fan. Drei Generationen männlicher Flynns, Dels Vater, Del, Dels Sohn Carlton, waren riesige Eagles-Fans gewesen. Als Del vor über zwanzig Jahren schließlich angefangen hatte, richtig Geld zu verdienen, hatte er sich zwei Dauerkarten an der Mittellinie gekauft. Er hatte zwei Jahre gebraucht, um seinen alten Herrn zu überreden, auch nur einen Sonntag die Arbeit im Pub sausen zu lassen und mit ihm zu einem Spiel zu gehen. Es war ein toller Tag gewesen, die Eagles hatten die Dallas Cowboys mit drei Punkten Vorsprung geschlagen. Nicht lange danach war Dels Vater gestorben – an Lungenkrebs, wahrscheinlich weil er so viele Jahre in dem verrauchten Pub verbracht hatte. Seine Arbeit hatte ihn getötet. Aber das Spiel war eine schöne Erinnerung, eine, die Del immer gegenwärtig war und die er sich manchmal sogar bewusst ins Gedächtnis rief, wenn er sich an das Aussehen seines alten Herrn erinnern wollte, bevor der verdammte Krebs ihm die Eingeweide zerfressen hatte.

Del erinnerte sich, wie er Carlton zum ersten Mal zu einem Spiel mitgenommen hatte, als der erst vier Jahre alt war. Die Eagles hatten gegen die Washington Redskins gespielt, und Carlton wollte sich einen Redskins-Wimpel kaufen, obwohl er das Team nicht ausstehen konnte. Danach war es eine Art Tradition geworden – Carlton hatte die Wimpel der gegnerischen Mannschaften gekauft und sie sich über sein Bett an die Wand gehängt. Del fragte sich, wann das aufgehört hatte, wann Carlton keine neuen Wimpel mehr gewollt hatte, und wann er von da den nächsten Schritt gemacht und sie abgenommen hatte.

Im Fernseher verwarf der neue Center der Sixers zwei Freiwürfe hintereinander.

Del warf die Arme in die Luft und drehte sich zur Seite, um zusammen mit seinem Sohn über die schlechten Würfe zu klagen. Aber Carlton war natürlich nicht da. Dem wäre es auch egal gewesen. Auch sein Sohn interessierte sich nur für die Eagles. Mann, der Junge war so gern zu den Spielen gegangen. Er hatte alles daran geliebt – die Parkplatzparty, die Würfe am Stadion, die Wimpel, das Singen der Eagles-Hymne. Carlton hatte normalerweise nur zu zwei oder drei von den acht Heimspielen der Eagles mitkommen können, obwohl er immer gebettelt hatte, häufiger mitgehen zu dürfen. Zu den anderen nahm Del Freunde oder Geschäftsfreunde mit, oder er gab die Karten jemandem, dem er einen Gefallen schuldete.

Mann, was war das doch für eine blödsinnige Zeitverschwendung gewesen.

Als Carlton älter wurde, wollte er natürlich nicht mehr mit Del gehen. Carlton wollte mit seinen Freunden zum Spiel gehen und hinterher mit ihnen abhängen und feiern. Das war der Lauf der Welt, oder? Vater und Sohn waren einfach nicht auf derselben Wellenlänge – wie in diesem alten Song *Cats in the Cradle* oder so ähnlich. Del fragte sich, wann Carlton auf die schiefe Bahn geraten war. Es hatte da diesen Vorfall in seinem letzten Highschool-Jahr gegeben, als ein Mädchen Carlton wegen Vergewaltigung nach einer Verabredung angeklagt hatte. Carlton hatte Del erzählt, sie wäre einfach nur wütend gewesen, weil er sie nach einem One-Night-Stand wieder abserviert hatte. Del hatte ihm geglaubt. Wer vergewaltigte schon jemanden, wenn man miteinander verabredet war? Vergewaltiger versteckten sich im Gebüsch und sprangen heraus und so weiter. Sie wurden nicht von Mädchen in ihre Wohnung eingeladen wie Carlton. Es waren zwar ein paar Blutergüsse und Bisswunden zu sehen gewesen, aber Carlton hatte behauptet, dass sie es so gewollt hatte. Del war sich nicht sicher, im Endeffekt interessierten ihn diese feinen Grenzen und der ganze Sie-hat-gesagt-, Er-hat-gesagt-Krempel nicht. Sein Sohn würde jedenfalls nicht wegen eines mehr oder weniger großen Missverständnisses ins Gefängnis gehen. Also hatte Del ein paar Leute bezahlt, damit sie die Sache aus der Welt schafften.

So lief das. Sein Sohn war ein guter Junge. Er befand sich vielleicht gerade in einer schwierigen Phase. Aber da würde er bald rauswachsen.

Trotzdem war Del eine Veränderung an seinem Jungen aufgefallen, und jetzt, wo er so viel Zeit hatte, versuchte er herauszubekommen, was genau passiert war. Es könnte durchaus am Football gelegen haben. Als kleiner Junge war Carlton ein toller Running Back gewesen. Selbst in der achten Klasse hatte er noch sämtliche Saisonrekorde für gelaufene Yards gebrochen. Doch dann hatte er plötzlich aufgehört zu wachsen. Das hatte ihn extrem frustriert. Es war nicht seine Schuld. Das lag einfach an den Genen, und da konnte man nichts machen. Als Carlton in die zweite Mannschaft zurückgestuft wurde, fing er an, mehr mit Gewichten zu arbeiten und, wie Del vermutete, Anabolika zu schlucken. Das war der Anfang gewesen. Wahrscheinlich. Wer wusste das schon so genau?

Del versuchte, sich auf die Celtics und die 76ers zu konzentrieren, und stellte überrascht fest, dass es ihm gelang. Trotzdem. Trotz allem, was ihn noch beschäftigte. Das Leben war schon komisch. Eigentlich war es ihm scheißegal, ob die 76ers gewannen. Maria hatte sich natürlich immer krankgelacht, wenn sie sah, wie er sich wegen oder während eines Spiels so aufregte. Sie deutete auf den Fernseher und sagte: »Glaubst du, die Typen würden zu dir auf die Arbeit kommen und dich anfeuern?« Da hatte sie zwar recht – aber war das nicht egal? Und als wollte sie zeigen, dass sie es nicht böse meinte, hatte sie ihm dann immer einen Snack gebracht, ein paar Kartoffelchips, Nachos oder so etwas.

Als er so auf seinem weißen Sofa saß, an seine süße Maria dachte und die 76ers acht Punkte in Folge gemacht hatten, klingelte es an der Tür.

Seine Hand griff sofort nach der Medaille des heiligen Antonius von Padua. Angeblich half er, die Erinnerung an verlorene Dinge und auch an vermisste Personen aufrechtzuerhalten. Als er jünger war, hielt Del das für totalen Blödsinn, aber mit dem Alter war er abergläubisch geworden.

Er erhob sich aus dem weißen Leder und öffnete die Tür. Goldberg, der Polizist, stand draußen in der Kälte. Er sagte nichts. Ihre Blicke trafen sich, und Goldberg informierte ihn mit dem knappsten und furchtbarsten Nicken, mit dem Menschen etwas mitteilen konnten. Del spürte, wie etwas in seiner Brust zu Staub zerfiel.

Es gab keinen Zweifel. Zu Anfang nicht. Zu Anfang verspürte er nur diese allumfassende Klarheit. Del Flynn wusste genau, was das bedeutete. Sein Junge war für immer gegangen. Er würde nie zurückkommen. Sein Sohn war tot. Sein junges Leben war zu Ende. Es gab keine Begnadigung, kein Wunder, nichts, was ihn wieder zurückholen konnte. Del würde ihn nie wieder in den Arm nehmen, ihn nie wieder sehen oder mit ihm reden. Es würde keine Eagles-Spiele mehr geben. Carlton war tot, das war alles, und Del wusste, dass er sich von dieser Nachricht nie wieder erholen würde.

Seine Knie gaben nach. Del sank langsam zu Boden, wollte sich fallen lassen, doch Goldberg fing ihn auf. Del hing in den kräftigen Armen des Polizisten. Der Schmerz war zu groß, unfassbar, unerträglich.

»Wie?«, fragte er schließlich.

»Wir haben ihn in der Nähe des Ortes gefunden, an dem auch sein Blut war.«

»Im Wald?«

»Ja.«

Del stellte sich Carlton im Wald vor – allein in der Kälte.

»Da waren noch mehr Leichen. Wir glauben, dass wir es mit einem Serienmörder zu tun haben könnten.«

»Ein Serienmörder?«

»Wahrscheinlich.«

»Heißt das, dass es gar keinen Grund gab? Dass es nur Zufall war, dass er meinen Jungen ermordet hat?«

»Das können wir noch nicht sagen.«

Del versuchte den Schmerz beiseitezuschieben und sich auf Goldbergs Worte zu konzentrieren. So reagierte man in Zeiten, in denen man Höllenqualen litt. Manche Menschen verleugneten das Geschehene. Manche schworen Rache. Man lenkte sich mit unwichtigen Nebensächlichkeiten ab, weil an der furchtbaren Wahrheit nichts zu ändern war.

Als die Tränen zu fließen anfingen, fragte Del: »Hat mein Junge gelitten?«

Goldberg überlegte einen Moment lang. »Das weiß ich nicht.«

»Haben Sie den Kerl geschnappt?«

»Noch nicht. Aber wir kriegen ihn.«

Im Fernseher hörte Del die Heimzuschauer jubeln. Es war etwas Gutes für die 76ers passiert. Sein Sohn war tot, aber die Menschen jubelten. Es interessierte niemanden. Die Stromversorgung im Haus funktionierte noch. Es fuhren weiter Autos daran vorbei. Und die Menschen jubelten weiterhin ihren Lieblingsmannschaften zu.

»Danke, dass Sie mich persönlich informiert haben«, hörte Del sich sagen.

»Haben Sie jemanden, der bei Ihnen bleiben kann?«

»Meine Frau kommt gleich nach Hause.«

»Soll ich so lange bei Ihnen bleiben?«

»Nein, das geht schon. Vielen Dank, dass Sie vorbeigekommen sind.«

Goldberg räusperte sich. »Del?«

Er hob den Blick und sah Goldberg ins Gesicht. Darin lag echtes Mitgefühl, aber er sah auch noch etwas anderes.

Goldberg sagte: »Wir wollen nicht, dass noch mehr Unschuldige verletzt werden. Haben Sie mich verstanden?«

Del antwortete nicht.

»Pfeifen Sie diese Psychos zurück«, sagte Goldberg und reichte ihm ein Handy. »Es gab schon genug Tote für eine Nacht.«

Inmitten der brennenden Qualen verspürte er tatsächlich

diese allumfassende Klarheit. Goldberg hatte recht. Es war schon zu viel Blut vergossen worden. Del Flynn nahm Goldberg das Handy aus der Hand und wählte Kens Nummer.

Der meldete sich jedoch nicht.

Broome rief Sarah Green an. »Bist du in einer Stunde zu Hause?«

»Ja.«

»Kann ich vorbeikommen?«

»Gibt's was Neues?«

»Ja.«

Es entstand eine kurze Pause. »Das klingt nicht nach guten Neuigkeiten.«

»Ich bin in einer Stunde bei dir.«

Die Straßenlaternen vor Ray Levines Wohnung waren zu hell und zu gelb und tauchten alles in ein bernsteinfarbenes Licht. Vier Streifenwagen des Atlantic City Police Departments standen vor dem bescheidenen Haus. Als Broome sich näherte, sah er einen Transporter vom FBI vorfahren. Er eilte ins Haus und traf Dobbs.

»Was gefunden?«, fragte Broome.

»Nichts Überraschendes, wenn Sie das meinen. Keine Mordwaffe. Keine Sackkarre. Nichts in der Art. Wir haben schon damit angefangen, die Fotos auf seinem Computer zu sichten. Nach allem, was wir bisher gesehen haben, hat der Kerl die Wahrheit gesagt – die Fotos rund um die alte Eisenerzmine wurden alle jeweils am achtzehnten Februar gemacht, nicht an Mardi Gras.«

Das stützte Ray Levines Version ziemlich massiv.

Dodds sah aus dem Fenster. »Das FBI?«

»Yep.«

»Übernehmen die?«

Broome nickte. »Das ist jetzt deren Baby.« Er sah auf die Uhr. Es gab keinen Grund, hier noch weiter Zeit zu vertrödeln. Er musste Sarah informieren. »Wenn sonst nichts weiter ist…«

»Nein, eigentlich nicht. Nur eins fand ich noch seltsam.«

»Und das wäre?«

»Ray Levine. Heißt der Kerl wirklich so?«

»Ja.«

Dodds nickte versunken. »Kennen Sie sonst noch irgendwelche Levines?«

»Mehrere, wieso?«

»Das sind dann Juden, oder? Ich meine, Levine ist ein jüdischer Name.«

Broome ließ den Blick durch den verlotterten Keller schweifen und sah Dodds dann stirnrunzelnd an. »Ihnen ist schon klar, dass nicht alle Juden reich sind, oder?«

»Das mein ich nicht. Ich will jetzt auch gar nicht mit irgendwelchen Klischees kommen oder so was. Ach, vergessen Sie's einfach. Ist nicht so wichtig.«

»Was ist nicht so wichtig?«, fragte Broome.

»Nichts. Also gut, wir haben, wie schon gesagt, nichts Belastendes gefunden. Es ist bloß, na ja…«, er zuckte die Achseln, »…was macht ein Jude damit?«

Er gab Broome eine kleine Asservatentüte aus Plastik. Broome sah sich den Inhalt an. Im ersten Moment verstand er nicht, was das war, doch als es ihm nach ein paar Sekunden klar wurde, überkam ihn ein Schwindelgefühl, und er hatte den Eindruck, ungebremst immer tiefer zu fallen. Seiner schon vorher ins Trudeln geratenen Welt wurde ein weiterer heftiger Stoß versetzt, so dass er sich kaum noch auf den Beinen halten konnte.

»Broome?«

Er beachtete Dodds nicht. Er blinzelte, sah noch einmal hin und spürte, wie ihm das Herz in die Hose rutschte, denn da, in dem Plastikbeutel, lag eine Antonius-Medaille.

Von seinem Standort auf der gegenüberliegenden Straßenseite beobachtete Ken, wie Lorraine das *La Crème* durch die Hintertür verließ. Für den Weg durch den Club hatte sie ziemlich lange gebraucht: Fast jedes Mädchen, das in dem Sündenpfuhl arbeitete, war an die ältere Bardame herangetreten und hatte sie ausgiebig umarmt. Lorraine ließ sie gewähren und schenkte dann offenbar jeder der jungen Frauen das, nach dem sie sich sehnte – ein offenes Ohr, ein schräges Ich-versteh-schon-Lächeln oder ein paar freundliche Worte.

Als ob sie ihre Mutter wäre.

Nachdem sie die Gruppe der jüngeren Tänzerinnen schließlich hinter sich gelassen und sich auf den Nachhauseweg gemacht hatte, folgte Ken ihr in sicherer Entfernung. Der Weg zu ihrer Wohnung war nicht weit. Die Bardame wohnte natürlich in einem heruntergekommenen Drecksloch, einem Haus, von dem man mit viel gutem Willen sagen konnte, dass es schon bessere Zeiten gesehen hatte, obwohl es vermutlich schon vom ersten Tag an in ziemlich erbärmlicher Verfassung gewesen war.

Lorraine schloss die Tür auf und verschwand im Haus. Weiter hinten gingen zwei Lampen an. Vorher war das Haus völlig dunkel gewesen. Das sprach dafür, dass sie alleine war. Ken ging ums Haus herum und spähte durch die Fenster hinein. Er entdeckte Lorraine in der Küche.

Er fand, dass sie ziemlich erschöpft aussah. Sie hatte ihre Stöckelschuhe abgestreift und die nackten Füße auf einen Stuhl gelegt. Sie wärmte sich die Hände an einer Tasse Tee, die sie mit geschlossenen Augen langsam schlürfte. In diesem grellen Licht war sie längst nicht mehr so attraktiv und sah viel älter aus als im dämmrigen Schein des Strip-Clubs.

Was ja auch logisch war.

Diese Bardame hatte wirklich nichts aus ihrem Leben gemacht, dachte Ken. Er tat ihr einen Gefallen, indem er sie aus diesem Elend erlöste. Ken spürte, wie das Verlangen ihn mit aller Macht packte. Er ballte die Fäuste, sah den Küchentisch an und dachte: Ja, der wird wohl stabil genug sein.

Es war Zeit, sich an die Arbeit zu machen.

Als Ken auf dem Weg zu Lorraines Haustür war, vibrierte sein Handy. Er blickte aufs Display, sah, dass es nicht Barbie war, und beschloss, nicht ranzugehen. Als er vor der Tür stand, klopfte er, fuhr sich mit der Hand durch die Haare und wartete. Er hörte ein Schlurfen, dann glitt der obere Türriegel auf. Schon komisch, wie viele Leute das einfach so machten. Da besorgten sie sich ein teures Schloss, öffneten dann aber einfach die Tür, wenn jemand klingelte.

Lorraines Augen weiteten sich kurz, als sie Ken sah, sie versuchte aber nicht die Tür zuzuschlagen. »Na sieh mal einer an. Wenn das nicht der hübsche Trauergast ist, der wie mein Ex aussieht.«

Sie versuchte, das schräge Lächeln aufzusetzen, das er schon im Club gesehen hatte, es gelang ihr aber nicht richtig. Ken sah … vielleicht Angst? Ja, Angst. Ein Hauch von Angst huschte über ihr faltiges Gesicht, und das erregte ihn.

Ken sah sie mit sanfter Miene an: »Ich muss mit Ihnen über etwas reden.«

Lorraine musterte ihn widerstrebend – und vielleicht auch etwas ängstlich –, aber sie war nicht der Typ, der eine Szene machte oder jemanden abwies.

»Es ist wirklich wichtig«, sagte er. »Darf ich reinkommen?«

»Ich weiß nicht«, sagte Lorraine. »Es ist schon ziemlich spät.«

»Oh, keine Sorge.« Er lächelte und zeigte dabei all seine Zähne. »Das dauert nur einen Moment, das verspreche ich Ihnen.«

Dann schob Ken sich in die Wohnung und schloss die Tür hinter sich.

Draußen wurde ihm kalt, also ging Ray die Treppe hinunter in Lucys gewölbten Bauchraum. Hierherzukommen war eine dumme Idee gewesen. Was hatte er sich eigentlich davon versprochen? Ja, natürlich verband er wunderbare Erinnerungen mit diesem Ort. Vielleicht hatte er gehofft, dass es Cassie genauso erging. Aber hatte er gedacht, er könnte die Wirkung seiner Enthüllung irgendwie abmildern, wenn er sie ihr hier eröffnete? Hatte er wirklich geglaubt, wenn er sie irgendwie in diese Zeit und an diesen Ort zurückversetzte, würde sie verstehen, warum er das damals getan hatte?

Wie dumm von ihm.

Ja, ein paar Dinge konnte man schon relativieren, indem man sie in die richtige Perspektive und den richtigen Kontext setzte, aber war er wirklich so naiv gewesen zu glauben – ja, was eigentlich? –, dass sie hier in diesem Elefanten einen Hormonschub bekommen würde, der alles, was er getan hatte, akzeptabel machte? Plötzlich kam er sich wie ein schlechter Immobilienmakler vor, der glaubte, »die Lage, die Lage, die Lage …« würde den Wert seines Geständnisses drastisch erhöhen.

Ray sah auf sein Handy. Keine SMS von Cassie, Megan oder wie immer sie auch hieß. Er überlegte, ob er sie noch einmal anrufen sollte, aber was hätte das gebracht? Er beschloss, noch ein bis zwei Stunden zu warten und dann zu gehen. Aber wohin? Wahrscheinlich war die Polizei fertig mit der Wohnungsdurchsuchung, aber wollte er wirklich wieder zurück in diese schmuddelige Bude?

Nein.

Es war Zeit für einen Neuanfang. Wenn Cassie – für ihn würde sie immer so heißen – nicht hören wollte, was er ihr zu erzählen hatte, tja, dann musste er irgendwie anders damit zurechtkommen. Aber hierzubleiben, während seine Welt in Scherben lag, war auch keine Alternative. Es war viel zu riskant, und obwohl es ihm im Lauf der letzten Jahre problemlos gelungen war, sein Leben in Schutt und Asche zu legen, hegte er doch keine Selbstmordgedanken.

Als Ray die Treppe in Lucys Bein hinuntergehen wollte, hörte er unten etwas. Er blieb stehen und wartete.

Jemand hatte die Tür geöffnet.

»Cassie?«

»Nein, Ray.«

Sein Mut sank, als er die Stimme erkannte. Es war Detective Broome.

»Wie haben Sie mich gefunden?«, fragte Ray.

»Wir haben Ihr Handy geortet. Kein Problem, wenn es eingeschaltet ist.«

»Oh, klar.«

»Es ist vorbei, Ray.«

Er sagte nichts.

»Ray?«

»Ich hab's gehört, Detective.«

»Ein Fluchtversuch würde nichts bringen. Der Elefant ist umstellt.«

»Okay.«

»Sind Sie bewaffnet?«

»Nein.«

»Ich bin hier, um Sie festzunehmen, Ray. Haben Sie das verstanden?«

Da Ray nicht wusste, was er sagen sollte, antwortete er nur: »Ja, das hab ich.«

»Dann tun Sie uns beiden einen Gefallen«, sagte Broome. »Lassen Sie es uns so einfach und sicher wie möglich über die Bühne bringen. Knien Sie sich hin und legen Sie beide Hände auf den Kopf. Dann lege ich Ihnen die Handschellen an und lese Ihnen Ihre Rechte vor.«

SECHSUNDDREISSIG

Am nächsten Morgen um acht Uhr wachte Megan auf und fand sich in einer Welt voller Schmerzen wieder. Es war in so vielerlei Hinsicht eine lange Nacht gewesen – in erheblichem Ausmaß hatte auch der emotionale Tribut dazu beigetragen, den sie dafür bezahlt hatte, Dave die ganze Wahrheit über ihre Vergangenheit zu erzählen –, und jetzt schrie jede Faser ihres Körpers vor Schmerz. Am schlimmsten war es im Arm. Der fühlte sich an, als wäre er von einem Tiger zerfleischt und hinterher in einen Mixer geworfen worden. Währenddessen benutzte jemand ihren Schädel gnadenlos als Amboss. Zunge und Mund waren gleichzeitig trocken wie die Sahara und pelzig wie beim schlimmsten vorstellbaren Kater.

Langsam und vorsichtig öffnete Megan die Augen. Dave saß am Fußende des Betts und hatte den Kopf auf die Hand gestützt. Auch er sah aus, als litte er an Schmerzen. Seine Haare standen in alle Richtungen ab. Sie nahm an, dass er die ganze Nacht an ihrer Seite verbracht hatte.

Sie versuchte sich zu erinnern, wann sie mit ihrer Erzählung fertig geworden war – Dave hatte kaum etwas gesagt –, wusste es aber nicht mehr. Sie hatte so lange geredet, bis sie die Müdigkeit überwunden hatte, und war dann nicht eingeschlafen, sondern vielmehr durch die Kombination aus Erschöpfung, Schmerzen und Morphin bewusstlos geworden. Falls Dave sich irgendwie zu ihrer Lebensbeichte geäußert hatte, konnte sie sich nicht mehr daran erinnern.

Megan war noch nie so durstig gewesen. Als sie nach dem Wasserbecher auf dem Nachttisch griff, protestierte ihr ganzer Körper vor Schmerz. Sie stieß einen kurzen Schrei aus. Daves Kopf schnellte hoch und er sagte: »Warte, ich gebe ihn dir.«

Er ging zum Nachttisch, führte den Becher vorsichtig vor ihren Kopf und steckte ihr sanft den Strohhalm in den Mund. Sie saugte gierig. Das Wasser war das reinste Ambrosia. Als sie fertig war, stellte Dave den Becher wieder auf den Nachttisch und setzte sich neben sie.

»Wie fühlst du dich?«, fragte er.

»Als ob ich einen Bus geküsst hätte.«

Er lächelte und streichelte ihr über die Stirn. »Ich hol den Arzt.«

»Warte noch.« Seine Hand war kühl auf ihrer Stirn. Sie schloss die Augen und genoss seine Berührung. Eine Träne rann ihre Wange hinab. Sie wusste nicht, warum.

»Ich habe über alles nachgedacht, was du mir erzählt hast«, sagte Dave. »Ich bin immer noch dabei, das zu verarbeiten.«

»Schon klar. Aber sprich mit mir, okay?«

»Okay.«

Sie öffnete die Augen und sah ihn an.

»Das ist hart«, sagte Dave. »Na ja, einerseits spielt es ja wohl eigentlich keine Rolle, was du früher einmal gewesen bist. Liebst du mich?«

»Ja.«

»Sind deine Gefühle für mich eine Lüge?«

»Nein, natürlich nicht.«

»Wieso sollte mich der Rest dann interessieren? Wir haben alle eine Vergangenheit. Wir alle haben Geheimnisse. Oder so was in der Art.« Er rutschte auf seinem Stuhl zurück. »Das ist das Einerseits. Das ist der Teil, den ich verstehe.«

»Und das Andererseits?«

Dave schüttelte den Kopf. »Ich bin noch dabei, das zu verarbeiten.«

»Verarbeiten?«, fragte sie. »Oder bewerten?«

Er sah sie verwirrt an. »Ich versteh nicht, was du meinst?«

»Wenn ich in der Vergangenheit, bevor wir uns kennengelernt haben – was weiß ich –, eine reiche Prinzessin und Jungfrau gewesen wäre, hättest du dann auch solche Probleme, das zu verarbeiten?«

»Hältst du mich für so oberflächlich?«

»Ich frag ja nur«, sagte sie. »Ist doch eine ganz normale Frage.«

»Und wenn ich antworten würde: Ja, so ein Szenario wäre einfacher zu verarbeiten?«

»Ich glaube, ich würde das verstehen.«

Dave überlegte. »Soll ich dir etwas Sonderbares erzählen?«

Sie wartete.

»Ich habe dir nie ganz vertraut, Megan. Nein, warte, das stimmt so nicht. Was ich meine, ist, dass ich dir nicht alles geglaubt habe. Vertraut habe ich dir. Unbedingt. Ich habe dich zu meiner Frau gemacht, dich geliebt und bin sicher, dass du mich geliebt hast. Wir haben das Leben und das Bett geteilt und zusammen Kinder bekommen.« Dave schluckte, wandte den Kopf einen Moment ab und sah sie dann wieder an. »Ich würde mein Leben in deine Hände legen. Das weißt du doch.«

»Ja.«

»Trotzdem habe ich dir nicht immer geglaubt. Man kann jemandem vertrauen und doch wissen, dass da noch etwas anderes ist. Weißt du, was ich meine?«

»Ja.«

»War es schwer, mich all die Jahre zu belügen?«

»Nicht nur dich. Alle.«

»Aber vor allem mich.«

Sie widersprach nicht.

»War das schwer?«

Megan überlegte. »Eigentlich nicht, nein.«

Er lehnte sich zurück. »Wow, das ist wirklich ehrlich.«

»Dir die Wahrheit zu sagen stand ja eigentlich nie zur Debatte. Ich hatte keinen Grund dafür, dir etwas über meine Vergangenheit zu erzählen. Die Wahrheit hätte alles nur schwieriger gemacht.«

»Es muss aber schwer gewesen sein, oder? In gewisser Weise?«

»Daran hatte ich mich wohl gewöhnt.«

Er nickte. »Irgendwie muss ich ein paar Einzelheiten wissen, weil meine Fantasie sonst mit mir durchgeht. Verstehst du, was ich meine?«

Sie nickte.

»Eigentlich weiß ich aber, dass es besser wäre, es dabei zu belassen.«

»Es ist lange her, Dave.«

»Aber es ist ein Teil von dir.«

»Ja. Genau wie deine Vergangenheit ein Teil von dir ist.«

»Vermisst du es?«

»Ich werde mich nicht dafür entschuldigen.«

»Das war nicht die Frage. Ich wollte wissen, ob du es vermisst?«

Wieder sammelten sich Tränen in ihren Augen. Sie würde keine Lügen mehr erzählen, nicht nachdem sie das alles durchgemacht hatte, um Dave die Wahrheit zu erzählen. »Du warst doch auf der Highschool in der Theatergruppe, stimmt's?«

»Und?«

»Ihr habt euch getroffen, zusammen abgehangen und dabei auch gekifft. Das hast du mir wenigstens erzählt.«

»Ich weiß nicht, worauf du hinauswillst«, sagte Dave.

»Du vermisst das gelegentlich, oder? Trotzdem würdest du nicht dahin zurückwollen. Das ist vorbei. Muss ich meine Vergangenheit hassen, damit du mich akzeptierst?«

Dave lehnte sich zurück. Er wirkte erschrocken. »Findest du wirklich, dass es das Gleiche ist?«

»Worin siehst du den Unterschied?«

Er rieb sich übers Gesicht. »Ich weiß nicht. Genau das muss ich wohl noch verarbeiten.« Dave versuchte zu lächeln. »Ich glaube, die Lügen haben unserer Beziehung mehr geschadet, als dir bewusst ist. In gewisser Weise ist durch sie eine Distanz zwischen uns entstanden. Wie auch nicht? Das wird sich jetzt also verändern. Aber vielleicht wird es damit besser?«

Das Telefon auf dem Nachttisch klingelte.

Dave runzelte die Stirn. »Eigentlich solltest du nicht gestört werden.«

Megan griff mit dem intakten Arm nach dem Telefon. »Hallo?«

»Wie ich gehört habe, hatten Sie eine harte Nacht.«

Es war Detective Broome.

»Ich werd schon wieder.«

»Haben Sie heute Morgen schon den Fernseher eingeschaltet?«

»Nein, warum?«

»Carlton Flynn ist tot. Genau wie eine Menge anderer Männer. Wir haben ihre Leichen in einem Brunnen in der Nähe der Eisenerzmine gefunden.«

»Was?« Dieses Mal gelang es Megan, sich aufzusetzen. »Ich versteh das nicht. Stewart Green auch?«

»Wahrscheinlich. Das FBI ist noch dabei, die Toten zu identifizieren.«

Wo sie gerade darüber sprachen, Informationen zu verarbeiten. »Moment, dann wurden sie ermordet?«

»Die Details erzähle ich Ihnen später, aber jetzt brauche ich erst einmal Ihre Hilfe.«

»Inwiefern?«

»Ich weiß, dass Sie verletzt sind und große Schmerzen haben, falls Sie also noch nicht dazu in der Lage sind …«

»Was wollen Sie wissen, Detective?«

»Gestern Nacht haben wir Ray Levine als Mordverdächtigen verhaftet.«

Sie öffnete den Mund, bekam aber kein Wort heraus. Wieder stand ihre Welt kopf. »Soll das ein Witz sein?«

»Nein …«

»Was ist los mit Ihnen? Sind Sie übergeschnappt?«

Dave sah sie fragend an. Sie beachtete ihn nicht.

»Broome«, schrie sie.

»Ich bin noch dran«, sagte er.

Megan schüttelte den Kopf und wollte ihm sagen, dass es einfach nicht möglich war, aber dann musste sie wieder an die letzte Nacht denken – an die letzten Worte, die Ray zu ihr gesagt hatte. *»Ich habe dir nicht die Wahrheit gesagt.«*

»Nein. Nein, das ist ein Fehler«, sagte sie und spürte, wie ihr erneut eine Träne über die Wange lief. »Haben Sie mich verstanden? Was haben Sie denn für Beweise?«

»Darauf will ich jetzt nicht näher eingehen, aber ich brauche Ihre Hilfe.«

»Was soll ich tun?«

»Wir haben Ray in Gewahrsam«, sagte er. »Er weigert sich, mit uns zu kooperieren. Er will nur mit Ihnen unter vier Augen sprechen. Ich weiß, dass es viel verlangt ist in Ihrem jetzigen Zustand, und wir können auch gern ein paar Tage warten, bis es Ihnen wieder etwas besser geht …«

»Wo soll ich hinkommen?«, fragte sie.

Dave starrte sie nur an.

Megan hörte aufmerksam zu. Dann legte sie auf und wandte sich an ihren Mann. »Du musst mich zu einem Gefängnis fahren.«

Nachdem Broome aufgelegt hatte, ging er zurück zu den Arrestzellen. Ray Levine trug orangefarbene Gefängniskleidung. Er war an Händen und Füßen gefesselt. Sie befanden sich in einem Vernehmungsraum im Atlantic-County-Gefängnis. Ray hatte seinen einzigen Freund in der Umgebung angerufen, seinen Boss Fester, und der hatte ihm einen Anwalt namens Flair Hickory als Rechtsbeistand besorgt. Hickory galt als sehr gut und äußerst extravagant.

Als Broome den Raum betrat, sagte Flair Hickory, dessen lavendelfarbener Anzug um acht Uhr morgens nur schwer zu ertragen war: »Und?«

»Sie ist unterwegs.«

»Wunderbar.«

»Trotzdem würde ich Ihrem Mandanten gern ein paar Fragen stellen.«

»Und ich würde gern ein Schaumbad mit Hugh Jackson nehmen«, entgegnete Flair mit einer wellenförmigen Handbewegung. »Aber, ach, wir haben alle unsere Träume, nicht wahr? Mein Mandant hat es doch ganz deutlich gesagt: Bevor er Ihnen irgendetwas mitteilt, möchte er ein kleines, privates Pow-Wow mit Megan Pierce abhalten. Und jetzt husch, weg mit Ihnen.«

Broome verließ den Raum. FBI-Agent Angiuoni zuckte die Achseln und sagte: »Einen Versuch war es wert.«

»Das war es wohl.«

»Selbst mit der Polizei-Eskorte wird es mindestens eine

Stunde dauern, bis sie hier ist. Warum gehen Sie nicht ein bisschen frische Luft schnappen oder so was?«

»Ich muss nochmal ins *La Crème*.«

»In den Nachtclub? Warum?«

Broome antwortete nicht, ging stattdessen zu seinem Wagen. Ein paar Fragen waren immer noch unbeantwortet. Die Nacht war wirklich lang gewesen. Das FBI war immer noch damit beschäftigt, auf der Suche nach weiteren Trophäen Ray Levines Wohnung zu zerlegen. Bisher hatten sie zwölf Leichen aus dem Brunnen geborgen, wobei es, je weiter sie vordrangen, immer schwieriger wurde, sofort zu erkennen, welche Knochen zu welchem Körper gehörten. Die Leichen waren im Lauf der Jahre zu einem großen Knochenhaufen zerfallen.

Nachdem Broome Ray Levine gestern Nacht festgenommen hatte, war er zum unseligen Haus gefahren, das einst das Heim der Familie von Stewart und Sarah Green gewesen war. Er hatte Sarah alles erzählt, was er wusste: Dass sämtliche Hinweise dafür sprächen, dass Stewart das Opfer eines Serienmörders geworden wäre und unten im Brunnen läge. Wie immer hatte Sarah aufmerksam zugehört. Als er fertig war, sagte sie: »Hattest du nicht gesagt, dass jemand Stewart erst vor kurzem gesehen hat?«

Dahin war Broome jetzt unterwegs – zum samstäglichen »Brunch 'n' Munch« im *La Crème*. Sie öffneten dann immer schon zum Frühstück, mit dem sie erschreckenderweise ein ziemlich gutes Geschäft machten. Broome ging nicht davon aus, dass er bei diesem Besuch irgendwelche wesentlichen Erkenntnisse gewinnen würde – höchstwahrscheinlich würde Lorraine auf seine Nachfrage nur mit einem kurzen Achselzucken erwidern: »Ich hab dir doch gleich gesagt, dass ich nicht sicher bin. Aber du hast ja nicht auf mich gehört.«

Die Wahrheit war jedoch – eine Wahrheit, die er sich vielleicht langsam einmal eingestehen sollte –, dass er Lorraine sehen wollte. Es war eine schreckliche Nacht mit viel zu viel Blut und viel zu vielen Leichen gewesen. Natürlich gab es eine berufliche Rechtfertigung, um zu ihr zu fahren, aber vielleicht wollte er einfach in ihrer Nähe sein, ihr hübsches Gesicht betrachten und von einer alten Freundin angesehen werden, die nicht mit einem anderen Mann verheiratet war. Lorraine hatte etwas; sie war eine Art Veteranin dieser Stadt, die durchaus ihre Wunden davongetragen, aber stets überlebt hatte, und er war gerne in ihrer Nähe. Und mehr wollte er wahrscheinlich gar nicht von ihr, wollte nur eine Zeitlang in dieses tröstliche, schräge Lächeln und das kehlige Lachen eintauchen. Und vielleicht trug die Tatsache, dass sie bald sterben würde, dass sie in ein paar Monaten womöglich für immer verschwunden sein würde … Vielleicht machte ihm das bewusst, dass er sich im Leben nicht schon wieder etwas entgehen lassen sollte.

Wäre das so falsch?

Als er auf den Parkplatz einbog, waren die Türsteher gerade dabei, den Club zu öffnen. Ein paar Leute standen tatsächlich Schlange. Wahrscheinlich kamen sie direkt aus den Casinos oder von irgendwelchen anderen nächtlichen Aktivitäten. Das waren die klassischen Frühstücksgäste– nicht etwa diejenigen, die gerade aufgestanden waren und etwas essen wollten, sondern Typen, die die ganze Nacht durchgemacht hatten und als Start in den nächsten Morgen erst einmal eine Striptease-Show brauchten. Aus welchem Blickwinkel man das auch immer betrachtete – sie mussten wirklich ziemlich verzweifelt sein.

Als er in den Club ging, nickte Broome den schwarz gekleideten Türstehern zu. Er durchquerte die düsteren Räumlichkeiten und ging schnurgerade auf Lorraines Theke zu. Die

Bardame war jedoch noch nicht da. Er wollte sich schon umdrehen und sich nach ihr erkundigen, als ihm jemand von hinten einen kräftigen Stoß versetzte. Broome stolperte ein paar Meter vorwärts, bevor er sich wieder fangen konnte.

Hinter ihm stand Rudy mit einem hochroten Kopf.

»Was soll der Scheiß, Rudy?«

Rudy deutete mit einem dicken Finger auf ihn. »Ich hab Sie gewarnt.«

»Wovon sprechen Sie?«

»Erst sprechen Sie mit Tawny. Okay, das ist nicht weiter schlimm. Solche Mädels gibt's wie Sand am Meer. Gut.« Wieder versetzte er Broome einen Stoß. »Aber ich habe Sie gewarnt, oder?«

»Wovor haben Sie mich gewarnt?«

»Ich hab gesagt, bei Lorraine ist das was anderes. Dass sie was Besonderes ist. Ich hab Ihnen gesagt, was ich mit Ihnen mache, wenn ihr etwas zustößt.«

Broome erstarrte. Die Musik schien plötzlich lauter zu sein. Der Raum fing an, sich zu drehen. »Wo ist sie?«

»Kommen Sie mir nicht mit dem Scheiß. Sie wissen ganz genau …«

Broome packte seine Jackenaufschläge und schleuderte ihn gegen die Wand. »Wo ist Lorraine, Rudy?«

»Das sollen *Sie* mir sagen, Arschloch. Sie ist heute Morgen nicht zur Arbeit gekommen.«

SIEBENUNDDREISSIG

Megan saß Ray in einem zwar unscheinbaren, aber dennoch ziemlich surrealen Vernehmungsraum gegenüber.

Auf der Fahrt hierher hatte gedämpfte Stimmung geherrscht. Ein FBI-Agent namens Guy Angiuoni hatte angerufen und ihr Einzelheiten über die Morde und die Festnahme erzählt. Es war vollkommen unbegreiflich. Nachdem sie aufgelegt hatte, versuchte Dave sie mit Smalltalk abzulenken. Sie antwortete nicht. Dave wusste jetzt von ihrer damaligen Beziehung mit Ray – natürlich kannte er keine Details, wusste aber genug. Und sie wusste wiederum, dass das Ganze nicht einfach für ihn war, wollte ihn eigentlich beruhigen und beschwichtigen. Zumindest das hatte Dave verdient. Doch sie fühlte sich zu benommen.

Das musste warten.

Megan war durch einen Metalldetektor gegangen und hatte sich einer Leibesvisitation unterziehen müssen, bevor sie den Vernehmungsraum betreten durfte. Drinnen befanden sich fünf Männer. FBI-Agent Guy Angiuoni, zwei Gefängniswärter, Rays Anwalt Flair Hickory, der sie mit einem warmen Lächeln begrüßte, und natürlich Ray selbst.

Flair Hickory zeigte einen kleinen Papierstapel vor. »Dies sind eidesstattliche Erklärungen, in denen steht, dass Ihr Gespräch mit meinem Mandanten nicht abgehört, aufgezeichnet oder benutzt wird«, sagte er. »Alle anderen hier anwesenden Personen haben eine unterzeichnet.«

»Okay.«

»Ich wäre Ihnen furchtbar dankbar, wenn Sie auch eine Erklärung unterzeichnen könnten, in der Sie sich verpflichten, nichts von dem preiszugeben, was mein Mandant Ihnen in diesem Gespräch erzählt.«

»Das ist nicht nötig«, sagte Ray.

»Das dient auch zu ihrem Schutz«, erläuterte Flair. »Selbst wenn Sie ihr vertrauen, Ray, möchte ich es für alle anderen möglichst schwer machen, sie zum Reden zu nötigen.«

»Kein Problem, ich unterschreibe das«, sagte Megan.

Die Finger an ihrem verletzten Arm funktionierten noch gut genug, um den Kugelschreiber festzuhalten und eine Unterschrift aufs Papier zu kritzeln.

Flair Hickory nahm das Formular an sich. »Gut. Für uns ist es dann Zeit zu gehen.«

FBI-Agent Angiuoni ging zur Tür. »Wir werden Sie im Auge behalten, Mrs Pierce. Wenn Sie in Gefahr sind und uns brauchen, heben Sie einfach Ihren intakten Arm über den Kopf.«

»Mein Mandant ist verschnürt wie ein Sado-Maso-Fetischist«, wandte Flair ein. »Sie befindet sich nicht in Gefahr.«

»Trotzdem.«

Flair rollte die Augen. Guy Angiuoni ging als Erster, dann folgten die beiden Wärter. Flair verließ als Letzter den Raum. Die Tür wurde hinter ihnen geschlossen. Megan setzte sich gegenüber von Ray an den Tisch. Rays Füße waren an die Stuhlbeine gefesselt, seine Arme mit Schellen auf dem Tisch fixiert.

»Geht's dir gut?«, fragte Ray.

»Ich bin gestern Nacht überfallen worden.«

»Von wem?«

Sie schüttelte den Kopf. »Es geht hier nicht um mich.«

»Bist du deshalb gestern Nacht nicht gekommen?«

Megan wusste nicht, was sie darauf antworten sollte. »Ich wäre sowieso nicht gekommen.«

Er nickte, als verstünde er das.

»Hast du diese Männer alle umgebracht, Ray?«

»Nein.«

»Hast du Stewart Green umgebracht?«

Er antwortete nicht.

»Du hast irgendwie erfahren, dass er mir etwas angetan hat, oder?«

»Ja.«

»Ich habe dir etwas bedeutet. Du hast mich sogar ...« Sie stockte, setzte noch einmal an. »Du hast mich sogar geliebt.«

»Ja.«

»Ray, du musst mir jetzt die Wahrheit sagen.«

»Das tu ich auch«, sagte er. »Aber du fängst an.«

»Was?«

Als Ray ihr in die Augen sah, spürte sie seinen Blick in jeder Faser ihres Körpers.

»Cassie«, sagte er, »hast du Stewart Green umgebracht?«

Broome stellte Rudy keine weiteren Fragen.

Er versuchte, nicht in Panik zu geraten, doch das wollte ihm nicht gelingen. Er forderte Rudy auf, im Club zu bleiben und ihn sofort anzurufen, wenn Lorraine kam. Ohne ein weiteres Wort rannte er zu seinem Wagen, nahm seine Pistole und eilte zu Lorraines Haus.

Nein, bitte nicht, bitte nicht, bitte nicht ...

Er forderte über die Einsatzzentrale Verstärkung an, würde aber auf keinen Fall warten, bis sie eintraf. Seine Lunge brannte. Seine Atemzüge hallten in seinen Ohren wider. Seine Augen tränten in der kühlen Morgenluft.

Das alles war egal. Es zählte nur eins.

Lorraine.

Wenn ihr etwas zustieß, wenn ihr jemand etwas antat…

Die wenigen Menschen auf der Straße stolperten etwas unsicher durch die helle Morgensonne, nachdem sie die Nacht unter Kunstlicht verbracht hatten. Broome beachtete sie nicht.

Nicht Lorraine. Bitte. Nicht Lorraine…

An der Ecke bog Broome nach rechts ab. Er sah Lorraines Haus vor sich. Er erinnerte sich an das erste Mal, als er dort war und die Nacht darin verbracht hatte. Schon komisch, wie leicht man das Offensichtliche übersah. Die Nacht hatte ihm wenig bedeutet – und ihr vermutlich sogar noch weniger –, und jetzt verfluchte er sich, weil er so dumm gewesen war.

Ein Adrenalinschub ermöglichte ihm, noch einmal zu beschleunigen, dann sprang er die kurze Treppe zur Vorderveranda herauf. Fast hätte er sich direkt gegen die Tür geworfen, sie mit der Schulter eingerannt, dann stoppte er aber doch noch.

Man rannte nicht einfach irgendwelche Türen ein. So viel war ihm klar. Aber er wollte nicht warten. Er atmete tief durch, griff dann zum Türknauf und drehte ihn.

Die Tür war nicht verschlossen.

Ihm stockte das Herz. War Lorraine so dumm, dass sie die Tür in diesem Viertel unverschlossen ließ?

Das konnte er sich nicht vorstellen.

Die Pistole im Anschlag stieß er die Tür langsam auf. Sie quietschte leise.

»Polizei!«, rief er. »Ist jemand da?«

Keine Antwort.

Er trat einen Schritt weiter ins Haus hinein. »Lorraine?« Er hörte die Angst in seiner Stimme.

Nein, bitte nicht, bitte nicht, bitte nicht …

Seine Augen erfassten das vordere Zimmer. Es war absolut nichts Besonderes. Er sah eine Couch mit dazu passendem Sessel in einem Stil, den man in praktisch jedem Möbelhaus am Highway fand. Der Fernseher war für die heutige Zeit eher klein. Im echten Atlantic-City-Stil zeigte die Wanduhr Würfel statt Ziffern.

Auf dem Kaffeetisch standen drei Aschenbecher mit alten Bildern der Atlantic City Convention Hall am Boardwalk. Rechts war eine kleine Theke mit zwei Barhockern. Je eine Flasche Smirnoff Wodka und Gordons London Dry Gin standen wie zwei Soldaten Wache. Daneben befand sich ein Stapel der gleichen Wegwerf-Untersetzer, die auch im *La Crème* verwendet wurden.

»Ist da jemand? Hier ist die Polizei. Kommen Sie mit erhobenen Händen heraus.«

Immer noch nichts.

An den Wänden hingen ein paar ausgezeichnete Reproduktionen alter Burlesque-Poster. Eins vom *Roxy* in Cleveland, eins mit den Coney Island Red Hots und direkt vor ihm in leuchtendem Gelb eines, auf dem der Auftritt von Blaze Starr als »Miss Spontaneous Combustion« im *Globe* in Atlantic City angepriesen wurde.

Lorraines Wohnung war weder besonders groß noch schick, aber man erkannte sofort ihren eigenen Stil. Broome wusste, dass das Schlafzimmer links, das Bad rechts und die Küche hinten war. Er ging zuerst ins Schlafzimmer. Er fand es ziemlich unordentlich, es sah eher nach einer Garderobe aus als nach einem Ort, an dem man schlief. Lorraines knallige Arbeitskleidung hing nicht auf Bügeln, sondern an Kleiderpuppen, was aber offenbar eine bewusste Einrichtungsentscheidung war.

Allerdings war das Bett noch gemacht.

Broome schluckte und ging zurück ins Wohnzimmer. Er durfte keine Zeit mehr vergeuden. Er eilte zur Küche. Aus der Ferne sah er den avocado-grünen Kühlschrank mit den Souvenir-Magneten. Als Broome an die Tür kam, blieb er wie angewurzelt stehen.

O nein …

Er betrachtete das Linoleum unter dem Tisch und schüttelte den Kopf. Dann sah er wieder hin, genauer dieses Mal, und hoffte, dass sich etwas verändert hätte, was natürlich nicht der Fall war.

Der Küchenboden war voller Blut.

»Cassie, hast du Stewart Green getötet?«

Ray sah Cassie unverwandt in die Augen. Er wollte ihre Reaktion auf seine Worte sehen und suchte dabei, wie in jeder guten Spielerstadt üblich, nach irgendeinem verräterischen Zeichen.

»Nein, Ray, ich habe ihn nicht getötet«, sagte sie. »Und du?«

Ray betrachtete intensiv ihr schönes Gesicht, fand darin aber nur die Überraschung über seine Frage. Er musterte es noch einen Moment – und glaubte ihr.

»Ray?«

»Nein, ich habe ihn nicht getötet.«

»Wer war es dann?«

Ray musste es jetzt tun. Er musste ihr die Wahrheit sagen. Jetzt, wo er sicher war, dass sie es nicht getan hatte, fand er jedoch nicht die richtigen Worte.

Es war etwas spät, sich darüber Sorgen zu machen.

»In jener Nacht«, fing Ray an, »bist du zu dieser Stelle gegangen. Da hast du Stewart Green bei diesem großen Felsen gesehen und gedacht, dass er tot ist.«

»Darüber haben wir doch schon gesprochen, Ray.«

»Tu mir einfach den Gefallen.«

»Ja«, sagte Cassie. »Ich hab ihn gesehen und dachte, er wäre tot.«

»Also bist du abgehauen? Du hattest Angst. Du hast gedacht, man würde dich als Täter verdächtigen.«

»Oder dich.«

»Genau«, sagte Ray. »Oder mich.«

»Ich versteh das nicht, Ray. Was soll ich hier? Was wolltest du mir erzählen?«

Er fragte sich, wie er sie dazu bringen konnte, es zu verstehen. »Warum warst du damals in den Pine Barrens?«

Sie sah ihn verwirrt an. »Wie meinst du das?«

»Warum bist du in der Nacht ins Naturschutzgebiet gegangen?«

»Was meinst du mit *warum*? Ich hatte deine Nachricht bekommen. Darauf war ganz detailliert beschrieben, wie ich dahin komme.«

Ray schüttelte den Kopf. »Ich habe keine Nachricht an dich geschrieben.«

»Was? Natürlich hast du das.«

»Nein.«

»Woher wusstest du dann, dass ich dahin gehe?«

Ray zuckte die Achseln. »Ich bin dir gefolgt.«

»Das verstehe ich nicht.«

»Ich wusste, was du mit Stewart Green durchmachst. Ich hatte dich sogar gebeten, mit mir durchzubrennen. Ich wollte, dass wir beide einen Neuanfang machen, erinnerst du dich?«

Ein trauriges Lächeln verdunkelte ihr Gesicht. »Das war doch nur Träumerei.«

»Möglich. Andererseits, wenn du auf mich gehört hättest …«

»Lass uns jetzt nicht auch noch damit anfangen, Ray.«

Er nickte. Sie hatte recht. »Ich bin dir damals in dieser Nacht gefolgt. Du bist auf den Parkplatz in den Pine Barrens gefahren und dann den Pfad entlanggegangen. Ich hatte keine Ahnung, was du da willst oder mit wem du dich triffst. Wahrscheinlich war ich auch eifersüchtig, wer weiß? Spielt auch keine Rolle mehr. Du bist den Pfad raufgegangen. Ich bin dir nicht gefolgt. Wenn du dich da mit einem anderen Mann treffen wolltest, na ja, das ging mich ja eigentlich nichts an. Wir hatten schließlich keine feste Beziehung. Das hat die ganze Sache doch so interessant gemacht, oder?«

»Ich versteh das nicht«, sagte sie. »Du hattest mir *keine* Nachricht geschrieben, dass wir uns da treffen wollen?«

»Nein.«

»Wer war es dann?«

»Ich hatte in den letzten vierundzwanzig Stunden viel Zeit, darüber nachzudenken. Die Antwort liegt eigentlich auf der Hand. Es muss Stewart Green gewesen sein. Er wollte dich in eine Falle locken, damit er mit dir alleine ist.«

»Aber als ich da oben ankam …«

»War Stewart Green tot«, sagte Ray.

»Das habe ich zumindest gedacht.«

Ray holte tief Luft. Blut schoss ihm in den Kopf. »Und du hattest recht.«

Sie sah ihn verwirrt an. »Was?«

»Stewart war tot.«

»Weil du ihn vorher umgebracht hattest?«

»Nein. Ich hab dir doch gesagt, dass ich das nicht gewesen bin.«

»Wie ist es dann passiert?«, fragte sie.

»Du bist diesen Pfad hochgegangen«, sagte Ray. »Du hast die Leiche gesehen. Du dachtest, er wäre tot, also bist du zum Auto zurückgelaufen. Auf dem Parkplatz hab ich dich gesehen.

Eigentlich wollte ich zu dir gehen und dich fragen, ob alles okay ist. Noch so ein Was-Wäre-Wenn. Wenn ich da einfach zu dir gegangen wäre. Wenn ich dich gefragt hätte, was los ist…«

Seine Stimme verklang.

Sie beugte sich vor. »Was ist passiert, Ray?«

»Ich dachte… Ich weiß nicht… Ich dachte, Stewart hätte dir etwas angetan oder so was. Ich war verwirrt und wütend, daher habe ich gezögert. Und dann warst du verschwunden. Also bin ich den Pfad raufgelaufen. Zu den Ruinen.«

Megan musterte sein Gesicht. Natürlich war sie neugierig, aber sie schien auch besorgt. Das sah er. Er kam jetzt zu dem einen, zu dem wichtigen Punkt, und vielleicht würde sie auch endlich die Wahrheit erkennen.

»Als ich oben war, habe ich Stewart Green da liegen sehen. Er war tot. Jemand hatte ihm die Kehle durchgeschnitten.« Ray beugte sich vor, wollte sichergehen, dass sie ihm in die Augen sah – und genau das darin erblickte, was er in jener Nacht gesehen hatte. »Stell dir das vor, Cassie. Stell dir vor, wie ich da oben ankomme und Stewart mit der durchschnittenen Kehle finde.«

Jetzt begriff sie es. Alles. »Du hast gedacht… Du dachtest, ich hätte ihn umgebracht.«

Er sparte sich das Nicken und senkte den Kopf.

»Was hast du gemacht, Ray?«

Tränen liefen sein Gesicht hinunter. »Ich bin in Panik geraten…«

»Was hast du gemacht?«

Das Blut. All das Blut.

»…oder vielleicht war es auch genau das Gegenteil. Vielleicht habe ich plötzlich übertrieben rational reagiert. Ich hatte dich wegrennen sehen. Daraus habe ich einen logischen Schluss gezogen: Du hattest genug von seinen Misshandlungen. Er war ein anständiger Staatsbürger. Von den Behörden konntest du keine Hilfe erwarten. Also hast du getan, was du tun musstest. Du hast dich mit ihm an einem abgelegenen Ort verabredet und ihn da umgebracht – und dann bist du aus irgendeinem Grund geflohen. Vielleicht bist du durchgedreht? Vielleicht hatte dich jemand gesehen? Ich hatte keine Ahnung. Aber du hattest am Tatort Hinweise hinterlassen. Und es standen noch mehr Autos auf dem Parkplatz. Womöglich würde sich also jemand an dich erinnern. Die Leiche lag direkt am Weg, es war also nur eine Frage der Zeit, bis sie gefunden wurde, daraufhin würde die Polizei Ermittlungen einleiten, die sie auch ins *La Crème* geführt hätten, und im Endeffekt wären sie dann auf dich gekommen.«

Sie hatte verstanden. Er sah es an ihrem Gesichtsausdruck.

»Also habe ich das Einzige getan, mit dem ich dir helfen konnte. Ich hab die Leiche verschwinden lassen. Ohne Leiche gab es keinen Fall.«

Sie fing an, den Kopf zu schütteln.

»Verstehst du nicht? Wenn es keine Leiche gab, würden die Leute denken, Stewart sei durchgebrannt. Man würde dich vielleicht verdächtigen, aber ohne Leiche wärest du in Sicherheit.«

»Was hast du getan, Ray?«

»Ich habe ihn weiter in den Wald geschleppt. Dann bin ich nach Hause gefahren und habe eine Schaufel geholt, um ihn zu vergraben. Aber es war Februar. Der Boden war hartgefroren. Ich hab's versucht, bin aber mit der Schaufel gar nicht in die Erde gekommen. Das hat Stunden gedauert. Es fing schon an zu dämmern. Ich musste die Leiche loswerden. Also bin ich nochmal nach Hause gefahren und hab meine Kettensäge geholt …«

Ihre Hand fuhr zum Mund hinauf.

Das Blut, dachte Ray wieder und schloss die Augen. So viel Blut.

Er wollte aufhören, aber als die Kettensäge einmal lief, blieb ihm keine Wahl mehr. Er musste den Job zu Ende bringen. Den Rest erzählte er Cassie nicht – wie es sich anfühlte, Menschenfleisch und -knochen zu zersägen und die Einzelteile, selbst wenn sie von einem so widerwärtigen Menschen wie Stewart Green stammten, in Plastik-Abfalltüten zu stecken. Er hatte nur durchgehalten, weil er immer wieder daran dachte, dass er das für die Frau tat, die er liebte. Er hatte die Säcke mit Steinen beschwert und war damit zu einer Stelle in der Nähe von Cape May gefahren. Dort hatte er sie ins Wasser geworfen. Dann war er nach Hause gefahren und hatte erwartet, Cassie dort anzutreffen. Aber sie war nicht da. Er rief sie an. Sie meldete sich nicht. Er verbrachte die Nacht am ganzen Körper zitternd in seinem eigenen Bett und versuchte, die Bilder aus seinem Kopf zu bekommen. Das gelang ihm nicht. Am nächsten und übernächsten Tag suchte er Cassie. Sie war immer noch nicht wieder da. Aus den Tagen wurden Wochen, aus Wochen Monate, aus Monaten Jahre. Aber Cassie blieb verschwunden.

Und Ray war nur das Blut geblieben.

Erin Anderson landete einen Volltreffer.

Den größten Teil des Abends hatte sie damit verbracht, zusammen mit den FBI-Leuten die Leichen zu identifizieren. Für endgültige Aussagen war es zu früh, sie hatte jedoch genug Informationen über Kleidung, Uhren und Schmuck gesammelt, um eine Vorstellung davon zu haben, welches Teil zu welchem Vermissten gehören könnte. Alles Weitere würden die Ergebnisse der DNA-Tests zeigen. Bis die vorlagen, würde es allerdings noch eine Weile dauern.

Als Erin ein paar Minuten Zeit hatte, setzte sie sich an den Computer im Revier. Broome hatte sie gebeten, die Suche auszuweiten und nach weiteren Gewalttaten zu suchen, die irgendwie in Verbindung mit Mardi Gras stehen könnten. Nach ein paar Minuten stieß sie auf einen Fall, der in ihr Muster passen könnte, obwohl es eigentlich kein direkter Treffer war.

Zumindest auf den ersten Blick nicht.

Erin hatte nach ermordeten und vermissten Männern gesucht. Deshalb war ihr dieser Fall durchgeschlüpft. Er war als Notwehr eingestuft worden, nicht als Mord oder Totschlag. Da niemand eines Verbrechens beschuldigt worden war, gab es auch nicht viele Berichte über den Fall. Ein Mann namens Lance Griggs war in seinem Haus in der Nähe der Ortschaft Egg Harbor erstochen worden – also nicht einmal in Atlantic City selbst. Gegen Griggs hatten diverse Anzeigen wegen häuslicher Gewalt vorgelegen – deshalb war ihr der Fall jetzt ins Auge gefallen. Nein, er war nicht verschwunden. Er war auch nicht in einen Brunnen geworfen worden. Aber Griggs war, wie so viele andere, die in diese Angelegenheit verwickelt waren, ein Serientäter, der Gewalt gegen Frauen ausübte.

Laut Polizeibericht hatte seine Frau mehrmals im Krankenhaus gelegen. Die Nachbarn hatten im Lauf der Jahre immer wieder Misshandlungen gemeldet. Die Polizei war immer wieder in der Wohnung aufgetaucht. Erin schüttelte den Kopf. Sie hatte mit vielen Fällen häuslicher Gewalt zu tun gehabt. Sie kannte sämtliche Rechtfertigungen aller Beteiligten, begriff aber in ihrem tiefsten Inneren immer noch nicht, warum die Frauen die Männer nicht verließen.

Anscheinend hatte dieser Griggs seine Frau mit einem Montiereisen für Autoreifen angegriffen, ihr dabei ein Bein gebrochen und ihr dann die Stange auf die Kehle gedrückt. Irgendwie war es seiner Frau gelungen, sich zu befreien, worauf sie nach einem Messer gegriffen und ihn erstochen hatte. Weil Griggs so oft festgenommen worden war, gab es in den Akten viele Fahndungsfotos. Sie sah sich ein paar an. Als sie die Leiche fanden, war auch die Frau festgenommen worden. Erin öffnete auch ihr Foto und platzierte sie auf dem Monitor nebeneinander.

Was für ein glückliches Paar.

»Woran arbeiten Sie?«

Als sie sich umdrehte, stand Goldberg hinter ihr. Toll, der hatte ihr gerade noch gefehlt. Auch er sah mitgenommen und erschöpft aus. Er hatte seine Krawatte so weit gelockert, dass er sie fast als Gürtel hätte tragen können. Es war für alle im Revier eine lange Nacht gewesen.

»Ist wahrscheinlich nicht weiter wichtig«, sagte Erin und wollte den Monitor dunkel stellen. »Ich geh nur noch ein paar Sachen für die Mardi-Gras-Morde durch.«

»Stop.«

»Was ist?«

»Machen Sie den wieder an«, sagte Goldberg.

Widerstrebend folgte Erin seiner Aufforderung.

Goldberg starrte auf den Monitor. »Und die beiden haben etwas damit zu tun?«

»Ja. Sie hat ihn vor vielen Jahren getötet.«

Er schüttelte den Kopf. »Das ergibt doch überhaupt keinen Sinn.«

»Was?«

Goldberg deutete auf den Monitor. »Ich kenne die Frau.«

Der Anblick des Bluts auf dem Küchenfußboden traf Broome wie ein unvermittelter Tiefschlag. Er packte seine Pistole fester und begann innerlich, alle möglichen Gebete zu sprechen und Gelöbnisse zu machen, weil er wider allen Anschein hoffte, dass Lorraine noch am Leben war. Broome verfluchte sich dafür, mit ihr gesprochen zu haben, und besonders, das in aller Öffentlichkeit getan zu haben. Hatte er aus den Ereignissen um Tawny und Harry Sutton denn gar nichts gelernt? In dieser Sache mischten ein paar hochgefährliche Personen mit.

Wie hatte er nur so unvorsichtig sein können?

Sein Herz raste, er durfte jedoch keine Zeit verschwenden. Er musste zu Lorraine und versuchen, die Wunde zu stillen. Broome duckte sich, rollte nach rechts und erschrak ein weiteres Mal.

Vor ihm lag nicht Lorraines Leiche.

Es war eine Männerleiche. Als er genauer hinsah, fiel ihm Megans Beschreibung von dem Mann wieder ein, den sie vor Harry Suttons Kanzlei gesehen hatte. Könnte es derselbe sein?

Dieser Mann war jedenfalls eindeutig tot. Jemand hatte ihm die Kehle durchgeschnitten.

Broome wollte sich gerade umdrehen, als er spürte, wie ihm ein Pistolenlauf in den Nacken gedrückt wurde.

»Leg die Waffe weg, Broome«, sagte Lorraine.

ACHTUNDDREISSIG

Megan brach es tausendfach das Herz.

Sie hatte sich gefragt, warum Ray so überrascht wirkte, als sie ihm erzählte, dass jemand Stewart Green gesehen hatte. Jetzt verstand sie es. Ray hatte die ganze Zeit gewusst, dass Stewart Green tot war. Er hatte ein gewaltiges Opfer gebracht – ein viel zu großes Opfer –, das hinterher an ihm genagt und seine geistige Gesundheit so sehr in Mitleidenschaft gezogen hatte, dass er nicht wieder auf die Beine gekommen war. Manche Leute konnten mit so etwas leben. Sie taten einfach das, was zu tun war. Doch dafür war Ray zu sensibel. Ihm gelang das nicht. Noch dazugekommen war ja, dass die Frau, die er liebte, die Frau, für die er dieses gewaltige Opfer gebracht hatte, ihn verlassen hatte. Siebzehn Jahre lang hatte er nicht einmal gewusst, was aus ihr geworden war.

Das Letzte, was Megan zu Ray sagte, bevor sie den Vernehmungsraum verließ, war, dass sie alles in ihrer Macht Stehende tun würde, um ihn aus dem Gefängnis zu holen. Das war ihr Ernst. Das war sie ihm schuldig. Sie würde ihm helfen, und dann, ganz egal, ob es fair war oder nicht, würde sie für immer aus seinem Leben verschwinden.

Als sie den Vernehmungsraum verlassen hatten, lauteten ihre ersten Worte jedoch: »Wo ist mein Mann?«

»Im Wartezimmer am Ende des Korridors links.«

Sie eilte zu ihm. Als sie ins Wartezimmer kam, sah Dave sie erschrocken an, und Megan spürte, wie eine tief empfundene

Liebe ihr Herz erfüllte. Er stand auf, während sie zu ihm lief und in seine Arme sank.

Erst in diesem Moment, als sie von ihrem Mann gehalten wurde, fühlte sie sich sicher genug, um über die Frage nachzudenken, wie es dazu kam, dass sie in jener Nacht zu der alten Eisenerzmine gefahren war.

War nicht Lorraine diejenige gewesen, die ihr den Zettel mit der Nachricht gegeben hatte, dass sie sich bei den Ruinen mit Ray treffen sollte?

War nicht Lorraine diejenige gewesen, die das Gerücht in die Welt gesetzt hatte, dass Stewart Green noch lebte – obwohl sie jetzt sicher wussten, dass er tot war?

War nicht Lorraine diejenige, die behauptet hatte, sie hätte gewusst, wo Megan die letzten siebzehn Jahre gelebt hatte – obwohl das eigentlich unmöglich war?

Sie rannte zurück zu FBI-Agent Angiuoni.

»Wo ist Detective Broome?«

»Das weiß ich nicht. Er sagte etwas von einem Club namens *La Crème*.«

Goldberg zeigte über Erins Schulter auf den Computer-Monitor. »Das ist Lorraine, die Bardame aus dem *La Crème*. Was zum Teufel ist da passiert?«

»Sie hat ihren Ehemann umgebracht, der sie misshandelt hat.«

»Was?«

»Es wurde als Notwehr eingestuft. Der Fall war kaum eröffnet, als er schon wieder geschlossen wurde.«

»Wo um alles in der Welt ist Broome?«, fauchte Goldberg. »Der muss das wissen.«

Lorraine sagte: »Leg die Waffe weg, Broome.«

»Was soll das? Ich will dir helfen, Lorraine.«

»Bitte, Broome.« Sie drückte ihm ihre Pistole fester in den Nacken. »Es war eine lange Nacht. Leg sie auf den Boden.«

Broome tat, was sie verlangte.

»Jetzt ruf deine Einsatzzentrale an. Sag ihnen, dass du keine Verstärkung brauchst, weil hier alles in Ordnung ist.«

Immer noch perplex tat Broome das. Dann deutete er auf die Leiche auf dem Küchenfußboden. »Wer ist das?«

»Jemand, den Del angeheuert hat.«

»Was wollte er?«

»Mich foltern, damit ich ihm Informationen über Carltons Aufenthaltsort gebe. Schon komisch. Er ist einer von den Typen, die zwar gut austeilen können, aber selbst nichts vertragen. Viele Männer sind so.«

Broome sah sie an. Sie musterte ihn und nickte, als wollte sie ihn auffordern, endlich das zu verstehen, was doch so offensichtlich war.

»Mein Gott … Du warst das?«

»Yep«, sagte sie.

»Du hast die alle umgebracht?«

»So ist es. Einen pro Jahr. Immer an Mardi Gras. Ich hätte aber nicht erwartet, dass je jemand dieses Muster erkennt. Die meisten von diesen Kretins hatten niemanden, dem sie wichtig genug waren, um sie als vermisst zu melden. Ich bin beeindruckt, dass du auf die Verbindung zu Mardi Gras gekommen bist.«

»Das war meine Partnerin«, sagte Broome.

»Deine Exfrau, oder? Muss ein kluger Kopf sein. Meine Hochachtung.«

Er sagte nichts.

»Oh, keine Sorge, Broome. Ich werde dich nicht umbringen und sie dann verfolgen oder so was.« Lorraine sah ihn mit ihrem schrägen Lächeln an und starrte dann auf die Pistole in ihrer Hand, als hätte sie sie gerade erst bemerkt. »Ich hatte mir hunderte verschiedene Möglichkeiten vorgestellt, wie das zu Ende gehen könnte, aber dass ich es dir erzähle, während ich mit einer Pistole auf dich ziele?« Sie schüttelte den Kopf. »Das ist so… Ich weiß nicht… tja. Wirst du versuchen, auf Zeit zu spielen, weil du hoffst, dass die Kavallerie dir zu Hilfe eilt?«

»Ist nicht mein Stil.«

»Gut. Wäre nämlich wirklich ziemlich plump. Aber mach dir keine Sorgen. Das klärt sich schon bald alles auf.«

»Was klärt sich alles auf?«

»Mein Plan. Aber ich muss das auf meine Art erzählen. Du musst mir zuhören, Broome. Wenn du je irgendwelche Gefühle für mich gehegt hast, dann versuch jetzt mal, ein bisschen aufgeschlossen zu sein, okay?«

»Habe ich eine Wahl?«

»Wohl nicht, weil ich ja die Pistole habe und so. Aber ich bin müde, Broome. Es war ein guter Lauf, aber alles hat einmal ein Ende. Ich will bloß… Ich will, dass du mir zuhörst. Weiter nichts. Ich fang einfach ganz vorn an, vielleicht verstehst du ja, worauf ich hinauswill, okay?«

Lorraine wirkte so aufrichtig. Sie wartete auf seine Antwort, also sagte er: »Okay.«

»Du weißt, dass ich mal verheiratet war, oder?«

»Das weiß ich, ja.«

»Ich wurde direkt aus der Highschool abgeschleppt. Ich werde dich nicht mit meiner Jugend in einer Kleinstadt mit einem Alkoholiker als Vater langweilen. Das ist eine alte Geschichte, und das Ergebnis haben wir beide hier auf den Straßen mindestens hundert Mal gesehen, stimmt's?«

Broome hielt das für eine rhetorische Frage, doch wieder

wartete Lorraine, die Pistole immer noch fest in der Hand. »Das stimmt, ja«, sagte er.

»Ich aber wollte anders sein. Ich hatte einen Mann, der mich liebte. Wir sind zusammen durchgebrannt, er hat sich einen Job gesucht, dann hat er den Job verloren und angefangen, mich nach Strich und Faden zu verprügeln. Es war echt übel, Broome. Das kannst du dir nicht vorstellen. Er hatte mich vorher schon ein oder zwei Mal geschlagen, am Anfang, als wir gerade zusammen waren. Das war aber nichts Ernstes, du weiß ja, wie das läuft. Da, wo ich aufgewachsen bin, ist das jeder Frau so ergangen. Also hab ich mich nicht weiter darum gekümmert. Aber Männer können sich so unglaublich schnell in kleine Pisser verwandeln, wenn du weißt, was ich meine.«

Broome nickte; was hätte er sonst schon tun sollen.

»Mein Mann fühlte sich vom Leben so angepisst, als wäre er das einzige Pissbecken in einer Eckkneipe. Und wie reagiert mein kleiner Pisser? Er haut die einzige Person zu Klump, der er überhaupt noch irgendetwas bedeutet. Echt ironisch, findest du nicht auch?«

Broome sagte nichts.

Lorraine fielen die Haare ins Gesicht. Sie schob sie mit einem Finger zur Seite. »Jetzt rat mal, was mir dann passiert ist, Broome? Komm, du bist ein kluger Bursche. Was passiert denn in solchen Fällen immer?«

»Du bist schwanger geworden«, sagte Broome.

»Bingo. Und für die ersten paar Monate ist dann auch Frieden eingekehrt. Die Fachleute lagen alle daneben, dachte ich – das Baby kann und wird diese Ehe kitten. Eines Abends beklagt sich der zukünftige Vater meines Babys dann, dass sein Steak zäh ist. Er wird wütend, ich mache eine dumme Bemerkung, er tritt mir in den Bauch, ich fall hin, er trampelt auf mir herum, so dass ich das Baby verliere.«

Broome starrte den Toten auf dem Boden an und wusste immer noch nicht, was er sagen sollte.

»Der durchgeknallte Psycho hat so kräftig zugetreten, dass meine Gebärmutter gerissen ist. Weißt du, was das bedeutet, Broome? Muss ich es sagen? Keine Kinder. Nie.« Sie hatte Tränen in den Augen, blinzelte ein paar Mal und schien dabei wütend auf sich selbst zu sein. »Ich wollte Kinder, weißt du? Ich lass mir das nicht anmerken, und, na ja, ich bin eine Frau, die gelernt hat, das Beste aus dem zu machen, was sie hat. Aber damals habe ich immer davon geträumt, ein paar Kinder und ein kleines Haus mit einem kleinen Garten zu haben. Erbärmlich, oder? Ich wollte keine Villa. Nur einen Mann, ein paar Kinder und ein eigenes kleines Häuschen.«

Broome rückte etwas näher an sie heran, versuchte sich so zu drehen, dass er irgendwas unternehmen konnte. »Das tut mir leid für dich, Lorraine. Es tut mir leid, dass du so etwas durchmachen musstest.«

»Ja, eine traurige Geschichte, oder?« Sie hob die Pistole und sagte bestimmt: »Versuch bitte nicht irgendwelche Tricks, Broome. Wenn es nach mir geht, ist der Kerl auf dem Boden mein letztes Opfer, nicht du.«

Broome erstarrte.

»Na ja, lass uns ein paar Monate überspringen. Bis zum Mardi Gras. Mister Wunderbarer Ehemann lässt sich bis oben hin volllaufen und geht mit einem Montierhebel auf mich los. Also habe ich ihn umgebracht. Einfach so. Und soll ich dir was verraten, Broome?«

»Was?«, fragte er.

»Es war das Beste, was ich je gemacht habe. Ich war überglücklich und frei.«

»Keine Reue?«

»Ganz im Gegenteil, Broome. Was ist eigentlich das Gegenteil von Reue?« Lorraine schnippte mit den Fingern, als ihr die Antwort einfiel. »Reine Befriedigung. Die habe ich empfunden. Ich bin in die Stadt gezogen, habe einen Job im *La Crème* gefunden, tja, und jedes Jahr an Mardi Gras habe ich gewissermaßen meine Freiheit gefeiert, indem ich einem anderen Mädchen zur Freiheit verholfen habe. Den Rest kennst du.«

»Eigentlich nicht.«

»Nicht?«

»Mir fehlt der Teil, wo du beschlossen hast, deine Freiheit zu feiern, indem du zur Serienkillerin wurdest.«

Lorraine kicherte kurz. »Serienkillerin. Oh. Das klingt so nach … Ich weiß nicht … Hannibal Lector oder so. Ist aber eine gute Frage. Ich könnte darauf hinweisen, dass jeder Mann, den ich getötet habe, es verdient hatte. Die waren alle Abschaum. Sie haben die Mädchen aus den Clubs verprügelt und ihnen das Leben ruiniert. Also ja, das hat da eindeutig mit reingespielt. Ich könnte auch sagen, dass ich vielen Frauen eine zweite Chance gegeben habe, indem ich diese Loser umbrachte. Keiner hat diese Typen vermisst. Ein paar von den Ehefrauen haben dich doch sogar angefleht, dass du ihre Ehemänner bloß nicht finden sollst, stimmt's?«

»Das ist keine Entschuldigung für das, was du getan hast.«

»Nein, wohl nicht, oder? Ich meine, ich nutze es natürlich schon zur Rechtfertigung. Wir töten doch unschuldige Tiere, oder? Diese Kerle waren viel schlimmer. Und ich hatte mein Ventil. Aber du hast recht. Eigentlich ist es keine Entschuldigung. Ich kann dir nur erzählen, was passiert ist, Broome. Du magst es seltsam finden, aber vielleicht verstehst du's ja doch irgendwie. Du hast mich eben als Serienkillerin bezeichnet, aber meine Theorie ist – ja, das klingt jetzt ziemlich seltsam …«, ihre Stimme war zu einem Flüstern geworden, »… dass es da draußen jede Menge von uns gibt.«

Im Raum wurde es ein paar Grad kälter.

»Du musst sie dir als Schläfer vorstellen, Broome. Ich wette, dass es Millionen solcher Frauen gibt. Viele Menschen sind Natural Born Killers, geborene Mörder, ganz egal ob Einfach- oder Serientäter. Sie wissen es nur nicht. Ich meine, woher soll man das auch wissen, wenn man es nie ausprobiert hat? Weißt du, ich hatte keine Ahnung, aber als ich damals Mister Wunderbar getötet habe, war es, als ob ich ein Schleusentor geöffnet hätte. Es fühlte sich unglaublich gut an. Nicht nur, weil er es verdient hatte. Sondern die Tat an sich.«

Polizeisirenen zerfetzten die morgendliche Ruhe.

Lorraine seufzte. »Wir haben nicht viel Zeit, Broome. Ich glaube, auf die anderen Antworten wirst du noch warten müssen.«

»Worauf warten?«

Sie antwortete nicht. Broome fragte sich, was das bedeutete – was sie geplant hatte. Es wurde nicht besser, wenn ihr Haus von Polizeiwagen umstellt war. Broome starrte die Leiche an.

»Warum, Lorraine?«

»Hast du mir nicht zugehört?«

»Weil sie es verdient hatten.«

»Ja. Und weil es mir Spaß gemacht hat. Sie mussten umgebracht werden. Ich musste jemanden umbringen.«

Im Prinzip war es unglaublich simpel.

Ein Megafon ertönte: »Lorraine Griggs? Hier spricht die Polizei.«

Lorraine deutete aufs Fenster. »Unsere Zeit ist abgelaufen.«

»Und was wirst du jetzt machen?«

»Machen?«

»Was hast du vor?« Broome breitete die Arme aus. »Was jetzt? Wirst du dich an einem weiteren Mord erfreuen, bevor sie dich festnehmen?«

»Ach, Broome«, sagte Lorraine und lächelte ihm auf eine Art zu, dass ihm wieder einmal das Herz zersprang. »Ich könnte dir niemals etwas tun. In einer Million Jahre nicht.«

Er sah sie verwirrt an.

Wieder ertönte das Megafon. »Lorraine Griggs. Hier spricht die Polizei …«

»Ich habe das alles geplant«, sagte sie. »Jetzt ist Schluss. Ich habe es dir doch gestern erzählt. Ich werde sterben. Und ich will meine letzten Tage nicht auf der Flucht verbringen.«

Sie drehte die Pistole auf dem Finger herum. Jetzt war der Lauf auf sie gerichtet.

Broome sagte: »Nicht.«

»Was?« Sie sah die Pistole an. »Dachtest du, ich wollte mich umbringen? Oh, wie süß, Broome, aber nein, das ist nicht der Plan.«

Lorraine reichte ihm die Waffe und hob die Hände. »Zeit für eine Verhaftung.«

»Das ist alles? Du ergibst dich einfach?«

»Ja, Schätzchen, das ist alles.« Wieder lächelte sie schräg. »Du kannst es testen, indem du eine Gabel in mich hineinstichst. Ich bin gar.«

Broome sah sie nur an. »Ich weiß nicht, was ich sagen soll, Lorraine.«

Ihr Blick zuckte kurz zur Tür, dann sah sie ihn wieder an. »Weißt du noch, wie du gesagt hast, dass du bei mir bleiben würdest, wenn ich sterbe?«

Broome nickte: »Ja, natürlich.«

»Dann gebe ich dir jetzt die Chance zu beweisen, dass du kein Lügner bist.« Sie hatte Tränen in den Augen. »Versprich mir, dass du mich nicht alleine lässt. Versprich mir, dass du in meiner Nähe bleibst.«

EPILOG

Zwei Wochen später

»Sind Sie bereit?«, fragte der Arzt.

Del Flynn nickte. Er hielt die Hand seiner schönen Maria. Der Arzt zog den Schlauch aus der Magensonde und stellte das Beatmungsgerät ab. Del wusste, dass sich die Polizei immer näher an ihn und Goldberg herantastete, aber das war in Ordnung. Er hatte schon jetzt alles verloren, was ihm wirklich wichtig war. Dies – das, was hier gerade passierte – war das Einzige, was ihm jetzt noch etwas bedeutete.

Del wich Maria nicht von der Seite. Er ließ ihre Hand nicht los. Acht Stunden hatte er mit Maria gesprochen, ihr erzählt, wie er sie zum ersten Mal gesehen und sofort gewusst hatte, dass sie füreinander bestimmt waren. Er lachte über ihre erste Verabredung und seinen Stolperer, als er aus dem Wagen gesprungen war, um ihr die Tür zu öffnen. Minute für Minute erzählte er von dem Tag, an dem Carlton geboren wurde, auch dass er bei dem Anblick fast in Ohnmacht gefallen wäre und dass er sie nie schöner gesehen hatte als in dem Moment, in dem sie ihren kleinen Jungen im Arm hielt. Und am Ende, als Maria nur noch wenige Minuten zu leben hatte, fing er an zu weinen. Er flehte sie an, ihm zu vergeben. Er bettelte, sie solle ihn nicht ganz alleine lassen. Er schimpfte und fluchte, aber er erzählte ihr nicht, was mit Carlton passiert war.

Als Maria starb, hielt Del ihre Hand.

Bevor Ray Levine aus dem Gefängnis entlassen wurde, erklärte er sich bereit, den Behörden bei der Suche nach Stewart Greens Überresten zu helfen. Sein Anwalt Flair Hickory setzte die Papiere auf. Im Austausch für Rays Unterstützung verlangte Flair, dass keine Anklage gegen seinen Mandanten erhoben wurde. Die Bezirksstaatsanwaltschaft stimmte schnell zu. Im Endeffekt hatte Ray Levine sich ohnehin nur der Strafvereitelung und Störung der Totenruhe schuldig gemacht, Straftaten, die längst verjährt waren.

Auf Wunsch Sarah Greens, der Witwe von Stewart Green, wurde Broome zum Leiter des Suchtrupps ernannt. Ray Levine führte ihn einen anderen versteckten Pfad entlang – es gab so viele versteckte Pfade in diesem Fall – zu der abgelegenen Klippe, von der er die zerteilten und in Plastiktüten verpackten Körperteile in einen See geworfen hatte.

Es war ein letzter Schock, als Taucher ein paar von ihnen intakt wieder herausholten.

Jetzt standen sie also alle auf dem Friedhof und ließen die sterblichen Überreste von Stewart Green ins Grab sinken. Sarah, die jetzt offiziell verwitwet war, stand zwischen ihrer Tochter Susie und ihrem Sohn Brandon. Broome betrachtete ihre Gesichter und fragte sich, wie es mit ihnen weitergehen würde. Sarah hatte so lange in diesem Zustand der Apathie gelebt, dass er befürchtete, sie würde für immer darin verharren.

Für andere ging das Leben weiter. Ricky Mannions Verurteilung wegen Mordes war aufgehoben worden, und man hatte ihn aus Rahway entlassen. Als er aus dem Gefängnistor trat, holte ihn niemand ab.

Der Sarg kam am Boden des Grabes an.

Broome war gerade von einem weiteren Besuch/Verhör bei Lorraine gekommen. Sie sprach nur mit ihm – ihre eiserne Regel –, er durfte es dann jedoch weitererzählen und mit jedem darüber reden. Zuerst fragte er sich, was sie damit bezweckte, warum sie, abgesehen von ihrer Erschöpfung und ihrem Unwillen, die Zeit, die ihr blieb, auf der Flucht zu verbringen, so schnell aufgegeben hatte und was das ganze Gerede über ihren »Plan« sollte.

Es dauerte eine Weile, aber schließlich begriff er es.

Broome war Lorraines Vertrauter und Beichtvater geworden, und – obwohl er es sich nur ungern eingestand – er war immer noch gerne in ihrer Nähe, was natürlich auch seine Schwierigkeiten in Beziehungen mit Frauen erklären mochte.

Lorraine wusste, dass er weitere Fragen hatte, also bemühte sie sich, sie zu beantworten. Bei ihrem letzten Gespräch hatte er gesagt: »Erzähl mir etwas über Ross Gunther.«

»Er war der Erste, den ich umgebracht habe«, antwortete Lorraine, die jetzt das leuchtende Orange der Insassen staatlicher Gefängnisse trug. »Nach meinem Mann natürlich. Ich wollte fast ein bisschen zu viel, aber es hat sich gelohnt.«

»Was meinst du mit zu viel wollen?«

»Na ja, ich mochte Stacy. Sie war ein nettes Mädel, das ihr Leben lang von Männern misshandelt worden war. Sie hatte diesen furchtbaren Liebhaber, Ricky Mannion. Du kannst dir gar nicht vorstellen, was er ihr alles angetan hat. Und dann, weil ein Ekelpaket einfach nicht reicht, ist Stacy einem zweiten Psycho namens Ross Gunther ins Auge gefallen. Mein ursprünglicher Plan war daher, beide umzubringen.«

»Wieso hat das nicht geklappt?«

Lorraine lächelte und sah zur Seite. »Morden kann ein bisschen so sein wie … na ja, also … wie Sex für die meisten Männer, die ich kenne. Nachdem man es getan hat, verliert man für eine Weile das Bedürfnis nach mehr. Also habe ich Gunther getötet, und statt Mannion auch noch umzubringen, fand ich es interessanter, ihm den Mord anzuhängen. Es hätte Stacy sonst nicht viel genützt, wenn ich nur Gunther umgebracht hätte. Ich musste beide loswerden. Eine etwas seltsame Logik, das gebe ich zu, aber es hat funktioniert.«

»Das war also das erste Jahr.«

»Ja.«

Dann kam Broome zum Kern der Sache. »Und im zweiten war Stewart Green an der Reihe.«

»Yep. Und jetzt kommt's. Ich hab keine Ahnung, was mit seiner Leiche passiert ist. Na ja, ich hatte ihn natürlich umgebracht. Außerdem hab ich Cassie hingeschickt, damit sie weiß, dass sie frei ist. Ich hatte nicht erwartet, dass sie so ausflippt. Wahrscheinlich hätte ich es wissen müssen. Das war mein Fehler, und ich habe meine Lektion gelernt. Tja, und als Stewarts Leiche dann nie gefunden wurde … also ich hab auch nicht gewusst, was da passiert ist. Das hat mich ziemlich fertig gemacht. Ich bin davon ausgegangen, dass Cassie die Leiche irgendwo versteckt hatte. Aber die war dann auch verschwunden. Ich habe mich noch gelegentlich gefragt, ob Ray Levine sie umgebracht und beide Leichen versteckt hatte, besonders als ich ihn an dem Tag bei den Ruinen gesehen habe, kurz bevor Carlton Flynn aufgetaucht ist.«

»Moment. Du hast ihn gesehen?«

Lorraine nickte. »Fast hätte ich die ganze Sache abgeblasen, aber dann hab ich mir gedacht, dass ich nächstes Jahr an Mardi Gras sowieso nicht mehr lebe, also war's auch egal.«

»Dann hast du Ray mit dem Baseballschläger angegriffen und ihm die Kamera geklaut. Du wolltest die Fotos, die er gemacht hatte.«

»Schuldig«, sagte Lorraine. »Du wirst mich doch nicht wegen des Raubüberfalls anklagen, oder?«

»Den können wir wohl unter den Tisch fallen lassen.«

»Neben all den Leichen würde er sowieso nicht viel hermachen, oder? Na ja, wo waren wir? Bei Cassie, oder?«

Broome nickte.

»Ich wollte ihr nicht das Leben versauen oder so was, aber ich musste unbedingt herauskriegen, was passiert war. Die Sache hat mich nicht losgelassen. Ich hab versucht, Cassie zu finden, aber es war ihr wirklich gelungen zu verschwinden. Zwischendurch habe ich dich dabei beobachtet, wie du dich bei der Suche nach Stewart Green im Kreis gedreht hast. Du hattest keinen Schimmer, was da passiert war. Und ohne Leiche hattest du eigentlich auch keinen Fall. Tja, und daraus hab ich dann ja auch gelernt. Aus dem Chaos, das dadurch entstanden ist. Also hab ich beschlossen, meine Verfahrensweise zu ändern.«

»Du hast beschlossen, die Leichen zu verstecken«, sagte Broome.

»Yep.«

»Du hast den Anschein erweckt, als ob die Männer verschwunden oder durchgebrannt wären.«

»Genau. Wenn ich die Leichen da oben liegen ließ, würden die Cops sich da irgendwann auf die Füße treten. Ich hätte mir jedes Jahr einen neuen Ort suchen müssen. Das wäre mir auf die Dauer wahrscheinlich zu anstrengend geworden. Aber bei Vermissten, tja, in vielen Fällen gibt es gar keinen Anhaltspunkt, um irgendwelche Ermittlungen aufzunehmen.«

»Aber eins versteh ich immer noch nicht.«

»Immer raus mit der Frage, Süßer.«

Eigentlich hätte Broome das keinen Spaß machen dürfen. »Du hast Megan – Cassie – erzählt, dass du die ganze Zeit gewusst hast, wo sie war.«

»Ach, das war eine Lüge«, sagte Lorraine. »Bis vor kurzem habe ich keine Ahnung gehabt.«

Das überraschte ihn. »Das versteh ich nicht. Wie hast du sie denn dann gefunden?«

»Ehrlich gesagt war Cassie – lass uns nicht von Megan sprechen, unter dem Namen kenne ich sie nicht –, Cassie war die Beste. Ich habe sie geliebt. Ehrlich. Und *sie* hat dieses Leben geliebt. Das ist etwas, über das nie gesprochen wird, Broome. Es geht immer nur um die Drogen, die Prostitution und die Misshandlungen, aber das ist nicht alles. Du kennst die Clubs, Broome. Für manche Mädchen ist es das Beste, was sie in ihrem Leben haben. Es ist aufregend und macht Spaß. Da ist jede Nacht Party, und was soll in diesem elendig langweiligen Leben falsch daran sein?«

»Und zu diesen Mädchen hat auch Cassie gehört?«

»Ja, auf jeden Fall. Ich wusste, dass sie dieses Leben vermisst. Deshalb war ich auch nicht überrascht, als sie zu einem Besuch im Club war, obwohl inzwischen siebzehn Jahre vergangen waren. Davon hat sie dir doch erzählt, oder?«

Broome nickte. »Hat sie.«

»Sie hat so getan, als wäre sie wegen irgendeinem langweiligen Kongress in Atlantic City, aber natürlich hat sie die Gelegenheit genutzt und ist ins *La Crème* gekommen.«

»Und du hast sie sofort erkannt?«

»Yep. Also bin ich ihr zum *Tropicana Hotel* gefolgt. Ich habe Freunde an der Rezeption. Die haben mir ihren richtigen Namen und ihre Adresse gegeben. Ich bin hingefahren und habe mir überlegt, wie ich sie wieder herlocken kann.«

»Du hast behauptet, du hättest Stewart gesehen, und hast dabei so getan, als hätte er irgendetwas mit Carlton Flynns Verschwinden zu tun.«

»Genau. Und als ich ihre Reaktion gesehen habe, war mir klar, dass auch sie nicht wusste, was mit der Leiche passiert ist. Und jetzt bist du an der Reihe, Broome.« Lorraine beugte sich vor. »Erzähl mir, was mit Stewart Green passiert ist. Das war für mich immer ein großes Mysterium. Erzähl mir, wieso seine Leiche damals verschwunden war.«

Das tat er. Er erzählte ihr die ganze Geschichte, wie Ray Levine die Leiche zersägt hatte. Lorraine hörte aufmerksam zu.

»Der arme, süße Ray«, sagte sie.

»Wodurch sich aber noch eine weitere Frage ergibt«, sagte Broome. »Wie ist Carlton Flynns Antonius-Medaille in Ray Levines Wohnung gekommen?«

»Ganz einfach«, sagte Lorraine. »Ich habe sie da reingelegt. Wie denn sonst?«

»Wie bist du in seine Wohnung gekommen?«

»Das soll jetzt ein Witz sein, oder? Ray wohnt in einem Keller mit schmalen Fenstern. Ich habe eins aufgemacht und die Medaille mitten ins Zimmer geworfen. So banal war das. Ist aber schon komisch, dass Ray die Leiche zersägt hat.«

»Was ist damit?«

»Das ist so ziemlich das Gegenteil von dem, was ich erlebt habe.«

»Ich kann dir nicht folgen.«

»Als ich Gewalt angewendet habe, habe ich festgestellt, dass mir das Spaß macht. Als der arme Ray Gewalt anwenden musste, hat er genau das Gegenteil festgestellt. Ich bin dadurch aufgeblüht. Ihn hat es zerstört. Es geht immer darum, mit welchen Genen wir auf die Welt gekommen sind, Broome. Er war zu weich. Er ist nicht an Cassies Verschwinden gescheitert, er ist einfach mit dem vielen Blut nicht zurechtgekommen.«

Broome wollte weitere Fragen stellen, doch sie sagte: »Das reicht für heute. Ich hab noch einen Fernsehtermin.«

Und das war, wie Broome inzwischen erkannt hatte, die ganze Zeit ihr Plan gewesen.

Sie hatte kurz davor gestanden aufzufliegen. Die Polizei hatte die Leichen gefunden. Sie hatte herausbekommen, dass Lorraine ihren Mann an Mardi Gras getötet hatte. Das FBI war eingeschaltet. Eigentlich war es nur noch eine Frage der Zeit gewesen, und davon hatte Lorraine sowieso nicht mehr viel. Aber in dem Augenblick, als sie sich ergab, war sie zu einem Medienstar geworden.

Lorraines Fall wurde zu einer internationalen Sensation. Damit hatte Broome anfangs nicht gerechnet. Serienmörder sind selten. Weibliche Serienmörder noch viel seltener. Das hätte schon gereicht, um Aufmerksamkeit zu erwecken, wenn man das Ganze dann aber noch in professionelle Hände legte – voilà. Lorraines Anwältin war die berühmte Hester Crimstein, eine wahre Expertin, wenn es darum ging, die Medien zu manipulieren. Und plötzlich war Lorraine nicht mehr das mordende Monster, sondern, was auch ihr Spitzname in den Medien belegte, eine misshandelte Frau, die zum »Racheengel« geworden war. Die Witwen und Exfreundinnen ihrer Opfer gingen an die Öffentlichkeit und erzählten furchtbare Geschichten über Misshandlungen, ihr Leben in Angst und voller Leiden, aus dem sie die einzige Frau errettet hatte, die bereit war, jemandem wie ihnen zu helfen.

Lorraine.

Also gab Lorraine jetzt Fernsehinterviews. Die Leute waren vollkommen fasziniert von ihr. Ihre angeborene sympathische Art kam zur Geltung, etwas, das man Menschen einfach nicht beibringen konnte. Hester Crimsteins Strategie war sehr einfach: verwirren, ablenken, hinhalten. Der Bundesstaatsanwaltschaft passte vor allem der letzte Punkt gut ins Konzept. Sie war nicht scharf darauf, eine sterbende Frau vor Gericht zu stellen, die viele Menschen als Heldin verehrten.

Broome dachte an das schräge Lächeln, mit dem Lorraine

ihn bei ihrer Festnahme angesehen hatte. Sie hatte es gewusst. Sie hatte genau gewusst, was die Medien daraus machen würden.

»Asche zu Asche …«

Beim Begräbnis von Stewart Green, einem Mann, der von Lorraine ermordet worden war, senkten die Trauergäste die Köpfe.

»Wir nehmen jetzt Abschied von unserem teuren Verstorbenen …«

Mit einer Rose in der Hand trat Sarah Green ans offene Grab. Sie warf sie auf den Sarg. Susie folgte ihr. Dann Brandon. Broome rührte sich nicht. Erin, die in Schwarz wunderbar aussah, stand in der Reihe hinter ihm, ihr Mann Sean direkt neben ihr. Ehrlich gesagt war Sean ein guter Mann. Broome drehte sich zu Erin um und sah ihr in die Augen. Erin lächelte kurz, und Broome spürte das wohlbekannte Stechen in der Brust.

Die Sehnsucht würde immer bleiben. Das wusste er. Aber für ihn war die Sache mit Erin vorbei. Das musste er begreifen.

Die Trauergäste begannen, sich zu zerstreuen. Broome machte sich auf den Weg zu seinem Wagen, als er eine Hand auf seiner Schulter spürte. Er drehte sich um, und Sarah stand hinter ihm.

»Danke, Broome.«

»Tut mir leid«, sagte er.

Sarah hielt sich die Hand über die Augen und blinzelte im grellen Sonnenlicht. »Ich weiß, dass das eigenartig klingt, aber es ist endlich ein echter Schlussstrich.«

»Das freut mich.«

»Es ist Zeit weiterzuleben, stimmt's?«

»Stimmt.«

Sie blieben noch einen Moment lang stehen.

»Jetzt, wo der Fall abgeschlossen ist«, fing Sarah an, »kommst du da trotzdem noch mal zu Besuch?«

Er wusste nicht, was er darauf antworten sollte. »Ich weiß es nicht.«

»Ich fände es nämlich schön, wenn du das tun würdest, Broome«, sagte sie. »Ich fände es wirklich sehr schön.«

Dann ging sie. Broome sah ihr nach, bis sie verschwunden war.

Er dachte an Lorraine, Del Flynn, Ray Levine, Megan Pierce und sogar an Erin, die ihn und den Job verlassen hatte, eigentlich aber nie ganz gegangen war.

Vielleicht, dachte Broome, hatte Sarah recht. Vielleicht war es für sie alle Zeit, etwas Neues anzufangen.

Fester setzte Ray am Flughafen ab.

»Danke, Fester«, sagte Ray.

»Ach, so einfach kommst du mir nicht davon. Komm her, du.«

Fester stellte den Automatikhebel auf Parken und stieg aus. Er umarmte Ray kräftig, und zu seiner eigenen Überraschung erwiderte Ray die Umarmung.

Fester sagte: »Pass auf dich auf, ja?«

»Ja, Mom.«

»Ich darf besorgt sein. Wenn du da drüben Scheiße baust, krieg ich meinen besten Mitarbeiter zurück.«

Ray hatte Steve Cohen, seinen alten Boss von Associated Press angerufen und gehofft, von ihm einen guten Tipp zu bekommen, wie er es anfangen könnte, sich langsam wieder ins Geschäft hineinzuarbeiten. Cohen hatte gesagt: »Soll das ein Witz sein? Kannst du nächste Woche Richtung Durand-Linie aufbrechen?«

Die Durand-Linie war die überaus gefährliche durchlässige Grenze zwischen Pakistan und Afghanistan.

»Einfach so?«, fragte Ray. »Nach all den Jahren?«

»Was hab ich immer zu dir gesagt, Ray? Gut ist gut. Du bist gut. Wirklich gut. Ich wäre dir echt dankbar, wenn du das schaffst.«

Im Flughafen-Terminal stellte Ray sich in die Schlange für den Sicherheits-Check. Zwei Wochen zuvor, als Flair Hickory ihm zum ersten Mal erzählt hatte, dass er sich wegen seines vergangenen Verbrechens keine Sorgen machen bräuchte, hatte Ray nur den Kopf geschüttelt.

»Das kann doch nicht sein, Flair.«

»Was kann nicht sein?«

»Ich bin so lange davor weggelaufen«, sagte Ray. »Ich muss doch für das, was ich getan habe, bezahlen.«

Flair lächelte, legte eine Hand auf Rays Unterarm und sagte: »Sie haben schon dafür bezahlt. Sie haben siebzehn Jahre lang dafür bezahlt.«

Vielleicht hatte Flair recht. Das Bild von dem Blut hatte er schon eine ganze Weile nicht mehr vor Augen gehabt. Hundertprozentig geheilt war Ray nicht. Das würde er wahrscheinlich auch nie werden. Er trank immer noch zu viel. Aber er befand sich auf dem Weg der Besserung.

Ray nahm sein Handgepäck vom Fließband und ging zum Flugsteig. Auf der Abflug-Anzeigetafel sah er, dass er bis zum Boarding noch eine Viertelstunde Zeit hatte. Er setzte sich ans Gate und sah auf sein Handy. Er wollte Megan anrufen, ihr sagen, dass er einen Job hatte und es ihm gut ging, aber er hatte ihre Telefonnummer absichtlich verloren, und selbst wenn er sich daran erinnern könnte, was nicht der Fall war, würde er sie nicht anrufen. Er würde darüber *nachdenken*. Im Lauf der Jahre würde er häufig darüber nachdenken. Er würde sogar anfangen, Megans Nummer zu wählen. Doch Ray würde nie auf die Wählen-Taste drücken, und er würde Megan – Cassie – nie wiedersehen.

Megan Pierce schloss den Sub-Zero-Designerkühlschrank und betrachtete ihre beiden Kinder durch die Erkerfenster der Frühstücksnische. Draußen im Garten ärgerte ihre fünfzehnjährige Tochter Kaylie ihren kleinen Bruder Jordan. Megan war kurz davor, das Fenster zu öffnen und Kaylie zum x-ten Mal aufzufordern, damit aufzuhören. Aber heute war ihr einfach nicht danach.

Geschwister zankten nun einmal. Das gehörte dazu.

Im Fernsehzimmer lümmelte Dave in einer grauen Jogginghose mit der Fernbedienung in der Hand auf der Couch herum.

»Kaylie hat Fußballtraining«, sagte sie.

»Ich fahr sie hin.«

»Wahrscheinlich kann sie mit Randi zurück nach Hause kommen.«

»Das wäre gut«, sagte Dave. »Ich kann kaum erwarten, dass sie ihren Führerschein macht und selbst fahren kann.«

»Nach allem, was ich so gehört habe, kannst du es doch.«

Dave setzte sich auf und lächelte ihr zu. Sie erwiderte das Lächeln. Er klopfte auf den Platz neben sich.

»Setzt du dich zu mir?«, fragte er.

»Ich muss noch zig Sachen erledigen.«

»Nur fünf Minuten.«

Megan setzte sich auf die Couch. Dave legte den Arm um sie und zog sie zu sich heran. Sie kuschelte sich an ihn und legte ihm den Kopf auf die Brust. Er zappte weiter, wie es seine Art war. Sie ließ ihn gewähren. Die Bilder flackerten in schneller Folge vorbei.

Megan wusste, dass es nicht perfekt war. Langfristig war es vielleicht nicht einmal in Ordnung. Aber es war endlich ehrlich. Sie wusste nicht, wie es sich entwickeln würde, aber im Moment fühlte sich alles ziemlich gut an. Sie sehnte sich nach Normalität. Es gefiel ihr, die Carpools zu fahren, das Mittagessen zuzubereiten, den Kindern bei den Hausaufgaben zu helfen und mit dem Mann, den sie liebte, nichts im Fernsehen zu gucken. Sie hoffte, dass dieses Gefühl Bestand haben würde, aber die Geschichte und das Wesen des Menschen sprachen dagegen. Irgendwann würde sie wieder rastlos werden. Das musste eigentlich passieren. Kummer, Angst, Leidenschaft, das dunkelste aller Geheimnisse – nichts hielt ewig. Doch wenn sie tief durchatmete und durchhielt, konnte sie dieses Gefühl jetzt vielleicht noch etwas aufrechterhalten – zumindest noch eine Weile.

DANKSAGUNGEN

Der Autor bedankt sich bei Ben Sevier, Brian Tart, Christine Ball, Diane Discepolo, Lisa Erbach Vance, Chris Christie (die Titel lasse ich weg), Linda Fairstein, Ben Coben (dem es gleichermaßen Spaß gemacht hat, bei den Ruinen, Lucy und auf dem Boardwalk zu »recherchieren«), Anne Armstrong-Coben und Bob McGuigan.

Dies ist ein fiktionales Werk. Das heißt, ich denke mir Sachen aus. Andererseits sind das Ehrenmal für den Koreakrieg am Boardwalk in Atlantic City, die Geisterstädte und Ruinen in den Pine Barrens und Lucy, der Elefant, echt, und es lohnt sich, sie zu besuchen. Auf der Internetseite www.harlancoben.com können Sie mehr darüber erfahren. Außerdem möchte ich Erin Anderson, Guy Angiuoni, Samantha Bajraktari, Howard Dodds, Jaime Hatcher Hemsley, Missy Malek, Rick Mason sowie Barbara und Anthony Reale kurz erwähnen. Diese Personen (oder ihre freigebigen Partner) haben Wohltätigkeitsorganisationen mit großzügigen Spenden unterstützt, damit ihre Namen in diesem Roman erscheinen. Wenn Sie sich in der Zukunft daran beteiligen wollen, finden Sie auf www.harlancoben.com Einzelheiten.

Harlan Coben

Harlan Coben wurde 1962 in New Jersey geboren. Nachdem er zunächst Politikwissenschaft studiert hatte, arbeitete er später in der Tourismusbranche, bevor er sich ganz dem Schreiben widmete. Seine Thriller wurden bisher in 40 Sprachen übersetzt und erobern regelmäßig die internationalen Bestsellerlisten. Harlan Coben, der als erster Autor mit den drei bedeutendsten amerikanischen Krimipreisen ausgezeichnet wurde – dem Edgar Award, dem Shamus Award und dem Anthony Award – gilt als einer der wichtigsten und erfolgreichsten Thrillerautoren seiner Generation. Er lebt mit seiner Frau und seinen vier Kindern in New Jersey.

Mehr zum Autor und seinen Büchern
unter www.harlancoben.com.

Mehr von Harlan Coben:

Kein Sterbenswort. Roman · Kein Lebenszeichen. Roman
Keine zweite Chance. Roman · Kein böser Traum. Roman
Kein Friede den Toten. Roman · Das Grab im Wald. Roman
Sie sehen dich. Thriller · In seinen Händen. Thriller
Wer einmal lügt. Thriller · Ich finde dich. Thriller

Die Reihe um Myron Bolitar:

Ein verhängnisvolles Versprechen. Roman
Von meinem Blut. Thriller · Sein letzter Wille. Thriller

Alle Titel sind auch als E-Book erhältlich

GOLDMANN
Lesen erleben